星海社
FICTIONS

崑崙奴

古泉迦十

星海社

Book Design　Veia
Font Direction　紺野慎一

星海社FICTIONS

崑《こん》崙《ろん》奴《ど》

古泉迦十
KAJYU KOIZUMI

目次

主要登場人物

裴景《はいけい》　本編の主人公。
崔静《さいせい》　名門崔家の御曹司《おんぞうし》。千牛備身《せんぎゅうびしん》。
磨勒《まろく》　崔家に仕える崑崙奴《こんろんど》。
崔尚書《さいしょうしょ》　崔家の当主。崔静の父。
董戎《とうじゅつ》　崔家の家宰《かさい》。老番頭。
蘇九娘《そきゅうじょう》　元妓女《ぎじょ》。北里の妓楼蘇家楼《そかろう》の下働き。
斛律雲《こくりつうん》（兜《とう》）　京兆府賊曹《けいちょうふぞくそう》。突厥人《トルコじん》。
瓜田筒《かでんとう》　京兆府の胥吏《しょり》。兜の岡っ引き。
劉参《りゅうさん》　第一の被害者。御史台録事《ぎょしだいろくじ》。
葛明《かつめい》　第二の被害者。商人。
費誠之《ひせいし》　第三の被害者。長安県主簿《ちょうあんけんしゅぼ》。
孔達《こうたつ》　第四の被害者。商人。
孔迪《こうてき》　孔達の弟。商人。
徐朧《じょろう》（徐真君《じょしんくん》）　廬山君《ろざんくん》を奉じる道士。
沈炯《しんけい》　紫霄観《ししょうかん》の観主。道士。
何莫潘《かばくはん》　波斯邸《はしてい》の邸主。粟特人《ソグドじん》。

長安城（京城）街図

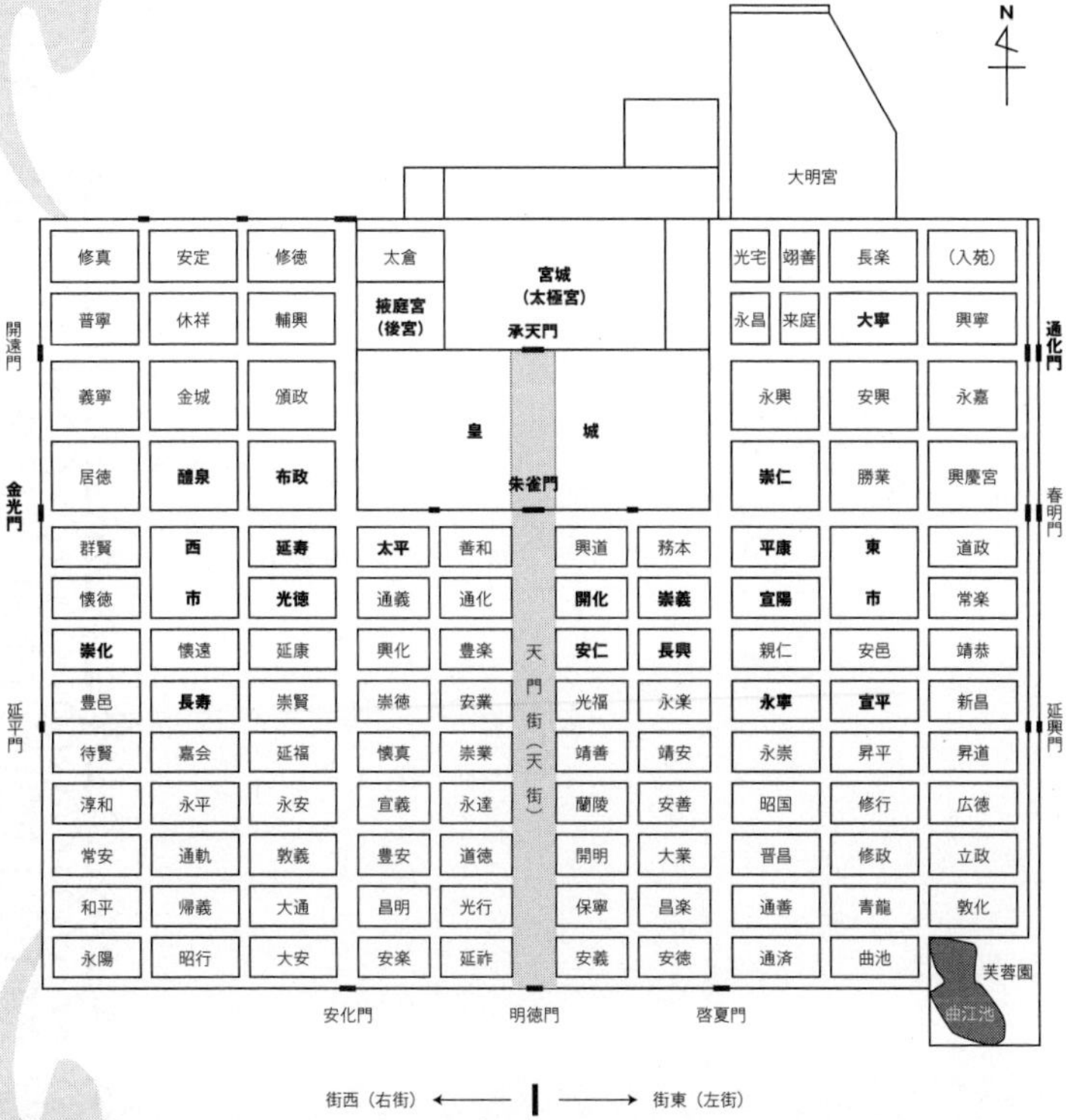

N
大明宮
修真
安定
修徳
太倉
宮城
（太極宮）
光宅
翊善
長楽
（入苑）
普寧
休祥
輔興
掖庭宮
（後宮）
承天門
永昌
来庭
大寧
興寧
開遠門
通化門
義寧
金城
頒政
皇
城
永興
安興
永嘉
居徳
醴泉
布政
朱雀門
崇仁
勝業
興慶宮
金光門
春明門
群賢
西
延寿
太平
善和
興道
務本
平康
東
道政
懐徳
市
光徳
通義
通化
開化
崇義
宣陽
市
常楽
崇化
懐遠
延康
興化
豊楽
天門街（天街）
安仁
長興
親仁
安邑
靖恭
豊邑
長寿
崇賢
崇徳
安業
光福
永楽
永寧
宣平
新昌
延平門
延興門
待賢
嘉会
延福
懐真
崇業
靖善
靖安
永崇
昇平
昇道
淳和
永平
永安
宣義
永達
蘭陵
安善
昭国
修行
広徳
常安
通軌
敦義
豊安
道徳
開明
大業
晋昌
修政
立政
和平
帰義
大通
昌明
光行
保寧
昌楽
通善
青龍
敦化
永陽
昭行
大安
安楽
延祚
安義
安徳
通済
曲池
芙蓉園
曲江池
安化門
明徳門
啓夏門
街西（右街）
街東（左街）

序章

誤《あやま》つて蓬山《ほうざん》頂上《ちやうじやう》に至《いた》りて遊《あそ》べば
明瑠《めいたう》の玉女《ぎよくぢよ》　星眸《せいぼう》を動《うご》かす
朱扉《しゆひ》半《なか》ば掩《おほ》ふ深宮《しんきゆう》の月《つき》
應《まさ》に照《てら》すべし瓊芝《けいし》雪艶《せつえん》の愁《うれ》ひを

――『崑崙奴《こんろんど》』

杯《さかずき》は紅《あか》い液体で満たされ、その水面で月影《つきかげ》が揺《ゆ》れていた。

空は雲に覆《おお》われ漆黒《しっこく》に染まり、切れ間から洩《も》れる月の光線が紗幕《しゃまく》のごとく、闇《やみ》の底へわずかな明かりを垂らしていた。

男はしばらく杯をゆらし酒中の月を弄《もてあそ》んだあと、厭《あ》きて目線を横に外す。

傍《かたわ》らでは、女が眠っていた。

細く優美な柳眉《りゅうび》。紅く倩《すず》しげな朱唇《しゅしん》。玉璧《たま》のように白く肌理《きめ》細膩《こまや》かな膚《はだ》は、軽く指が触《ふ》れるだけで弾《はじ》けてしまいそうなほどに荏弱《やわらか》だった。身体は楊柳《やなぎ》のように細く逶迤《たおやか》で、牀榻《しょうとう》の上に浮遊《ふゆう》しているかのようだった。

（殆《あやう》い――）

この世の美しさではなかった。

月下に青白く浮かびあがる女の肢体《したい》は、目の前にありながら、もはやこの世に亡《な》いような隔《へだ》たりを感じさせた。それはまるで杯中に浮かぶ水月のように、手をのばしてもただ、影をすくうだけのような。

雲が動き、月の光を浸蝕《しんしょく》するように覆い隠《かく》してゆくと、地上からはわずかな明かりさえ奪《うば》われた。目の前に黒い帳《とばり》が下りたように、女の姿《すがた》も隠される。

――そうかもしれません。

男は暗黒のなかで杯をゆらしながら、女の言葉を想い出していた。

婢子《わたくし》は物心のつかないうちより永巷《えいこう》に参じ、以来ずっと外の世界というものを知らずにまいりました。永巷は、それはもう華《はな》やかなところでございました。目もくらむばかりに巨大で壮麗《そうれい》な宮殿《きゅうでん》と、見目《みめ》麗《うるわ》しき宮人たち。いま思いかえしましても、天上と見紛《みまが》わんばかりのながめでございました。そのなかで婢子も鉛華《おしろい》や綺羅《きら》で身を美しくつくろい、玉の箸《はし》で御馳走《ごちそう》をいただき、雲母《うんも》の屏風《びょうぶ》に囲まれながら、金の鑪《いろり》に香をうかべ、珠翠《しゅすい》の枕《まくら》で眠る、まさに夢のような暮らしをおくってまいりました。愚《おろ》かな婢子にはそれらがすべて、永巷という名の大きな牢獄《ろうごく》に閉じこめるための桎梏《しっこく》であったなど想いもよりませんでした。――

漆黒の闇のなか、かすかにただよう脳香《のうこう》の香。

纏《まと》っていた白い綃《うすぎぬ》のためだろうか、女の姿を見喪《みうしな》ったいま、その馥郁《ふくいく》とした香りはまるで、女が闇のなかで一枝の花に変化してしまったかのような錯覚《さっかく》を男にあたえた。

婢子は、――

牢につながれた卑《いや》しい囚虜《しゅうりょ》だったのでございます。

ふふ、と暗闇のなかに女の笑い声を聞いた気がした。

艶《なまめ》かしいその声音は自嘲《じちょう》のようにも、あるいは男を嗤《わら》う声のようにも聞こえた。

私こそ、鎖《くさり》につながれた僕隷《ぼくれい》であった。

檻《おり》のなかの犬のように、主人からの施《ほどこ》しをむさぼるだけの存在。住処《すみか》も衣も食事も仕事も、学問も思想も、口に出す言葉でさえ、なにひとつ自分で決められたものはなかった。

ただ生かされているだけ。

掌《しょうじょう》上に禁架《あやつ》られて踊《おど》る霊保《かたしろ》のように、ひとたび糸が切られれば紙きれとなって地面に落ちて踏《ふ》まれる、そんな存在であった。

春の夜風が鼻先をかすめる。樹々がざわめき、雲が流れ、ふたたび姿を見せた星の光芒《こうぼう》が、卓上の杯を闇のなかにぼんやりと浮かびあがらせた。

それは西域渡来の琉璃杯《るりはい》——夜光杯《やこうはい》。

男は杯を手に立ちあがると、眠る女のそばに寄った。そして額《ひたい》にやさしく手を添《そ》えると、女は目覚めるようにゆっくりと瞼《まぶた》を開いていった。男は満足げに微笑《ほほえ》みかけて、彼女の身体を抱き起こし、杯をそっとその口許《くちもと》に運ぶ。

天上から洩れる月の青い光は、女の白い衣と、夜光杯を満たす紅い液体に降りそそぎ、にじみ、渾《ま》じりあって、紫色の高雅《こうが》な光彩《こうさい》をあたりに放った。

夜光杯が女の唇《くちびる》に触れ、その白い喉《のど》に紅い液体が流れ落ちてゆく。

それは人を永遠に生き永《なが》らえさせるという、秘方の酒である。

男は杯を静かに卓の上にもどした。杯中の紅い水面にはちいさな波紋《はもん》がうかび、あとを追うように水月の円い輪郭《りんかく》が拡《ひろ》がってゆく。まるで見えない魚が闇に跳《は》ねたように。

男は女の顔を見つめた。

女の瞳《ひとみ》が、その視線をまっすぐに受け止める。

夜を映《うつ》すその明眸《めいぼう》は胡人《こじん》の碧眼《へきがん》のように青く潤《うる》み、秘酒のために朱《あか》く濡《ぬ》れたその唇は、婉然《えんぜん》と微笑んでいるように見えた。

そのまま、長い静寂《せいじゃく》がつづいた。

時は静止し、目に見える景色は徐々に色を喪い、夜の黒のなかに流れ落ちてゆく。

目の前には、女だけがいた。

闇にうかぶ白い膚《はだ》と、朱い唇。

わたくしは、――

黒い静寂の底で、女の声だけがなにかの余韻《よいん》のように深く、響《ひび》く。

まだ、生きられるのでしょうか。


（ああ……）

男は女の腰《こし》に手をまわすと、その身体を抱き寄せた。女の身体はまるで風に舞《ま》う絹帛《けんぱく》のように軽く、はかない。

心配いりません。
貴女《あなた》はずっと――生きつづけるのです。

脳香の香りが、かすかに鼻をくすぐる。

そのために私は、
あの籠《かご》のなかから、貴女を奪ったのだから。

目線を女の顔に重ねる。
女は眠るように瞼を閉じていた。
ぞっとするほど美しかった。
ためらいはなかった。かれはその朱く、ちいさな唇に、そっとくちづけをした。
（そう。ずっと、——）
その唇は、血の味がした。

第一章

崑崙奴

時《とき》に家《か》中《ちゅう》に崑《こん》崙《ろん》奴《ど》磨《ま》勒《ろく》有《あ》り。
郎《らう》君《くん》を顧《こ》瞻《せん》して曰《いは》く、心《しん》中《ちゅう》何事《なにごと》有《あ》りてか、
此《かく》の如《ごと》き恨《うら》みを抱《いだ》いて已《や》まざる。
何《なん》ぞ老《らう》奴《ど》に報《ほう》ぜざると。

――『崑崙奴《こんろんど》』

そこには、宇宙が体現されるという。

黒い漆《うるしぬ》塗りの盤面《ばんめん》は鴉《からす》の羽のように艶《つや》やかに濡《ぬ》れて、その上を格子状に走る縦横《たてよこ》それぞれ十九本の阡陌《みち》が、三百六十一の交点〈路《ろ》〉を紡《つむ》ぎあげる。

いうまでもなく中心の一点〈天元《てんげん》〉をのぞく三百六十路はちょうど一年の日数に一致し、四隅《よすみ》を四季にあてはめれば、まさに周歳《しゅうさい》――すなわち時間を表象するものなのである。周《しゅうえきけいじでん》易繋辞伝は「易に太極《たいきょく》あり。是《こ》れ両儀《りょうぎ》を生ず。両儀は四象《ししょう》を生じ、四象は八卦《はっけ》を生ず」と説《と》く。太極たる天元を囲む黒石と白石の営《いとな》みこそ対局者――人の義であり、方尺《ほうしゃく》の地にあってときに連なり、ときに混じり合いながら天の時を重ねる。白黒が織《お》りなす模様はやがて四隅にあふれ、ついに八卦を決する。

それが碁《ご》である。

裴景《はいけい》はもう長いあいだずっと盤面に目を注《そそ》いだままだった。

とはいえこの男、べつにこの盤上に汎《ひろ》がる形而上《けいじじょうてき》的小宇宙の神秘について深く思索《しさく》をめぐらせているわけではない。ただ純粋《じゅんすい》にこの盤上遊戯《ゆうぎ》に没頭《ぼっとう》しているだけである。

打つ手がない。

劣勢《れっせい》である。圧倒的に劣勢である。かれの白陣は黒の強固な包囲網《ほういもう》の前に崩壊《ほうかい》寸前であった。まともに生きている石は片手で足りる。反転攻勢の目はすくない。いや、きっとないのだろう。正直なところ投了《とうりょう》の声が喉《のど》のごく手前まで出かかっていた。漢中《かんちゅう》の争覇《そうは》に敗れ鶏肋《けいろく》とこぼした曹孟徳《そうもうとく》やかくあらん、である。

「あのう、裴先生」

「ん……」裴景は盤面を睨《にら》んだまま、「……まあ待てよ。なにか手が残ってるような気がするんだ」

「あ、いえ。そうではなくて、話をつづけさせていただいてもよろしいでしょうか」

「は？」

かれは間抜《まぬ》けた声とともに、面をあげた。

黒い碁盤を隔《へだ》てた目の前に、おなじく黒くて丸い顔があった。

異相《いそう》である。浅黒い肌《はだ》。まんまる頭にどんぐり眼《まなこ》。特徴《とくちょうてき》的な拳髪《けんぱつ》は異風に結《ゆ》われ、身の丈《たけ》は五尺《しゃく》に満たず、童子と見まがうばかりにちいさな身体の上には、家奴《かど》の徴《しるし》である青い円領《まるくび》の短袍《たんぽう》を纏《まと》っていた。

かれは、ここ崔家《さいけ》に仕える崑崙奴《こんろんど》である。

名を、磨勒《まろく》という。

崑崙奴とは文字どおり崑崙の奴隷《どれい》という意味である。ただしここでいう崑崙というのは、いわゆる神話中の西王母《せいおうぼ》まします西方の仙山《せんざん》崑崙懸圃《けんぽ》のことではない。『唐書《とうじょ》』南蛮伝《なんばんでん》に「林邑《りんゆう》以南、拳髪黒身、通号《つうごう》を崑崙と為《な》す」とあるとおり、唐代において崑崙は林邑（ベトナム中部）のさらに南、馬来《マライ》や爪哇《ジャワ》あたりを広く指す地名でもあった。すなわちここでいう崑崙奴とは、こうした南海諸国より献《けん》じられた外国人奴隷の通称なのである。当時の上流階級では、異国趣味《しゅみ》としてこうした奴隷を雇《やと》うのが流行となり、磨勒もそうした例に漏《も》れず、ここ名門崔家に召し抱えられた家奴であった。

ところでその崑崙奴磨勒が、ひどく恐縮《きょうしゅく》そうな顔で裴景の様子をうかがっている。

裴景は居ずまいを正すと、あらたまった口調で訊《き》きかえした。

「話って？」

磨勒は顔を曇《くも》らせて、

「さきほどからずっと、お聴《き》きいただいていたかと思うのですが……」

「え？」

「まさか、聞きすごされていたとか……」

「あ。ん……」裴景は空咳《からせき》をして、「悪い。ちょっと盤のほうに夢中になってしまってな……」

磨勒は、やっぱりというふうにあからさまに落胆《らくたん》の表情を見せたが、すぐに気をとりなおしたらしく、

「ひとつ、裴先生にお頼みしたいことがございまして、お話し申し上げていたのですが」

「そうか」

しかし完全に聞き流していた。

「悪いが、もう一度頼む。今度は真面目に聴くから」

「もう一度といいますと、どこからはじめさせていただきましょうか？」

「最初から頼む」

裴景は悪びれることなく、そういった。

磨勒は苦笑をうかべると、それではお願いいたします、といって、ぺこりと頭を下げた。そこにいくばくかの皮肉の響《ひび》きを感じられなくもなかったが、裴景は鷹揚《おうよう》にうなずき、見逃すことにした。

しばし休戦とばかりにゆったりと身体を背凭《せもたれ》にあずけ、目の前の崑崙奴と向きあった。

時は唐の大暦《たいれき》年間（西暦七六六―七七九）。――安禄山《あんろくざん》にはじまった兵火もようやく鎮《しず》まり、世が平穏《へいおん》をとりもどしはじめた時代。

同時に、人びとが二度と帰らぬ盛唐《せいとう》の往時をなつかしむ、そういう時代でもあった。

大唐帝国の帝都長安。その街東の一等地宣陽坊《せんようぼう》に、崔氏の邸《やしき》はあった。堅牢《けんろう》な牆壁《しょうへき》に囲まれた邸の東廂《とうしょう》わきに庭園があり、その隅のこぢんまりとした四阿《あずまや》の下で、裴景と磨勒は晩春の陽射《ひざ》しを避《よ》け碁を打っていた。

「話と申しますのは、檀郎《わかだんな》さまのことでございます」

磨勒のいう檀郎とはこの崔家の御曹司《おんぞうし》のことで、名を崔静《さいせい》という。裴景にとっては五年来の友人である。

「そうだったな」

裴景はうなずいた。

そもそも今日かれは、その崔静を訪《たず》ねてきたのだ。ところが留守と聞いて出なおそうとしたところを磨勒に、

――ひとつお頼みしたいことがございまして。

と呼び止められ、それじゃあ碁でも打ちながら話を聞こうか、ということになったのである。ところが碁に没頭するあまり、肝腎《かんじん》の話のほうを聞き流してしまっていたわけだ。

裴景は手許《てもと》にあった陶製《とうせい》の杯を取りあげると、その中身を一口含《ふく》んだ。それは梅漿《ばいしょう》といって、梅を砂糖《さとう》で漬《つ》けこんだものに香料と砕氷《さいひょう》をくわえた飲み物である。清明節《せいめいせつ》を過ぎて、すでに昼ともなれば、この冷えた清涼《せいりょう》飲料水が見合うほどの暖《あたた》かさであった。

「じつは近ごろの檀郎さま、どうもご様子がおかしいのです」

磨勒はずばり本題を切り出してきた。もっとも二度目なのだから、ずばりもなにもないかもしれない。

「おかしいって？」

と裴景は訊きかえした。そういえばさっきもおなじ言葉を口にした気がする。

「それが、じつは本日もそうなのですが、毎日家を留守になさるのです」

「毎日留守？　行方《ゆくえ》しれずってことか？」

「いえいえ、そうではございません」磨勒は待ちかまえていたように否定した。ひょっとすると、いまの問いも二度目だったのかもしれない。

「お戻りにはなるのです。ですが、一日の大半を留守にされて、いずこかへとお出かけになるのです」

「なんだ、そんなことか」

裴景はあからさまにがっかりした声でいった。

すこし想い出したが、さっきはこのあたりを境に話に興味を失った気がする。言いかえれば、こんな序盤でかれの碁は劣勢に立たされたということである。

裴景は今度は碁石の代わりに杯を手にとって、梅漿をすこし口に含むと、

「べつにおかしいってほどのことじゃないだろう。あいつにもそりゃ、いろいろ他言できない用事や事情もあるんだろうさ。おまえが案ずることじゃないよ」

そういって氷をかみ砕《くだ》いた。そうして、なんとなく視線を盤上にもどす。そういや、あの石で隅をおさえておけばなあ、などとつまらぬ後悔《こうかい》に逆戻りしかけた頭を、磨勒の言葉が強引によびもどした。

「お言葉ではありますが裴先生。ここひと月のあいだ、毎日のことなのです。お勤《つと》めがある日もない日も、

一日たりと欠かしません。朝早く出仕されたきり、晩鼓《ばんこ》が鳴りやむ寸前まで帰宅されないのです。文字どおり旰食《かんしょく》宵衣《しょうい》と申せましょう」

「旰食宵衣なあ」

裴景はぽつりとくりかえした。

旰食宵衣とは、日旰《ひく》れてから食事を摂《と》り、宵明《よいあ》けぬうちから正衣に着替《きが》えるという意で、ふつうは君主が政務に熱心なさまを謂《い》う語である。磨勒はこの言葉を文字どおりの意味で引いたわけだが、ふつう奴隷風情《ふぜい》が口にするたぐいの言辞《げんじ》ではない。出典はたしか『左伝《さでん》』である。

「おかしいのはそればかりではありません。なぜかは存じあげませんが、わたくしを含めて、家人《かじん》全員を避《さ》けようとなさるのです。ここひと月、家の者とまともに口をきこうとなさいません。朝のご出仕の際も、廨《かい》(庁舎)に着くやいなや従者をお帰しになり、迎《むか》えに来ないよう言いつけるのでございます。わたくしが一度、その言いつけをすっかり忘れてお迎えにあがりますと、こっぴどく叱《しか》られた上、すぐに帰らされてしまいました」

「ふうん。そいつはちょっと、あいつらしくないな」

裴景がすこし興をそそられたふうにいうと、磨勒はここぞとばかりにその丸顔を近づけてきて、そうでしょう、とうれしそうにいった。

裴景は逃げるように身を引くと、

「本人に質《ただ》したのか?」

と尋《たず》ねた。すると磨勒はすぐにしょげたような表情になって、

「それが、家の者数人で代わる代わるおうかがいしたことがあるのですが、なにしろ口もきいていただけ

ないありさまでございますから……」

「そうか」

裴景は椅子《いす》に深くもたれかかると、顎鬚《あごひげ》をしごきながら考えた。

たしかに変である。家人にまでひた隠《かく》しにして、一ヶ月間毎日出向くような用事や事情とはいったいなんだろうか。

（博奕《ばくち》か？）

しかし裴景の知るかぎり、崔静は博奕をやらない。よしんば最近急にはじめて、のめりこんでいたにしても、従者を遠ざける理由にはならない（むしろ、いたほうがいろいろ便利だろう）。狩《か》りや釣《つ》り、あるいは遊里《ゆうり》通いといった線も同様の理由で却《きゃっ》下《か》できる。おそらく趣味や娯楽《ごらく》のたぐいではあるまい。

「仕事じゃないのか」

しごく凡庸《ぼんよう》だが、もっとも順当かつ妥当《だとう》な結論である。

「残業だかなんだか知らないが、あいつも宮仕えの身だからな。いろいろと布衣《ふい》の人間にはうかがいしれぬ用事や事情ってのもあるんじゃないのか」

しかし磨勒は首をふって、

「わたくしどもも、なにかお勤めの事情かとは考えました。実際、僭越《せんえつ》なふるまいとは承知の上で、お役所のほうに探りを入れてみたのですが――」

「なにも出てこなかった」

「さようでございます。このひと月、とくに目立った出来事もなく、檀郎《わかだんな》さまも定められた時間どおりにお役所をお出になっているようなのです。ですから問題はそのあと――お役所をお出になったあと、従者も連れず、どちらへお出かけになっているかということでございます。千牛《せんぎゅう》衛《えい》のご僚《りょう》友《ゆう》のみなさまも、毎日ひとりでお帰りになる檀郎《わかだんな》さまを不思議に思われているようなのです」

裴景はしばらく考えこんでから、

「……単に、その千牛衛の同僚たちが知らないだけだとしたらどうだ？」

磨勒は眉《まゆ》をひそめて、

「と、おっしゃいますと？」

「そうだなあ……」裴景は真面目くさった顔つきで、「たとえば、なにか極秘の重要任務に従事しているとか」

「ほう？」磨勒は小首をかしげた。「どういうことでございますか」

「だから極秘任務だよ。あいつはいま、なにか非常の密命を帯《お》びて、極秘裡《ごくひり》に任務を遂行中《すいこうちゅう》なんだ。だから家人はもちろん、同僚にたいしても絶対に秘密を守らなくちゃいけない」

「それはまた、奇抜《きばつ》なご推理でございます」

「ありえない話じゃないだろ」裴景はいった。

磨勒は、はははあ、と感心したともあきれたともつかぬ声をもらして、

「ご僚友のかたがたにまで秘密にしなければいけないとは、その任務、よほど重要なものと見受けられますが」

「そりゃそうだろうな」

「通常のお勤めのかたわら、そのような重要な任務に着かれているということでしょうか」

「まあ、そうなるな」

「毎日、お休みもなしにでございますか」

「ああ、うん」磨勒の言葉に裴景は内心身構《みがま》えた。どうやらこの童子、完全に疑ってかかっている。「それくらい重要な任務なんだろう」

案の定、磨勒が反論の口火を切った。

「お言葉ですが、檀郎さまはいまだお若く、品階もそう高くございません。それなのにどうして、それほど重大な任務が檀郎さまおひとりに下されることになったのでしょう」

「それは、そうだな……」裴景は慎重《しんちょう》に答えを口にした。「きっと、能力を買われたんだろうな、たぶん」

しかし磨勒は追及《ついきゅう》の手をゆるめない。

「わからないことはまだございます。仮に、ご僚友のかたがたにも秘密にしなければいけないほど重要な任務に従事されているにしても、どうして檀郎さまはみなさまがたに不審《ふしん》がられるような行動をおとりになるのでしょう。その正体を疑われぬよう、普段よりも普段どおりふるまうのが、内偵《ないてい》のお務めというものだとお聞きしたことがあります。ところがいまの檀郎さまは周囲にたいして、無用なまでに疑惑《ぎわく》をふりまいているようにも見受けられます。実際のところ、左千牛のご僚友のかたがたばかりか、わたくしども家の者までが疑いをもちはじめている始末でございます」

鋭《するど》い指摘《してき》である。たしかに機密の任務などに従事する人間は、いつも以上に自然なふるまいを心がけるものだろう。わざわざ目立つ行動をとって、周囲の目を惹《ひ》くことはない。

「それにもうひとつ納得できないことがございます。失礼を承知で申し上げるのですが、そもそも千牛に、おっしゃるような任務が課せられるものでしょうか」

さきほどから会話の端々《はしばし》に登場する千牛あるいは千牛衛というのは、禁軍《きんぐん》（近衛軍《このえぐん》）の一翼《いちよく》をになう部隊のひとつである。千牛衛は左右二組織から成り、崔静は左千牛衛に勤務し、千牛《せんぎゅう》備身《びしん》という役職についていた。品階は正六品下《せいろくひんげ》と、そう高くない。下士官級といったところだろう。

ただし千牛衛というのは禁軍諸衛のなかでも、ひときわ異色の存在であった。

なぜなら千牛衛の職掌《しょくしょう》は、天子の侍衛《じえい》──宮中に列侍し、ときに行幸《ぎょうこう》や遊猟《ゆうりょう》にも侍従し、天子を護衛《ごえい》することにあったからである。

そのためその選抜は厳《げん》としてなされ、武芸に秀《ひい》でていることはもとより、家柄《いえがら》や容姿端麗《ようしたんれい》なことが重視された。

「ご存じのとおり千牛は美しき戎衣《じゅうい》を身にまとい、銀鞍白馬《ぎんあんはくば》にまたがって、天子さまに侍御《じぎょ》されるのがお役目。つまり、非常に目に立つ存在でございます。隠密《おんみつ》などというお仕事にはもとより不向きではないでしょうか。──さらに申しつけくわえますと、千牛にはもとより直属の衛士《えいし》がおりません。手足となって働く者がありませんのに、どうして従者も連れずたったおひとりで、内偵のような地道なお役目が務まりましょうか」

裴景は腕《うで》をくんでうなった。磨勒の指摘はいちいち筋《すじ》が通っていて、隙《すき》がない。

「そうだな。悪くない考えだと思ったんだが……」かれは自説をひっこめざるをえなかった。「──しかしそうなると、いよいよもって謎《なぞ》だな」

「裴先生のほうで、ここひと月のあいだに檀郎《わかだんな》さまとお言葉を交《か》わされたようなことは──」

「ない。まったくない。ここ半年ほどはずっと試験勉強にかかりっきりで、ろくに顔を合わせていなかったからな」

そこで裴景はふと思いあたって、

「そういや磨勒。おまえ、あいつの様子がおかしくなったのはひと月前からだっていっていたが、正確な日付は覚えているか」

「はい。先月の二月七日からでございます」磨勒は即答した。

「ということは――今日が三月二日だから――たしかにひと月ちかくになるわけか。……で、その二月七日前後になにか予兆というか、きっかけになりそうな出来事っていうのは、とくになかったんだな？」

裴景は確認のつもりで軽くそう訊いた。すると磨勒はあっさり、

「いえ、ございました」

と答えた。

「あったのか」

裴景はおもわず椅子から腰《こし》を浮かせた。

（――そいつをさきにいえよ）

そう口にしかけて、はたと気づいた。

よくよく想いかえしてみると、磨勒は最初から〈頼みごとがある〉といっていたのだ。それは〈相談にのってほしい〉という意味でも、ましてや〈裴景の考えを聞かせてほしい〉という意味でもなかったはずである。

「なるほど」裴景は納得して腰を下ろした。「頼みごとってのはそこにあるのか。おまえのなかではもう、なにか見当がついているわけだな」

すると磨勒は神妙《しんみょう》な顔つきになって、

「見当といえるほどのものではございません。ただ先月の五日に、檀郎さまはご病床《びょうしょう》の主家《だんな》さまの名代《みょうだい》

で、いずこへかお出かけになったのです」

磨勒のいう主家《だんな》さまとはもちろん、かれにとっては主筋《しゅうすじ》となる崔家当主——すなわち崔静の父親のことである。裴景はうなずいて、

「様子がおかしくなる二日前だな」

「さようでございます。ただ、どのようなご用件で、どちらへお出かけになったのかまでは判《わか》りません。それとなく探りを入れてはみたのですが、なにか込み入ったご事情がおありのようで、はっきりしたことは摑《つか》めませんでした」

「そのとき同行した従者は？　まさか、そのときも従者を連れていかなかったなんていうんじゃないだろうな」

「そのまさかでございます。じつはその日、檀郎《わかだんな》さまには迎えの車が参りまして、それにおひとりで乗って行かれたのです」

「車？」

「馬一頭立ての、車坊《しゃぼう》などでよく見かけるごくふつうの車だったようでございます」

「その車がどこから来たものかはわかるのか」

「いいえ。わかりませんでした」

裴景はううん、と唸《うな》った。

ところが磨勒はつづけて、

「ただ——ひとつ気になることがございまして」

「ほう」

「あの日、晩鉦《ばんしょう》が鳴るなかお出かけになった檀郎さまは、明くる朝早くにご帰宅なさいました」

「朝帰りか」

さようでございます、と磨勒はうなずいて、

「そのとき——わたくしもお出迎えさせていただいたのですが——あることに気づきました。あることというより、ある匂《にお》いと申し上げたほうがよろしいでしょうか」

「ある匂い？」

「檀郎さまのお召し物から、龍脳《りゅうのう》の薫《かお》りがしたのでございます」

「龍脳？　龍脳ってたしか——」

「お香の一種でございます」磨勒は裴景に一考の猶予《ゆうよ》もあたえず答えた。「それもただの龍脳ではございません。あれは老龍脳樹《ろうりゅうのうじゅ》とよばれる特別な龍脳樹からわずかに採《と》れるばかりという〈瑞龍脳《ずいりゅうのう》〉でございました。その薫りの強さ、風雅《ふうが》は並の沈檀《じんたん》のおよぶところではございません。あまりの稀少《きしょう》さゆえ、かの玄《げん》宗《そう》皇帝さまでさえ吝《お》しまれ、ただ楊貴妃《ようきひ》さまおひとりにだけ賜《たま》わったといわれる、幻《まぼろし》の薫りでございます」

ほう、と裴景は感心しつつ、ふと疑問がわいた。

「おまえよく、そんな貴重な香の薫りを嗅《か》ぎ分けられたな」

すると磨勒は平然と、

「龍脳はそのほとんどが渤泥《ブルネイ》や婆魯師《パールシー》といった南海の島々で採れるのです」

と答えた。つまり産地が出身地である崑崙奴にとって、そんなことは地元の常識だということだろう。

そうだろうか、と裴景は思った。なんとなく、自分の南蛮にたいする無知や偏見《へんけん》を見透《みす》かされた上で、はぐらかされたような気がした。

なにしろこの磨勒、崑崙奴のくせにやけに物識《ものし》りなのである。

それもただの見聞や経験ではない。六芸《りくげい》に通じ、諸子《しょし》をそらんずるかと思えば、ときに稗史野乗《はいしやじょう》、緯侯《いこう》図讖《としん》、果ては道蔵《どうぞう》や仏法のような雑学にまで知見がおよんでいるふしがあり、どう考えてもなんらかの学問を修《おさ》めたとしか考えられないほどの教養を備えているのである。

当然のごとく字は読めるし、書かせるとこれが結構《けっこう》な手蹟《て》なのだ。蛮人や奴隷としてはもちろんのこと、文人《ぶんじん》としても並の器量ではない。

龍脳に関してもきっと〈崑崙奴だから〉ではなく、この〈磨勒だから〉こそ、その薫りを嗅ぎ分けられたにちがいない。裴景はそう確信した。

磨勒を知って早五年ほどになるが、いまだにその正体は知れない。そもそも年齢《ねんれい》すらよくわからない。崔家に仕えてもう相当長いはずだが、見た目だけをいえば——異国人ということを差し引いても——いまだ童子のようであった。

この崑崙奴を見るたび裴景は、六朝《りくちょう》時代の神仙譚《しんせんたん》に登場する神童を連想させられるのだ。気まぐれに神術を披瀝《ひれき》して、青い鳥に変化して自由に天地を往還《おうかん》する童子たち。その正体は、悠久《ゆうきゅう》の仙境に逍遥《しょうよう》する神の侍童——不老の仙者なのだという。あるいはこの崑崙奴も、そうした童子のたぐいではないのか。裴景はときどき、そんな夢想にとらわれてしまう。

よく見れば肌の色こそ異なれど、その姿《すがた》はまさに神仙譚に描かれる神童のようである。碁を打つ姿もそれらしい。神仙譚のなかで神童はたいてい山深い石室《せきしつ》で、老仙人と碁に興じているのだ。

(そうすると、おれはさしずめその老仙の役回りか)

裴景は自らの空想におもわず苦笑したところで、ふと目の前の神童と目が合った。黒い肌の童子はきょとんとした表情でこちらを見つめている。

「裴先生？　ぼおっとしてどうなさいました？　龍脳のことでなにか思いあたることでもございましたか」

「あ、いや」裴景はあわてて我にかえった。「なんでもない」

そうだ、龍脳の話だ。――かれはとり繕《つくろ》うように咳払いをして、

「その薫りはまちがいなく、あいつの着物からのものだったのか？」

「はい。それはまちがいございません」

磨勒はためらいなく答えた。裴景は腕を組んで、

「それのどこが気になるっていうんだ？」

「ただいま申し上げましたとおり、瑞龍脳というのは沈檀のなかでも、とびきりの一級品でございます。市中を歩きまわったところで、かんたんに身につくたぐいの薫りではございません。そこから考えますと、檀郎《わかだんな》さまのお出かけ先につきましても、おのずから限定されてくるように思われるのです」

「ひょっとすると宮城じゃないのか。禁中《きんちゅう》で御宴会《ごえんかい》でもあって、あいつは千牛官として侍衛のため参内《さんだい》したとか……」

「それはないと思います。檀郎さまが主家《だんな》さまの御名代としてお出かけになったのはまちがいないようなのです。それに参内されたとしますと、あの迎えの車がわかりません」

たしかに崔静が宮中に参内したとすれば、車は宮城から迎えに来たことになる。たかが千牛衛の下士官ごときに分不相応なこと甚《はなは》だしい。

――まさか勅命《ちょくめい》を帯びたとか。

そんな妄想《もうそう》が頭をもたげたが、さすがにこれは馬鹿《ばか》げている。

「ただ、宴《うたげ》というのはあながち的はずれとも思えないところがございまして……」と磨勒はつづけた。「なぜかと申しますと、宮城以外の場所で、宴のほかに龍脳を炷《た》く機会などないように思われるのです」

「それにしても龍脳を使うなんて、ずいぶん豪勢《ごうせい》な宴だな」

磨勒はうなずいて、

「あと、宴のおこなわれた時間帯も問題でございます。檀郎《わかだんな》さまは日暮れ前にお出かけになり、翌朝お帰りになりました。もしこのあいだに宴が催《もよお》されたとなりますと――」

「夜宴か」

この当時、照明器具が高くつくこともあって、夜宴は非常にぜいたくな催しであった。

「なるほど。宴は宴でも、ただの宴じゃない。そういうことだな。たしかに豪勢すぎる。相当な顕官《けんかん》か富商が主催《しゅさい》したものだろうな」

金も地位もない、いまの裴景にとってはちょっと想像もつかない、雲の上の話である。

「そこでひとつ、裴先生にぜひともお聞き容《い》れ願いたいことがございまして――」

磨勒は急に畏《かしこ》まって、いった。どうやらここに至ってようやく〈頼みごと〉とやらにたどりついたらしい。

しかし、いかにも流れが悪い。

「そのあたりの秘密を探りあててくれ、なんて頼みなら、はっきりいってお断りだ」

裴景はきっぱりいった。

「手がかりがすくなすぎるし、なによりそんな豪奢《ごうしゃ》な宴、おれみたいな進士風情には縁遠《えんどお》い世界の話だ。

「正直、畏《おそ》れ多いよ。やっぱりここは、直接静本人を問いつめるべきじゃないのか」

ところが磨勒は黙《だま》ったまま首を左右にふった。そういえばさっき、崔静は家人にたいして頑《かたく》なに口をつぐんでいると聞いたばかりだった。

「崔尚書《しょうしょ》や董宰《とうさい》は？　なにか知ってるんじゃないのか」

崔尚書とは磨勒が主家《だんな》さまとよぶ、崔静の父親のことである。ちなみに尚書の官はすでに辞しており、あくまでも尊称《そんしょう》である。董宰とはその崔尚書を補佐《ほさ》し、崔家を取り仕切る家宰《かさい》――老番頭《ろうばんとう》で、董戌《とうじゅつ》という人物のことである。

すると磨勒はよりいっそう表情を曇《くも》らせて、

「さきほども申しましたが、主家さまはただいまご病床にあられまして、家宰さまとお医者さま以外とは面会謝絶で、とてもお話をうかがえるお加減ではありません。監奴《かんど》（奴隷頭《どれいがしら》）さまのお話では、家宰さまにもお心当たりはないとのことでございます」

裴景は梅漿をぐいと飲み干《ほ》し、杯を卓の上にもどした。解けずに残った砕氷が杯のなかで、しゃん、と鳴った。

「――つまりおまえの頼みごとってのは、おれからあいつを問いつめろってことなのか？」

かれがそう質すと、磨勒はいいえ、と首をふって、

「失礼を承知で申し上げるのですが、いまの檀郎さまのご様子から察するかぎり、裴先生といえどそのお心を披《ひら》かせるのは容易でないように思われるのです。愚見《ぐけん》ではございますが、檀郎さまの沈黙《ちんもく》には単なる頑なさというより、むしろ毅《つよ》いご意志を感じるのです」

裴景は大げさだなと思いつつも、

「それじゃあいったい、おれにどうしろっていうんだ」

「檀郎《わかだんな》さまに直接お訊きしなくとも確認できることはございます。まずはそこからかと考えまして。もしそれで案ずるほどのことでないと判れば、檀郎さまに要《い》らぬお世話をかけずにすむことでございますし」

「順序を踏《ふ》もうってわけだな。で、その確認できることってのは？」

裴景がせっかちにそう訊くと、磨勒の丸い目がきらりと光った。

「……お聞き容れいただけるのですね？」

ていねいなのに、なぜか突きつけるような切迫感《せっぱくかん》のある問いかけだった。首筋に、まるで目に見えない鉄の軛《くびき》をかけられるような、不気味な冷たさを感じた。

「ああ」裴景はしかしうなずいた。──「ただ、おれの分ってのも考えてくれよ。できないものはできないからな」

「いえいえ、そんなにたいそうなことをお願いするつもりは毛頭ございません。裴先生にお願いしたいのは──ご足労をおかけするのですが──北里《ほくり》へ行っていただくことなのです」

「北里へ？　なんでまた」

予想外の依頼におもわず訊きかえす裴景に、磨勒は落ち着いた口調で答えた。

「ただいまのところ手がかりといえば、例の夜宴と瑞龍脳の二つしかございません。そしてもし、そのような豪奢な宴が催されるとすれば、北里の可能性は非常に高いと思うのです」

北里とは長安随一《ずいいち》の花柳街《かりゅうがい》のことである。

「瑞龍脳を炷《た》くくらいの夜宴であれば、その筋ではきっとうわさになったにちがいありません。蘇九娘《そきゅうじょう》さまでしたらなにかご存じではと思いまして」

「そうか、あの大女《おおおんな》か。なるほどなあ」

裴景はひとしきり感心してから、――「けど九娘なら、わざわざおれに頼まなくとも、おまえ自身で話を聴きにいけばいいんじゃないのか」

「とんでもございません。それこそわたくしめの分をお考えください。わたくしがお遣《つか》いのご用もなく北里へなんぞ行こうものなら、それこそ百 策《ひゃくたたき》の上でお邸を逐《お》ん出されてしまいます」

「ああ。それもそうか」

裴景はときどき、この童子が崑崙奴――すなわち奴隷身分であることをうっかり忘れてしまう。

「どうか、お引き受けいただけませんでしょうか」

あらためて磨勒は、うやうやしい口調でそういった。

裴景はうん、とうなずいて、

「まあそれくらいのことだったらお安い御用だ。九娘のところにも久しく顔を出していなかったしな」

磨勒は深々と頭を下げた。

「本当にありがとうございます。なんとお礼を申し上げればよいか――」

「礼にはおよばないよ。おまえの心配も分かるしな」

裴景はそういってから、かるく伸《の》びをして、

「……それに、ひまをもてあましていたところだから、ちょうどいい」

恐縮する磨勒をなだめるつもりでそうつけくわえたが、なぜか磨勒はいっそう恐縮した表情でかれを凝《ぎょう》視《し》した。

「どうした？」やさしく尋ねた。

「あ、いえ。なんでもございません」

「なんだよ。気になるな」

「いえ、そのう」磨勒は急にもじもじして、「はたしてお尋ねしてよいものかどうか、さきほどからずっと、気になっていたのではございますが……」

「うん……」

「その、おひま、ということは、」

「………」

「やはり、その、お試験のほうは……」

第二章

北里

蒲桃《ぶだう》の架《か》の下《した》、戯《たはむ》れに金銭《きんせん》を擲《なげう》ち、
芍薬《しやくやく》の欄《らん》の邊《あたり》、閒《あひだ》に玉馬《ぎよくば》を拋《な》げ、
此《こ》れ平康《へいかう》の盛事《せいじ》、及《すなは》ち文戦《ぶんせん》の外篇《ぐわいへん》。

――『板橋雑記《はんけうざつき》』

一

裴景《はいけい》の身分を一言でいうと〈進士《しんし》〉である。

中国の独創的発明のひとつである学識試験による官僚《かんりょう》登用制度——いわゆる科挙《かきょ》は、唐代《とうだい》にはすでに貢《こう》挙《きょ》という名でもって、官途を志す多くの寒門の士の前に大きく立ちふさがる存在であった。

貢挙には大きく分けて定期実施の常挙《じょうきょ》と、不定期に実施される制挙《せいきょ》の二種があるが、後者は臨時《りんじ》に特殊《とくしゅ》の人材を発掘《はっくつ》する目的で実施されるもので、一般の官僚登用はもっぱら前者の常挙によった。

その常挙も六つの科目に分かれ、なかでも受験生たちの人気をあつめたのが進士科と明経《めいけい》科である。とくに進士科は六科中で最難関を誇《ほこ》り、その合格倍率は百倍にもなったが、そのかわり及第《きゅうだい》すれば必然的に高級官僚への途《みち》が拓《ひら》かれるというものである。

常挙の合格発表は春の盛り、仲春《ちゅうしゅん》の半ばにおこなわれる。晴れて合格すると、数日間にわたるさまざまな祝賀行事が待っている。

とりわけ有名なのが、長安城《ちょうあんじょう》東南隅《すみ》の曲江池《きょくこうち》でひらかれる大宴会《だいえんかい》である。それは皇帝も御簾《みす》ごしに見物におとずれるほどの盛宴で、大勢の見物客でごったがえし、周辺の道路は堵《む》探《さが》しの貴族の車馬で渋滞《じゅうたい》をおこすほどだった。主役である合格者たちにとってはまさに人生最高の瞬間であり、かれらは宴《うたげ》を愉《たの》しみながら、あらためて勝利者としての喜びを存分に噛《か》みしめるのである。

かたや不合格者たちはその様子を遠目にながめ、己《おのれ》も次こそはと捲土重来《けんどちょうらい》を胸に期するのであった。

裴景も二十八歳となるこの春、進士科を受験している。

そして文字どおり、花と散った。

進士という呼び名が科挙合格者の意味で用いられるようになったのは宋代《そうだい》以後のことである。唐代の進士とは進士科を合格した者という意味ではなく、進士科の受験資格を有する者にすぎない。ちなみに合格した者は〈前進士《ぜんしんし》〉とよばれる。〈進士に前《すす》んだ者〉の意だが、非常にまぎらわしい。

当然のことながら、進士にすぎない裴景が曲江池の祝宴に参加することはなかった。かといって、ほかの進士たちのように物見の客にまじって、嫉妬《しっと》と羨望《せんぼう》のまなざしで宴をながめることもしなかった。

いまさら、そんなことをする気になれなかった。

かれが進士科に落第したのは、この春で五度目だからである。


少々気まずくなった空気をまぎらすように再開された対局は案の定、裴景の完敗に終わった。ただしこの場合、裴景の弱さを責《せ》めるよりむしろ、磨勒《まろく》の強さを讃《たた》えるべきなのかもしれない。この崑崙奴《こんろんど》の碁《ご》の強さはまさに神がかっていて、そういうところもまた神仙譚《しんせんたん》の神童を想起させるのである。

その翌日、裴景は磨勒との約束を守って、朝から北里《ほくり》へと出かけた。


大唐帝国の帝都長安は、四方を高さ八丈の城壁《じょうへき》で囲まれた巨大な城塞《じょうさい》都市である。

街は南北に走る十一条、東西に走る十四条の街路によって、碁盤《ごばん》の目のように整然と区分けされていた。街路に囲まれた四角形の街区は〈坊《ぼう》〉とよばれ、それぞれの坊がまた四方を牆壁《しょうへき》で囲われている。坊の字が防《ぼう》に通じるように、この牆壁はもともと各坊を首都の最終防衛線《ぼうえいせん》の堡塁《とりで》となすべく設置されたものである。しかし内に住む市民からすれば、それは自分たちを閉じこめるべくそびえ立つ巨大な檻《おり》にしか見えなかったろう。

その意味で長安という都市は、外郭《がいかく》の城壁と坊壁という二重の檻からなる、巨大な牢獄《ろうごく》にも見立てられるのだった。

長安城の北にましますが皇城からまっすぐ南へ、城を両断するように貫《つらぬ》く大路が承天門街《しょうてんもんがい》であり、略《りゃく》して天街《てんがい》とよばれた。この天街に分かたれた東側を左街《さがい》、西側を右街《うがい》といった。


目当ての北里は、左街の平康坊《へいこうぼう》のなかにある。裴景の住まいがある崇仁坊《すうじんぼう》のちょうど南隣《みなみどなり》に位置する。

平康坊の北の坊門をくぐってしばらく歩いたところで裴景は、道端《みちばた》に人だかりができているのに気づいた。見世物かと思って遠目にうかがうと、人だかりの中心に見えたのは役人風体の男で、真剣《しんけん》な顔つきで下がれ下がれ、とくりかえし怒鳴《どな》っている。なにか事件か事故にちがいない。下手に足止めをくってはかなわないと小走りに横を通りすぎた。

坊の中心に位置する十字路（十字街とよばれる）の手前の路地を左に折れると、道の両側に瀟洒《しょうしゃ》な第《やしき》が立ちならぶ通りが現れる。

長安随一《ずいいち》の妓街《ぎがい》——北里である。

北里は北里三曲と称されるように、北、中、南の三つの曲《きょく》（通り）から構成《こうせい》されていた。このうち裴景は、三曲のなかでもっとも品格が高いとされる南曲《なんきょく》の路地を択《えら》んで入っていった。

朝の妓街は当然のごとく、眠ったように静かである。実際ここに住む人びとの多くは、いまだ夢寐《むび》の時間にちがいない。通りには路《みち》を掃《は》く老人のほかに人影《ひとかげ》はなかった。

裴景は路地の奥まったところにたたずむ、一軒《けん》の邸宅《ていたく》の前で足を止めた。

門の扁額《へんがく》には〈蘇家楼《そかろう》〉とある。

かれはそれを一瞥《いちべつ》すると、呼《よ》び鈴《りん》も鳴らさず勝手に門扉《もんぴ》を開け、なかへ入っていった。きゃんきゃんと吠《ほ》えたてる狆《ちん》を後目に中門もくぐり、前庭をぬけると、目の前には洒落《しゃれ》た造りの母屋《おもや》が現れた。母屋の入口そばに植えられていた桜桃樹《おうとうじゅ》には鳥籠《とりかご》がひとつ吊《つ》るされており、なかの鸚鵡《おうむ》が侵入者《しんにゅうしゃ》を認《みと》めて、『有人入来（お客さまです）』の四言をくりかえし、やかましく囀《さえず》った。

裴景はそれでもためらうことなく前進し、母屋の扉《とびら》を開いた。そして奥に向かって、いきなり声をかけた。すぐさま、

「おい、九娘《きゅうじょう》。いるか」

「ここですよ」

背後から声がかえってきた。

驚《おど》いてふりかえると、そこにはおよそ女とは思えないほど長身の影がそびえ立っていた。

「ごぶさたですね、裴先生」

蘇九娘。身の丈《たけ》六尺《しゃく》にもなんなんとする大女《おおおんな》である。年はすでに二十二で、いまはこの蘇家楼で下働きのようなことをしている。

裴景は見上げる目線で、

「おどろかすなよ。後ろにいるなら声をかけてくれりゃよかったのに」

「ずかずかあがりこんでおいて、ずいぶんないいぐさですね。それに、ずっと後ろにいたわけじゃありませんよ。追いかけて、ようやっとお背中にたどり着いたところなんですから」

「追いかけて、って？」

「裴先生もご覧になったでしょう、北門の手前でたいそうな人だかりができてたの。あたし、あのなかにいたんですよ」

「ああ、あれか」裴景はうなずいて、「いったいなんの騒《さわ》ぎだ。どこぞの間《ま》抜《ぬ》けが頭からどぶにでも嵌《は》まったのか？」

「当たりです」九娘は白い歯を見せて笑った。

「ほんとうか？」

「ええ。ただし嵌まっていたのは間抜けは間抜けでも、ただの間抜けじゃなかったんですけどね」

「え？」

「屍《し》体《たい》だったんですよ」

九娘はなぜか得意げにいった。

裴景はふうん、と気のない声で、

「屍体か。……おおかた、どこかの妓《た》館《な》でぼったくりに遭《あ》った哀《あわ》れな遊客の末路ってところか。夜はまだまだ冷えるからな」

ひょっとしてここの客か、と嫌《い》味《やみ》な冗《じょう》談《だん》をつけくわえると、九娘はにやりとして、人聞き悪いことはよしてくださいよ、とかえした。

「悪い悪い。しかし、たかが間抜けの屍体にしては、えらく大げさな人だかりだったな」

裴景がそう首をかしげるのも当然で、当時の長安市民にとって人間の屍体など、そうめずらしいものではなかった。

なぜならこの街はほんの数年前まで、戦場だったのである。

長安の春とでもよぶべき開元《かいげん》・天宝《てんぽう》年間の泰平《たいへい》は、蕃将《ばんしょう》安禄山《あんろくざん》の謀反《むほん》によってあっけなく崩壊《ほうかい》した。いまから二十年足らず前のことである。

河北《かほく》の辺境から攻め上った安禄山軍は政府軍を木《こ》っ端微塵《ぱみじん》に蹴散《けち》らし、長安に入城するや、凄絶《せいぜつ》な粛清《しゅくせい》と虐殺《ぎゃくさつ》をはじめた。おびただしい屍体が城内のいたるところに累々《るいるい》と積み重なり、街路は血と屍汁《しじゅう》で灌《あら》われた。

外国軍である回紇《ウイグル》軍の助力もあって乱はなんとか鎮定《ちんてい》できたが、その後もしばらくこの街は外からの侵《しん》掠《りゃく》に晒《さら》されつづけた。匪賊《ひぞく》も横行し、城内で無秩序《むちつじょ》な破壊と殺戮《さつりく》が日常茶飯事《さはんじ》のように繰《く》り拡《ひろ》げられていた時期もあった。

そんな時代を生き抜《ぬ》いた長安市民にとって、うち棄《す》てられた屍体が街の排水溝《はいすいこう》を詰《つ》まらせるような光景は、そんなにめずらしいものとはいえなかったのである。

ところが九娘はふたたび小癪《こしゃく》な笑みをたたえると、思わせぶりにいった。

「それがね裴先生。溝《みぞ》に嵌《は》まっていたのは屍体は屍体でも、ただの屍体じゃなかったんです。例の、あの、おなかに穴《あな》があいた屍体だったんですよ」

「例のってなんだ?」裴景は眉《まゆ》をひそめた。「――腹に穴だって?」

「え、ご存じないんですか」逆に九娘が驚いて、「また出たんですよ、あの屍体。ほら、半月くらい前にふたつ、立てつづけに見つかったやつですよ」

裴景はまったく知らなかった。素直に首を横にふる。

半月前といえば、ちょうど貢挙の合格発表のころである。あの前後は発表の貼《は》り出しを見に出かけた以外は、ほとんど下宿先に閉じこもっていた。そのため世事や街巷《がいこう》のうわさにはすっかり疎《うと》くなってしまっている。

　事情を察した九娘がていねいに説明をはじめた。

「先月の二〇日すぎくらいだったと思います。御史台《ぎょしだい》の官人さまが永寧坊《えいねいぼう》のご自宅でお亡《な》くなりになっているのが発見されたんですけど、それがとにかく奇妙《きみょう》なお姿《すがた》だったらしいんですよ。なんでも、おなかが十の字に大きく切り開かれて、真っ黒い穴があいていたんですって。仮にも官人さまがですよ」

「ほう」

「で、その二日あと。今度は太平坊《たいへいぼう》でおんなじような屍体が見つかりましてね。この人はただの商売人だったんですけど、屍体のありさまが、先の官人さまと瓜二《うりふた》つだったそうなんです」

「で、それとおなじのがまた出たってわけか？」

「ええ。さっきの屍体は朝服《ちょうふく》を着ていたって話ですから、今度もまた官人さまじゃないですか。あんなひどい目に遭われるなんて、官途に就くのも考えものですよね……」

　言葉尻《ことばじり》に進士である裴景へのあてこすりが込められているような気がしたが、とりあえず無視することにした。それより、気になることがある。

「朝服を着ていたって？」

「ええ。あたしも直接見たわけじゃないんですけど、前にいた野次馬《やじうま》がそう話してましたよ。なにせあの人だかりですから、あたしの背丈でも伸びしたくらいじゃ、まるで見えなくって。で、そうこうしているうちに、横を裴先生が急ぎ足で通りすぎていくじゃないですか。それであわててあとを追いかけてきたってわけですよ。こんな朝っぱらから北里にむかってるみたいだから、どうせうちに用があるんだと思って……」

そこまで話して九娘は、目の前の裴景がなにやら考えこんでいるのに気づいた。

「裴先生、どうかしました？」

「いや……」

かれはあいまいに首をふる。

（官人の屍体――）

なぜだろう、ひっかかる。ひどく気になる。

「行ってみよう」裴景は自然にそう口にして、足早に外へ向かって歩き出した。

「え、行くって、屍体のところですか」蘇九娘はあわててかれのあとにつづいて、「ちょっと待ってくださいよ、裴先生――」

二

二人は蘇家楼を出ると、来た道をそのまま逆行して北里南曲の路地を抜け、角を右折し、大通りに出た。すこし歩くと、あの人だかりである。ただし、さっきとくらべて何倍も人が増えている。中心から役人の怒声《どせい》が聞こえるのはあいかわらずだが、その声はすっかりしゃがれてしまっていた。

「すごい人ですねえ」

通りを見渡しながら、九娘は感心したようにいった。

「そうだな」

裴景は人だかりの最後列から、なんとか中心を望めぬものかと一所懸命背伸びをし、子供のように跳ねたりもしたが、目に入るのは野次馬の黒い頭ばかりであった。

「無理ですって。あたしでも全然だめなんですから」

背後から九娘がたしなめた。彼女は裴景より頭半分以上背が高いのである。

しかたなく人ごみのなかに突っこんで、強引に割りこんでいこうとしたが、うまくいかない。入射角を変え、わずかな隙間《すきま》を見つけては何度も挑んだが、そのたびごとに弾《はじ》き出されてしまう。

「大丈夫ですか」何度もひり出されてはよろめきながらもどってくる裴景に、九娘は半ばあきれ顔でそう声をかけた。

そんな奮闘《ふんとう》のさなか、野次馬たちにも動きがあった。

それまで荒《あら》っぽく喧噪《けんそう》の声をあげていた者たちが急に言葉少なくなったかと思うと、代わって緊張《きんちょう》感《かん》のあるどよめきの渦《うず》があたりを包みはじめたのである。

原因はすぐにわかった。どうやら通報を受けた兵士の小隊が通りの向こうに現れたようなのだ。そして兵士たちは権柄《けんぺい》な様子でなにか宣《のたま》うと、強引に野次馬たちをかき分けていった。

兵士は五人ほどだが、あまりの強引な割りこみっぷりに場は騒然《そうぜん》とした。かき出された人びと同士がなかで押し合いになり、転ぶ者、弾き出される者、小競《こぜ》り合いする者など、場は急に乱《みだ》れはじめた。

「いまです、裴先生」

突然の九娘のかけ声に、ふりかえる間もなく強い力で背中を押された裴景は、つんのめったままふたたび人ごみのなかへ飛びこんだ。するとちょうど、かれの身体は混乱する人びとの隙間をすり抜けて、ととっと一気に人だかりの中心へと滑《すべ》りこんだ。

さっきまで声しか聞こえなかった役人が目の前でなお、下がれ下がれと声を嗄《か》らしてわめいている。かれはなんとか体勢を立てなおすと、勢いにまかせて強引にこの役人の腕《うで》をもかいくぐり、壁際の排水溝まで迫《せま》った。

「うっ――」かれはたまらずうめいた。

強烈《きょうれつ》な悪臭《あくしゅう》である。

臭《にお》いの原因ははっきりしていた。

牆壁《しょうへき》際にある幅《はば》二歩ほどの排水溝によどむ汚水《おすい》。

そこから人間の脚《あし》が二本見えている。

全身のほとんどがどぶに浸《つ》かり、ほどけた帯が泥水《どろみず》のなかをゆるゆらと漂《ただよ》っているのが見えた。一見したところ、まさに泥酔《でいすい》した遊冶郎《ゆうやろう》の哀れな最期といった感じである。

しかしよく見ると、泥水のなかに無惨《むざん》に澱《よど》む男が纏《まと》っているのは、まちがいなく官服の青い衣だった。

裴景は屍体の一歩手前まで近寄り、腰《こし》をかがめると、思いきって青衣《せいい》の肩口《かたぐち》をつかみ、ひっぱった。案外と軽い力で手前にごろんと一転し、うつ伏《ぶ》せに沈《しず》んでいた屍体はあおむけになった。

それは見るも無残な姿だった。帯がほどけ、露《あら》わになった腹部は斜《なな》め十文字に切り開かれ、ぽっかりと黒い穴があいていた。

悪臭は一層濃厚になった。屍臭ではなく、この汚水の臭いが強烈だった。裴景の横にいた野次馬のひとりは急に壁際に向かうと、排水溝に向かって嘔吐《おうと》した。つづいて、つられた何人かも並んで吐《は》き出した。白い吐瀉物《としゃぶつ》が汚水の上を漂うことになった。

裴景も限界だった。かれがなんとか堪《た》えられたのは、いまだかれの心身を被《おお》っていた緊張が解《と》けていなかったせいである。

屍体の頭はまだ、排水溝のなかにある。

かれはさらに一歩、近づいた。そして上から恐《おそ》る恐る、汚水に浸かる屍体の顔をのぞきこんだ。ゆらゆらとゆれる灰色の水面ごしに、死者の相貌《そうぼう》が映《うつ》る。

背後から声がかかった。「――貴様の知り合いか?」

裴景はふりむきもせず、

「いいえ」

そう答えてから、内心はっと驚いた。

いったいなにが〈いいえ〉なのか。なににたいして〈いいえ〉だったのか。――かれは無意識のうちに、この屍体が崔静《さいせい》である可能性を考えていたのである。

崔静の死を想定していた。――

そしていま足許《あしもと》にころがっている屍体は、崔静ではない。汚水ごしで、泥にまみれ、青黒い膚《はだ》は膨張《ぼうちょう》しはじめていたが、その人相は、崔静の端正《たんせい》な細面とは似ても似つかぬものだった。

裴景はゆっくりと立ち上がると、屍体からふらふらと後じさりした。

(どうしてあいつだと思ったんだろう)

かれは自分の心の動きが信じられなかった。

「知り合いじゃないんだな」肩にぽんと手がかかった。さっきの声である。

「ええ……」

そう答えた瞬間、かれの身体は肩にかけられた手によって強く後ろへひっぱられて、そのまま人ごみのなかへ突《つ》き飛ばされた。

「だったら邪魔《じゃま》だ。どけ！」

そう叱罵《しっぱ》したのは、さきほど登場した兵士だった。立派な戎衣《じゅうい》に身をつつんでいたが、面構《つらがま》えはむさくるしく、いかにも柄《がら》が悪そうである。

つづいておなじような姿の兵士が四人現れて、屍体を囲むように野次馬の前に立ちふさがった。

「あいつら佽飛《しひ》ですね」

いつのまにか横にいた九娘がそっと耳打ちした。

「そうかよ」裴景はそうこぼして息をついたが、正直それどころではなかった。いままでまともに息をしていなかったことに、ようやく気づいた。

「でもおかしいですね」九娘は裴景の着物の埃《ほこり》を手で払《はら》いながら、いった。「やつら、右街の武候舗《ぶこうほ》でよく見かける顔ですよ」

「右の金吾《きんご》だって？　まさか」

金吾衛《きんごえい》は禁軍《きんぐん》（近衛軍《このえぐん》）のなかの一軍で、その任務はおもに首都長安の警察《けいさつ》業務および門衛である。金吾衛の衛士《えいし》（兵卒）は佽飛とよばれ、ふだんは宮城や各城門、各坊の角に設置された武候舗とよばれる詰《つめ》所《しょ》を拠点《きょてん》に、その任にあたっていた。

もちろん警察という職務柄、この場に金吾衛の衛士が現れること自体なんの不思議もない。しかし千牛衛同様、金吾衛の場合も左右の二組織に分かれ、それぞれ長安城の左街、右街を受け持つことで棲《す》み分けがなされている。そしてここ平康坊は左街にあるため、左金吾衛の管轄《かんかつ》のはずである。

右街を担当する右金吾衛の佽飛が大きな顔はできないはずなのだ。

ほかの佽飛が野次馬たちに睨《にら》みをきかせているあいだ、裴景を突き飛ばした佽飛がひとりしゃがみこんで屍体を検分していたが、やおら立ちあがると、それまで中心にいて現場を仕切っていた役人を、おい、と呼びつけ、

「貴様がここの坊胥《ぼうしょ》か」

と訊《たず》ねた。

「は。さようで」

それまでの癇声《かんごえ》はどこへやら、役人は慇懃《いんぎん》に会釈《えしゃく》した。

ちなみに坊胥とは各坊を取り仕切る小役人である。県の所轄にあるので、軍所属の衛士とは直接の上下関係はなく、かくも恫喝《どうかつ》される謂《い》われはないはずだが、衛士側の貫禄《かんろく》勝ちといったところだろうか。

その佽飛はまわりにも聞かせるような大音声《だいおんじょう》で、

「いまからこの屍体は、われわれ右金吾衛があずかる」

と宣言した。

「は。……ん？　右？」坊胥は聞きちがいかと顔をあげ、「みなさんがた、左金吾ではなくて？」

「右といったら右だ！」

佽飛が恫喝するように大声でそういうと、坊胥はひえ、と跳《と》びあがった。

「左の連中には話をつけてある。わかったら、とっとと失せろ」

そういわれ、坊胥はそそくさと退場した。つぎに佽飛たちは野次馬に向かっても、

「貴様らも見世物じゃないんだ。帰れ、帰れ！」

と怒鳴った。

かれらは腰の刀に手をやり、半ば脅《おど》すように野次馬をつぎつぎ逐《お》い立てていった。

「行きましょう、裴先生」九娘はそういって裴景の袂《たもと》を引いた。

「うん……」

裴景はなんとなく後ろ髪をひかれるような気分のまま、しかし逐い立てられる人波の勢いに逆らうこともできず、押し流されるままその場をあとにした。

三

ふたたび北里南曲は蘇家楼。

喧噪からもどった裴景と蘇九娘は、母屋の入口を入ってすぐにある庁事《ちょうじ》とよばれる部屋で茶をすすっていた。ちなみにこの庁事というのは、遊客が妓女《ぎじょ》の用意を待つための部屋である。

「あれは、なんだったんでしょうね」

九娘は一息つくと、つぶやくようにいった。

「さっきの屍体か？」と裴景。

「ええ」九娘はうなずいて、「あと、あの佽飛《しひ》たちも。どうして右金吾の佽飛があんなところに現れたんでしょう」

「知らないよ。前のときはいなかったのか」

「たぶん。もしそうだったら、そのことも話題にのぼっていたはずですから」

そういうと彼女は湯呑《ゆのみ》を両手につつんだまま、しばらく庭のほうをぼんやりとながめていたが、

「……あいつら、わざわざ右街から来たんですかね」

ぽつりとそういった。

「かもな。どこの武候鋪にいた連中か知らないが、天街沿いからなら、平康坊までそんなに時間もかからないだろう」

「でも連中、徒歩でしたよね。しかも結構のんびりした登場でしたよ。そのわりには来るのが早くありませんでした？」

「うん……」

「なによりあの連中、どうやってあそこに屍体が出たことを知ったんですかね」

「そりゃ騒ぎを聞きつけたか、だれかが通報したんだろ」

「だれが右の金吾なんかに通報するんです？」

「あ」

たしかにそうだ。左街でおきた事件を、だれがわざわざ右金吾衛まで通報するだろう。

「騒ぎを聞きつけて、というのも、連中が右街にいたとしたら無理がありますよね。左軍よりも早く現れてましたからね」

裴景はすこし考えてから、

「ひょっとするとやつら、あらかじめ左街にいたのかもしれないな。左とは話がついてるとかいってたから、事件のことも案外左金吾から聞いたのかもしれない」

「でも、どうして左街にいたんでしょう」

九娘のそのもっともな問いに、裴景はううん、と唸った。

「……そりゃなにか、左金吾衛には任せられない、のっぴきならない事情があったんじゃないか」

そしてそののっぴきならない事情とは当然、あの奇態な屍体に関わることだろう。

だからかれらは〈屍体は右金吾衛があずかる〉と宣言したのかもしれない。屍体そのものになにか事情が隠《かく》されているのだろうか。

「最初の屍体が右金吾衛の武官とか、そういう話じゃないのか」

と裴景が思いつきを口にすると、九娘は首を横にふって、

「さっきも申し上げましたけど、一番最初に死んだのは御史台の官人です。金吾衛とは関係ありませんよ」

と退けた。ちなみに御史台は検察を担当する花形の官庁である。

「ちなみに二番目は？」裴景は訊《き》いた。「商売人だっていってたっけ。なにか金吾衛と関わりは？」

「さあ。珠玉商《しゅぎょくしょう》って話ですけど、そんな話は聞かないですねぇ」

九娘はそんなふうにあっさり受け流すと、そうそう、と強引に話を変えた。

「——それより裴先生こそ、あの屍体になにかあるんですか？」

「え？」

「ほら、あたしが最初に屍体の話をしたとき、急に血相変えて飛び出していったじゃないですか」

「ああ……」

「なにか、お心あたりでもあったんですか」

「いや、そんなにたいしたことじゃない。いま考えると、思いすごしみたいなものだな」

「思いすごしですか」

「自分でもうまく説明できないんだが。……ま、今日ここに来た用件とも関係なくはないんだが」

「そういえば、さっきからばたばたしちゃって、肝腎《かんじん》なことを全然おうかがいできていませんでしたね」九娘はあらたまった口調と態度で尋《たず》ねた。「そもそも今日はこんな朝から、どういった御用むきでいらっしゃったんですか？」

「うん」裴景は一口茶を含《ふく》み、喉《のど》を湿《しめ》らせてから、「……じつは、ひとつおまえに訊きたいことがあったんだ。だしぬけだけど、ひと月ほど前に北里の妓館で、豪勢《ごうせい》な夜宴があったなんて話を聞いてないか？」

「ほんとうにだしぬけですね」九娘は笑みをこぼして、「豪勢な夜宴って、夜宴はたいてい豪勢なものですよ」

「いや。豪勢は豪勢でも、並の豪勢じゃないんだ。なんでもその夜宴では、瑞龍脳とかいう、それはそれは貴重なお香が炷《た》かれてたっていう話だからな」

「瑞龍脳ですって？」九娘は真面目な顔つきにもどって、「ほんとうですか？」

「たぶんな」

「いったいなんの話ですか」

そして裴景は磨勒の話を細大漏《も》らさず、つまびらかに説明した。

九娘は元妓女らしく愛想よく話を聴《き》いていたが、一区切りついたところで、なるほど今日はあの坊やの差し金ですか、とつぶやいた。

「差し金というより遣《つか》い走りだな」

裴景がそう苦笑すると、

「まあ、あの坊やのことですから、まちがいはないんでしょうけどね」そこで九娘は急に思いついたように手を拍《う》った。「……そっか。もしかして裴先生、さっきの屍体が崔郎君《ろうくん》かもしれないと考えられたわけですね」

「ああ。自分でもどうしてそんなふうに考えたのか不思議なんだが、あのときはなんとなく、そんな気がしたんだ」

「で、いてもたってもいられなくなった——」

裴景はうなずいた。あれはいま思いかえしてみても、まったく衝動的《しょうどうてき》な行動だった。

「夜宴ですか……」九娘は茶の湯煙《ゆけむり》をじっと見つめながら記憶《きおく》をたどっているようだったが、結局は首をかしげて、——「いや、そんな話、聞かないですね。もし北里でおっしゃるような豪勢な夜宴が催《もよお》されたとしたら、まちがいなく耳に入ってくるはずなんですけど」

「北里以外の陝斜《いろまち》はどうだ。鳴珂曲《めいかきょく》とか古寺曲《こじきょく》とか——」

「ないですね。断言できます。城内の陝斜どうしのつながりって、意外に密なんですよ。うわさも聞こえてこないなんてこと、ありえません」

「しかし、なんらかの理由でその宴が秘密裡《ひみつり》に催されていたとしたらどうだ？　一流の妓館であればあるほど、そういう秘密は厳重に守るもんじゃないのか」

九娘はゆっくりと首を左右にふると、おなじことですよ、と諭すようにいった。

「そりゃたしかに、一流の妓館ともなれば極秘の宴なんてざらですし、それを軽々《けいけい》に外にお話しするなんてもってのほかですよ。でも実際には、設宴の事実自体を完全に隠し通すなんて、まず不可能です。どんなに大きな妓楼でも、宴のすべてを自前で取り仕切ることはできませんからね。おっしゃるほどの夜宴でしたら、楽師《がくし》はそれ相応の腕前の人を何人も集めないといけませんし、飾師《かざりし》だって一流の職人がよばれるでしょう。それに夜宴でしたら蠟燭《ろうそく》も相当数用意しないといけません。その中身が豪華《ごうか》であればあるほど、たくさんの人や物が動きますからね。どうしたって外への発注が必要になってきます。そうなると、人の口に戸は立てられませんからね。どこかの筋《すじ》には自然と話が漏れ聞こえてくるものなんです」

「なんだ、どこかの筋って？」

「たとえば、この筋です」九娘は自分の耳たぶをつまむと、自信たっぷりにいった。「この耳年増《みみどしま》の耳に入ってこないなんてこと、ありえないんですからね」

彼女がここまで強く言いきるのには、それなりの理由がある。

蘇九娘。――元妓女で、いまは妓館〈蘇家楼〉で下女仕事をしているのは前述《ぜんじゅつ》のとおりである。しかし彼女は婢《ひ》――いわゆる奴隷《どれい》身分ではない。いまこの蘇家楼で下女仕事に従事できているのはひとえに彼女の人柄と、仮母《かぼ》（遣《や》り手）やほかの妓女たちによる彼女への同情のたまものといえた。

もともと九娘は、幼いころ見こまれて北里に売られただけあって、なかなかの縹緻《きりょう》よし。伎芸は教坊《きょうぼう》の師匠《ししょう》も愧《は》じて逃げ出すほどの手前であった。機知に富み、弁舌さわやかで、情義に篤《あつ》く、男勝りに豪放な気《き》っ風《ぷ》は異性の華客ばかりか、同性の妓女からも慕《した》われるところであった。六尺にも及《およ》ばんとする長身は男の目には玉に瑕《きず》だが、年上の同性からは愛嬌《あいきょう》に、後輩の妓女にとっては頼もしく映り、彼女らの敬慕《けいぼ》を集めることになったのだ。

その後、哀《かな》しい事件が重なった末に、一度は落籍《らくせき》した九娘を蘇家楼ならびに北里という街がふたたび迎《むか》え容《い》れたのも、彼女のそうした人柄と人望が下地にあったからといってよい。しかも迎えるにあたって、〈妓女でなく下女として〉という彼女の条件――異例中の異例というべき破格の要求である――さえ認められたのである。

かくして彼女は蘇家楼で一から下女として働きはじめて、もうすぐ三年たとうとするが、その働きぶりは彼女を受け容れた人びとを心から満足させるものだった。

最近では仕事のかたわら、その幅広い交友関係を活かして媒――いわゆる仲人のようなこともはじめていた。適齢の妓女を有望な官僚や商人らとむすびつける手伝いをして、実際何件もの落籍や縁談《えんだん》を成就させているという。彼女自身に利益があるわけではないが、このおかげで彼女の人脈はよりいっそう強い根を張り、北里以外の妓街と妓女にまで深く通じるようになった。いまや長安城内の妓街に関することで、彼女に訊いてわからないことはないと思われるほどの事情通であった。

その意味で今回の夜宴に関する情報蒐集《しゅうしゅう》先《さき》として、九娘はまさにうってつけといえた。情報の量や質もさることながら、今回の場合口の堅《かた》さという点でも申しぶんない。

そしてこの女が知らないということは、問題の夜宴は現実には存在しなかったといっていいだろう。

「そうか、夜宴なんてなかったのか……」

九娘の否定をうけて、裴景は力が抜けたように肩を落とした。

「あの崑崙奴でもさすがに、見当ちがいのひとつもあるわけか。完全にふりだしにもどっちまったな」

「そのことなんですけど――」九娘がおずおずとつけくわえた。「崔郎君のことでしたら、あたし、夜宴とか瑞龍脳とかとはべつに、心あたりがあるんですけど」

「え、心あたり？」

「ええ。心あたりというか、ずばりなんですけどね。じつは昨日、お見かけしたんですよ。夕方ごろなんで、ちょっと薄暗《うすぐら》かったですけど、あれはまちがいなく崔郎君でした。遠かったんで、お声がけしようか迷《まよ》っているうちに、どこかへ去ってしまわれたんですけど」

「いったいどこで……？」

裴景が興奮気味に尋ねると、九娘の表情がにわかにこわばった。

「……どうした？」

「いや、それがですねえ、裴先生……」

彼女は心もち声をひそめて、

「崔郎君、大寧坊《だいねいぼう》のお邸《やしき》の前にいらしたんですよ。門前で馬にまたがったまま、なにか物想いにふけっていらっしゃるように、陶然《とうぜん》とたたずんでいらして……」

「大寧坊のお邸って、まさか、中書侍郎《ちゅうしょじろう》の？」

九娘は黙《だま》ってうなずいた。

「まさか」裴景はそのまま絶句した。かれも夜宴だ瑞龍脳だと聞かされたときから、相応の大物が関与している可能性を予感し、覚悟《かくご》もしていたつもりだった。

しかし、それがよりにもよって、――

「中書侍郎だなんて……」

中書侍郎とは官名である。政策の立案、詔勅《しょうちょく》の起草をつかさどる中書省《ちゅうしょしょう》の次官で、品階は正四品上《せいよんひんじょう》。文句なしの大官である。

しかしこの中書侍郎の場合、問題はその品階の高さにではなく、その人物にあった。

この当時、中書侍郎の位にあったのは、元載《げんさい》という人物である。

元載。字《あざな》は公輔《こうほ》。士大夫《したいふ》出身で、現在今上皇帝がもっとも厚い信頼をよせる、天下第一の権臣である。

一方で富と権力のためならどんな手段も厭《いと》わぬという、悪いうわさの絶えない人物でもあった。そのことはなにより、元載のそれまでの経歴が雄弁《ゆうべん》に物語っている。

元載の立身の足がかりは、当時宮中で絶大な権力をふるっていた李輔国《りほこく》という宦官《かんがん》に取り入るところからはじまった。もともと李輔国の外戚《がいせき》一族の出身だったということもあって、すぐに目をかけられるようになり、順調に出世を重ねていった。

ところが、この李輔国がじつは皇帝に疎《うと》まれていることを知るや、元載はこの恩人《おんじん》をあっさり暗殺してしまうのである。その後、李輔国に代わって台頭した魚朝恩《ぎょちょうおん》という宦官の誅殺《ちゅうさつ》に手を汚すことで、皇上の信任を勝ち得ると同時に、宮中に並ぶ者なき権力を手にすることとなった。

しかしかれは、天下第一の権勢家という立場だけでは満足しなかった。

つぎにかれが目指したものは富である。手にした政治権力を最大限利用して、利権を独占《どくせん》し、賄賂《わいろ》を奨《しょう》励《れい》し、巨万の富を築きあげた。長安近郊につぎつぎと豪壮な別邸を建設し、そこに後宮《こうきゅう》の宮嬪《きゅうひん》すら見劣《みおと》りするといわれるほどの美女を多く住まわせ、酒池肉林《しゅちにくりん》さながらの生活を送っているという。

長安城内にも、その富と権力を誇示《こじ》するかのように大寧坊と安仁坊《あんじんぼう》に二つ、広大で豪奢きわまりない大邸宅を構えていた。長安市民にとって大寧坊のお邸といえば、この元載邸をおいて他にないのである。

「裴先生。いま、思いついたんですけど」九娘が口をひらいて、「ひょっとして、さっき言ってた夜宴、――陝斜《いろまち》じゃなくて、どこかの私邸で催されたものじゃないでしょうか」

どこかの私邸というが、この話の流れではそれが大寧坊の元載邸を指していることはあきらかだった。

「私邸だったら女は家妓を用いればすむ話です。楽師や飾師だってお抱えの人間がいてもおかしくありません。つまり外から人を調達する必要がないんです。さらに普段から消費の激《はげ》しいお邸や、子飼いの御用商人がいるようなお邸ですと、物の出入りから足がつくこともないでしょう。結果、外に情報が漏れる可能性はきわめてちいさく——」

「おまえの耳にも入ってこないってわけか」

裴景がそう言葉を継《つ》ぐと、九娘はこくんとうなずいた。

（中書侍郎主催の夜宴か……）

考えるだに厄介《やっかい》そうである。裴景の心は急速に萎《な》えはじめていた。

なにしろ話が大きくなりすぎている。中書侍郎の私宴など、裴景ごときが首を突っこむような領分ではない。

ここまでかな、と裴景は思った。蘇九娘から夜宴について話を聴くという当初の目的にたいしては、十二分の成果をあげたといえる。むしろこれ以上首をつっこめば、ろくなことにならなそうである。

裴景がそんな逃げ腰の思案にくれていたところへ、唐突に九娘が尋ねた。

「そういえば裴先生。大寧坊のお邸といえば、そこにいる女冠《じょかん》のうわさはご存じですか？」

裴景は、ん、と九娘に視線をもどして、

「女冠？　女の道士《どうし》ということか？」

「ええ。この界隈《かいわい》でけっこううわさになってるんですけどね」

裴景はもう一度、ん、といって、

「待てよ。中書侍郎といえば、たしか熱心な仏教信者だろう。その邸に、なんでまた女冠なんかがいるんだ？」

「そりゃ、あれだけ大きなおうちですと、なにからなにまで仏事で済《す》ますというわけにはいかないんじゃないですか。それにもともと中書侍郎さまは玄学《げんがく》の試験で立身されたかたですし、お邸のなかにも立派な道観《どうかん》（道教寺院）をお持ちだそうですよ」

「道観を？」

「ええ。なんでも皇城にお勤めだった優秀《ゆうしゅう》な道士さまをわざわざ引き抜いて、その道観の観主に据《す》えていらっしゃるって話です」

中書侍郎元載は数少ない道挙《どうきょ》出身の大官である。

唐朝は創業時に道士の建言を容れて、伝説的な聖人である老子《ろうし》を遠祖《えんそ》に持つ血統の帝室であると名乗ったため、必然的に道教を事実上の国教として手厚く保護《ほご》することになった。とくに六代皇帝玄宗《げんそう》の道教への傾倒《けいとう》は甚《はなは》だしく（そもそも諡《いみな》の玄が道教を意味するものであった）、玄学（道教教学）にすぐれた者を官吏《かんり》に登用する制度まで設けるほどだった。これが道挙で、試験の形式自体は貢挙の明経科に沿うものだったが、問われる知識が『老子《もうし》』『荘子《そうし》』『列子《れっし》』『文子《ぶんし》』といった道教経典に関するものであった。

この制度によって多くの道士が官途に就くことになったのだが、後世にまで名を残した人物は意外にすくない。元載はその数少ない例外のひとりであった。

その後元載は官界で先帝粛《しゅく》宗《そう》の信任が厚かった禅僧神會《ぜんそうじんね》や、その信奉者で崇仏家《すうぶつか》として知られる王縉《おうしん》（王維《おうい》の弟）らと交流するなかで、急速に仏教への信仰《しんこう》を深めていった。いまでは皇上にも熱心に崇仏を勧《すす》め、不空三蔵《ふくうさんぞう》（空海《くうかい》の師）の最大の後援者《こうえんしゃ》のひとりとして知られるほどの崇仏家であった。

とはいえ国教ともいえる道教を軽んじるようになったかというと、そうでもなく、道挙出身という経歴もあって、いまも元載の道教にたいする尊崇《そんすう》は篤かった。

またこの当時、道士は薬学や養生術《ようせいじゅつ》に精通する、すぐれた医者でもあった。あれほど巨大な邸であれば、医者のひとりやふたり抱えるのはむしろ当然といえる。ただ、そのために私的な道観を建ててしまうところは、さすが天下の権臣といえよう。……

裴景がひとり勝手にそう感心していると、九娘は手をふって、問題はそこじゃないんですよ、と水を差した。

「道士や女冠がいるってこと自体べつにどうでもよくって、問題はその女冠なんです。なんでもその女冠、とんでもない美貌《びぼう》の持ち主らしいんですよ」

「とんでもない美貌？」裴景は小馬鹿にするように、「そりゃ中書侍郎お抱えの道士や女冠となれば、見目《みめ》麗《うるわ》しいのが選ばれるだろうよ」

「ですからとんでもないいないなんですよ」

九娘は鋭《するど》く言いかえした。

「ちょっとやそっと整ってるくらいじゃ、うわさになんかなりませんよ。まあ聴いてください。一番最初に話を聞いたのは今年の初めごろです。うちのお客さまで、たまたまお仕事で中書侍郎さまのお邸にいらっしゃったかたがいるんですけど、そのかたが『大寧坊のお邸でとんでもない別嬪《べっぴん》を見たぞ』なんておっしゃったんです。うちの門をくぐっておいて第一声がそれですよ。ひどいと思いません？」

彼女はそういって微笑《ほほえ》んだが、不思議とその表情に翳《かげ》りがあった。

「そのとんでもない別嬪ってのが、女冠だったっていうのか」

「ええ。あざやかな絳《あか》の玄衣《げんい》を纏っていたっていうんですよ。だからよけい印象的だったって」

玄衣あるいは道服《どうふく》というのは、道士が着用する専用の衣裳《いしょう》のことである。その道士の道統や階級によって小差はあるが、基本は黄裳絳褐《こうしょうこうかつ》（黄色の裳裾《もすそ》と深紅《しんく》の上衣《じょうい》）とされる。

「その旦那さまのお話だけなら正直、あたしも話半分で突き放しておけたんですけど、お仕事でしょっちゆうお邸を出入りされているご常連さまからも、お邸の道観にすごい綺麗《きれい》な女冠がいるって聞かされて。

――で、極めつけは、まったく別の知り合いからも、おなじような話を聞かされたんです。古なじみで、いまは東市の衣肆《いし》(服屋)に嫁《とつ》いだ娘《こ》なんですけど、その娘もおんなじころ大寧坊のお邸で見かけたって」

「ふうん」とりあえず裴景は相槌《あいづち》を打つしかなかった。

「しかもその娘の話だと、その女冠の女を前にも見たことがあるんですって」

九娘の話しぶりはいよいよ勢いづいてきた。

「その娘、前に教坊で下働きをしていたことがあったんですけど、そのときにもその女を見かけたことあるっていうんですよ」

「教坊のなかでか」

「ええ。二年くらい前のはずです。あ、でも、北里の女じゃありませんよ」

わかってる、と裴景は答えた。

教坊とは、宮女《きゅうじょ》に歌舞《かぶ》や楽器等の伎芸を教導《きょうどう》する官立の訓練学校である。

そして北里の妓女も教坊の管轄下に置かれ、ここで伎芸を仕込まれた。北里の妓女には半ば官妓としての性格もあったからである。当然、元妓女である蘇九娘も教坊で修業した口で、妓芸の一から十までをみっちりしごかれたという。

九娘の古なじみの女は、女冠の女を教坊にいた当時にも見かけたことがあるという。とはいえ、北里とは無関係だろう。もしその女が北里の妓女だとすれば、九娘が知らないはずない。

つまりその家妓は、宮女だったということになる。

そして、とんでもなく別嬪などと形容されるからには、ただの宮女とも思えない。

「まさか、妃嬪《ひひん》だったのか？」

一口に宮女といっても、彼女たちが所属する後宮は巨大組織である。なかでも皇帝から直接寵愛《ちょうあい》をうける女たちは当然ながらその最高層に位置し、貴妃《きひ》や恵妃《けいひ》、美人《びじん》などとよばれる官位があたえられ、特別に優遇《ゆうぐう》された。すなわち妃嬪であり、万を数える宮女たちのあこがれの対象であった。

「いえ、結論から申し上げますと、そうではなかったようなんです」

「でも、とんでもなく綺麗なんだろう？」

「そこが問題なんです」

九娘は困《こま》った顔つきでいった。

「まず、妃嬪ではありえないんです。妃嬪なら罪を犯して官位を剝奪《はくだつ》でもされないかぎり、永巷（後宮）の外に出ることはできません。そして罪を犯した宮女が、生きて永巷を出ることもありえません」

たしかに、と裴景も思った。宮女とはその身すべてを皇上にささげるものである。たとえ皇帝の寵愛を受け、皇子をもうけ、後宮内で位《くらい》を極めようと、そこから自由に出ることは許《ゆる》されないのだ。

「でもその女は生きて永巷の外の大寧坊にいるんです。とんでもなく美しくて、宮女ではあったが妃嬪ではなかった女が、どうして中書侍郎のお邸に女冠姿でいるのか。――不思議じゃないですか？」

「まあな」

裴景はそう口にしたが、一番不思議なのはなぜ九娘が延々とこんな話に熱弁を振《ふ》るっているのか、ということだった。とりあえず黙って最後まで聴くつもりではあるが、中書侍郎の名前が出てからずっと逃げ腰になっているかれにとって、話にどんどん不穏《ふおん》な先行きを感じていた。

「ここからは、あたしの勘《かん》なんですけど――」

勘なんて言葉が出てきたら、いよいよいけない。

「その女冠が最初に目撃《もくげき》されたのは、今年の正月の終わりころ──つまり上元《じょうげん》（正月一五日）のあとなんです。で、目撃したうちのご常連さま──孔《こう》さんっていって大寧坊のお邸にはけっこう頻繁《ひんぱん》に出入りされているかたなんですけど、そのかた曰《いわ》く、それまでは一度もそんな女を見たことがなかったっておっしゃるんですよね」

「おいおい、まさか」

裴景は鋭くさえぎった。九娘の言わんとしていることを察してである。

上元は道教の神である上元天官大帝《じょうげんてんかんたいてい》の生日で、斎戒《さいかい》し、これを祀《まつ》る日である。

しかしそれとはべつに、この日の夜には張燈《ちょうとう》とよばれる行事があった。街のいたるところに燈籠《とうろう》がかかげられ、煌々《こうこう》とあかりに照らし出された街を、人びとが夜通し観て回るというものである。

この日ばかりは普段夜になると閉ざされる長安城内の各坊門も終日開放され、夜間の外出が許可《きょか》された。

それは後宮の宮女においても例外ではなく、彼女たちも晴れて宮城の外に出て燈籠を観たり、夜市で買い物をしたり、はたまた家族と面会することも許されたのである。上元はふだん幽閉《ゆうへい》生活にある宮女たちにとって、大手をふって宮城の外に出られる一年で唯一の安息日といえた。

そこでおきるのが〈出内《しゅつだい》〉である。この機に、後宮からの逃亡《とうぼう》をくわだてる宮女がすくなくないのだ。

件《くだん》の女は上元以降に中書侍郎邸に姿を現すようになったという。

つまり、──

「その女は上元の日に後宮を飛び出して、中書侍郎の邸に駆《か》けこんだってわけか」

ところが九娘の反応は薄い。

「ちがうのか？」

裴景が訊くと、彼女はいえいえ、と神妙に手をふって、

「そうかもしれません。というか、それがふつうの発想なんでしょうね。ただ、あたしはちょっとちがう方向に勘ぐっていまして」

「というと？」

「その女は、そのまま永巷に残っていれば、いずれかならず天子さまのご寵愛をうけられたにちがいない――そう思えるくらい美しいんです。そう考えると、彼女はほんとうに自発的に出内したのかなあ、って」

まわりくどい言い方である。

「つまり中書侍郎が上元の藪入《やぶい》りのどさくさにまぎれて、無理やり自分の邸に連れこんだっていうのか」

裴景はずばりいった。

九娘は、だれもいないのに周りをはばかるような抑《おさ》えた声量で答えた。

「あくまでも、あたしの想像です。我ながら悪いぐあいに考えすぎだとは思ってます。でも、それ以外にあれだけ美しい宮女が中書侍郎さまのお邸にいる状況を説明できない気がしませんか？　妃嬪ではなく、ただの宮女だったからこそ、上元の出内にも成功したのでしょう。妃嬪なら宮婢《きゅうひ》が大勢付き添《そ》うはずですから、軽はずみな行動はなかなかとれないですし、なにより妃嬪が出内したとなれば、ものすごい騒ぎになったはずです。ですから、あの女は妃嬪ではなかったんだと思います。でも、ただの宮女にしては、彼女は美しすぎるんです。それを、中書侍郎さまが目をつけてしまわれたとすれば――」

たしかに筋は通っている気がした。皇上の目に留まる前に宮女を青田買《あおた》いするなんて、いかにも悪名高い中書侍郎にふさわしい。上元の藪入りを手引きして囲いこむという狡猾《こうかつ》さも、いかにもである。穿《うが》ちす

ぎとは思わない。

それでも裴景は、でもな、と制して、

「その女が上元の日に出内したっていう証拠はないんだろう？」

「ええ、ありませんよ」開きなおるように即答する九娘。

「だったら漢《かん》の王昭君《おうしょうくん》のように、皇上から中書侍郎にその女が下賜《かし》された可能性だってあるんじゃないか？」

王昭君（王嬙《おうしょう》）は前漢代《ぜんかんだい》、漢の朝廷から北方の異民族匈奴《きょうど》に賜《たま》わった宮女である。気まぐれに似顔絵《にがおえ》帖《ちょう》から王昭君を選んだ漢の元帝が、召《め》し出してみて実物の彼女のあまりの美しさに驚き、匈奴に嫁がせるのを惜《お》しんだ、という逸話《いつわ》はあまりに有名である。

裴景が王昭君の名を持ち出したのは、皇上は中書侍郎に下賜する段になって、はじめて女の美しさに気づいたのではないか、という示唆《しさ》もふくめてのことであった。

ところが九娘は、いやいやいやいやいや、と笑いながら否定した。

「まず、そんな話があるのならもっと広く知られてしかるべきですよ。この上ない栄誉《えいよ》なんですから自慢《じまん》こそすれ、隠す理由はありません。……そしてなにより、女を女冠にする必要なんてなかったでしょう」

裴景は思わず、あ、とこぼした。女冠のことを失念していたせいもあるが、

「ちょっと待て。……てことは、その女は中書侍郎の指示で女冠にさせられたのか」

「まあそうでしょう。といっても、単に変装させただけだと思いますよ。あの女は玄衣（道服）を着せられただけの——にせ女冠にちがいありません」

九娘はそう断言した。

「第一、本人にもともと女冠になる意思があったのなら女冠観に入ればいいじゃないですか。女冠になるのに中書侍郎さまの私的な道観に駆けこむなんて、ありえないですよ。それに出内したばかりの元宮女が十日足らずで女冠になれるほど、道門って甘《あま》いものじゃないですよね」

それはそうだ。──裴景は苦い顔でうなずく。

「あの女はきっと、中書侍郎さまのご指示で無理やり女冠に仕立てられたんです」九娘は強い口調でつづけた。「理由はわかりません。でも変装させたっていうことは、なにか隠したいことがあった、ということですよね。女のことでなにか後ろめたい事情があって、それを隠したかったと考えるのが自然じゃないですか」

そしてその後ろめたい事情というのが、宮女を強引に囲いこんだ、ということなのだろう。

多少強引なところもあるが、話術が巧《たく》みなこともあって九娘の話には隙がない。裴景はすっかり言いくるめられてしまっている。

しかし、どこか釈《しゃく》然《ぜん》としないものが残っていたのも事実である。

なにより九娘がどういう魂胆《こんたん》で、この話題を延々とまくしたてているのかがよくわからない。機知にすぐれた彼女のことである。単なる思いつきで話を列べ立てているわけではないだろう。

裴景は頭のなかで、これまで九娘が話してきた内容をたどってみた。

まずは奇怪《きかい》な屍体をめぐる事件の話。夜宴の話。

それから、大寧坊の中書侍郎邸の前で崔静を目撃したという話。

そこから夜宴が、たとえば中書侍郎邸のような私邸でおこなわれた可能性をほのめかした。

そして大寧坊の中書侍郎邸にいるという、美しき女冠。──

「そうか——」いくら勘の鈍《にぶ》い裴景でもさすがに気づく。「九娘おまえ、静《せい》がその女冠に懸想《けそう》しているって言いたいんだな」

もし仮に、崔静が招かれたという夜宴が大寧坊の中書侍郎邸で催されたものだとすれば、二人が顔を合わせた可能性は十二分に考えられる。

そして崔静は、女に一目惚《ひとめぼ》れをした。

しかしそれはしょせん、かなわぬ恋《こい》である。なぜなら相手は、天下第一の権臣中書侍郎元載に囲われた女。しかも元宮女で、後宮から不法に拐《かどわ》かされた可能性もある曰く付きの女である。

崔静はだれに相談することもできず、さりとて取るもの手につかず、仕事が終われば足は自然と大寧坊の邸へと向かうが、やはりどうすることもできず、ただ邸のまわりで漫然と一日をすごして、晩鼓を聞いてしかたなく家路につく。——それがかれの旰食宵衣の正体なのだとすれば。——

崔静は、恋煩《こいわずら》いというわけだ。

「まあ、そうかもしれないってくらいなんですけど」

九娘は照れ笑いのような表情をうかべて、認めた。

「でもほら、あの坊やも郎君の衣から龍脳が薫《かお》ったっていってたんですよね。そりゃ宴もそうですけど、むしろお香がいつも煙《けぶ》ってるのってお寺や道観じゃないですか。ですから、そういう可能性もあるんじゃないかなって……」

妄想に過ぎると自身でも感じているのか、後半はすっかり語勢が弱まっていた。

ただそれよりも裴景には、九娘の表情がさっきからわずかにこわばっているのが気になっていた。

「あのときの崔郎君の表情。——まるで憑《つ》かれたように、陶然と屏越《へいご》しにお邸を見上げていらしたんですよ。ほんと、まるでこの世ならぬものを見上げていらっしゃるような……」

「大げさだな」

語る九娘の口調もうっとりしてきたので、裴景は苦笑まじりにたしなめた。

「謂《い》えば、ただの罔惚れだろ。べつに仙女に蕩《とろ》かされたわけでもなかろうに」

ところが九娘は、それです、と池魚が跳ねるように敏《さと》く反応して、

「まさに崔郎君は、深山に迷った袁相《えんそう》、根碩《こんせき》のように、あの仙女に蕩かされたんですよ」

と勢いこんで、いった。

袁相と根碩という二人の男が会稽《かいけい》の山中にて二人の仙女と結ばれるという譚《はなし》は『捜神後記《そうじんこうき》』にみえる。ちなみにその二人はその後仙女と別れて下山することになるが、その際仙女から嚢《ふくろ》を渡され、けっして開けないように、といい付けられる。ところが根碩の家人《かじん》が勝手に開けて、嚢のなかからちいさな青い鳥が飛び去ってしまうと、ほどなくして根碩は田のなかで〈蟬蛻《せんぜい》〉——蟬《せみ》の脱《ぬ》け殻《がら》のように魂《たましい》が抜けた状態になっていた、という不思議な結末をむかえる。

「また大げさだな。まあ仙女ってのは、いかにも北里らしい喩《たと》えだけどな」

仙女の喩えは、文人《ぶんじん》が遊里で妓女を口説《くど》くときの常套句《じょうとうく》である。

ところが九娘はみょうに醒《さ》めた表情で、

「大げさなんかじゃありませんよ。人間無儔《じんかんむちゅう》——この世ならぬ美しさなんです、あの女冠は」

ゆっくり嚙んで含めるように、いった。

裴景は少々うんざりしてきた。崔静が恋煩いだとする九娘の考えはよくわかるのだが、想い入れが強すぎるのか、いちいち表現が過剰《かじょう》なのだ。

とくに女冠の美しさについては誇張が過ぎる気がしていた。

そもそも裴景にいわせれば、女の美しさなんて人それぞれ好みによって大きくちがってくるものである。細身が好きな者もいれば、肥《こ》えたくらいがちょうどいいという者もいる。顔立ちも完璧《かんぺき》に整っているより、ひとつふたつ欠点があるほうが愛嬌があっていいという向きもあるだろう。百人百様の嗜好《しこう》を包括《ほうかつ》するような〈絶対的な美しさ〉というものの存在を、かれは信じていなかったし、想像もできなかった。

「裴先生も、一度ご覧になればわかります」

その言葉は、あまりにさらりと言いのけられたので、裴景はあやうく聞き流すところだった。

かれは手にしていた湯呑を卓の上にもどすと、

「ひょっとして、おまえもその女を見ているのか」

と尋ねた。

すると九娘の表情に、今度ははっきりと翳りのようなものが差した。

彼女は緩慢《かんまん》にうなずくと、うつろな目線を中空にそらして、答えた。

「……もう、ひと月以上前になると思います。お遣いで、大寧坊のお邸にお邪魔する機会があったんですよ。それで、本当に偶然《ぐうぜん》のことだったと思うんですけど、」

彼女は一瞬《いっしゅんかん》間おいて、
見たんです。──

そういった。

「そのとき、すでに話では聞いていましたけど、くわしい容姿《ようし》まではまったく知りませんでしたよ。でも、距離はありましたけど、すぐに気づきました。……ああ、あれか。あれがそうなんだって──」

九娘は疲《つか》れたように息をつく。表情が暗い。

裴景は三年前の九娘を想い出した。かれが一番嫌《きら》いな九娘の顔である。

沈魚落雁羞花閉月傾国傾城——九娘は突然経文のように唱《とな》えると、

「どんな美辞麗句《びじれいく》を列べても、あの女を表現するには足りません。目にした瞬間、背筋が凍《こお》りつきました。ほんの一瞬、向かいの別院の回廊《かいろう》を楚々《そそ》と通りすぎただけなんですよ。でも、いまだにあの容貌を忘れることはできません。身体は楊柳《やなぎ》のように細くて。膚《はだ》は肌理《きめ》細かく雪のように白くって。顔の造作なんて整いすぎていて。まるで、陶俑《とうよう》が歩いているようでした。……そう、とても」

彼女はぽつりと、
とても、

「——生きているようには、みえなかった」

ひとりごちるように、そうつけくわえた。

物心つかないうちから色街に売られ、まわりを名花や名珠と綽名《あだな》されるような絶世の美女たちに囲まれ育った九娘である。

その九娘がいま、ひとりの女の美しさの前に言葉を失いかけている。

生きているようにはみえなかったというが、話を聴かされる裴景もおなじ感想である。九娘の説明からは、生きた人の像がうかばない。まるで幽鬼譚《ゆうきたん》を聴かされているような感覚であった。

「おまえ——」裴景は一瞬ためらってから、「それ、……その、うわさになっている女とは別人じゃないのか」

幻覚《げんかく》でも視たんじゃないのかと言いそうになったのを、無理やりそう言い替えた。

九娘はまるで遠くを見つめるように目を細めて、

「玄衣を着ていたんですよ。見まちがえるはずありません」

稚児《ちご》に言い含めるように、やさしくいった。

「そうか……」

あるいはこの女も、その女冠に蕩かされてしまったのかもしれない。

裴景は頭のなかで、ぼんやりと影しか見えていなかった女の像の身体の部分に、せめて、あざやかな絳《あか》の道服を着せてみることにした。

しかしなぜだろう、像の輪郭は滲《にじ》んで、かえってその姿は曖昧《あいまい》になった気がした。

四

蘇九娘と別れると、裴景の足は自然と大寧坊へと向かっていた。

大寧坊は大明宮《たいめいきゅう》に近く、多くの高級官僚が居を構える街だったが、そのなかでも中書侍郎邸はとび抜けて巨大であった。坊の南西隅にある世界最大の道観太清宮《たいせいきゅう》と街路をはさんで向かい合っても、規模でも壮麗さでもまるで見劣りしない。

邸の前で延々とつづく牆壁《しょうへき》をながめ、あらためてその巨大さに圧倒された。まさしく、街ひとつ分呑みこむほどの規模である。

もちろん、そこから内側をうかがうことなど出来るはずもなく、探ってみようという気さえおこらなかった。幾許《いくばく》かの期待をもって大寧坊の十字街を往復したが、崔静の姿はなかった。

裴景は向かいの坊門のそばに餅肆《もちや》を見つけると、朝食に焼餅《しょうへい》を買った。

頬張《ほおば》りながら、遠く中書侍郎邸の正門を見やる。門の左右には番所があり、そこには子飼いの部曲《ぶきょく》（私兵）の姿もあった。目が合いそうになって、あわてて宙にそらせた。この距離から眺《なが》めるのでさえ憚《はばか》られるのだ。

裴景はあきらめて懐《ふところ》に手を入れた。取り出したのは一枚の紙である。

そこには光徳坊《こうとくぼう》からはじまる住所が記されていた。

光徳坊は右街の中ほど、西市のちょうど東隣にある坊である。大寧坊からはだいぶ距離がある。

その住所は、例の女冠を目の前の邸で目撃したという男のものだという。別れ際、釈然としない裴景の心根を見抜いた蘇九娘が、「あたしの話がそんなに疑わしいのでしたら、ほかの方のご意見もお聴きになってはいかが」と簡単《かんたん》な紹介状とともに渡してくれたのだ。

かれはその紙片を折ったり広げたりと弄《もてあそ》びながら、ぼんやりと思案に暮れていた。

磨勒にそのかされるまま北里へ行ったおかげで、一応結論らしきものを手にすることができた。正直、九娘の話はいま思い返してみても想像が勝ちすぎていて、到底鵜呑《うの》みにはできないが、すくなくとも恋煩いという結論は真っ当で、悪くない気がした。

若干拍子《じゃっかんひょうし》抜けの結論という気がしないでもないが、物事の真相というのは大体がこのように些細《ささい》で、単純なものだろう。

問題は手中の紙片である。これこそ余計な手みやげだったかもしれない。

——裴先生も、一度ご覧になればわかります。

蘇九娘のその言葉が、裴景の心を揺《ゆ》すぶってくる。まともに考えれば、これ以上崔静の恋慕相手を詮索《せんさく》するような真似《まね》は野暮《やぼ》でしかないのだ。しかもその女は中書侍郎の愛妾《あいしょう》だという。深入りしたら、ろくなことにならないだろう。

しかもその女は元宮女で、女冠の姿をさせられているという。

そしてその女の美しさに崔静は魅入《みい》られ、九娘さえ言葉を失っていた。——

裴景は再度、中書侍郎邸の門を睨んだ。当然、固く閉ざされたままである。あわよくば、などという淡《あわ》い期待が叶《かな》うはずもない。

その女は、その邸のもっとも奥深くに閉じこめられているのだ。

「くそっ」

裴景はだれにともなく、ちいさくそう罵《ののし》った。

大寧坊から光徳坊までは十里《り》（約六キロ）以上あり、裴景は途中、崇仁坊の車坊《しゃぼう》で驢《ろば》を賃《か》りることにした。

悠然《ゆうぜん》とゆく驢に揺られながら、鞍上でかれは嘆息《たんそく》した。

——行ってどうするというのだ。

女冠を目撃したという男の名は孔達《こうたつ》。西市に店を構える商人で、大寧坊の邸にも頻繁に出入りする中書侍郎元載の御用商人なのだという。やり手らしく、中書侍郎相手に宝飾品や舶来品《はくらいひん》、骨董《こっとう》などを手拡《てびろ》く商っているようである。

蘇家楼の常連客でもあるが、ここひと月ほどは蘇家楼はもちろん、ほかの妓館にも姿を見せていないという。

――じつは最近、弟さんを亡《な》くされたそうで。

服喪中《ふくもちゅう》というわけだ。

ふだんは仕事で忙《いそが》しく飛びまわっている人物らしいのだが、そういう事情からいまなら確実に自宅にいるはずだという。

――不謹慎《ふきんしん》ですけど、ひまをもてあましてらっしゃるころだと思うんですよね。

だから案外あっさりお話を聴けるのではないですか、と九娘はほんとうに不謹慎なことをそそのかした。

そして裴景は、それにうかうか乗せられようとしている。

不謹慎ついでに、訪問の名目は弔問《ちょうもん》しかないだろう。九娘もそう考えてか、弟の名――孔迪《こうてき》というらしい――と字《あざな》を教えてくれていた。兄とおなじ商売人ということなので、むかし商売で世話になったとでもいおう。独《ひと》りでの弔問は礼に反するが、そもそもが偽《いつわ》りなのだから礼など気にしていられない。

――問題はそこから、どうやって中書侍郎の愛妾の話にまでつなげられるかだ。

裴景はすっかりその気になっていた。


長安を左右に両断する天街を横切ると、右街である。

左街が上流階級の街とすれば、右街ははっきり下流――庶民《しょみん》のまちである。

街並みは左街とくらべると目に見えてうらぶれるが、通りをゆく人びとには弾けるような活気があふれていた。とくに光徳坊は西市の東隣に位置し、市場の活気が乗り移ったように空気は生々しく、人びとの行き来はせわしい。昼過ぎという時間帯のせいもあるだろうが、街全体の臭気も濃密で、息苦しいばかりである。

孔達の家はすぐに見つかった。意外に立派な家屋である。まわりに貧相《ひんそう》な家が多いので、よけいに目立つということもあるが、どうやら中書侍郎元載を相手にしっかり儲《もう》けているようだ。

裴景は門前でかなり長い時間逡巡《しゅんじゅん》したあと、意を決し門鈴《もんれい》の紐《ひも》を引いた。からん、と扉のむこうで鈴《すず》の鳴る音を聞きながら、頭のなかでは考えてきた言い回しを復誦《ふくしょう》する。

ところがいくら待っても、人が出てくる気配がない。

（みょうだな……）

これだけの邸である。本人や家族が留守でも、家僮《かどう》のひとりくらいいてもよさそうなものだ。

かれはもう一度門鈴を鳴らして、それでも応対がないことを認めると、門扉に手をかけてみた。

開く。——

扃鑰《かぎ》がかけられていない。

かれは思いきって、そのまま開けようとした。ところがすこし開いたところでつかえてしまう。門扉の内側になにかがひっかかっているようだ。

いやな予感がした。

かれはさらに力をこめて門扉を押し、強引にこじ開けようとした。抵抗《ていこう》は案外弱い。扉はゆっくりと、なにかを引きずるように、ずず、と開いてゆく。身体を入れるだけの隙間ができたところで、かれは肩を差しこんで、さらに身体ごと扉を押し開く。そして上半身を強引にねじこむと、身体をひねり、扉の裏側をのぞきこんだ。

そこに、あの屍体があった。

露わになった腹部を十文字に切り裂《さ》かれた屍体が、そこにちいさく転がっていた。

裴景は驚くよりむしろ、うんざりした。

こんな奇怪な屍体を、まさか日に二度も拝《おが》むことになろうとは。しかも今度は、第一発見者である。

腰帯を解かれ、胡風《こふう》の長袍《ちょうほう》と内衣《ないい》がはだけて露わになった腹部は、無惨に十文字に切り開かれて黒い穴があいていた。顔全体は青黒く変色していたが、両目は瞋《いか》ったように大きく見開かれていて、まるで虚空《こくう》を睨んでいるようにも見えた。無念の死だったのかもしれない。

裴景はあらためて、自分のめぐりあわせの悪さをうらんだ。そしてここへ来たことを激しく後悔《こうかい》した。

門の隙間から身体を抜くと、通りがかりの人に頼んで坊胥《ぼうしょ》に通報してもらうことにした。すると話は瞬時に通りにいた全員に広まり、孔達邸の門前にはたちまち黒山の人だかりができた。かれらははじめ、行儀よく入れ替わり立ち替わり裴景がこじ開けた門の隙間から、なかの屍体をのぞいていたが、そのうち順番を待ちきれなくなった何人かが門扉を、どこからか持ってきた大きな木槌《きづち》で破壊してしまった。

今回の屍体は朝の平康坊のそれとちがい、溝に嵌《は》まっているわけではなく、腹部の衣が乱れているだけなので、門扉が取りはらわれ、衆目にさらされると、たちまちその素性があきらかになった。

どうやら孔達そのひとであるらしい。

——開けろ。道を開けろ!

背後にそんな怒鳴り声が聞こえた。

裴景がおもわず先刻の佽飛《しひ》を想い出したのはいうまでもない。そういえばここ光徳坊は右街なのだから、今度こそかれらの縄張《なわば》りでおきた事件なのである。

ところが予想に反して、現れたのは右金吾衛の衛士ではなかった。かといって、左金吾衛の衛士でもない。

群衆を拓き、従卒をひきつれ、凜然《りんぜん》と馬に騎《の》って近づいてくるその官服姿の男は、裴景の顔なじみの人物であった。

むこうも裴景の存在に気づいたらしく、すぐ横まで馬を進めると、ひらりと目の前に跳び下りた。立ち姿も凜々《りり》しい。

長身の男は裴景の顔をまじまじとながめると、やれやれといった表情で、

「まさか、あなたが屍体発見者ですか」

いきなりそういった。

しかし裴景はそれには答えず、逆に訊きかえした。

「兜《とう》、どうしておまえがここへ？」

すると兜とよばれた男は唇《くちびる》を尖《とが》らせて、

「どうしてもなにも、あなたが喚《よ》んだからでしょうに」

と答えた。

「おれが？　おれはただ、通りすがりのやつに坊胥《ぼうしょ》を喚ぶように頼んだだけで……」

「それが気を利かせて、うちにも報《しら》せたんです。なにしろ近所ですから」

ああそうか、と裴景は納得した。

この兜とよばれる男、名を斛律雲《こくりつうん》という。ちなみに斛律が姓《せい》で、雲が名。兜は字《あざな》である。官は京兆《けいちょう》府《ふ》の賊曹《ぞくそう》。――賊曹というのは盗賊を取り締《し》まる官であるから、ちょうど首都警察の警部といったところである。

よくよく考えれば京兆府の廨《かい》（庁舎）は、ここ孔達邸と道を隔《へだ》てた向かい側、おなじ光徳坊内にあるのである。発見された屍体の特殊性を考えてだれかが、町の世話役にすぎない坊胥だけでは心もとなく思い、京兆府にも届け出てくれたのだろう。

「まあ、おかげでやつらに先んじることができたようですが」

兜はそうつぶやいてから、急に屹《きっ》と鋭い目つきで、

「ときに裴先生。こんなところでいったい、なにをして遊んでいたんです？」

と訊ねた。

裴景が答えに窮《きゅう》していると、さきに屍体を検《あらた》めていた従卒がもどってきて、兜にひそひそと耳打ちした。

兜はちいさくうなずき、裴景のほうに向きなおって、

「こいつは、裴先生の仕業《しわざ》なんですか？」

屍体を指さし、ずばり訊ねた。

裴景があわてて首を左右に激しくふり、必死の熱弁でただの運が悪い発見者にすぎないことを説明すると、兜は意外にもあっさり、まあそうでしょうね、と応じた。

かれはしばらく思案顔で腕ぐみしていたが、

「はっきりいって、面倒なことに巻きこまれてしまいましたね」といった。「第一発見者だから仕方なかったとはいえ、このままここでぼんやりしていると、質《たち》の悪い連中の相手をする羽目になりますよ」

「まさか、佽飛《しひ》か？」

反射的に口をついて出た言葉に、兜はおや、という顔つきになって、

「なるほど。どうやら思った以上に通じているようですね。……まさか、被害者と面識があったわけじゃ

ないでしょうね」

射抜《いぬ》くような鋭い眼光で、そう訊ねた。裴景はあわててぶるぶると首を横にふる。この男に下手に勘ぐられては、命がいくつあっても足りない。

「ではここへは、どういういきさつで？」

「いや、それが……」

しかし裴景は嘘《うそ》をついてしまった。孔達の弟とむかし面識があって、その死をたまたま蘇家楼で耳にしたので、あわてて弔問に来たのだ。——死んだ孔達のために用意していた嘘を、そっくりそのまま転用してしまった。

「被害者の、弟と——？」

兜は最初いぶかしんでいるようだったが、とはいえ別段反問もなく最後まで聴いて、

「なるほど。で、あの大女の紹介状というのは？」

といった。

裴景は懐から蘇九娘の紹介状を取り出し、手渡した。兜はさっと一読すると、

「とりあえず事情はわかりました」といって袂にしまいこんだ。「——で、屍体はおひとりで見つけられた、と」

「ああ……」

「ひとつ確認ですが発見当時、あたりに不審《ふしん》な人間はいませんでしたか。だいぶ騒然としていたようですが」

「いや。不審もなにもこの人だかりだからな」

すると兜はぐいと顔を寄せてきて、

「全身黒ずくめの男を見ませんでしたか？」

と訊いてきた。

「え？」

兜は裴景の顔をじっといぶかしげに睨んだが、まあいい、と首をふって、

「いまのは忘れてください。――それよりそろそろ時間切れだ。面倒な連中がやってきます。裴先生もやつらの相手はごめんでしょう。ここはわたしにまかせて、さっさと立ち去ったほうがいい」

「え、行っていいのか？　いや、それより黒い男とか佽飛《しひ》のやつらとかって、どうなって……」

「時間がありません。今度説明します。くれぐれも屍体の第一発見者という立場はお忘れなく。すぐに話を聴きに行きますんで覚悟しておいてください」

兜は早口でまくしたてた。

「とりあえずいまは、裴先生が連中に捕《つか》まるほうが面倒だ。あれは先生の驢《ろば》ですか？　さ、行った行った」

まるで蝿《はえ》をはらうように手をふって追い立てる兜にその場はまかせて、裴景は野次馬のなかに埋もれていた驢に飛び騎ると、あわただしく駆け出した。

佽飛とおぼしき兵士の一隊とすれちがったのは、ちょうど坊門をくぐってすぐのことであった。

第三章

心肝

是《ここ》に於《お》いて革嚢《かくなう》を開き、一人《いちにん》の頭《かうべ》並《なら》びに心肝《しんかん》を取り、

頭を嚢中《なうちゆう》に却《しりぞ》け、匕首《ひしゆ》を以《もつ》て心肝を切《き》り、共《とも》に之《これ》を食《くら》ふ。

——『虬髯客傳《きうぜんかくでん》』

一

盤上《ばんじょう》にぱちっと小気味よい音を響《ひび》かせ、

「さようでございましたか。まさかそんな大変な目に遭《あ》われようとは思いもよりませんでした」

という磨《ま》勒《ろく》にたいして、裴景《はいけい》は心中、あっさり言ってくれるよな、とぼやいた。

あれから二日。――裴景は崔邸《さいてい》を訪《たず》ねると、いつものように東廂《とうしょう》横の庭にある四阿《あずまや》の下で、崑崙《こんろん》奴磨勒を相手に碁《ご》を打っていた。崔静《さいせい》は案の定、この日も留守だという。

「正直家に帰っても、いつ佽飛《しひ》のやつらが踏《ふ》みこんできて、しょっぴかれるんじゃないかって、びくびくしどおしだったからな」

「大丈夫でございましたか」

「ああ。兜《とう》のやつがうまくやってくれたんだろうな。……それにしても、あんなものが街なかにごろごろ転がってるようじゃ世も末だな。九娘《きゅうじょう》の話じゃあ、半月ほど前にも二つ出てたんだってな」

「たしか、先月の二二日と二四日でございました」

「そしておとついに、また二つか」

裴景は脳裡《のうり》にうかぶ屍体《したい》の生々しい姿《すがた》に気分が悪くなった。口直しのように湯呑《ゆのみ》を手にとり苦茗《くめい》をすすると、

「……ところで静《せい》のやつはどうだ。あいかわらずなのか？」

と話題を変えてみた。

磨勒はまっすぐな目でうなずいた。

「そうか」裴景は湯呑を置いて、「でも、毎夜帰ってきてはいるんだろう？」

「はい。いつも、晩鼓《ばんこ》が尽《つ》きる間際のことでございますが……」

裴景は納得したようにうなずくと、碁笥《ごけ》から白石を取り出した。

もし崔静のひと月にもおよぶ彷徨《ほうこう》が、蘇《そ》九娘《きゅうじょう》の推理どおり〈恋煩《こいわずら》い〉なのだとしたら、その症状《しょうじょう》は案外と深刻《しんこく》なものといえる。

孔達《こうたつ》の屍体発見という予想外の事態《じたい》に出くわしたおかげで、相手の女について裏付《うらづ》けをとることはできなかったが、九娘の説に一理あるのもたしかである。というより、いまのところ崔静の謎《なぞ》の彷徨について、ほかの説明が思いつかない。

さて――と、裴景は目の前の盤面を望む。

かれとしてはどうするべきか。もし崔静が真実、九娘が考えるとおりの恋煩いなのだとしたら、裴景にできることはほとんどないと思った。それがけっして叶《かな》わぬ恋であるなら、それは同時に、けっして癒《い》えぬ病でもある。傍《かたわ》らで励《はげ》ますことも、あきらめるよう忠告《ちゅうこく》することも野暮《やぼ》だろう。できることは、なぐさみの酒席を設《もう》けるくらいか。

盤のむこうの対手《たいしゅ》を見る。磨勒に伝えたのは九娘が大寧坊《だいねいぼう》で崔静を目撃《もくげき》したという話までで、岡惚《おかぼ》れ云々《うんぬん》については伝えていない。しかしこの小癪《こしゃく》な崑崙奴はひょっとすると中書侍郎《ちゅうしょじろう》邸の美女についても聞き及《およ》んでいて、九娘の推理するところを嗅《か》ぎつけてしまっているかもしれない。

よい潮時《しおどき》といえる。

これ以上、家奴《かど》の磨勒の前で崔静の私的な部分をあばくような真似《まね》はすべきでない。

「なあ磨勒」裴景は手中に白石を弄《もてあそ》びながら、いった。「どうだろう、静のことについてはしばらく様子見ってことで。とりあえず城内にいるってことだけははっきりしたんだ」

「はあ」

「それに、あいつ自身だんまりを決めこむには、それなりの理由なり事情があるんだろう。それを他人が詮索《せんさく》するのもな……」

「はあ……」

裴景としては軽く諭《さと》したつもりであったが、磨勒の相槌《あいづち》はいかにも不服そうである。しかし裴景はわざと大きな音を立てて石を打ち、

「――話はもどるが、あの屍体については気になるな」

そういって強引に話題を変えた。

「屍体も無惨《むざん》なら、右金吾《うきんご》がからんでるのもみょうだしな」磨勒がさっそく応手したのを認《みと》めて、碁笥に手をのばす。「それに兜のやつも訳知《わけし》りのようだったし」

「事件を担当されているのでしょうか」

「かもな」

裴景は身を乗り出して盤面を睨《にら》む。

「しかしそうだとすると、やっぱり分からないのはあの右金吾の佽飛《しひ》たちだな。京兆府《けいちょうふ》の事件に、禁軍衛《きんぐんえい》士《し》が口を出すかな」

京兆府は首都長安《ちょうあん》を治める地方行政府。かたや金吾衛《きんごえい》は中央直轄《ちょっかつ》の近衛兵団である。業務内容に似《に》かよったところがあったとしても、両者は政と軍と筋目《すじめ》がちがう。

「金吾衛と共同で事件を捜査《そうさ》されているとか」

「ないな」裴景は即答した。「佽飛《しひ》と手をとりあってなんて、あいつの柄《がら》じゃない」

「さすがよくお解《わか》りで」

背後から突然《とつぜん》、そう声がかかった。

驚《おどろ》いてふりかえった裴景は、そこに陽炎《かげろう》のようにゆらりとたたずむ影《かげ》を認めた。身体全体が細長い上に、やけに張った肩《かた》からのびる両腕《りょううで》も異様に長い。細く青白い顔の上にある切れ長の目からは、蔑《なみ》するような冷めきった眼光が放たれていた。

まさにうわさをすれば影。——兜こと斛律雲《こくりつうん》である。

影はすっと近寄ってくると、几《つくえ》の横にゆらりと立って、碁盤に目を落として一言。——「あいかわらずのへぼ碁ですね、裴先生」

「な……」

「五手先で右隅《みぎすみ》が死にますよ」

冷然とそう言い放つと、磨勒のほうへ向かって、

「ひさしぶりだな、豎児《こぞう》」

と声をかけた。

「ごぶさたしております」磨勒は深々と頭を下げると、どうぞ——といつのまに用意したのか椅子《いす》を差し出し、几には新しく淹《い》れた湯呑を据《す》えていた。

兜は椅子を引きよせると、どっかと腰《こし》を下ろした。そして湯呑の苦茗《くめい》を含《ふく》むと、満足そうに息をついた。

「おい兜。おまえ、どうしてここに？」

やっと言葉を想い出したというふうに裴景がそう質《ただ》すと、兜は顔をしかめて、

「このあいだもたしか、そんなご挨拶《あいさつ》でしたね。こっちは賊曹《ぞくそう》ですよ。用があるから来るんです。なけりゃ来ません」

「用ってだれに？　静ならいないぞ」

「あんたにですよ、裴先生」兜は冷ややかにいう。「下宿のほうへ行ってみたら留守だったんで、ひょっとしてと思って来てみれば案の定です。……なんにしても人の留守宅に勝手にあがりこむのはいただけませんね」

「おまえだって勝手にあがりこんでるじゃないか」

裴景がそうやりかえすと、兜は平然と肩をそびやかして、答えた。

「進士《しんし》先生とちがって、こちらは仕事ですからね」


兜こと斛律雲と裴景は知り合って四年ほどになる。しかもはじめて出会ったのは朔風《さくふう》吹きすさぶ北の野営地であった。

裴景は四年前、貢挙《こうきょ》の試験勉強を中断して、関内《かんない》の郭子儀《かくしぎ》将軍の下で幕客《ばくきゃく》（私設秘書）を務めていたことがある。郭将軍は裴景と同郷《どうきょう》の英雄《えいゆう》ということもあり、あわよくば将軍の知遇《ちぐう》を得て任官の足がかりとなれば、との思惑《おもわく》だったが、残念ながら将軍とはろくに顔を合わせることなく、半年ほどで長安に帰ることになった。

裴景が斛律雲を知ったのは、そんな短い幕客時代のことである。当時郭将軍の幕府は邠州《ひんしゅう》にあったのだが、斛律雲はその幕府のなかで、ちょっとした有名人であった。

斛律雲などと漢名《かんめい》を名乗っているが、じつはかれは突厥人《トルコじん》である。字《あざな》も正しくは抜邏兜《ばつらとう》といって、かれの突厥語名を音写したものであるが、長いので最後の一字をとって〈兜〉とよばれていた。

遊牧騎馬民の血をひくだけあって武勇にすぐれ、なかでも騎射《きしゃ》を善《よ》くし、その弓は三箭《せん》で天山《てんざん》を定めた猛将《もうしょう》薛仁貴《せつじんき》にも劣《おと》らぬといわれた。郭将軍には父親から二代にわたって仕え、将軍の危ういところを何度も救ったことがあるという幕府随一《ずいいち》の戦士であった。

そんな無双《むそう》の豪傑《ごうけつ》との出会いは、郭将軍の幕舎のまわりをうろうろしていた裴景を、兜が不審者《ふしんしゃ》と見咎《みとが》めたのがきっかけだった。思えば情けない出会いだが、このときの訊問《じんもん》を機に二人は酒を酌《く》み交《か》わし、碁を打つ間柄《あいだがら》となった。ちなみに裴景は兜の三つ年上で、兜に碁を教えたのも裴景であるが、対局十局目にはすっかり師弟《してい》の立場は逆転していた。

その後、裴景が長安にもどると、なにを思ったのか兜も邠州《ひんしゅう》の郭幕府を離《はな》れ、あとを追うように上京してきた。

そして郭将軍の推挙で、なぜか京兆府の賊曹の職におさまったのである。

将軍は当初、この若き股肱《ここう》の俊傑《しゅんけつ》を禁軍のひとつ神策軍《しんさくぐん》の将校に推《お》したらしい。ところが当の本人がこれを固辞し、品階で数等落ちる賊曹に決めてしまった。

本人からはっきり聞いたわけではないが、兜は将軍や幕府の仕事がいやになって離れたわけではなさそうである。ときに口にする幕府時代の想い出ばなしには、いまも誇《ほこ》りと敬愛《けいあい》が伴《ともな》っていた。おそらく神策軍を蹴《け》ったのは、せっかく上京したのだから幕府時代とはちがう新しい仕事がしたかっただけだろう、と裴景は推測していた。

兜は腕っぷしが強いばかりか頭の回転も速く、意外と学問もあって、見かけによらず社交的な面もあり、じつは賊曹としてもうってつけの人材であった。すぐに京師《けいし》にもなじみ、いまでは京兆府随一の賊曹とうわさされるほどであった。

二

「ご用事とおっしゃいますと、やはり一昨日《おととい》の事件についてでございますか」

磨勒がおずおずと切り出した。

すると裴景も、はっと想い出したように口をひらいて、

「そういや、あとは任せろとかいってたが、あのあと結局どうだった？　やっぱり右金吾の連中が来てたみたいだったけど、やつらいったいなんなんだ？　――いや、それより用事ってなんだ？　おまえ自身はあの事件にどう絡《から》んでるんだ？」

と一気にまくしたてた。

兜は長い両腕を前に組んで、黙《だま》って耳を傾《かたむ》けていたが、いかにも気だるそうに面をあげて、

「やれやれ。質問するのはこっちの役回りなんですがね」

とこぼした。

「まあいい、お答えしましょう。まず、用事はなんだとのお尋《たず》ねですが、この説明が少々難儀《なんぎ》です。というのも、一昨日の件についてのわたしの役割は一言でいうと、孔達という男の殺しに関する初動捜査ということになります」

「どこが難儀なんだ？　そのまんまじゃないか」裴景はいった。

「その事件に限って——なのですか」磨勒は尋ねた。

二人の言葉はほぼ同時に発せられたが、兜が応じたのは後者のほうだった。

「そう、京兆府が担当するのはあくまでも光徳坊《こうとくぼう》の事件の、それも初動捜査だけ。それ以前におきた同類の事件についてはまったく関わることができない。おなじ日に平康坊《へいこうぼう》で見つかったという屍体についても、いっさい口出し無用というわけだ」

「右金吾にはなにか政治的な後ろ盾《だて》でもあるのでしょうか」

「あいかわらず黠《さか》しいな」兜は鼻を鳴らした。「政治的、か。まあ直截《ちょくせつ》にいえばそういうことになるのかもな」

裴景はついていけない。「——どういうことだ？」

兜はかれのほうに向きなおって、

「裴先生の二つ目のご質問にたいする答えですよ。佽飛《しひ》たちはなにをしているのか、という」

「なにをしてるっていうんだ？」

「これも一言でいえば、事件の捜査です。一昨日裴先生が発見したものを含めて、一連の〈腹に穴《あな》をあけられた変死体〉に関わる事件の捜査を受け持つのは、金吾衛なんです」

「けど、おまえも事件の担当なんだろう？」

「もう一度いいますが、京兆府が担当できたのは光徳坊で発生した孔達の事件の、初動捜査のみ。それも現場検証と聴《き》き込みくらいで、そこからあとは屍体を含めて、ぜんぶ右金吾に引き継《つ》ぎましたよ」

「つまり右金吾に取り上げられたってことか？」

「そういうことです。ま、じかに屍体を拝《おが》めただけでも良しとすべきかもしれません」

「どうしてそうなる？　金吾衛と京兆府に上も下もないだろ？」

「もちろん。すくなくとも、うちが連中の下風に立つ謂《い》われはない」

じゃあどうして、といいかけて裴景は気づいた。

（——それで「政治的な後ろ盾」か）

気づいたというより、追いついたといえる。さきの磨勒の問いかけの意味がようやく理解できた。この童子は、二段抜《ぬ》きで話をすすめていたのだ。

「じつは——」兕は話をつづけた。磨勒にたいしては再開したというべきか。——「先月の二つの事件直後にはすでに金吾衛に捜査権を委譲《いじょう》するよう、関係各署に通達があったんです。それまで捜査を担当していたのは万年県《まんねんけん》の県尉《けんい》ですが、二つの事件から手を引かざるをえなかったようだ。かなり早い段階から一連の事件について金吾衛に捜査を一任しようとする思惑が上のほうにあったというわけです」

「思惑……」

「それを政治的というなら、そうなんでしょうな」

兕はそういって、磨勒を見た。磨勒はちょこんと頭を下げる。

ちなみに万年県は長安の左街《さがい》（東半分）と東郊の邑々《むらむら》を治める行政府である。対して右街《うがい》（西半分）および西郊を治めるのは長安県であり、この万年県、長安県を含む京畿《けいき》の諸県を統括《とうかつ》する上位の行政府が京兆府である。

「ちょっと待て。連中、金吾は金吾でも、右の金吾らしいじゃないか。おれがおとつい平康坊で見たときも、左街なのに右金吾の連中が大きな顔で現場を仕切ってたぞ。あれはなんなんだ？　あれも政治かなにかが関わっているのか？」

裴景は少々意地になって食い下がった。すると兕はほうと感心して、

「そこまでお気づきでしたか。やけに鋭《するど》いですね」

といった。気づいたのは九娘だが。

「そう。おっしゃるとおり今度の一件で出しゃばってくるのは金吾衛は金吾衛でも右金吾だけで、しかも実際騒《さわ》いでいるのはそのなかの佽飛《しひ》たち――つまり一番下《した》っ端《ぱ》の衛士だけなんです。官衙はいたって静かで、黙認《もくにん》というよりは関知すらしていないようです。左金吾のほうも静観しています。配慮《はいりょ》なのか忖度《そんたく》なのか、それともうちみたいに上から抑《おさ》えつけられているのかは知りませんがね」

「右金吾の佽飛は、犯人になにか恨《うら》みでもあるのか」

九娘の話では、被害者のなかに佽飛はいなかったはずである。たしか一人目の被害者は官人で、二人目は商人という話だった。

「なにか面倒な事情があるんでしょう」兕はそっけなく答えた。「――で、裴先生の最初の質問にもどりますが、そういうややこしさもあって佽飛のやつらには第一発見者――つまり裴先生の存在は伏《ふ》せておきました。扃鑰《かぎ》はかかっていなかったということでしたから、連中には孔達邸《てい》の門が自然に半開きになっていたところを通行人のだれかが発見した、ということにしてあります。ですから裴先生は、くれぐれも事件については口外無用ということでお願いします」

「あ、それで……」

裴景は諒解《りょうかい》した。だからあのあと、だれも事件について聴きに来なかったのだ。

「でも、じゃあ右金吾は――」

裴景がそういいかけると、兜はおっと、と手をかざして、

「あくまで本官の前では、重要参考人というお立場をお忘れなく」

と釘《くぎ》を刺《さ》した。

「あ、ああ」

「ところで裴先生、平康坊のほうの屍体もご覧になっているそうですね」

兜はいきなりそう訊《たず》ねた。

「よく知ってるな」

と裴景が驚く間もなく、

「二つをご覧になって、いかがです？　なにか気づいた点はありませんでしたか」

とつづけて訊ねてきた。

「気づいた点っていっても……」

どちらの屍体もあからさまに腹部がはだけていて、そこに穴があいていたのだから、どうしたってその部分の印象が鮮烈《せんれつ》である。それ以外のことはあまり覚えていないというのが正直な感想であった。

裴景がそうした旨《むね》を答えると、兜はまあそうでしょうね、と腕を組みなおした。

「やっぱりあの二つの屍体は、おなじ犯人のしわざなのか？」

裴景がそう尋ねると、

「その可能性は非常に高いですね」

兜は真剣《しんけん》な顔つきで答えた。

「前の二つの事件も含めて、すべて同一犯による犯行とみられています。なにしろ四つの屍体とも、ご覧

になったあのざまですからね。とても偶然《ぐうぜん》が重なったとは考えにくい」

裴景の脳裡に、孔達の屍体の映像がよみがえった。大きく開かれた両目と、腹にあけられた真っ黒い穴とが、いずれも天を仰《あお》ぐようにまっすぐ空に向かっていた。まるで無念を、天に訴《うった》えかけているようだった。その記憶《きおく》はいまも、鼻先に屍臭《ししゅう》がよみがえりそうなほど生々しい。

そこでふと裴景は思いついて、

「そういえば、はらわたはどこへ行ったんだろうな」

といった。

どぶに嵌《は》まっていた官服の屍体も孔達の屍体も、どちらも腹に黒い穴があいていた。腹を切り裂《さ》かれたなら当然、体内から腸《ちょう》などの内臓物《ないぞうぶつ》があふれ出したはずである。それが黒い穴になっていたということはつまり、なかの臓物《ぞうもつ》がすっかり外に出てしまっていたということになる。官服の屍体の場合、ひょっとすると排水溝《はいすいこう》に流されてしまったのかもしれないが、孔達の屍体の周辺にはそれらしいものは見当たらなかった。

「よい目の付けどころです」兕はにやりとした。「じつはどの現場でも、見つかってないんですよ」

「そうなのか？」

「ええ。平康坊の屍体のほうも、ご苦労なことに佽飛《しひ》の連中がどぶさらいしたそうですが、それらしいものは見つからなかったそうです。周辺には隠《かく》されたり、埋《う》められたりした痕跡《こんせき》も見つかっていません」

「犯人が、持ち去ったってことか？」

あんなものを、と裴景は思わずつぶやいてしまった。

すると兕は口《くち》の端《は》に不気味な笑みをうかべて、

「うちの部下に耳順《ろくじゅう》にもなろうかって老吏《ろうり》がいて、孔達の屍体を運ぶのを手伝わせたんですが、その爺《じい》さんが屍体を一目見て、じつに興味深いことを口走りましてね。──まるで光火賊《こうかぞく》ですな、と」

「え？」

どこかで聞いたおぼえのある言葉であるが、裴景はとっさに想い出せなかった。たいして、即座に反応したのは磨勒である。

「光火賊とおっしゃいますと、あの光火賊でございますか」

思わせぶりな物言いである。もったいをつけるというよりは、まるで忌《い》み言葉を口にするような距離の置きかたであった。

「そう。あの光火賊だ」

対して兜は平然と答えた。

「もちろんその爺さん以外だれも、光火賊なんて直接に知りやしない。あくまでも昔話に聞くくらいだが、言われてみれば取り出した臓腑《ぞうふ》がどこにも見当たらないんだから、たしかにそうだなってな」

「そうか、光火賊──」

裴景はやっと想い出した。

「じゃあ犯人が啖《く》っちまったってことか──」

光火賊とは、玄宗皇帝《げんそうこうてい》の開元《かいげん》・天宝《てんぽう》年間に長安と洛陽《らくよう》を中心に広く暴《あば》れまわった、謎の強盗団《ごうとうだん》のことである。その手口は非常に残虐《ざんぎゃく》で、強盗に入った先ではかならずその家の人間を皆殺《みなごろ》しにした上で、その肉やはらわたを喰《く》らったという。

兜は鷹揚《おうよう》にうなずいて、

「裴先生もさっきおっしゃいましたが、はらわたなんて持ち帰ったところで、なにかの役に立つとは思えない。となれば、犯人の腹のなかにおさまった可能性はじゅうぶんに考えられるんです」

「はらわたを啖《く》うために殺したっていうのか」

そんな動機こそないだろう、と裴景は思った。

ところが兜はちいさく首を横にふって、

「じつは、消えたのははらわただけじゃないんです。被害者四人とも腹を十文字に切り裂かれて、はらわたをごっそり抜き取られていた上、臓器の一部も取り除《のぞ》かれていました」

「臓器の一部といいますと――」磨勒がおずおずと口をはさむ。「具体的にはどこの臓器でございましょう?」

「心臓と肝臓《かんぞう》だ」兜はずばり答えた。「四人が四人とも、そのふたつの臓器が欠けていたらしい。例外はなしだ。まちがいなく犯人の手で取り出されたと思われる」

「それも啖われたっていうのか……」

裴景はあきれ声でそうこぼした。

すると兜は裴景に向かって、

「ちなみに心臓と肝臓の件は捜査関係者しか知らない事実です。くれぐれもご内密に」

とまたも釘を刺した。

裴景はうなずいた。なるほど、そういうことで模倣犯《もほうはん》などを篩《ふるい》にかけたりするのだろう。

裏をかえせば四つの事件は同一犯によるものとみて、ほぼまちがいないということである。

「心肝でございますか……」

磨勒がみょうに真剣な顔つきで、考えこんでいる。

裴景がどうした、と声をかけると、

「あ、いえ……」磨勒はかしこまって答えた。「判官《はんがん》がおっしゃった、犯人が屍体の内臓を食べたという可能性を考えていたのですが、心臓と肝臓もなかったとおうかがいして、なんとなくその理由が判《わか》った気がいたしまして」

「ほう」兜が鋭く反応した。気のせいか、その眼があやしく光った気がした。「――それは犯人が屍体を啖った動機、ということか？」

「さようでございます」

磨勒は真面目な顔でうなずいた。

三

三人のあいだで、すこし無言の時間があった。

「……啖った動機って、」沈黙《ちんもく》を厭《いと》って裴景が口をひらいた。「そんなもの、考えるだけ時間の無駄だろう」

「どうしてです？」兜がすぐにそう返すと、

「飢饉《ききん》でもないのに人のはらわたなんて啖った時点で、そいつはもうまともな精神じゃないんだよ、きっと」裴景は乱暴《らんぼう》にそう断定した。――「そんなやつがどんな理屈《りくつ》を列べたって、しょせん狂人《きょうじん》の言葉だから聞いても仕方ないだろ」

すると兜はやれやれと苦笑して、

「おっしゃりたいことは解りますが、さすがに暴論ですね」とたしなめた。「その理屈だと、どんな犯罪も狂人のしわざだから言いぶんなんて聴かなくていいってことになりますよ。それに――」

かれは磨勒のほうを見て、

「この崑崙奴は、そんな単純な話をしようってわけじゃなさそうですよ」

とつけくわえた。

裴景もつられて、磨勒の丸い顔を見た。すると磨勒は恐縮《きょうしゅく》したように照れ笑いをうかべた。

「――ここはひとまず、この童子のご高説を仰ぐことにしませんか」

兜がそう促《うなが》すと、磨勒はちいさくうなずいて、

「人が人を啖《く》う事情というのも、じつはさまざまございまして。裴先生にはお耳ざわりな部分もございましょうが、どうかご容赦《ようしゃ》いただければ――」

と丁重に断りを入れてから、意外に朗々《ろうろう》とした語り口で話しはじめた。


中国史において食人という話は、じつはけっこうありふれている。

正史にも食人を伝える記事は多い。歴代史官の、旺盛《おうせい》で執拗《しつよう》な記録欲《よく》に負《お》うところが大きいとはいえ、それだけで説明のつくものではない。

とくに目立つのが、飢饉にともなって発生する食人である。

そもそも中国の大地――なかでも華北《かほく》は、恒常的《こうじょうてき》に飢饉の恐《おそ》れをはらんでいた。太古の乱伐《らんばつ》のせいで土地の保水能力が喪《うしな》われ、水資源の大部分を黄河《こうが》をはじめとする河水に頼らなければならなかったからである。そのため、一度の旱魃《かんばつ》や長雨による河水の氾濫《はんらん》で、流域全体が飢《う》えるということがしばしばおきた。

その最たる例が、唐の都長安である。

長安一帯は年間を通じての総雨量こそすくなくないが、降雨が夏期に集中するため、一年の大半は朔北のごとき乾《かわ》いた風土であった。ひどいときには五年に一度の割合で旱魃にみまわれたという。

また帝国の首都という性格上、皇族ならびに百官とその一族が集住し、禁軍（近衛軍）が常駐《じょうちゅう》する必要もあるため、慢性的《まんせいてき》に人口過多の状態にあった。

長安の後背地であり、かつてその肥沃《ひよく》なことから〈天府《てんぷ》〉と謳《うた》われた関中《かんちゅう》の地も、唐代にはすっかり痩《や》せてしまって、耕地《こうち》面積は全盛期の四分の一にも満たなかった。灌漑《かんがい》設備の大半が四百年の乱世のあいだに荒廃《こうはい》してしまった上、唐代に発展した製粉用の碾磑《いしうす》を動かす水車に貴重な水資源の多くが割かれたため、満足に農地を潤《うるお》せなかったのである。

実際長安では建都（長安城の創建は隋《ずい》の文帝《ぶんてい》になる。当時は大興城《だいこうじょう》とよばれた）の翌年には早くも大規模な飢饉が発生し、その後もけっこうな頻度《ひんど》で食糧難《しょくりょうなん》にみまわれた。皇帝自《みずか》ら食に就《ありつ》くため、副都洛陽へ避難《ひなん》するような深刻《しんこく》な危機も一度や二度ではすまなかった。

飢饉にみまわれた帝都の姿は悲惨の一語につきる。兵士は暴徒化し、匪賊《ひぞく》が横行するなかで、無力な飢民は路傍《ろぼう》に打ち棄《す》てられた餓死者《がししゃ》の屍体を食うことでしか、生き延《の》びることができなかった。

「一口に、飢えてやむなく人を喰うという場合でもいろいろございます」

と磨勒は講釈《こうしゃく》をぶった。こうなると、長くなる。

「河の氾濫や旱天《ひでり》といった天災を原因とする広範囲に及ぶものもあれば、籠城戦《ろうじょうせん》中の城内のように閉鎖的《へいさてき》な場所で局所的に発生するものもございます。睢陽《すいよう》の戦いなど、まさにその極みと申せましょう」

睢陽の戦い（七五七）は安史《あんし》の乱《らん》における激戦のひとつである。

要衝《ようしょう》睢陽城に立てこもる名将張巡《ちょうじゅん》率《ひき》いるわずか六千の唐軍は、十三万の安禄山《あんろくざん》軍を相手に九ヶ月ちかくにわたって壮絶な戦いを繰り広げたのだが、ついに落城してしまう。そのとき、元は六万人であった睢陽の人口は四百人にまで激減していた。じつは戦いの終盤、食糧の尽きた唐軍は城内の子女や老人といった非戦闘員《ひせんとういん》を殺して、その肉を食糧として戦っていたというのだ。

「また、人を喰《く》うこと自体を純粋《じゅんすい》に愉《たの》しみ、悦《よろこ》びを見出すというかたも残念ながらいらっしゃいます。隋《ずい》末《まつ》の梟雄《きょうゆう》朱粲《しゅさん》や武后代《ぶこうだい》の薛震《せつしん》や独孤荘《どくこそう》のように、いわば人肉を嗜好品《しこうひん》とみなすかたがたで、裴先生が忌み嫌われるのも当然かと存じます」

朱粲は隋末唐初の乱世に中原《ちゅうげん》を跋扈《ばっこ》していた匪賊の首魁《しゅかい》であり、かれが率いる十万の大軍団はその主な糧食を人肉——食人に頼っていたという恐るべき食人軍団であった。

「激情が度を越《こ》えて、という場合もございます。たとえば、怨敵《おんてき》があまりにも憎《にく》くて憎くて、その屍体を喰べてしまった、という場合でございます。こちらは例を挙げればきりがございませんが、身近なところでは独柳樹《どくりゅうじゅ》へ行けばすぐにでも見られる光景でございます」

独柳樹は、長安西市にある公開処刑場《しょけいじょう》の通称である。

古来、公開処刑とは見せしめであると同時に見世物であった。良くも悪くも、社会的な不満を発散させる場なのである。

事実、独柳樹での処刑は毎度数千人の観客をあつめ、無数の怒号《どごう》が飛び交うなか刑が執行される。処刑後も怒《いか》りのおさまりきらぬ犯罪被害者の遺族が犯罪者の遺体に群《むら》がり、それを傷《いた》めつけたり、屍肉や内臓を食らったりする。その光景にまわりを囲む数千の群衆は、さらなる興奮と快哉《かいさい》の声をあげるのである。

「このように、極限状況が人を啖人《ひとぐい》に走らせるのはまちがいございません。ですが、こうした状況とはまったく正反対の流れで、人が人の肉を口にする状況が生まれることもございます」

「正反対？」

「はい。——啖うではなく、啖わせる状況と申し上げてもよいかもしれません」

「啖わせる……」裴景は露骨《ろこつ》に厭《いや》な顔をした。

「一応、いずれも美談なのでございますが——」

磨勒は申し訳なさそうにいった。

「ひとつは、飢餓にあえぐ民に自らの肉を施《ほどこ》すというものでございます。涼《りょう》の法進《ほうしん》という高僧は飢饉のとき、自らの肉を刀で切り取って、これを塩で味つけして、飢民に施したといいます。あと、薬として提供《ていきょう》する場合もございます。武后代の王友貞《おうゆうてい》という隠士《いんし》は、重病の母親に自らの股肉《ももにく》を食べさせて、その病を治したということです」

「……そんなもの、効《き》くのか」

裴景が気味悪そうに尋ねると、磨勒は困《こま》ったような顔つきで、

「一応『本草拾遺《ほんぞうしゅうい》』には良薬とありますが、さて効果のほどはいかがでしょう」と言葉を濁《にご》した。「ただ、そのように文字どおり身を削《けず》ることさえ厭わない行動力こそが、まことの信仰《しんこう》や孝行心《こうこうしん》の裏がえしということなのかもしれません」

「なるほどな」

たしかに、かんたんに真似できる行為《こうい》でないことはたしかである。真似したくもないが。

磨勒はさらにつづけて、

「ほかに、自らの肉に盟《ちか》いや契《ちぎ》りを託《たく》して、相手に喰べさせるという場合もございます。血盟をより大げ

さにしたようなもので、任侠《にんきょう》の社会ではよく耳にしますが、よく知られたところではなんと申しましても、本朝創業の功臣であらせられる李勣《りせき》将軍の逸話でございましょう――」

李勣は太宗《たいそう》李世民《りせいみん》に仕え各地を転戦し、高句麗《こうくり》遠征《えんせい》にも大功あった唐初きっての名将である。

それはまだ唐による天下統一前夜の、群雄が割拠する乱世での出来事だった。李勣の前に、かつて生死を共にせんと盟い合いながら、運命のいたずらで敵味方の立場に分かれてしまった義兄弟、単雄信《ぜんゆうしん》が敵将として引き立てられてきた。李勣は自身の官爵《かんしゃく》返上まで申し出て、主君である李世民にその助命を嘆願したが聴き容《い》れられなかった。李勣は刑場の単雄信のもとへ駆《か》けつけ、涙ながらに自らの股肉を割いた。そして、

――此《こ》の肉をして兄《けい》に随《したが》わせて土と為《な》さん。

血まみれのそれを単雄信に喰《くら》わせたという。

「一片の股肉は、李勣将軍の身代わりだったのでしょう。それを義兄である単雄信に喰べさせて、死出の旅路に殉《じゅん》じさせることで、かつての盟いを果たそうとされたのかもしれません」

裴景は磨勒の話を聴きながら、複雑な想いにかられていた。

飢饉に苦しむ民、病に臥《ふ》せる母親、そして盟いをかわした義兄弟のために自己犠牲《ぎせい》をはらう姿はたしかに美談といえる。

しかし話の流れのせいだろうか、いまのかれには、こうした偉人たちの行動がひどく愚《おろ》かしいものに思えてしまう。食人を強要する〈美談〉はいかにも行き過ぎで、まるで迷信《めいしん》に惑《まど》わされた蒙昧《もうまい》な蛮族《ばんぞく》の話を聴かされているような違和感《いわかん》をおぼえるのだった。

「さて、前置きが長くなりましたが、このたびの屍体でございます──」

磨勒の声に、裴景は我にかえった。

「ひとつ参考になりそうなものとして、来俊臣《らいしゅんしん》の例がございます」

もちろん来俊臣のことはご存じのことと思いますが、という磨勒の言葉に裴景はおもむろにうなずいた。

来俊臣は武后時代に強権をふるい、数千もの罪なき人びとを証拠《しょうこ》捏造《ねつぞう》と拷問《ごうもん》による冤罪《えんざい》で死に追いやった酷吏《こくり》の代名詞といえるような人物である。この来俊臣が弾劾《だんがい》され誅殺《ちゅうさつ》されたとき、洛陽の市に棄てられたその屍体は、当然のように洛陽市民にすべて啖《く》い尽くされてしまった。

「このとき来俊臣の屍体は両目をえぐられ、面皮《めんぴ》を剝《は》がれ、腹を切り披《ひら》かれて心臓をえぐり出され、肉といっしょに啖い尽くされたといいます。一説には、肝臓もえぐり出されたそうです」

「今回とおなじってわけか」裴景はいった。「つまり今回の被害者たちはみんな、相当怨《うら》まれてたってことだな」

「また短絡的《たんらくてき》ですね」横で兜が小馬鹿《こばか》にするように嗤《わら》った。

まあまあ、と磨勒が取りなして、

「──では裴先生、洛陽市民はどうして、来俊臣の心臓や肝臓をえぐり出したとお考えでしょう？」

「だから、来俊臣の悪行にたいして怒りや怨みが募《つの》ってたからじゃないのか」裴景は少々いらつきながら答えた。「その場には冤罪で殺された人間の遺族だっていただろうし──」

「度を越えた激情のはけ口として啖人《ひとぐい》のような極端《きょくたん》な行動に走ってしまうということはありましょう。ですが、それはあくまでも啖人に至る動機でございます」

磨勒は途中でさえぎると、たしなめるようにいった。

「お尋ねしたいのは、それがどうして心臓と肝臓をえぐり出すことにつながったのか、ということでございます」

「延長線上じゃないのか、啖人《ひとぐい》の。肉を啖《く》っても怒りがおさまらなかったから、つい心臓と肝臓にまで手を延ばしたってだけだろう」

「ではどうして五臓すべてを喰べ尽くさなかったのでしょう。どうしてわざわざ、心臓と肝臓だけを選び取ったのでしょう」

「それは……」

裴景は答えに窮《きゅう》した。しょせん狂人の――と口にしかけて、やめた。

磨勒は淡々とした口調でつづけた。

「怒りや怨みで激昂《げきこう》し、来俊臣の屍体を喰べ尽くすほどの極限状態で、かれらは心臓と肝臓をわざわざ選んで取り出しています。もちろん、憎き死者を辱《はずかし》めたいという意味では啖人の延長線上ともいえるでしょうが、それ以上に心臓と肝臓でなければいけない、なにか強い理由があったと考えられるのではないでしょうか――」

ところで、と磨勒は急に兕のほうに向きなおって、

「斛律判官、世の強盗殺人事件などではよく、被害者の舌《した》が犯人によって切り取られるという事案があるとお聞きします。犯人はどうして、そんなことをするのでしょうか？」

と尋ねた。

すると兕は億劫《おっくう》そうに顎鬚《あごひげ》をしごきながら、口封《くちふう》じだな、と答えた。

「殺された人間が亡霊《ぼうれい》になって、親族の夢枕《ゆめまくら》に立って告発するのを防ぎたいからだろう。舌を切っておけ

ば、万が一夢枕に立たれても口がきけないだろうってな」

まあ迷信だ、とかれは片づけた。

裴景もその手の話は何度も聞いたことがある。とくに志怪伝奇《しかいでんき》ではよく耳にする筋立てで、凝《こ》ったものだと口がきけなくなった亡霊が身ぶりや暗号をつかって犯人の名を告発するといったものさえあった。

磨勒はちょこんとうなずいて、

「おなじように、犯人がおまじないとして被害者の屍体の肉を喰べてしまうという事件もございます」

「それこそ光火賊だろう」兜がすぐに反応した。「やつら屍肉を食わないと、つぎに強盗へはいった先で金縛《かなしば》りにあって昏倒《こんとう》してしまうと信じこんでいたそうだからな。お守り代わりに人を啖っていたんだ」

裴景は話を聞いているうちに暗澹《あんたん》たる気分になってきた。まさに、蛮族にも劣る無知蒙昧といえる。

磨勒はまたもうなずいて、

「こうした一見迷信としか思えないような行為の裏には、ひとつ共通した感情が動機としてあるように思えるのです」

「感情?」

「はっきり申し上げれば〈懼れ《おそ》〉でございます」

「懼れ?」裴景は眉をひそめた。「懼れるって、屍体をか?」

「鍵《かぎ》となるのは、心臓と肝臓でございます」磨勒はかまわずつづけた。「昔から心臓と肝臓には神《こころ》が宿っていると申します。〈心肝〉と二字を重ねれば、そのまま精神を意味する言葉となります」

「それがどうした」

「心臓と肝臓を抜き取るということは〈神《こころ》〉を摘出《てきしゅつ》する行為にほかなりません。それでは、なぜ神を抜き出したのでしょうか。――おそらく、懼《おそ》れていたからでございます」

「だから、なにを？」

磨勒のもってまわった話しぶりに、裴景もさすがに腹が立ってきた。

「死者の復生《よみがえり》、ならびに報復を――でございます」

磨勒は今度はずばりと答えた。

「人が死者の肉を口にするとき、心の根底にあるのは、じつは死者にたいする懼れでございます。だから屍体の舌を切り取ったり、首を切断したり、心肝を抜きとったり、あるいは屍肉を口にするなどして、死者の魂魄《こんぱく》もろともを蹂躙《じゅうりん》し、その復生の可能性を取り除こうとするのでございます。そこまでしてでも、死者の報復という不安から逃れたいのです。屍体を破壊《はかい》するという行為は、生者の死者にたいする呪術的《じゅじゅってき》防禦《ぼうぎょ》でもあるのです」

たしかに葬礼の段取りのなかにも故人の復活を願ったりそれを前提にして執《と》りおこなう儀礼がいくつもある。迷信とかんたんに片づけられるものではないのだろう。

「損壊《そんかい》された屍体は、懼れの表れでございます。死んでいるにもかかわらず、洛陽市民の頭からは酷吏来俊臣への恐怖が消えなかったのでしょう。だから復生を懼れて心肝を抜き、その肉を喰べ尽くしたのです。ただ怒りにまかせて痛めつけたわけではございません。屍肉を喰べるだけでなく、心肝まで抜いているということはそういう、い、いうことなんです」

「じゃあ……」

「はい。お聴きした一連の屍体も例外なく心肝を抜き取られていたとのこと。つまりこの犯人もまた、死者の復生を当然のように信じていたのです。だから確実に心肝を抜き、復活の芽を摘《つ》む必要がありました」

なるほど、と兜は目を細めて、

「死者を懼れて――か」

とつぶやいた。すると磨勒は神妙《しんみょう》にうなずいた。

「それが動機でございます」

四

この磨勒の断定に兜は、ふ、と軽く吹き出した。

これには磨勒も不服そうに、

「ご納得いただけなかったでしょうか」

と小首をかしげた。

すると兜は口の端に薄笑《うすわら》いをうかべたまま、いやいやと手をふって、

「――あいかわらずの小黠《こざか》しさに感心していたところさ」と答えた。「笑ってしまったのは、ちょっとべつのことを想い出してな」

「べつのこと?」

裴景がそう咎めると、兜はええ、とはっきり笑みをもらして、

「みんながみんな、この豎児《こぞう》のように理詰《りづ》めで考えるやつばかりじゃないってことですよ」

と、はぐらかすようにいった。

「どういうことでしょうか」

磨勒が真剣な表情でそう追及《ついきゅう》した。

兜はそのまっすぐな目に、困ったように笑って、

「なに、おまえの心肝に関する考察はじつに見事だよ。なんの異論もない。……ただ心肝の件については、おまえとまったくべつの解釈をしている連中がいてな。で、残念なことにそいつらがいま捜査の中心にいるんだ」

「金吾衛でございますか」

「そうだ。だから正確には、右金吾の佽飛《しひ》の連中だな。やつらは、おまえが指摘したのとはまったく異なる目的で犯人が心肝を抜いたと考えて捜査を進めている」

「つまり、儀礼的に心肝を摘出したのではなく、心肝そのものに目的があったということでございましょうか」

「そうだ。やつらの考えではな」

磨勒はめずらしく驚きの表情をうかべて、

「ぜひ、佽飛のみなさまのお考えをお聴かせ願えないでしょうか」

とせがんだ。

すると兜は半笑いのまま、いいか聞いてあきれるなよ、と前置きして、

「連中、神《かみ》に捧《ささ》げるために心臓と肝臓が奪《うば》われたと考えているんだ」

「はあ？」

裴景はおもわず変な声を出してしまった。

磨勒も困惑顔《こんわくがお》で、

「神とおっしゃるのはきっと、精神《こころ》の意味ではありませんね」

といった。

「ちがうな。天高く地深くにましますす神祇《かみがみ》のほうだ。犯人は、その神さまに捧げるために被害者たちを殺し、その心臓と肝臓を取り出したんだと」

「人身御供《ごくう》でございますか……」

「そうだ。たしか、なにか言葉があっただろう。えっと……」

「血食《けっしょく》でございますね」

兜はそれだ、と指を鳴らした。

血食とは神々や祖霊《それい》に動物犠牲を捧げて祀《まつ》ること、あるいはその犠牲のことをいう。

「待て待て」裴景が声をあげた。「いったいどこの蛮族の話をしてるんだ。ここは大唐の京師長安だぜ。人を殺して心臓と肝臓を神さまに捧げるなんて、どれだけ野蛮な淫祠《いんし》邪教《じゃきょう》だよ」

「さすが裴先生、ご名答です」兜は真面目ぶった口調でそういった。「まさにその淫祠邪教の話をしているんですよ」

「え？」

「どういうことでございますか？」

「どうもこうも、そのまんまだ。その血食を捧げる神さまってのが、はるか呉越《ごえつ》の蛮神なんだと」

「呉越。……江南《こうなん》か」

「この京師から見れば、じゅうぶん蛮夷《ばんい》の淫祠邪教といえるでしょう」

江南のひとに聞かれたら怒《おこ》られますな、と兜は軽く笑った。

「どちらの、なんという神さまでございますか？」

磨勒は矢継ぎ早に問いかける。

兜はこの童子の丸顔をまじまじと見つめてから、

「廬山君《ろざんくん》だ」

とみじかく答えた。

磨勒は怪訝《けげん》な顔をした。

「廬山ってあれか、〈飛流直下三千尺《ひりゅうちょっかさんぜんじゃく》〉の廬山か？」

裴景がそう訊《き》くと、

「ええ、ええ、その廬山です」

と兜は幼児をなだめるような口ぶりで答えた。

廬山は現在の江西省九江《こうせいしょうきゅうこう》にある名山である。東に鄱陽湖《はようこ》を望む絶勝として古くからその名を知られているが、とりわけ唐代は詩仙李白《りはく》をはじめ、多くの文人がこの地を愛し、詩趣《ししゅ》にひたるところとなった。『豫章旧志《よしょうきゅうし》』によると廬山の名は、この山を開いた匡俗《きょうぞく》という仙人が山中に廬《いおり》を残して登仙した伝説に由来するという。

「廬山君は、その廬山の神さまということだそうです」

兜はそうつけくわえた。

裴景は眉根をよせて、

「その廬山の神さまに、心臓と肝臓を捧げたっていうのか？」

と訊いた。

「そのようです」

「廬山君ってのは、そんな野蛮な神さまなのか？」

裴景はどうも釈然としなかった。

「そもそも廬山って由緒《ゆいしょ》正しい山じゃなかったか？　遠法師《えんほうし》がいたのも廬山だろ。陶淵明《とうえんめい》もたしかあのあたりで隠遁《いんとん》生活を送っていたよな」

「おっしゃるとおりでございます」磨勒が答えた。「遠法師の東林寺《とうりんじ》はもちろん、陸修静《りくしゅうせい》ゆかりの簡寂《かんじゃく》観《かん》、茅山派《ぼうざんは》の白鶴観など道教や仏教の古刹《こさつ》名観が廬山には目白押しでございます。『天地宮府図《てんちきゅうふず》』では三十六小洞天《しょうどうてん》の第八にも数えられております」

遠法師こと慧遠《えおん》は東晋《とうしん》の名僧《めいそう》で、浄土《じょうど》信仰の祖と讃《たた》えられる中国宗教史の巨人である。かれは廬山の東林寺に隠棲《いんせい》して、仏教の研鑽《けんさん》を積んだ。その門下からは仏僧にかぎらず、すぐれた儒者《じゅしゃ》や道士《どうし》をも多数輩《はい》出《しゅつ》し、劉宋《りゅうそう》期に道教教学の礎《いしずえ》を築いた陸修静も慧遠に多大な影響《えいきょう》を受けたひとりである。

『天地宮府図』は道教の仙境《せんきょう》（聖地《せいち》）を体系化したもので、玄宗に授籙した道士としても知られる司馬《しば》承《しょう》禎《てい》の作とされている。

「その神さまが、人を食うっていうのか」

裴景がそう投げかけると、磨勒ばかりか兜までも黙ってしまった。

磨勒がおずおずと、あのう斛律判官、と兜に問いかけた。

「――細かいことをお尋ねしますが、その廬山君というのはほんとうに廬山君という名前でおまちがえないでしょうか？」

「どういう意味だ」

「廬山使者《ししゃ》とか九天採訪使《きゅうてんさいほうし》とかいう名前ではございませんでしたか？」

「いや、そんな名前は聞いてないな」

さようでございますか、と磨勒はその丸い頭をめぐらすと、

「それは本物かもしれませんね」

とつぶやいた。

「本物？」

「い、その廬山君なら、人を食うかもしれません」

磨勒は真面目な顔でそう答えた。

「どういうことだ」兜が険《けわ》しい表情で質した。「廬山の神さまにも、いろいろ種類があるっていうのか？」

「さようでございます。説明すると長くなるのですが――」

「だめだ。短く話せ」

兜にそう言いつけられて、磨勒はすこし不満げに頬《ほお》をふくらませたが、

「――おそらく判官のおっしゃる廬山君というのは名前こそ廬山君ですが、そのじつ彭沢湖《ほうたくこ》の房廟《ぼうびょう》に宿る廟神《びょうしん》のことだと思われます」

と答えた。

そもそも廬山というのはひとつの山の名前ではなく、五老峰《ごろうほう》、香炉峰《こうろほう》などの峰々《みねみね》からなる連山とその一帯を指す総称であった。そして彭沢湖とは廬山の西にひろがる鄱陽湖《はようこ》のことである。

「つまり正しくは〈廬山《ろざん》の神さま〉ではなく〈廬山廟《ろざんびょう》の神さま〉と申せましょう。廬山君は廬山ならびに彭沢湖や潯陽江《じんようこう》一帯を治める土地神――〈社鬼《しゃき》〉として、地元の人びとの信仰をあつめる存在でございます」

「それはそれで、由緒正しい神さまじゃないのか？」

裴景がそう訊くと、磨勒ははっきり首を横にふった。

「社鬼はしょせん〈鬼《き》〉なのです。儒仏道の三教からみれば路傍の廟神や山川の俗神《ぞくしん》とおなじ淫祠の邪神であり、その信仰も迷信にすぎません」

鬼とは本来、死者の霊や祖霊を意味する語であるが、ここでは低位の神や、非業《ひごう》の死をとげた有名人が死後土地神として信仰されたものなどを指す。後者の例としては後漢《ごかん》の武将蔣《しょう》 子《し》文《ぶん》が神格化した蔣侯神《しょうこうしん》が有名である。蜀漢《しょくかん》の武将関羽《かんう》が神格化し、のちに世界各地にその廟が建てられるまでにいたった関帝《かんてい》も、もとは鬼であった。

「実際廬山君は血食――人身御供を要求する恐ろしい神として、その地では知られる存在でございます」

兕はふうん、とうなずいて、

「連中のいってることにも、すこしは理があるってことか」

と感心していった。

裴景も感心しかけたが、すぐに議論が本題からすっかり逸《そ》れてしまっていることに気がついて、

「いや、そんな野蛮な神さまが人を食おうが食うまいが、どうだっていいだろう」

わざと声を荒《あら》げて、そういった。

「それより、なんだって田舎《いなか》の廟神が人殺しの言い訳《わけ》にされてるんだ？　何度でもいうが、ここは京師長安だぞ」

「わたくしもそれが不思議でございます」磨勒もいった。「廬山君のような荊蛮《けいばん》の神さまを、いったいどこのどなたが持ち出してきたのでしょう？」

「かんたんな話だ。その盧山君を崇《あが》め奉《たてまつ》っている道士がいるんだよ。で――」

兜は裴景に向かって、

「その道士が四人を殺して心臓と肝臓を奪っていったと――右金吾衛の佽飛《しひ》たちは疑《うたが》っているようなんですね」

と答えた。

「その盧山君とやらに捧げるためにか」

裴景は忌々《いまいま》しげにいった。とても現実の話とは思えない。

「その道士のお名前は――？」磨勒が尋ねた。

「徐朧《じょろう》。徐真君《じょしんくん》という名で知られているらしいが、聞いたことないか？　呪禁《じゅごん》と医薬に心得があるらしく、街西の陋巷《ろうこう》に立って病人に符水《ふすい》や薬を施したりして、貧しい庶民《しょみん》のあいだで大層《たいそう》人気のある道士だそうだ」

「いい道士じゃないか」

裴景はいった。自分の肉に塩をふって飢民にふるまう高僧なんかより、よほど好感がもてる。

「悪いうわさもあります」兜はそう釘を刺した。「あやしげな丹薬《たんやく》を高値で売りつけるようなこともあったそうです。実際被害者も何人かいるらしい。不老不死の金丹を法外な値段で売りつけられたと訴える者もいるようです」

「不老不死……」

途端に胡散臭《うさんくさ》くなってきた。

「心臓と肝臓は、その不老不死の薬の材料にするなんて話もあるようです」

裴景はあきれて首をふった。

そこへ磨勒があのう、と遠慮がちに尋ねた。

「右金吾衛のみなさまは、どうしてその道士をお疑いなのでしょう？　まさか心臓と肝臓が抜き取られていたから、というわけではございますまい」

「もちろんちがう——といいたいところだが、じつは小官もくわしくは知らなくてな」

兜は両腕を組みなおした。

「ただ第一の事件が発生した前後に、街巷から姿を消したらしい。いまも行方《ゆくえ》知れずで、佽飛の連中が行方を追っている。そしてこれも状況証拠にすぎないが、すべての事件現場でその姿が目撃されてるんだ」

「それは事件前に、でございますか」

「そうだ。まるで予兆のようにな。複数の証言が集まっているようだから、まちがいない。なにしろ変わった風体だから目立つんだろうな」

「変わった風体というのは、黄裳《こうしょう》絳褐《こうかつ》の玄衣《げんい》のことでございますか」

「ちがう」兜はきっぱりいった。「その徐真君、仏僧のように全身黒ずくめの恰好《かっこう》をしていたらしい。黒裳黒衣で、頭も黒の一字巾《いちじきん》で結えるだけで冠《かんむり》もなし。文字どおりの玄衣だから、いやでも印象に残るんだろうな」

「たしかにその恰好じゃあ、むしろ剃髪《ていはつ》していない坊主《ぼうず》に見えるだろうな」

裴景はそういってから、不意に想い出した。

——全身黒ずくめの男を見ませんでしたか？

孔達の屍体発見現場での兜の質問は、徐真君の存在を確認するものだったのだ。

「孔達の現場でも、その徐真君は目撃されていたのか」

「ええ。聴き込みしたところ、十日ほど前からあの宅の周辺でたびたび目撃されていました」

「下見ってわけか……」

たしかにあやしい。その存在を含めて、佽飛《しひ》たちが疑うのももっともだと思った。

そのとき遠慮気味に、しかしずっと機をうかがっていたような絶妙の間で、磨勒があのう、と問いかけた。

「さんざんお聴きしておいて大変恐縮なのですが、事件についてそんなにくわしくお話しなされても大丈夫なのでしょうか？　屍体の詳細《しょうさい》や容疑者についてなど機密性の高いお話も多くて、裴先生はともかくわたくしめのようなものまでお聴きしてよいのかと思いまして……」

「たしかに……」裴景も思った。裴先生はともかくというが、かれのような布衣《ふい》の一進士に聞かせるのもどうかという内容だった気がする。

すると兕はふんと鼻を鳴らして、背凭《せもたれ》に大きく身体をあずけた。

「──心配するな。まず小官は一連の事件の担当じゃない。いわば余所事《よそごと》だ。佽飛の連中に義理立てする筋合いはない」

「乱暴だな」

裴景がそういうと、兕はにやっと笑って、

「あと──これは完全に勘だが──連中の捜査方針が疑問だ。はっきりいえば、やつらはまちがった線を摑《つか》まされている。さっきの廬山君なんかの与太話もそうだが、捜査担当のきな臭い決まりかたも含めて、なにかみょうな意思や力で誘導《ゆうどう》されている気がする」

「徐真君は犯人じゃないってことか？」

「そうはいってません。そもそも、そんな単純な話じゃない」

兜はぴしゃりとはねつけた。

裴景はいじけたように唇を尖らせた。兜はそんなかれを睨むように見つめたまま、

「もうひとつは裴先生――あなたですよ」

といった。

「え？」

「今日ここへは忠告に来たんです。裴先生、あなたはこの崑崙奴にそそのかされて、崔郎君《ろうくん》について調べていますね。孔達の屍体に突き当たったのもそのせいだ」

名指しされた磨勒が、子供が叱《しか》られたように身をすくめた。

「どうしてそれを？」

裴景がそう訊くと、兜は椅子に深くもたれたまま、

「悪いことはいいません。いますぐ探偵《たんてい》の真似事はやめるべきだ」

といった。

五

「そもそも賊曹相手に嘘はいけませんよ、嘘は」

兜は険しい顔のまま、そうつづけた。

「孔達を訪ねた理由です。たしか、その前に亡くなった弟のことで弔問《ちょうもん》に来た、とかおっしゃっていまし

たね」

う、と裴景は言葉に詰まり、そしてすぐに観念した。「……よくわかったな」

「まず、生前の弟と知り合いっていうのが疑わしくてね」兜は淡々《たんたん》といった。「孔兄弟は二人で西市に店をかまえる珠玉商《しゅぎょくしょう》です。取り扱い商品も西域渡来の高級品が中心で、とても裴先生と縁《えん》があるとは思えない」

「悪かったな」

「いずれにしてもよくわからない紹介状のこともありましたし、ここへ来る前北里へ寄って話を聴いてきたんですよ」

「そうか、九娘に会ったのか」

「事情はすっかり聴かせてもらいました」そこで兜は磨勒へ鋭い流眄《ながしめ》をくれて、「――こちらの郎君のことを含めて、ね」

磨勒は面を伏せたままだった。反省しているようにも、単にやり過ごそうとしているようにも見える。

兜はふんと鼻を鳴らすと、裴景のほうに視線をもどして、

「なんにしても軽率《けいそつ》な嘘でした。わたし相手だったからよかったものの、あんなすぐばれる嘘を佽飛《しひ》たちに披露《ひろう》していたら、いまごろしょっぴかれて、ひどい目に遭わされていましたよ」

「たしかに」裴景は素直に反省した。

「まあ、あの大女《おおおんな》の口車に乗せられたところもあるでしょうから、同情はしますがね」

兜は軽くそうなぐさめてから、

「それに、あの大女の当て推量もまるっきり的外れというわけじゃない」

といって懐から紙の束を取り出し、几《つくえ》の上に拡《ひろ》げた。

「こいつは？」

裴景はのぞきこんだ。磨勒も反省をやめたらしく横からのぞきこんでいる。

紙片は右に日付が記され、身分と姓名《せいめい》が羅列《られつ》されていた。走り書きで乱れていたが、その強めの筆致から兜の手蹟《て》と知れた。

兜は豎児《こぞう》、と磨勒に向かって、

「郎君が朝帰りしたってのはいつだ？」

と訊いた。

すると磨勒は背筋をぴんと正して、

「二月五日から翌六日にかけてでございます」

と答えた。

「二月五日な……」

兜は紙の束を繰《く》って、これだ、と一枚を抜き出した。紙面の右端には壬辰《じんしん》（二月五日）と見出しがある。

そしてその一箇所《かしょ》を指で押さえた。そこには、

千牛　昭武校尉　崔靖

とあった。

「あっ」裴景はちいさく声をもらした。

崔靖《さいせい》とは崔静のことである。ちなみに静は字《あざな》で、正しくは子静《しせい》という。

「この帳面は?」

「大寧坊中書侍郎邸への出入りを記録した門帳——その写しです」

「中書侍郎? なんでそんなものが」

「ま、蛇《じゃ》の道は蛇《へび》というやつです」

「いや、それよりも、ここに静の名前があるってことは——」

「ええ。郎君が崔尚書《しょうしょ》の名代《みょうだい》で向かった先というのは、大寧坊の中書侍郎邸だったわけです」

裴景は思わず、おお、と快哉の声をあげた。見事蘇九娘の予想的中である。

(じゃあ、やっぱり……)

かれはすこしほっとした。啖人《ひとぐい》だの廬山君だの血食だの、うんざりする話題ばかり積み上げられて気が重かったが、やはり崔静自身はただの〈恋煩い〉なのだ。もちろん相手が中書侍郎に囲われた女という厄介は残るが、それでも話としてはずいぶん平穏である。探偵の真似事はやめろというさっきの兜の忠告も、ひとの色恋に首を突っこむ野暮はやめろという意味なのだろう。——そう納得しかけた裴景に、

「安心するのはまだ早い」と兜は無情に首をふった。「もうひとつ、こいつを見てください」

丙子《へいし》(正月一八日)と見出しのある紙面を示されて、裴景はすぐに見覚えのある名前を見つけた。

西市珠玉行　孔達　孔迪

「まだあります」

兜がさらに紙を繰って、今度は五枚ほどを束で取り出した。そこにはものすごい人数の名前が記されて

いた。見出しには元日《がんじつ》とある。

「きっと元会《げんかい》終わりの官人たちが、その足で中書侍郎邸に詣《もう》でるんでしょうな」

元会は元旦《がんたん》に催される大規模な朝賀《ちょうが》で、百官や外国の朝使が大明宮《たいめいきゅう》に集って新年を祝う式典である。朝のうちに終わるので、その帰りに天下の権臣である中書侍郎元載《げんさい》に新年の挨拶におとずれた人びとの名が列記されているというわけだ。

兜はさらに二枚ほどめくって、真ん中あたりを指差した。裴景と磨勒が頭をならべて、のぞきこむ。

御史台　文林郎　劉参

「これは?」

「一連の腹を裂かれた屍体の、第一の被害者です」

「えっ」

そういえば九娘が、第一の被害者は御史《ぎょし》台《だい》の官人だと話していた。

「劉参《りゅうさん》。年齢は三十一歳。官人で位は御史台録事《ろくじ》。屍体は先月二十二日、永寧坊《えいねいぼう》にある自宅で亡くなっているのを義父によって発見されました。家族構成《こうせい》は妻がひとり、子はなく、妾《めかけ》もいなかったようです。殺害当時妻は城内の実家に帰っており、くわしい殺害状況は判っていません」

兜が事務的な口調でそう説明すると、すぐにもう一枚めくって、さらにもう一箇所を指で差した。

長安縣　承奉郎　費誠之

「おいおい、まさか――」

「そのまさかです。一昨日北里のどぶに沈《しず》んでいた官人です」

兜は無慈悲にいい放った。

「費誠之《ひせいし》。年齢三十四歳。官は長安県主簿《しゅぼ》。住居は屍体が沈んでいた排水溝のすぐ前です。三月三日未明、近所の餅売《もちう》りが屍体を見つけて坊胥《ぼうしょ》に通報したようですが、場所が場所だけに騒ぎになったようですね。被害者の家族構成は一妻一妾。子供も十人いたようですが、不思議なことに屍体発見の数日前から家族は正妻以下全員が留守にしており、家には被害者ひとりだけだったということです。このため犯行当時の状況がつかめていません。住居の前庭に大きな血痕が残されており、そこが殺害現場だったと考えられます」

裴景は頭をふった。自らの手で排水溝から引き上げた感触《かんしょく》が、いまも生々しくよみがえる。

「ちなみに着ていた朝服《ちょうふく》は本人のものでした」

兜はそうつけくわえると、紙の束からさらにもう一枚抜き出した。

その見出しには癸亥《きがい》（正月五日）とあった。兜の指が一番右の名前を差した。

延寿珠玉行　葛明

「第二の被害者です」

兜は当然のようにいった。

「葛明《かつめい》。年齢三十八歳。延寿坊《えんじゅぼう》に店《たな》を構《かま》える商賈で、おもな取り扱い品は珠玉。屍体は肆店《みせ》の横のちいさな蔵《くら》のなかで見つかったようです。二月二四日のことですが、店はちょうど十日ほどの休みに入っている最中でだれもおらず、くわしい犯行日時や状況は不明です。劉参より先に殺されていた可能性もある。屍体も休み明けの僮児《でっち》が発見したそうです。家は別に太平坊《たいへいぼう》にあって、家族は一妻二妾、子供は合わせて九人いましたが、葛明自身は休みのあいだも家にはまったく顔を見せていなかったらしい」

裴景は脱力《だつりょく》して椅子に深くもたれこんだ。

「つまり被害者全員が、中書侍郎と関係あったってことか」

「そうなりますね」

兜は帳面から顔をあげて、そう答えた。

「孔達と葛明は中書侍郎邸に出入りする御用商人です。劉参と費誠之はまあ若手の下僚ですから、人臣の頂点ともいえる中書侍郎と親密な関係にあったとは思えないが、それでも党派《とうは》の末端に属していたのかもしれません。いずれにしても関わりがあったことはまちがいない。……豎児《こぞう》、書くものはあるか？」

磨勒はそういわれて、すぐに墨斗《すみつぼ》を持ってきた。兜は帳面の空白部分に、突厥人《トルコじん》とは思えぬ雄勁《ゆうけい》な筆ですらすらと書いた。

「屍体が見つかった順に列べるとこうなります」

二月二二日　劉参　官人　御史台録事
二月二四日　葛明　商人
三月　三日　費誠之　官人　長安県主簿
三月　三日　孔達　商人

「中書侍郎に恨みをもつ輩《やから》の犯行ってことか……？」

裴景はそう尋ねた。ならぶ者なき権臣として強権を振《ふ》るう中書侍郎のこと、政敵は多いだろう。しかし
兜はすげなく首を横にふって、

「それはないでしょう。中書侍郎にとって下僚や御用聞きが何人殺されようと痛くも痒《かゆ》くもないはずです」

「でも屍体を刻んで心肝を抉《えぐ》り取るなんて、よっぽど強い恨みや憎しみでもなけりゃできないだろ」

「まあそうですね。さっきの豎《こ》児《ぞう》の話じゃないが、心肝を抜き取るという行為は呪術的でもある。あるいは復讐《ふくしゅう》を成就するための呪《まじな》いとして、心肝を抜き取ったのかもしれない。ただ、そうだとしても矛先《ほこさき》はあくまで被害者たちであって、中書侍郎ではありません。犯人が中書侍郎に恨みがあったとすれば、親族などもっと直接的な相手を傷つけて苦しめようとするはずです」

そうか、と裴景が引き下がったのと同時に、

「――それはそうと」磨勒が強引に話に割って入った。「判官は、檀郎《わかだんな》さまもこの一連の事件に関わりがあるとお考えなのですか」

その指摘に裴景ははっとした。そういえばこの門帳の写しを取り出したとき、兜はまっさきに崔静の名を挙げたのだ。そしてつづいて、被害者たちの名を挙げていった。――

兜はもったいぶるように、ゆっくりと両腕を組みなおすと、

「……この書き写した一部の門帳だけでも、百人以上の官人の名が記されている。郎君はそのひとりにすぎないし、失礼な言い方だが、なによりまだ生きてらっしゃる」

と答えた。

「だが、可能性がないわけじゃない」兜はつづけていった。「この門帳には殺された人間だけでなく、これから殺される人間の名も含まれているかもしれないからな。そこで気になるのが、郎君の奇妙な行動だ。……豎児、おまえはとっくに気がついてるだろうが、劉参、葛明、費誠之、そして孔達——どの被害者も、なぜかひとりでいるところを殺されている。しかも偶然じゃない。数日前から家人《かじん》が留守だったり、店が休みだったりと、被害者がひとりになる状況があらかじめ用意され、そこを狙《ねら》われている。——そして郎君もいま、家人も連れず、ひとり彷徨しているんだろう？」

旰食宵衣《かんしょくしょうい》だ、と裴景は心のなかでつぶやいた。

「さようでございます……」磨勒は力ない声で認めた。

ちょっと待てよ、と裴景は声をあげた。

「……それじゃあ静の彷徨は、だれかからそうするように仕向けられてるってことか」

「そういう可能性もあるってことです」兜は答えた。「もちろん郎君はなにかちゃんとした理由があって、ご自身の意思でほっつき歩いているだけかもしれない。ただ念のため、崔家は無理やりでもだれか家人を郎君に張りつかせておくべきでしょうね」

そして裴先生もです——かれはつづけていった。

「郎君を探るのはこれきりにしたほうがいい。ただでさえ先生はすでに巻きこまれてるんですから、これ以上深入りしないほうがいい。右金吾の佽飛《しひ》どもが我が物顔で跋扈している上、血食だなんだと得体の知れない話もある。一昨日みたいなことがあっても面倒見きれませんよ」

これが忠告というわけである。

しかしこれまで話をさんざん聴かされて、裴景の不安はよりいっそう大きなものとなっていた。——崔静はなにかの事件に巻きこまれようとしているのだろうか。ひょっとすると中書侍郎邸の女道士というのも美人計《びじんけい》で、すっかり籠絡《ろうらく》されてしまったのではないか。

中書侍郎を中心になにか巨大な陰謀《いんぼう》が渦巻《うずま》いていて、崔静はそれに巻きこまれてしまったのかもしれない。もしそうなら、たしかに裴景ごときの出番ではないのだが。

「あのう、もうひとつよろしいでしょうか」磨勒は懲《こ》りずに尋ねる。「……その、先ほどの徐真君なのですが、この被害者のみなさまとなにか直接の接点はあったのでしょうか？　すくなくとも、檀郎《わかだんな》さまのまわりで徐真君などという名を聞いたことがありませんでしたので」

「ないな。すくなくともいまのところはさっきの目撃例以外、なにも出てきてないようだ」

兕は即答した。

「そもそも左街の一等地に住む官人や富商と、右街の貧民街に立つ徐真君に接点なんてあるはずがないんだ。ただ、……」

「ただ？」

「連中の調書に書いてあっただけだから、やつらの勝手な妄想かもしれんが……」

兕は急に歯切れが悪くなった。

「第一被害者の劉参が生前、こんなことを周りの同僚に話していたらしい。――もうすぐ、不老不死の薬が手に入るってな」

六

兜は唐突にす、と腰をあげた。この男の所作にはつねに音というものがない。

「帰るのか?」

兜はうなずいて、

「長話がすぎたようです。なにかあったらわたしか、瓜田《かでん》に連絡をください。あいつにだけは今回の話を通しています」

といった。瓜田というのは京兆府の胥吏《しょり》(非正規職員)で、兜がふだん好んで追いまわしている忠実な岡《おか》っ引《ぴ》きである。ちなみに瓜田は姓で、姓名は瓜田筒《かでんとう》という。

では、と兜は軽やかに身をひるがえし去っていった。まさにその名のとおり、風に飛ぶ雲のように颯爽《さっそう》としていた。

その後、裴景は磨勒との碁を再開したが、まるで盤面が頭に入ってこなかった。あたりまえのように大負けして、ああくそ、と口汚く愚痴《ぐち》ると、

「――旰《ひぐれ》にはかならず帰ってくるんだろ?」

といきなりいった。

磨勒はすぐに察して、

「檀郎さまでございますか。はい、さようでございます」とかしこまって答えた。「ですが、遅いときには閉門の鼓が鳴りはじめてからお戻りになる日もございます」

「よし」裴景は自らを鼓舞《こぶ》するように膝を打って、「今日は待たせてもらうぞ」

今日ここへやってきた時点では、崔静は単なる恋煩いだったのだ。それが兜が現れてすぐに、腹を裂かれて心臓と肝臓を抜き取られた屍体の話になり、その被害者全員の名が記された門帳を見せられ、そこに崔静の名もあることが指摘された。おまけに容疑者は、廬山君なる荊蛮の神を奉じる謎の道士だという。頭がおかしくなりそうだった。

兜の忠告がなくとも、さすがにこれ以上は御免《ごめん》である。もうさっさと崔静本人を直接とっちめて、事の真相を聴き出したほうが早いと思った。

ただ、そのためには待つしかない。迷惑だろうと、ここで粘《ねば》りに粘って崔静の帰りを待とうと決めた。夕方までまだまだ時間があったので、磨勒には家事を優先しろと言いつけた。それでも磨勒は合間をみては顔を見せてくれたので、そのたびに碁の相手をさせた。ちなみにそれでも裴景は中押しで負けた。

そのうち日も傾きはじめ、夕刻を告げる東市の鉦《かね》の音も尽きようとしていた。

これが最後かな、などと裴景はのんきに盤面をながめていたが、さすがに背後で閉門を告げる晩鼓が鳴りはじめると、落ち着かなくなってきた。はたして崔静は素直に肚《はら》を割ってくれるのか、どんな深刻な事情や悩《なや》みが飛び出してくるのか。——想像もつかないだけに、裴景は鼓声が轟《とどろ》くごとに柄にもなく緊張《きんちょう》しはじめていた。

ところが鼓の数が百を重ねても、崔静が帰ってくる気配はなかった。

このまま晩鼓が尽きてしまうと、裴景は閉め出されて帰れなくなる。ただでさえ崔邸のある宣陽坊《せんようぼう》から裴景の住む崇仁坊《すうじんぼう》までは、徒歩だとそれなりの時間がかかる。ちなみにこの閉門時刻を守らず外に出ているところを見つかると、犯夜《はんや》といって厳しく罰せられてしまうのだ。

ひたすら詫《わ》びる磨勒をなだめて、この日はあきらめて崔邸を辞することにした。

通用門を出た裴景は正門側にまわると、あたりをそれとなく見渡してみた。あわよくば、帰りぎわの崔静と出くわすのではないかとの期待があったが、それらしい姿はなかった。

今度こそあきらめて家路へと踏み出した裴景だが、ふと背後に気配のようなものを感じ、未練がましいと思いながらも再度ふりかえった。

崔邸の牆壁《しょうへき》は門を越えて路沿《みちぞ》いに延々とつづいていた。

その西の尽きるさきから、影が伸《の》びている。

裴景は反射的に、その影のさきに崔静の姿を探した。

しかしちがった。影のさきにたたずんでいたのも――また影だった。

全身真っ黒な恰好をした男が、崔邸の壁に寄りかかりながら、こちらを見ていたのである。

男は頭に烏《くろ》の巾《きん》をいただき、衣も墨染《すみぞ》めの黒。帯も裳《もすそ》も履《くつ》もすべて黒。顔も逆光のため夕闇《ゆうやみ》の陰影《いんえい》で黒く翳《かげ》っていた。

まさしく影そのものの男だった。その大柄な背格好から崔静でないことだけは一目瞭然《りょうぜん》だった。

その影の男はしかし裴景の視線を厭うように背をむけると、路地奥の濃度を増す夕闇の影のなかにその姿を消した。

さながら、夕闇のなかに溶《と》けていったかのようであった。

裴景は幻覚でも見せられたかのような気味の悪さに茫然《ぼうぜん》としたが、すぐに兜の言葉を想い出してぞっとした。

――その徐真君、仏僧のように全身黒ずくめの恰好をしていたらしい。黒裳黒衣で、頭も黒の一字巾で結えるだけで冠もなし。

（あれが、徐真君――）

連続殺人事件の容疑者として右金吾衛の佽飛《しひ》たちが追う、謎の道士。

事件前に、被害者宅周辺でその姿が目撃されるという。

（じゃあ、やっぱり……）

しかし無情にも、背後では容赦なく晩鼓が時を重ねていた。このままではほんとうに帰れなくなってしまう。あまりにも不吉な予兆に後ろ髪をひかれつつも、かれは鼓声に背を押されるように、しかたなく帰路についた。

しかし家に帰ってもろくに眠れず、結局翌朝早く崔邸の門を敲《たた》いたかれは、磨勒から衝撃的な話を聞かされる。

前夜、結局崔静は帰らなかったというのだ。

そしていまなお帰っていないという。

かれは旰食宵衣どころか、ほんとうに失踪《しっそう》してしまったのである。

第四章

肆　凶

棺《ひつぎ》を發《あらは》して死胡《しこ》を視《み》るに、貌《かお》生《い》けるが如《ごと》し。
乃《すなは》ち口中《こうちゅう》に於《おい》て一珠《いっしゅ》探《さぐ》り得《え》て之《これ》を還《かへ》す。

——『獨異志《どくいし》』

一

裴景《はいけい》は五日に一度の頻度《ひんど》で、ほかの浪人生仲間《ろうにんせい》といっしょに仏寺の講堂を借りて、町の子供たち相手に読み書きを教えていた。こづかい程度《ていど》にしかならないが、仕送りに頼る身分としては貴重な収入源《しゅうにゅうげん》であった。

この日はその寺子屋の日だったが、裴景は昨日にひきつづいて朝一から崔邸《さいてい》に寄って、やはり崔静《さいせい》が帰っていないと聴《き》かされ、その足で寺に行って授業に臨《のぞ》んだ。ところが授業にまるで身が入らず、子供たちからやる気がないのかと馬鹿《ばか》にされる始末だった。踏《ふ》んだり蹴《け》ったりの心境で家路につくと、かれは下宿の門前に細長い人影《ひとかげ》が伸《の》びているのを認《みと》めた。

思わず身構《みがま》えたが、それは正真正銘《しょうしんしょうめい》、本物の影であった。

影の根には、長い両腕《りょううで》を前に組み、むっつりと不機嫌《ふきげん》そうに唇《くちびる》をへの字にむすんだ、見おぼえのある男が門扉《もんぴ》に背をあずけてたたずんでいた。

泣く子も黙《だま》る鬼賊曹《おにぞくそう》——兜《とう》こと斛律雲《こくりつうん》である。

かれは裴景をその三白眼《さんぱくがん》でじろりと睨《ね》めつけて、

「これは裴先生。早くからお勤めご苦労さまです」

「おたがいな」

裴景は苦笑をうかべた。なかに入るかと訊《き》くと、兜は結構《けっこう》と断った。かれは尊大《そんだい》に腕を組んだまま、

「人に教えるのも結構ですが、すこしはご自身の勉学にも身を入れられてはいかがですか。貧《ひん》すれど陋巷《ろうこう》

の顔回《がんかい》のほまれもございましょう」

「自分の勉強もしているよ。大きなお世話だ」裴景は口を尖《とが》らせて言いかえすと、――「それより、おまえこそなんの用だ？」

「用もなにも、裴先生こそはるばる京兆《けいちょう》府《ふ》までお越《こ》しになったんでしょう」

裴景は、お、と声をもらした。そのとおり、裴景は昨日暇《ひま》だったこともあって、わざわざ光徳坊《こうとくぼう》まで京兆府廨《かい》を訪《たず》ねたのだ。しかし兜も瓜田《かでん》も不在だったので、用件は伝えずに帰ったのだが、――

「察しはつきます。崔郎君《ろうくん》が消えた件ですね」

兜はずばり言い当てた。

「知ってたのか」

驚《おどろ》く裴景に、兜は不愉快《ふゆかい》そうに、そりゃ当然ですよと答えた。

「おまえ、なにか事情を知ってるのか」

前のめりに迫《せま》る裴景を、押しかえすように兜はまあまあ、と制して、

「あるにはあります。――ただ、いささか話が込み入ってましてね。で、どうせ今日はもう暇でしょう？　ちょっと小腹も空《す》いたところですし、とりあえず飯でも食いに行きましょう」

と誘《さそ》ってきた。

裴景は渋《しぶ》るような顔をしたが、拒否できるものでないこともわかっていた。崔静のこともある。この男の話は聴かなければならないだろう。

そうして向かったのは、東市の北門脇《わき》にあるちいさな餅肆《もちや》である。肆《みせ》のなかは大変な混みようで、軒先《のきさき》にはみ出していた榻《ながいす》になんとか席を確保すると、兜は抓飯《そうはん》を、裴景は焼餅《しょうへい》をそれぞれ頼んだ。

「結局あの日、わたしが帰ったあともずっと崔邸に居すわっていたそうですね」

兜は抓飯を匙《さじ》でせわしくかきこんでから、想い出したようにそういった。

裴景は熱々の焼餅を手のなかで持てあましながら、

「よく知ってるな。磨勒《まろく》に聞いたのか」

と返した。しかし兜は無視して、

「おまけに昨日今日と朝から押しかけたそうで。あの崑崙奴《こんろんど》もいい迷惑《めいわく》だったでしょうに。そのお暇な時間をすこしでもご自身の勉強に割かれたら、いまのように髀《ひ》肉《にく》の嘆《たん》をかこつこともなかったんじゃないですか」

「べつに嘆《なげ》いちゃいない」裴景はすぐに言いかえして、盛大に唾《つば》が飛んだ。「磨勒に聞いたんだな」

兜はひどく不快そうに唾を拭《ぬぐ》って、

「あの豎児《こぞう》に聞いたわけじゃありません。ただそのお姿《すがた》をしかと確認しただけですよ。裴先生が晩鼓《ばんこ》の鳴るなかとぼとぼと帰られるお姿と、連日朝早く勇んで押しかけるお姿を」

「えっ」裴景は驚いて、口からまた焼餅の肉汁《にくじゅう》を飛ばした。「おまえ、いたのか」

しかし兜はそれには答えず、ぶすっとした表情で飛沫《ひまつ》を拭いながら、

「裴先生」

と注意するように顎《あご》をしゃくった。

裴景は促《うなが》されて顔を正面にむけると、目の前でいかにも狷介《けんかい》そうな老人が不機嫌そうな顔でかれを見下ろしていた。

「ああ、これは失敬《しっけい》」かれはあわてて榻に置いていた皿やらを片づけて、席を詰《つ》めた。「……さ、どうぞ」

老人は当然のようにどっかとかれの右隣《みぎどなり》に腰《こし》かけると、肆《みせ》の給仕に茶を一杯頼んだ。礼のひとつもないその横柄《おうへい》な態度《たいど》に、裴景はすこしむっとしたが、その横顔を見て思いなおした。黒い幞頭《ぼくとう》の下の、すこし灰がかった褐色《かっしょく》の膚《はだ》には罅割《ひびわ》れたように無数の皺《しわ》が刻《きざ》みこまれ、平板だがえらが張った骨格には迫力《はくりょく》と風格があった。左目は白く濁《にご》り、光が失われているようだ。齢《よわい》七十ちかいのではないか。

「瓜田ですよ」

兇が急にいった。

「え？」

「瓜田に崔邸を張らせていたんですよ」兇はにやりとした。「うちとしても郎君から話が聞きたくてね。夜討《よう》ち朝駆《あさが》けさせたんですが、おたがい一足遅《おそ》かったようですね」

そうか、と裴景は素直に感心した。さすがに抜《ぬ》け目がない。まったく気づかなかったな、と考えてから、急に想い出して大声をあげた。

「――そうだ、徐真君《じょしんくん》！」

帰りぎわ、崔邸の牆壁奥《しょうへきおく》にたたずんでいた黒い影の不吉な男。――

「例の徐真君がいたんだよ、崔邸に！」

「声が大きい」兇は顔をしかめた。「……もちろん聞いてます。張らせていたのは瓜田ひとりだったんで追《つい》跡《せき》はできませんでしたが、東市の方向に逃げたようですね」

「静《せい》は大丈夫なのか」裴景は深刻《しんこく》な顔でそう尋《たず》ねた。「あの男に狙《ねら》われてるんだろう？」

「そうと決まったわけじゃありませんが、たしかに不吉です」

と兇も認めた。

「あと、郎君があの日を境に消えたのも気になります。その前の日までは、毎日きちんと帰っていたわけでしょう？」

「ああ。磨勒によると、多少遅くなることはあっても、帰らないということは一度もなかったらしい。その日の朝も、いつもどおりの時間に家を出たようだし」

「それが突然姿を消した」兜は顎に手をやり、ひとりごちた。「気に食わないな」

「なにがだ？」

「まるで、こちらの動きを見て先まわりされたみたいでね」兜は苦笑いをうかべた。「瓜田から報告を聴《き》いて思わず、やられた、と思いました」

「どういうことだ？　だれかが、おれやおまえの動きを見張ってたってことか」

「あるいは、そうかもしれません」

兜はそう答えると、残っていた抓飯《そうはん》をかきこんでから、――「で、裴先生はこれからどうなさるおつもりですか？」

「どうって？」

「郎君のことです。忠告《ちゅうこく》しましたよね。これ以上首を突っこむなって」

裴景は一瞬《いっしゅん》固まってから、

「悪いが、聞けないな」決然といった。「おまえが親切でいってくれているのは解《わか》るが、こうなった以上指を咥《くわ》えて見てろっていわれてもな」

「なるほど」

「せめておまえが捜査《そうさ》の指揮《しき》をとってるならいいが、実際動いてるのは佽飛《しひ》の連中だろ？　やつらじゃ静のことまで手がまわるとは思えないからな」

「ま、そうでしょうな」兜は満足そうにうなずいた。「至極真っ当なご指摘《してき》です」

「おまえは、おれにあきらめさせるために貴重な情報を話してくれたんだろうから、申し訳《わけ》ないとは思うが――」

「そいつはどうでもいいです」兜は鋭くさえぎって、「で、どうするんです？」

「うん？」

「どうやって郎君を捜《さが》すんですか？」

その問いに裴景は、え、といったきり固まってしまった。

兜はすこしのあいだ堪《こら》えていたが、すぐにふっと嗤《わら》って、いやいいです、といった。

「――さっきもいいましたが、わたしもこの展開は非常に気に食わない。手のなかにある物を、ことごとく取り上げられていくような不愉快さです。正直わたしも、このまま指を咥えたまま成り行きを見守る気にはなれない」

裴景はお、と期待の目で兜を見た。

「郎君捜し、引き受けますよ」

と兜はいった。

おお、と腰を浮かしかけた裴景に、かれはすぐに釘《くぎ》を刺《さ》した。

「ただし公務じゃないから人は割けない。使えるのは瓜田だけですから、われわれも走り回る必要がある。当然裴先生にも汗《あせ》をかいてもらうんで覚悟《かくご》しておいてください」

「お安いご――」

「あと、裴先生はあくまで本官の助手です。立場をわきまえて、くれぐれも前みたいな単独行動は慎《つつし》んでください。嘘《うそ》なんてもってのほかです」

わかった、と裴景は強くうなずいた。かれにとっては願ったり叶《かな》ったりの展開である。

すると兜は急に冷めた顔つきになって、

「ではさっそく行きますか」

と事務的にいった。そして騒《さわ》がしい肆《みせ》の奥に向かって大声で呼んだ。

「親父《おやじ》、勘定《かんじょう》だ」

「へい毎度」主人がうやうやしく首をすくめて出てきた。「お代はごいっしょで？」

「ああ」兜は袂《たもと》から緡銭《びんせん》を取り出し、指先で数えながら、「あと、そこのじいさんの分もな」

「え？」裴景は驚いて右隣をふりかえると、すでに老人は杖《つえ》を支えにして立っていた。兜が代金を支払《しはら》うのをじっと見とどけると、礼を言うでもなく、すたすたと歩き出した。

すると兜も、その横にならんで行こうとする。

「ちょ、ちょっと待った」裴景はあわてて追いかける。「どこに行くんだ？　それにこちらのご老人はおまえの知り合いか？」

「さっそくですが、いまから凶肆《きょうし》へ行きます」兜は横目で顧眄《かえりみ》た。「こちらは東肆《とうし》耆旧《ききゅう》の范《はん》老人」

老人は紹介されても一顧《いっこ》だにしなかった。

「凶肆？　なんでまた」

あからさまに嫌《いや》な顔をした裴景に、

「なんでも屍体《したい》の件で面白いものを見せてくれるらしいんですが、どうも外で出せるものじゃないらしくってね」

と兜は平然といった。

あれ、ひょっとしてもう捜査活動ってはじまっているのか——と問いかける暇も余裕《よゆう》もないまま、裴景はしかたなく二人の背を追った。

二

凶肆は、いわゆる葬儀屋《そうぎや》である。

葬式全体の進行を取りしきるのはもちろんのこと、式に用いる鐸《すず》や纛《はた》、明器《めいき》（副葬品）などの葬具の賃《ちん》貸《たい》、轜車《じしゃ》（霊柩車《れいきゅうしゃ》）の手配など、その業務内容はいまの葬儀屋に負けず手びろい。

范老人は東市に軒を構える凶肆——通称〈東肆《とうし》〉——の耆旧《ききゅう》であった。耆旧とは凶肆組織の役職のひとつで、式の運営全般に責任をもつ総監督《そうかんとく》のようなものである。もっとも范老人の場合、東肆一の古株《ふるかぶ》ということもあって、単なる耆旧というより、相談役といったほどの立場にあるらしい。文字どおり凶肆の耆旧《としより》というわけである。

この范老人の先導《せんどう》で、兜と裴景の二人は東市南辺にある凶肆街へ連れて来られた。

凶肆街は裴景自身、前を何度か通りすぎたことくらいしかない。市の喧騒《けんそう》とは対照的な、不気味な静謐《せいひつ》につつまれた区画である。

その名称からも想像できるように、凶肆は賤業《せんぎょう》視《し》されていた。葬儀に携《たずさ》わる職業人の宿命として、礼式に精通した知識人として重んじられるいっぽう、死に従事する者として忌《い》み疎《うと》まれるのは避《さ》けられなかった。側微《そくび》の進士《しんし》にすぎない裴景にもその程度の差別心は当然あったわけで、足を踏み入れるのにも正直大きなためらいがあった。しかし前を行く范老人と兜がその歩を緩《ゆる》めるはずもなく、裴景はため息をつきながら二人に従った。

薄暗《うすぐら》く、息が詰まりそうなほど細く狭《せま》い路地を抜けると、急に視界が拡《ひろ》がった。院子《なかにわ》である。そこで裴景は、自分がすでに凶肆の中枢部《ちゅうすうぶ》に入りこんでしまっていることに気がついた。

招《しょう》じ入れられたのは工房《こうぼう》兼《けん》倉庫といった建物で、棚《たな》には各種の凶器《きょうき》（葬具）が整然と陳列《ちんれつ》されている。凶器はすべて葬礼の象徴色《しょうちょうしょく》である白を基調としていたため、思いのほか明るく、清潔感《せいけつかん》さえおぼえる空間であった。

范老人は壁際《かべぎわ》の椅子に大儀《たいぎ》そうに腰かけると、ふうと長い息をもらした。

兜は老人を追い越して凶器のならぶ棚を見渡すと、じいさん物《ブツ》はどこだ、と訊いた。すると范老人は杖で棚の一箇所《かしょ》を指して、

「一番上の段の、右から二番目の函《はこ》のなかだ」

と億劫《おっくう》そうにいった。それが出会ってからの老人の第一声だったが、意外にもよく徹《とお》る聴き取りやすい声だった。

兜は棚の函を取って無造作に探って、これか、と拳《こぶし》の大きさほどの白い包みを取り出した。

「そうだ。こっちに持ってこい」

老人は横柄に命令した。兜も素直に応じて老人のもとに歩み寄ると、その白い包みを手渡した。近くで見て判《わか》ったが、その繭《まゆ》のような物体は白い布を固く巻いたもののようだ。

「……あんまり人さまの目に触《ふ》れていいもんじゃねえんだけどな」

言い訳のようにそういって、范老人は几《つくえ》の上でその白い包みをほどきはじめた。なかから現れたのは蚕《かいこ》ならぬ、親指ほどの大きさの銀色の物体だった。

范老人は指先でつまむと、ほれ、と兜に手渡した。兜はそれを掌《てのひら》の上で転がしてから、なるほどなとつぶやき、さらに裴景に手渡した。

それは銀色の蟬《せみ》のかたちをしていた。

「琀蟬《かんせん》か」

「ええ。費誠之《ひせいし》の斂《れん》（納棺《のうかん》）のときに実際に用いられたものだそうです」

費誠之——北里《ほくり》の排水溝に沈《しず》んでいた、第三の被害者である。

古代より中国では、喪事《そうじ》にあって死者の口中に米粒《こめつぶ》や宝玉を含《ふく》ませる風習がある。これを飯含《はんがん》という。このとき口に含ませる宝玉を琀《かん》というのだが、これは死者が冥界《めいかい》を無事にすごすための路銀になるとも、あるいは屍体から生気が抜け出るのを遮蔽《しゃへい》して死者の復活を促すためのものともいわれる。蟬をかたどるのは、その脱皮《だっぴ》する姿から蘇生《そせい》を象徴するものと考えられたからである。

「見てください、黒ずんでいるでしょう」

いわれるまでもなく、蟬の翅《はね》の部分がはっきり黒く変色していた。

范老人は険《けわ》しい顔で口をはさんだ。

「うちの若《わか》い衆は贋物の銀を摑《つか》まされたんじゃないかって嗤ってたが、そうじゃねえ。こいつは正真正銘の銀で、被葬者はきっと毒を服《の》まされて死んだんだ」

「まちがいないな」兜はうなずいた。「裴先生はご存じなくて当然ですが、銀は砒霜《ひそう》などの毒に触れると黒く変色するんですよ」

正確には銀が硫化砒素《りゅうかひそ》などの硫黄分《いおうぶん》と反応して、黒色の硫化銀《りゅうかぎん》に変じるためである。

「おそらく費誠之の口内か体内に残っていた毒気にこの銀玲が反応して、黒く変色したんでしょう。……じいさん、こいつは最初の玲だろ？」

そりゃそうだ、と范老人は答えた。

斂葬《れんそう》――納棺にあたって被葬者は遺族の手によって殮衣《れんい》とよばれる死装束に着替《きが》えさせられるのだが、そのときこの玲も新しいものと交換《こうかん》される。兜はこの銀の玲が交換される前のものか確認したのだ。

「費誠之は腐敗《ふはい》がはじまっていたんだろう？」

兜が重ねて訊《たず》ねた。

「ああ。洗罨《せんあん》と理容《りよう》（死化粧《しにげしょう》）のときは鼻がひん曲がるかと思ったぜ」

老人は顔をしかめた。裴景の脳裡《のうり》にも、平康坊のどぶに沈んでいたときの姿がよみがえってくる。

「腐《くさ》りはじめてから口に入れられた銀玲が数時《すうとき》で変色するとは、けっこうな毒気が残っていたってことだな」

兜がそうひとりごちるに至って、裴景はいよいよ耐《た》えかねて訊いた。

「つまり、費誠之は毒を盛られたってことか？」

「その可能性が非常に高いですね」

兜はそう答えると、裴景の手から玲を取りかえして、――「あるいは服毒死か」

その答えの意味するところに裴景は気づいて、

「自殺ってことか。まさか」

「屍体を壊《こわ》したのがべつのだれかなら、じゅうぶん可能性はありますよ」兜は范老人のほうを見て、「じいさんはどう思う？　あんた、じかに屍体を観てるんだろう？」

「仕事だからな」范老人は無愛想にいった。「おまえさんたちのいうとおり、強い毒を盛られたのはまちがいなかろう。だが、それで死んだのかは知らん。なにせ、あの有様だからな」

「まあな」

「ただ、その屍体――」范老人は兜の手にある琀《かん》を顎でしめして、「うっすらとだが、首の正面にひっかき傷があったのを覚えている。たぶん自傷だ。毒を盛られると燥渇《そうかつ》といってな、口のなかや喉《のど》にひどい渇《かわ》きをおぼえて、苦しさのあまりあんな傷をつけるんだ。何度か見たことがある」

「さすがだな。佽飛《しひ》の報告にはそんなこといっさい触れられていなかったぜ」

「そうか、もう読んだのか。じゃあ胸の刺し傷のことはどうだ？」

「そいつはさすがに書かれていたな。左胸に刃物による深い刺し傷があったんだろう？」

「ああ。血で朝服《ちょうふく》が胸に貼《は》り付いていた」范老人は淡々《たんたん》といった。「あれが致命傷やもしれん」

「どういうことだ？」すっかり置いてきぼりの裴景もさすがに口をはさんだ。「死因が複数あるってことか？」

「そういう言い方もできますね」

「じゃあ、ほかの被害者もそうなのか？」

「わかりません」兜は首を横にふった。「というのも胸の刺し傷と、この毒殺の痕跡《こんせき》は費誠之の屍体にだけ見つかっているんです。ほかの三人には腹以外の目立った傷はなかった」

「毒は？」

「すくなくとも孔達《こうたつ》の屍体に毒の痕跡はなかった。念のため口に銀簪《ぎんしん》を挿《さ》しましたからね。変色はなかった」

あとから聞いたところ、兕は不審死《ふしんし》とおぼしき屍体の口にはかならず銀の簪《かんざし》を咥えさせて、毒死かどうか調べているという。この銀簪をつかった毒死判定は、のちの南宋代《なんそうだい》の検屍指南書『洗冤録《せんえんろく》』にも掲載《けいさい》されるほどよく知られた鑑定法《かんていほう》であった。

「だが、劉参《りゅうさん》と葛明《かつめい》はあやしいな……」

兕がそう首をかしげると、范老人は、

「佽飛のやつらは調べてもねえな」

と吐《は》き捨てるようにいった。

兕が直接屍体を検《あらた》めた孔達以外の三人は、右金吾衛《うきんごえい》の佽飛による検分なのである。

「劉参も葛明も殯葬《ひんそう》で屍体は棺《ひつぎ》のなかだ。よっぽどの理由がないかぎり、いまさら検屍は無理だろうな……」

兕はそういって舌打《したう》ちした。

「ただな」范老人は険しい顔でいった。「……その、葛明とかいう商人もな、まともな死にかたじゃなかったはずだ」

ん、と兕は老人を睨《にら》んで、

「じいさん。あんたひょっとして、葛明の検屍に立ち会ったのか」

ああ、と老人は真っ白な頭をかいて、

「立ち会うもなにも、じかに調べたのはわしだ。というか、尉官《いかん》で検屍をじかにやるのはおまえさんぐらいのもんだ」

と答えた。中国では近世まで、刑事《けいじ》事件の検屍においても直接屍体をあつかうのは葬儀業者の仕事であった。

「葛明の検屍報告書は読んだが、毒なんて一字もなかったぞ」

「毒で死んだとまではいわねえ」老人はそう断ってから、「ただ死顔がな、不自然に崩《くず》れてたんだ。まるで歪《ゆが》んでた顔相《がんそう》を力づくで矯正《きょうせい》したみたいだった。おまけに、口のなかには大きな血の塊《かたまり》があった」

「血の塊の件は記述《きじゅつ》があった。けっこうな吐血《とけつ》の痕だとは思ったが、それ以上になにかあるのか？」

「口許《くちもと》が汚れてなかったんだ。あれだけの血が口のなかに残ってたわりにな」

「……犯人が拭ったってことか？」

「ああ。ひょっとしたら元の顔は血で汚れ、苦悶《くもん》で歪んでいたのかもしれねえ。そいつを直したやつがいる」

犯人は、毒死の痕跡を隠《かく》そうとしたのだろうか。

「じゃあ、やっぱり毒で……？」

裴景がそういうと、兜はかぶりをふって、

「弱いな。ほかの外傷でも苦悶の表情くらいうかべるだろうし、血も吐くだろう」

と否定した。范老人もうなずいて、

「ま、そうだな」

とあっさり引き下がった。

范耆旧《ききゅう》について、最初は絵に描いたように狷介《けんかい》で陰気《いんき》な老人という印象だったが、こうして話を聴いているとと語り口はじつに軽快で、考えも柔軟《じゅうなん》である。おそらくいまも現場に立って若い衆と仕事をしているということなので、感覚が若いのだろう。

「つまり費誠之の事件は、ほかの三人とはちがうってことか」

裴景があらためてそう確認すると、

「そう決めるのは性急すぎます。孔達はともかく、劉参と葛明は毒を盛られた可能性が否定できない。明確にちがうのは胸の刺し傷だけです」

と兜にたしなめられた。

「費誠之の殺しだけ、べつの犯人って可能性はないのか?」裴景はなおも尋ねた。「――その、劉参と葛明の事件を真似《まね》て、一連の事件のひとつに見せかけようとしたとか」

「模倣犯《もほうはん》というわけですね。よい観点だとは思いますが、そうなると心肝《しんかん》が問題になってきますね。あれは、外見だけでは真似できない」

「そうか。そうだな……」

「心臓《しんぞう》と肝臓の摘出《てきしゅつ》まで模倣できるのは佽飛《しひ》以外では、京兆府では小官と瓜田だけ。あとは――」

「わしはちがうぜ」范老人がすぐに答えた。「ひとつ目の屍体を検《み》たやつも知ってるが、そいつでもない。わしが保証《ほしょう》する」

兜は老人を冷ややかに見据《みす》えて、

「だれかに話したってこともないよな?」

と質《ただ》した。すると老人は忌々《いまいま》しそうに顔をしかめて、

「絶対にない。東肆同党《どうとう》の口の固さを侮《あなど》るんじゃねえ」と強く反論した。「それに、人殺しをするようなやつもいねえ。いくらなんでも、人のはらわた啖《く》うまで、わしらは落魄《おちぶ》れちゃあいねえ」

「なるほどな。とりあえず信じよう」

兜は軽くそう片づけると、ところで——と真面目な顔で、

「はらわたを啖《く》って、といったが、じいさんはやっぱりあれを啖われた屍体だと思うか？」

と訊いた。

「ちがうのか？」范老人は意外そうに眉《まゆ》をひそめた。

「あれが啖われた屍体だったとしたら——」兜は銀《ぎん》玲《かん》を指先でもてあそびながら質問を重ねる。「犯人はなんのために啖ったんだと思う？」

「なんのためって、啖った理由ってことか？」

「そうだ」

「知るか。それを考えるのがおまえや佽飛《しひ》どもの仕事だろうに」

「まさか腹が減って、ってことはないよな」

「ねえな。腹をすかせたんなら、餅肆《もちや》にでも盗《ぬす》みに入りゃいいだろ」

「じゃあ孝行者《こうこうもの》が薬として人肉を採取《さいしゅ》した、ってのはどうだ」

「他人《ひと》さま殺してなにが孝行者だ。親だってそんな肉——」

范老人はそこで突然、止まった。

「そうか、……毒か」

裴景もあっ、と思った。

これから啖うつもりの相手を、毒で殺すだろうか。——

毒が人間の身体をどう廻《めぐ》るかくわしく知るわけではないが、それでも臓腑《ぞうふ》はきっと真っ先に汚染《おせん》されるのではないか。そして費誠之は、その臓腑をごっそり失っていた。それこそ、腹に黒い穴《あな》があくほどに。

「そう。毒で死んだと判っている人間の屍体を、わざわざ啖うかって話だ」

兕はあらためて、そういった。

「それでも費誠之の内臓が啖われたんだとしたら、啖った人間は毒を盛った人間と別人で、毒死した屍体と知らなかったんだろうな」

「啖われたんじゃないとしたら、臓物はどこへ消えた？」

范老人がそう訊くと、兕はさあなあ、とひとりごちて、

「現場に焼いたり埋《う》めたりの跡《あと》はなかった。……ということは、だ」

「現場から持ち去ったのか」

「そう考えるしかないな」

と兕は断言した。

「はあ？　なんだってそんなものを？」

裘景がそう訊くと、兕はからかうように首をすくめた。

「さあ、醢醢《しおから》にでもしたかったんですかね」

「結局啖うのかよ」裘景はうんざりした。「やっぱり費誠之に毒を盛った人間と、心肝を抜き取ったのはべつの人間じゃないのか？」

「偶然《ぐうぜん》毒死した費誠之の屍体を見つけただれかが、腹を裂《さ》いて心肝を抜いていったってことですか？」兕はあざけるような口調だった。「それこそいったい、なんのために？」

裘景はなにも言いかえせなかった。

兕は悩《なや》ましそうに腕を組みなおして、

「心肝のこともあるから同一犯による連続事件だと思うんですが、毒って要素が厄介《やっかい》だ」

とぼやいた。そして妙案《みょうあん》を思いついたとばかりに指を鳴らして、――「そうだ裴先生、今度夜中に劉参と葛明の棺を暴《あば》きに行きませんか？」

「冗談《じょうだん》でも勘弁してくれ」

裴景は肚《はら》の底から弱音を吐いた。

「……そのことだがな、」范老人が急に口をひらいた。「今度の屍体みたいに胃や腸《ちょう》をまるまる取り除《のぞ》かれちまったら、毒気もどっかへ行くんじゃねえか。すくなくとも、腹んなかから毒気が昇《のぼ》ってくることはなかったろうしな」

「なるほど……」たしかに毒薬もすぐに嚥下《えんげ》すれば口のなかにそれほど毒気は残らないのかもしれない。胃腸には溜《た》まるだろうが、それがごっそり抜き取られてしまえば口から検出することはむずかしそうである。――

裴景はそう納得しかけたが、またべつの疑問が湧《わ》いた。

「じゃあどうして費誠之の口には毒が残ってたんだ？」

「問題はそこですね」兜はあらためて手許の銀玲《ぎんかん》をまじまじと見なおした。「他人に毒を盛られるにしても、なにかに紛《まぎ》れこませてだろうから、気づかず呑みこんでしまうことも多いと思います。自ら服毒した場合も、さっさと服《の》み干《ほ》してしまうでしょう。毒気が口のなかに長い時間留まる状況というのが、ちょっと想像できない。まさか含んだ毒を口のなかでじっくり味わうやつなんかいないでしょうからね。となると――」

「無理やり服まされた場合か」

「ええ。吐き出したくても、吐き出せない状況だったのかもしれない」

「なるほど、それで喉が焼けたか」

范老人はいった。首のひっかき傷のことだろう。

「費誠之だけは、盛られた瞬間に毒だと気づいた」兜は独《ひと》り言のようにいった。「すぐに吐き出そうとしたが、犯人によって口を封《ふう》じられたのかもしれない。それでも死ななかったから、犯人によって左胸――心臓を刺された……」

「辻褄《つじつま》は合うな」范老人は、ひゃっと笑った。「それじゃあひょっとすると、はらわたを持って行ったのは毒がばれねえようにするためだったのかもな」

裴景はおもわず、おお、と声をあげた。はらわたの始末についての、はじめての真っ当な考察ではなかろうか。

しかし兜はううんと唸《うな》って、首をかしげた。

「……どうだろう。屍体じゃなく、死因だけを隠蔽《いんぺい》するっていう動機がどうも理解できないな。そのためだけにわざわざ臓腑を抜き出して、外に運び出したり、その場で喰《く》うっていうのは手間がかかりすぎじゃないか。いっそ屍体ごと運び出して埋めるほうが、よほど楽で確実に隠蔽できる」

「ま、そうだな」范老人はあっさり引き下がる。

「じゃあ、おまえはどう思うんだ」裴景はあらためて尋ねてみた。「犯人ははらわたを、どう始末したと思う?」

兜はすぐに、

「さっきもいいましたが、生で喰ったのでなければ持ち帰ったんでしょうな」

「だから、なんのために？」

「さあ、醯醢《しおから》にするのでなければ、あるいは——」兜は急に思いついたように、「あるいは、被害者たちは借金の証書でも呑みこんでいたのかもしれませんね」

すると范老人がすぐに、はは、と笑った。

「なるほど、そいつを取り出すために持ち帰ったってわけか」

まあな、と兜も軽く笑って応じたが、なぜかその目は笑っていなかった。

三

凶肆街を抜けて裴景はおもわず伸びをした。まるで水底に長く潜《もぐ》ったあと、ようやく水面に顔を出せたような、ほっとしたような、せいせいしたような気分だった。

しかし兜はそんな裴景をおいて、さっさと早足で歩きはじめた。黙ってついて来い、と言わんばかりの足取りである。しかたなく従ったが、かれはその背中を見ているうちに、だんだんと腹が立ってきた。

もちろん兜がこうして捜査に力を貸してくれることは願ったり叶ったりで、その手伝いをすることにも、なんの不服もなかった。しかし、そうと決まって早々こうして連れまわされると、まんまとしてやられたのでは、と疑《うたが》いたくなる。巻きこんだつもりが、ひょっとして巻きこまれたのでは、と。

それに、范老人の話はたしかに大変貴重なものだったが、裴景にはすこしまどろこしく思うところもあった。事件の外堀《そとぼり》をじっくり埋めていくのも大事だろうが、それよりも崔静の失踪《しっそう》は一刻《いっこく》を争《あらそ》う状況ではないのか。こうしているあいだにも、と思うと、うろうろ歩き回っている場合かと焦《あせ》ってくるのである。

ついに裴景はそうした不満の数々を兜の背中に向かって、くどくどと言い立てることにした。しばらくは完全無視を決めこんでいた兜だったが、裴景のあまりに執拗《しつよう》な怨嗟《えんさ》の声に堪《た》えかねたらしく、

「ああっ、うるさい！」

と怒鳴《どな》った。

そしてかれは急に足を止めると、なにもいわずひとり右手にあった店舗《みせ》のなかへ入っていった。裴景がその先を目で追うと、軒先に酒帘《しゅれん》がはためくのが見え、同時に甘い酒香が鼻をくすぐった。

それは意外にも酒舗《しゅほ》であった。あとを追ってなかに入ると、兜はすでに代金を支払っているところだった。店の親父が大きな酒甕《さかがめ》から酒を酌《く》み、大小二つの酒壺《さかつぼ》に注《つ》いでゆく。得《え》もいわれぬ酒の芳醇《ほうじゅん》な香りがふわんと拡がった。

「なんだなんだ、こんな時間から一杯やろうってのか」

封がなされた大小二つの手提《てさ》げの酒壺を肩《かた》から提げて店を出た兜に、急に機嫌をよくした裴景がうれしそうに声をかけたが、当の兜はそっけない。まあそんなもんです、と短く答えると、また足早に歩き出した。裴景は酒の香につられるように、その背中を追う。

「じつは崔郎君について、ひとつ判ったことがあるんです」

酒舗を離《はな》れてしばらくしてから、だしぬけに兜はそういった。

「え？」裴景はおもわず歩みを速めた。「そいつはいったい。……いや、それより、あいつは無事なんだろうな？」

「おそらく」兜は答えた。「ずいぶんややこしい話でしてね。で、面倒なんで、事情を知ってそうな人間に話をさせようと思いましてね」

「話をさせるって、だれに？　そもそもいま、どこへ向かってるんだ？」

「じき判ります」

それだけ答えると、兜は歩く速度を上げた。それ以上の問いかけは無用とばかりである。

ずいぶんもったいぶるな、と内心で思いつつも、裴景は黙ってあとをついていくことにした。この男が手みやげを——しかも一人分とは思えない量の酒を——手にしているのも気になるところだった。

放生池《ほうじょうち》を左に見ながらしばらく行くと、街路沿いに市東の店（倉庫）の立ちならぶ場所に至った。そこから路地を南に入ってさらに歩くと、一軒の米倉《こめぐら》らしき建物の前でようやく兜の足が停まった。

「ここは？」目の前の建物を見上げて裴景は尋ねた。

すると兜は無言のまま顎をしゃくって路地の奥を示した。その路地の先は東市の大通りに接続していたが、その角に見なれた建物が見えた。

「武候鋪《ぶこうほ》……」

そうつぶやくと、兜は黙ってうなずいた。

武候鋪とは、金吾衛衛士《えいし》——佽飛《しひ》たちの詰所である。

裴景はもう一度、目の前の建物を見なおしてから、

「この倉と武候鋪に、なにか関係があるのか？」

と尋ねた。すると兜はなおも無言のまま、今度は倉の入口を指さした。

その先には破落戸《ごろつき》ふぜいの男がひとり、椅子に坐《すわ》って舟をこいでいた。ちょうど倉の戸扉《こひ》と背中合わせになるように陣取《じんど》っていて、男はどうやら倉の門番役らしい。

「ここは、連中のたまり場になってる場所なんです」

兜はようやく口をきいたかと思うと、そのまま舟をこぐ門番の男の前まで歩いていった。男は目覚める気配がなく、かわらずこっくり、こっくりとやっている。たしかに居眠り日和《びより》ではある。

連中のたまり場というのはつまり、武候鋪にいる連中のたまり場ということなのだろう。門番の男も上半身はなんの変哲《へんてつ》もない白衫《はくさん》姿だが、よく見ると脛《すね》のところから吊腿《ちょうたい》とよばれる革甲《かくこう》が垂《た》れているのがのぞき見えた。甲兵《こうへい》――つまり佽飛なのだ。

兜は男の肩を一度かるく揺《ゆ》すったが、男がそれでも起きないと見るや、目線を合わせるようにかがみこみ、その頰《ほお》をいきなり平手打ちした。ぱん、と痛烈《つうれつ》な音が響《ひび》くと、男はわっと跳《と》び起きた。

「な、なんだ」

「声が大きいな」

兜は不機嫌な顔で睨み、低い声でいった。

「張吉《ちょうきつ》に用がある。なかにいるだろ、呼んでこい」

「て、てめえ何様だ。まずは名乗りやがれ」

男は大声で吠《ほ》えた。

え、と裴景は声に出して驚いた。てっきり二人は知り合いで、兜がふざけて殴《なぐ》ったのだと思っていたのだ。

ところが男はすっかりいきり立っていた。――たしかに、見知らぬ男にいきなり平手打ちで起こされたら、当然そうなるはずである。

しかし兜は落ち着きはらって懐《ふところ》に手をやると、男の面前に名刺を差し出した。

「京兆府賊曹参軍事《さんぐんじ》、斛律――」

「なに！」

男の手が、兜の手をはたいた。名刺は宙を飛んだ。

「てめえ、京兆府の賊曹がいったいなんの用だ。だれに聞いたか知らねえが――」

「いちいちうるさいやつだな」

まあ落ち着け、と兜は男の胸をぽんと叩《たた》いた。

その瞬間、男は膝《ひざ》が抜けたように突然崩落《くずお》れた。

男はなにが起きたのか理解できず、尻餅《しりもち》をついたまま愕然《がくぜん》と兜を見上げた。

「て、てめえ。な、なにを……」

言葉にできたのはそこまでで、あとは肺《はい》をやられたらしく、げほげほと咳《せ》きこんだ。

裴景は知っていた。軽く押したようにしか見えないが、いまのは兜得意の当て身による一撃《いちげき》である。全身の体重を載《の》せた渾身《こんしん》の当て身の力を、かれは拳《こぶし》や掌から短い射程《しゃてい》で放つ術を心得ていて、打ちこまれた相手は礫弾《れきだん》の直撃を食らったような衝撃《しょうげき》を受けることになる。本気の打ちこみなら、甲冑《かっちゅう》の上からでも相手を即座に昏倒《こんとう》させることが可能であった。

裴景は郭幕府《かくばくふ》時代に何度かその威力《いりょく》を目の当たりにしてきたが、幸いにもかれ自身が被弾《ひだん》したことはなかった。

悶絶躃《びゃくじ》地する男の背後で、倉の扉《とびら》が耳ざわりな軋《きし》み声を立てて開いた。

外の騒《さわ》ぎを聞きつけたのか、男の仲間とおぼしき破落戸《ごろつき》風体の連中がぞろぞろと中から現れた。なかには平易な白衫《はくさん》姿の者もいたが、多くは佽飛《しひ》らしく衣の下に甲冑をのぞかせていた。その数ざっと十人以上といったところか。

「どうした」なかのひとりが地面に倒れこむ門番の男に気づくと、しゃがみこんで声をかけた。

門番の男は唾と痰《たん》を吐き散らしながら苦しそうに咳きこむと、ようやく息も絶え絶えに、

「こ……こいつら、け、京兆府の賊曹って――」

「京兆府ぅ？」

とたんに佽飛たちの顔つきが変わった。かれらは凄《すご》みのある目つきで兇と裴景を睨みつけると、まわりをゆっくりと取り巻きはじめた。けっして好意的とは思えぬ包囲網《ほういもう》が渦《うず》を巻くように、二人を中心にできあがっていく。気がつけば人数も増えているようで、目算で二十人ちかくに膨《ふく》れあがっている。

「やれやれ、血の気の多い連中だ」

兇は肩をすくめた。

おまえのせいだろう、と裴景は内心毒づきつつも口にする余裕はなかった。包囲する佽飛の何人かは早くも裴景が弱点であると見定めたらしく、いまにも飛びかかってきそうな視線をかれに向けてきているのだ。このまま乱闘《らんとう》になれば、まっさきに自分が袋《ふくろ》だたきにされてしまうにちがいない、――と、焦る裴景の胸に、どん、と衝撃があった。

兇が、提げていた二つの酒壺をかれに押しつけてきたのだ。

「絶対に落とさないでくださいよ」

そういうと兇は一歩後じさった。裴景はいわれたとおり大小二つの酒壺をしっかりと胸に抱きかかえた。両手を空《あ》けて、はっきりと臨戦態勢《りんせんたいせい》に入ったと見える兇にたいして、まわりを取り囲む佽飛たちにもいっそうの緊張《きんちょう》が走る。

一触《いっしょく》即発である。なんでこんな目に、と声に出せない文句でいっぱいの裴景に、兇は身体を寄せると、

耳許で謎《なぞ》めいたことを言って念を押した。──

「いまからぶんまわしますが、絶対に落とさないでくださいよ」

第五章

賧伐

又《また》人《ひと》を遣《つか》はし蠻《ばん》に入《い》つて慰《ゐ》勞《らう》を詔《みことのり》すと矯《いつは》り、
賧《たん》伐《ばつ》し得《う》る所《ところ》を一《いち》以《もつ》て私《わたくし》に入《いれ》り。

——『宋書《そうじょ》』

一

包囲する佽飛《しひ》の面々にも独特《どくとく》の緊張感《きんちょうかん》がみなぎっていた。

おそらく目の前で起きている状況と、兜《とう》と裴景《はいけい》の正体を正しく捉《とら》えきれていなかったせいだろう。地面で悶絶《もんぜつ》する仲間はかろうじて京兆府《けいちょうふ》の賊曹《ぞくそう》であることを伝えたが、その賊曹がいったいなんの用件でここに現れたのかは不明のままなのである。

ただし、友好的な相手ではないことは、足下に転がる仲間の姿《すがた》がはっきりと物語っていた。かれらは威《い》嚇《かく》するようにじりじりと距離《きょり》を詰《つ》め、包囲網《ほういもう》を狭《せば》めた。

敵意に満ちた視線にさらされて裴景は、横にいる兜を怨《うら》んだ。もっとおだやかに交渉《こうしょう》に入れなかったものか。

（いったい――）

かれは酒壺《さかつぼ》をしっかり抱きかかえたまま、目の前の倉を見上げた。この建物の中身はいったいなんなんだろう。連中はどうしてここまで過敏《かびん》に反応するのか。

そんな思いにとらわれた一瞬《いっしゅん》の隙《すき》をねらったように、包囲の列からひとり男が前に飛び出した。まるで飼い主が手綱《たづな》をゆるめたわずかな油断をついて放たれた猛犬《もうけん》のようである。

顎《あご》が長く、顔だちもどこか犬っぽいその男は、仲間たちの待てという制止も猛犬よろしくふりきって、包囲網の中心に躍《おど》り出た。狂犬《きょうけん》とちがうのは、冷静に狙《ねら》いを裴景に定めてきたことである。男は裴景の眼前で、おもむろに拳《こぶし》をふりあげた。

裴景がおもわず酒壺を盾《たて》に身を守ろうとしたつぎの瞬間、かれの身体が後ろに飛んだ。

兜が右手でかれの襟《えり》をつかみ、力づくで後ろに引っぱったのだ。

そして入れちがいに前に進み出た兜は、空いていた左の拳を突《つ》き出し、跳《と》びかかってくる男の胸にぽんと当てた。

「ぷ――」

男は口から唾《つば》を糸のように吹《ふ》き出すと、崩《くず》れ落ちるようにその場に昏倒《こんとう》した。

まわりを囲む佽飛《しひ》たちがいっせいに色めきたった。

「野郎《やろう》、手ェ出しやがった」

頭に血が騰《のぼ》った連中のひとりがそう声をはりあげた。裴景には、最初から兜が一方的に手を出しつづけているようにしか見えなかったが、もはやそれを指摘《してき》する段階ではなかった。

そしていまの声を合図に野犬よろしくまたひとり、群《む》れから飛び出した。男もまたまっすぐ裴景に向かってきた。なんでだよ、と思う間もなくかれの身体は強引に左方向に引きずられ、間一髪《かんいっぱつ》で男の拳をかわした。そして裴景と体《たい》を入れ替《か》えた兜が、男の右わき腹に左拳を入れる。

今度は派手だった。男の身体は宙《ちゅう》を飛ぶと、着地と同時に後ろ向きに転がって仲間ら三人ほどを巻きこみ、白目をむいて倒《たお》れた。

まわりの佽飛たちが息を呑《の》むのがわかった。

裴景の左の袂《たもと》は兜に強く引っぱられたおかげで伸《の》びてしわが寄って、縫《ぬ》い目がほころびはじめている。おそらく見えないが、さきに引っぱられた襟も同様の惨状《さんじょう》だろう。

ぶんまわすとはこういうことか、と身をもって思い知らされつつも、このままぶんまわされつづけたら着旧《きふる》しとはいえ、貴重な一張羅《いっちょうら》がびりびりに引きちぎられて襤褸《ぼろ》一枚にされてしまいそうである。

そのとき包囲する佽飛に動きがあった。こそこそと耳打ちがまわると、紊《みだ》れかけていた包囲網の隊列が整えられてゆく。

裴景はすぐに察した。連中はひとりひとりでは敵《かな》わぬと見て、いっせいに飛びかかってくる作戦に切り替えたのだ。

まずいと思ったと同時に、ふたたび裴景の襟元が強い力でつかまれた。

その瞬間、兜の意図が読めた。

包囲による一斉攻撃《いっせいこうげき》を回避《かいひ》するには、各個撃破による包囲破断をねらうのが定石である。それは戦争でも喧嘩《けんか》でも変わりない。

兜は包囲網が整う前に先制攻撃をおこなって、一点突破《とっぱ》をねらうつもりなのだ。——裴景をぶんまわしながら。

襟をきつく絞《し》められ、待って、とおもわず悲鳴をあげそうになった瞬間、

「——待て待て待て待て」

と大音声《だいおんじょう》の連呼が場の空気をこじ開けるように強引に割りこんできた。

襟を絞めあげる兜の力もすこしゆるんだため、裴景はほっと息をついた。

声のした方向に全員の注目があつまる。見ると、包囲網の一角から無理に割り入って、大柄《おおがら》の男がひとり前に出てきた。

裴景の襟から兜の手が離《はな》れたのが判った。

目の前に現れた男はまわりとおなじ破落戸《ごろつき》じみた風体だが、見た目に特徴的《とくちょうてき》なのは大きな体格と豊かな

髭鬚《ひげ》である。とくに髯《ほおひげ》が目立って長く、寝起きらしく眠そうな目でのっそりと頭をかくしぐさは、まるで冬眠から覚めた熊《くま》のようであった。

この男には攸飛《しひ》たちも一目置いているらしく、ある者は道をゆずり、ある者は事態を注進しようとすり寄っていった。しかし男はそんな仲間たちを無視して払《はら》いのけると、まっすぐ兜の前に進み出た。

男は眠そうな半眼でまじまじと兜の顔をながめた。

対する兜は微動《びどう》だにせず、睨《にら》みつける。

やがて男は一度ため息のようなものをつくと、大きく息を吸《す》いこんでから仲間たちに向かって、

「すまんが、こちらはおれの客人だ。通してやってくれ」

とじつに申し訳《わけ》なさそうに、しかし強い口調で喚《よば》わった。

意外な展開だったのだろう。まわりを囲む男たちからざわめきが起こった。不満げな声が大半である。

熊面の男はすまんすまん、と大げさな身ぶりで何度も頭を下げて、

「ここはおれの顔に免《めん》じて納《おさ》めてくれねえかなあ」

この男の態度や言葉はていねいなのに、不思議な威《い》圧感《あつかん》があった。攸飛たちはその迫力《はくりょく》に気圧《けお》されて、しんと静まりかえった。

それでも納まりきれない何人かから、臆病《おくびょう》風《かぜ》に吹かれちまったのかよ吉哥《きつに》い、と煽《あお》る野次が飛んだが、男は獣《けもの》のような目で睥睨《へいげい》することで完全に黙らせてしまった。

連中はあきらめて包囲を解くと、めいめい不服そうに舌打《したう》ちしたり痰《たん》を吐《は》いたりしながらも倉のなかにもどっていった。兜に打ちのめされた三人も仲間に担《かつ》がれたり、曳《ひ》きずられたりして、倉のなかへと退場した。

げた。

熊面の男は仲間たちの撤収《てっしゅう》を最後まで見とどけると、地面に落ちていた名刺《めいし》に気づき、それを拾いあ

「やれやれ、あいかわらずだな」

男は名刺についた埃《ほこり》をはらってから、兜の手に戻した。

「すこしくらい物事を円滑《えんかつ》に運ぼうって頭はないのか」

「じゅうぶん円滑だろう」兜は名刺を懐《ふところ》にしまった。「現にこうして、要求は通った」

つまりこの熊髯の男こそ、ここへ来た目当ての張吉《ちょうきつ》という男なのだろう。

「あんな派手な大立ち回りがはたして必要だったのかね」張吉はあきれて頭をふった。「まあ、全員おまえにのされなかっただけでも善《よ》かったのかもな」

兜は裴景から酒壷二つを取りあげると、そのうち大きいほうの酒壷を張吉にむけて抛《ほう》り投げた。

「こいつは？」

「みやげだ。なかの連中にふるまってやれよ」

その言葉に張吉ははじめて相好《そうごう》を崩すと、は、と短く笑った。

「拳よりさきに、こっちを出しとけよ。……ま、いっか。さっさとなかに入りな」

かれは、二人を倉のなかに招き入れた。

二

なかに足を踏《ふ》み入れてようやく、先ほどの過剰《かじょう》な反応にも合点がいった。

倉の正体ははたして賭場《とば》であった。

それも驚《おどろ》くべきことに、胴元《どうもと》は左金吾衛《さきんごえい》の佽飛《しひ》だという。

裴景と兜が案内されたのは傍《かたわ》らの房室《ぼうしつ》だが、そこからでも隣《となり》の賭場がのぞき見える。威勢のよい張り声が飛び交《か》うなか、博徒《ばくと》たちが五木《さいころ》を擲《ふ》って、樗蒲《ばくち》に興じていた。すでに兜からの手みやげの酒が行きわたっているらしく、酒杯片手にごきげんで銭《ぜに》を張り、馬《こま》の動きに一喜一憂《いちゆう》していた。

賭場の壁際《かべぎわ》には、戎衣《じゅうい》や革甲が無造作に脱《ぬ》ぎ捨てられていた。幅広《はばひろ》の横刀が何振か壁に立てかけられているのも見える。どうやら博徒のなかにも、相当数の佽飛が紛《まぎ》れこんでいるようである。

裴景はあきれて嘆息《たんそく》した。

左右《さゆう》金吾衛は南衙《なんが》禁軍《きんぐん》左右十六衛のなかで、長安城《ちょうあんじょう》内外の警察《けいさつ》業務を担《にな》う軍であることは先述《せんじゅつ》のとおりである。

しかし当時すでにそれは、過去の栄光でもあった。

南衙禁軍の衛士《えいし》は、各戸に田を授《さず》け、租税《そぜい》の代わりに成人男子に兵役を課す――いわゆる府兵制《ふへいせい》によって徴集《ちょうしゅう》され、帝都《ていと》防衛の任にあたってきた。

ところが戦乱がやみ、社会が急速に成熟《せいじゅく》してゆくと一部の貴族や豪族《ごうぞく》による大土地占有《せんゆう》がすすんだ。府兵の供給源《きょうきゅうげん》であった自作農家は土地を奪《うば》われて小作農家、あるいは流民《るみん》へと落ちぶれてゆき、供給を絶たれた府兵制は事実上の破綻《はたん》をむかえる。折衝府《せっしょうふ》が府兵の徴集を中止したのは玄宗代《げんそうだい》の天宝《てんぽう》八載《さい》（七四九年）のことである。

そのあと南衙禁軍は府兵より条件のゆるやかな彍騎《かくき》などで兵員を補《おぎな》ったりして、なんとか形を留めていたが、それも安禄山《あんろくざん》の乱《らん》によって木《こ》っ端《ぱ》微塵《みじん》に崩壊《ほうかい》した。

いまでは生き残りの彍騎の子弟や募兵《ぼへい》などで細々と命脈を保っている状況だが、凋落《ちょうらく》の一途をたどる南衙禁軍の募兵に応じるのは街の不良や浮浪者《ふろうしゃ》、密入国外国人といった社会の落伍者《らくごしゃ》でなければ、労役免除《めんじょ》の特権目当てに軍籍《ぐんせき》だけ得ようとする富裕家の子弟といった浮薄《ふはく》な連中くらいで、いまやそのなれの果てがこの賭場の風景に集約されているといえるのである。

熊面の張吉は二人をこの房室に招き入れるなり兜に向かって、「それはおれのだろう」と残る小さいほうの酒壺を指さし催促《さいそく》した。

兜はとくに惜《お》しむそぶりもなく、無造作に酒壺を抛《ほう》った。張吉はよっ、とそれを受け取ると、大事そうに抱《かか》えたまま奥に消え、杯《さかずき》を片手にふたたび現れた。大儀《たいぎ》そうに腰《こし》を下ろしたので、裴景と兜もならってその正面に坐《すわ》った。

張吉は酒壺をつかみ、封《ふう》をはがそうとして、おっと声をもらした。

「郎官清《ろうかんせい》じゃねえか」

「賭場の連中には黙っておけよ」兜はいった。「むこうは質より量の酒だからな」

張吉は勢いよく封を破ると、酒壺の口の部分に鼻を近づけ、くんと香りを嗅《か》いだ。

「いい出来だ。おまえ、こんな佳い酒提《さ》げたまま大立ち回り演じていやがったのか。罪なやろうだぜ」

「壺が割れて困《こま》るのはおまえたちだろう。わたしじゃない」

「ますます罪なやろうだ」

張吉は熊面ににんまりと笑みをうかべた。そして床の上に三つの杯を三角形に並べると、壺を傾《かたむ》け、その中身を注《そそ》いでいった。

とろりとした乳白色の液体が陶製《とうせい》の杯になみなみと沃《み》たされて、香りがふうんとただよう。

かれは二人に杯を酬《すす》めることなく、まっさきに自分の杯を手に取り、口に運ぼうとした。

「おい忘れるなよ。そいつはただじゃないんだぜ」

と兜があわててたしなめたが、かまわず張吉は杯を傾けて、

「――心配するな、知ってることならなんでも話してやるよ」

悪びれもせず、そう答えた。


あとで知ることになるのだが、この愛すべき熊面の張吉（名は祥三《しょうさん》といふらしい。吉はもちろん字《あざな》である）は年は三十四。洛陽《らくよう》の商家の三男坊《さんなんぼう》で、若いころから遊俠《ゆうきょう》の徒とつるみ、一時は組織にも属していたらしいが長続きせず、流れ流れて左金吾に落ち着いた――という、いまどきの佽飛《しひ》にはごくありふれた経歴の持ち主であった。

かれは二杯を瞬《また》く間に空にすると、三杯目を注ぎながら、兜を顎でしゃくって、

「おまえが手みやげだなんて、殊勝《しゅしょう》だな」

といまさらながら言った。兜はとぼけるように首をかしげた。

「横の見慣れない顔といい、――」張吉が髯《ほおひげ》をなでながら裴景を一瞥《いちべつ》して、「用件は崔家《さいけ》の郎君《ろうくん》のことなんだろうな」

いきなり鋭《するど》いところを衝《つ》かれて裴景は目を見瞠《みは》った。

ところが兜はみょうなところに突《つ》っかかった。

「こちらは裴進士《しんし》だ。今回、わたしの賊曹《ぞくそう》仕事を手伝ってもらっている」兜は屹然《きつぜん》と睨むと、低い声でいった。「くれぐれも軽んじてくれるなよ」

その言葉に、張吉はすこし意外そうな顔で、あらためて裴景の表情をまじまじとのぞいた。

裴景も思いもよらず持ち上げられて、おもわず背筋《せすじ》をぴんと正した。

すると張吉は口許《くちもと》をゆるめて、わかった、と三杯目を軽くすすった。

「で、なにが聞きたい？」

しかし兜はそれには答えず、横目でじっと賭場を睨んだまま、

「……やつら、ずっといるのか」

と訊《き》いた。

「ああ……」張吉は悠揚《ゆうよう》と酒杯を傾けて、「そうだな。ずっといる」

「朝から出張ってきてるのか？」

「朝も夜もあるかよ」張吉は鼻で笑って、「入れ替わり立ち替わりで、ずっといるんだよ。いまも十人くらいいるかな。うちにすりゃあ、すっかりいいお客さんだよ」

賭場ではあいかわらず、威勢のよい胴間声《どうまごえ》が飛んでいた。

（そうか……）

ここで裴景もようやく察した。あの博徒のなかには、右金吾衛の佽飛《しひ》も混じっているのだ。それもいまの話では相当数紛れこんでいるらしい。

「むかしから出入りしていたのか」

兜がそう訊くと、張吉はまさか、と首をすくめた。

「むかしなら絶対にありえねえよ、左金吾の仕切る賭場に右の連中が顔を出すなんてな。逆もまた然《しか》り。おたがい、そういう線引きはきちんとしていたからな」

「そのわりにはすぐ横で、右の連中が堂々と五木《さいころ》を擲《ふ》ってるけどな――」兜は蔑《なみ》するように目を細めて、そう咎《とが》めた。「いったいどういう風の吹きまわしだ？」

「どうもこうもない。左右ちがえど、おなじ金吾の仲間だからな。たまに肩《かた》を並べることがあったっていいだろうって――」

張吉はそういって誘《さそ》うように短く笑ったが、すぐに真顔にもどって、「……なんてな。実際のところは、ぜんぶ上の連中で決めたことだ。おれは知らん」

「上からの命令で、この場所を右金吾佽飛に提供してるってわけか」

「まあな。はじめは、こんなに長く居坐るような話じゃなかったんだが」

「いったい、いつからいるんだ？」

すると張吉はふうと酒気まじりの息を吐いてから、想い出すように頭をめぐらせて、

「先月の終わりごろじゃねえかな」と答えた。「ほら、ちょうど二個目の屍体《したい》が見つかってすぐってときだ」

「なるほど、早いな」兜は感心するようにいった。

たしかに早いと裴景も思った。第二の被害者葛明《かつめい》の屍体が発見されたのは、第一の被害者劉《りゅう》参《さん》の屍体が発見された二日後の二月二四日である。

その直後から右金吾の佽飛たちは上に働きかけて、自分たちの縄張《なわば》りではない左街を捜査《そうさ》する拠点《きょてん》として、この賭場を確保したということになる。

だが、それではまるで、――

「まるでその時点で、つぎにまた屍体が出るとわかっていたような動きだな」

兜が先回りしてそう指摘した。すると、

「わかってたのかもな」張吉はあっさり認《みと》めた。「そしておまえも知るとおり、この左街での捜査の特権までおんなじ時期に手にしている。これも上を通じてだ。どれひとつとっても、らしくない入念さだよ」

兜は不機《ふき》嫌《げん》そうな面もちで自らの酒杯を取り上げると、

「だれかが裏で糸を引いているのか」

と声を抑《おさ》えて尋《たず》ねた。

「だろうな」これも張吉はあっさりと肯定《こうてい》した。みやげの郎官清がよほど効《き》いているのか、答えに迷《まよ》いやためらいがない。

「――もちろんおれたちはなにも聞かされちゃあいない。ぜんぶ、おれたちの頭の上のほうで決まっちまってるからな。それも、かなり上のほうだろうぜ……」

そう聞いて裴景は、すぐに中《ちゅう》書侍《しょじ》郎《ろう》を連想した。

張吉はさらに酒を一口含《ふく》んでから、

「……官人が死んでるといっても、上の連中があの不気味な屍体の事件にわざわざ口出ししてくるってのは、おかしな話だ」といった。「……が、右金吾と因縁《いんねん》があるんだとしたら、やっぱり例の件が裏でからんでるんだろうな。今度の崔家の郎子《ろうし》さまのよくわからない話もあることだし」

「えっ」裴景は声をあげた。「静《せい》がなんだって？」

「静？」張吉は逆に裴景をいぶかしげに睨んだ。

「崔郎君のことだ」と兜がすかさず補足した。

「ああ……」張吉はうなずいて、「だから、昨日出てきた話だよ。崔家の郎君が――」

そこへ兜がわざとらしく空咳《からせき》をして、張吉の言葉をさえぎった。張吉と裴景がそろって兜に目を向けると、

「裴先生、郎君のことで、ひとつまだお伝えできていない話があるんですが――」

と兜はきまり悪そうに切り出した。

裴景はうなずいた。ここへ来る道すがら予告していた〈崔静についてひとつ判《わか》ったこと〉とやらをようやく開示する気になったのだろう。

張吉を見ると、なんだ知らなかったのか、という顔をしている。

兜は酒を一口含むと、ひとつため息のような息をついてから、

「ちょうど昨日の話です」と話しはじめた。「右金吾衛に、上から唐突《とうとつ》にひとつの話が降りてきたそうです。しかも驚くことに、それは崔郎君に関するものだったんです」

裴景はうなずいたが、いやな予感がする語り出しである。

「いいですか、裴先生」兜は一段声を落として、いった。「崔郎君はいま、ある特別な任務についているという話なんです」

「特別な任務って、千牛衛《せんぎゅうえい》のか?」

そういってから裴景は、前にも言った覚えのあるせりふだと思った。そしてすぐ、かつてかれ自身そんな推理を披露《ひろう》して、磨勒《まろく》にあえなく論破されたことを想い出した。

「いいえ」

兜はごく真面目な顔つきで首をふる。

「千牛衛ではありません。依頼主はほかならぬ中書侍郎。——崔郎君のいまのお立場はいうなれば、中書侍郎閣下《かっか》の密命《みつめい》を帯《お》びた探偵《たんてい》なんだそうです」

「は？」裴景はすぐと理解できなかった。「なんの冗談《じょうだん》だ？」

するとは困った顔つきで、ほんとなんの冗談なんでしょうね、と顎鬚をしごいた。

「だが冗談じゃないんだ」張吉は陽気にいった。「昨日、内々のお達しって話で、崔家の郎子が中書侍郎の命で事件捜査を任せられたので、くれぐれも邪魔《じゃま》してくれるなってな。——ま、おれたちにすりゃ、だれだよそいつ知るかよ、って話だったが」

「いやいやちょっと待て、どういうことだ？」裴景がたまらず悲鳴をあげた。「——え、探偵ってなんの話だ？　事件ってあの殺人事件か？　だったらさっき、捜査の特権を持ってるのは右金吾衛だって話してたじゃないか」

「ああ、ちがいます」兜が冷静にたしなめる。「言葉足らずでしたね。ちがうんです。崔郎君が探偵をおこなうのはべつの事件なんです」

「べつの事件？」

「そう」兜はす、——と鋭い目で張吉を見すえた。「そして今日ここへは、その話を聴きにきたといっていい」

え、と裴景も張吉に目を向ける。

二人に見られて張吉は照れたように、へっと笑い、また酒を飲んだ。

「この酒もそのためだからな」

兜があらためてそう釘《くぎ》を刺《さ》すと、張吉はわかったよ、と観念したようにつぶやいて、

「――ただ、こちらの進士殿《どの》はまったくご存じないようだから、一から話さなきゃなんないんだろう？　その前にちょっとつまみを取ってきていいか」

といって退出してしまった。

その背中を目で見送ると、兜は裴景の空いた杯に酒を注いで、

「長話になるってことです」

といった。

三

のっそりとした足取りで張吉が戻ってきた。手には革袋と、なぜか槊《さく》（すごろく盤《ばん》）をかかえている。榧《かや》の木目あざやかな槊を裴景と兜の前に据えると、革袋のなかに手を突っこんで、なかの脯《ほじし》をかき出し、直接その上に山と盛った。槊は卓と皿を兼《か》ねているらしい。

張吉はひときれつまむと、手ぶりで二人にも勧《すす》めた。塩気がほしかった裴景もさっそく手を伸ばす。兜も、ぽいと無造作に脯を口にほうりこんだ。そしてしょっぱそうに眉根《まゆね》を寄せ、それから流しこむように酒をあおる。この男は基本的になにを食べても飲んでも、不味《まず》そうな顔しかしない。対照的に張吉は、いかにも旨《うま》そうに酒杯をあおると、ふうと満足げに息をついた。

「――で、なんの話をすりゃいいんだっけ？」

そうとぼけたので、兜がすぐに、

「賧伐《たんばつ》の話だ」

と真顔でいった。

「賧伐？」いかにも耳なじみのない言葉だった。

張吉はああそうだった、とさらにとぼけると、裴景に向かって、

「賧伐ってのはまあ、中書侍郎が考え出した商売のことだ」

とあらたまった口調で説明をはじめた。

「あんたもさんざん聞いてるだろうが、中書侍郎ってのはまあ相当に金に汚い御仁《ごじん》らしい」

裴景はうなずいた。

中書侍郎元載《げんさい》の金銭に関する黒いうわさは、長安市民で知らぬものはいない。収賄《しゅうわい》、横領といったありふれた汚職はいうにおよばず、息子たちや子飼いの御用商人を通じて、数々のあくどい蓄財《ちくざい》に手を染《そ》めているという話であった。

「その中書侍郎の悪い遊びのひとつに、賧伐ってのがあってな——」

賧伐の字を聞いて裴景は、また小難しい言葉を引っぱり出してきたもんだ、と思った。

賧とは蕃夷《ばんい》の民が贖罪《しょくざい》のために献上する財貨のことで、伐はそれを力づくで奪い取るという意味である。

「中書侍郎は珍品《ちんぴん》奇貨の蒐集家《しゅうしゅうか》で、なかでも西域伝来の宝物には目がないみたいなんだな」

唐代《とうだい》は西域趣味《しゅみ》——ペルシア文化が汪溢《おういつ》した時代でもあった。自身も西域趣味に魅了《みりょう》された玄宗皇帝の時代にその方向性は決定的なものとなり、葡萄酒《ぶどうしゅ》を沃《み》たした琉璃《るり》の杯を片手に安国楽《あんこくがく》や康国楽《こうこくがく》とよばれる西域音楽に耳を傾《かたむ》け、胡姫《こき》とよばれる胡人の踊《おど》り子の踊りを娯《たの》しむというのが、当世一流の風雅《ふうが》とされた。

その影響《えいきょう》は庶民《しょみん》生活にまでおよび、襟を折った上着や、丈《たけ》の長い外套《がいとう》、胡帽《こぼう》、胡屐《こげき》といったペルシア風の服飾文化は長安っ子のあいだではすでに流行の域を超《こ》え、定着してしまった感さえある。

中書侍郎元載も、そのような西域趣味に強く魅せられたひとりであった。

「で、一口に西域伝来の宝物といったって、西の沙漠《さばく》を越えてくる物もあれば、南海からの舶来品《はくらいひん》もあったりといろいろだ。だがひとたび国内に入りゃ、どれも決まった流れでこの京師《けいし》に集められるきまりだ。どんな商品だって、あつかう行《こう》も商人も決まってるだろ?」

裴景はうなずく。貴重品に限らず、唐朝はあらゆる商品流通を厳格に管理していた。

たとえば玉《ぎょく》などの西域から渡来する宝石であれば、玉門関《ぎょくもんかん》で検閲《けんえつ》を受け、すべて官署によって買いあげられるきまりだった。そのうち一級品と認められた原石は例外なく少府監《しょうふかん》に送られて製品に加工され、内《ない》庫《こ》(皇帝の倉庫)に納められた。内庫に入るに値《あたい》しないと判断された二級品以下の原石だけが市場に流れるのである。

その市場流通にしても厳格な管理下に置かれ、宝石であれば、その一次流通は珠玉行《しゅぎょくこう》とよばれる国家公認の宝石商組合がほぼ独占していた。また市場価格も市署とよばれる役所によって統制されていた。

「上物はお上に取り上げられて、お下がりでさえ珠玉行からしか買えない。あたりまえの話なんだが、中書侍郎くらいの権力者になるとそれも我慢《がまん》ならなかったんだろうな」

張吉は脯《ほじし》をくちゃくちゃと噛《か》みながら、ぞんざいな口調でいった。

「——で、中書侍郎が考えついたのが〈賧伐〉だ」

かれはそういって、酒をすいと含んだ。

「小難しくいってるが、やり口はごく単純だ。要は、遠路はるばる京兆《けいちょう》にやってくる胡人の商人を早めに囲いこんで、その商品を直接買い占めるんだ。もちろんじかに胡商と商売をやるのは中書侍郎子飼いの御用商人で、中書侍郎自身が直接手を汚すわけじゃあない」

「珠玉行の頭ごしに、か」

「そうだ。行や平準署《へいじゅんしょ》を通さないから、中書侍郎はいままでお目にかかれなかった珍品も手に入る機会が増える。胡商のほうは逆に、そのぶん高く売れるってわけだ」

これだけ聞くと、賧伐とはいわゆる中抜き――行という中間流通業者の排除であり、違法《いほう》かもしれないが、それまで元載がおこなっていたとされる収賄や横領にくらべると、いささか拍子抜《ひょうしぬ》けといえる。

なにより〈賧伐〉とよばれる理由がよくわからない。

すると兜が補足するように割って入った。

「賧伐で頭ごしにするのは京師の珠玉行だけじゃありません。玉門関にはじまり沙州《さしゅう》（敦煌《とんこう》）から京師に至る河西の遠大な交易路すべてを中抜きするわけですから、そこに長い時間をかけて巣食ってきた膨大《ぼうだい》な数の人間をも敵にまわすことになるんです」

「そうか……」

河西回廊《かいろう》を通じての東西交易の歴史は、そこに生じる権益をめぐる闘争《とうそう》の歴史でもある。千年を超える時間のなかで、数多くの人間たちがその交易路の至るところに寄生し、利を貪《むさぼ》ってきたことだろう。そんなかれらが、賧伐などと称して既存の流通を無視するような新規業者の参入を認めるとは到底思えない。かれらにとってはいかなる現状変更も、自分たちの権益が損《そこ》なわれることにつながるからである。

兜はつづけて、

「ですから直接取引成功の肝《きも》は、いかに連中に口出しさせることなく、胡商とその財貨を京師までひっぱって来られるかに尽《つ》きるわけです。そしてその方法はひとつしかない」

「わかった」裴景は膝を打った。「貢献《こうけん》だ」

貢献とは土地土地の特産品を地方官が買い上げ、内庫に献納する制度のことである。有償《ゆうしょう》だが買い上げは強制的で、買い叩《たた》かれることも多かったため、すこぶる評判の悪い制度であった。

すると兜は惜《お》しい、といって、

「考えかたはそのとおりなんですが、ただの貢献だと窓口はやはり地方の行政府で、辺境にいる胡商を中央から直接誘導することはできません。胡商にはあくまで地方政府が介入できない存在になってもらわなければいけない。すなわち、――」

「朝貢使《ちょうこうし》か」ここまで来ればだれでも分かる。「一胡商を蕃使に擬《ぎ》装《そう》するってわけか」

「そんな大げさな話じゃない」ここで張吉が口をはさんだ。「朝貢といったって、しょせん方便だからな。紙切れ一枚で無理やりにでも蕃使に仕立て上げちまえば、あとは鴻臚《こうろ》（外務省）の領分だ。中書侍郎の好きなように囲いこめるってこった」

張吉はそういって雑に杯をめぐらせた。酒香がふ、と香る。そして急に真面目な顔つきになったかと思うと、おれもあくまで聞いた話なんだが――と断ってから、話しはじめた。

どうやらここからが本題のようである。

「無事朝貢使となった胡商は、道中それなりのもてなしを受けながら、京師にやってくる」

張吉が仰《ぎょう》々《ぎょう》しい口調で語る。

「出迎《でむか》えるのは中書侍郎の息のかかった御用商人だ。一応書類上は鴻臚寺の署員ということになってるが、もちろんそんなやつはいない。街道から少し入った、澧川《ほうせん》の河畔《かはん》にある建物で胡商を迎える準備をする」

「澧川？　なんでまたそんな、なんにもないところで？」

と裴景が疑問を口にした。灃川は長安城の西郊を流れる川で、関中《かんちゅう》八水《はっすい》にも数えられる。その河畔は田園が拡《ひろ》がるばかりの、のどかな一帯であった。

「なんでもそこに、中書侍郎の別墅《べっしょ》（別荘）があるらしい」張吉は答えた。「――ま、人目につかない場所を選んだら、そこになったんだろうな。にせの朝貢使を都亭駅《とていえき》で迎えるわけにもいかなかったんだろう。……で、取引もそこで済《す》ましていたらしい」

「河畔でか？」

「しょせん、偽者どうしですからね」兜が横から口をはさんだ。「まさか礼賓院《れいひんいん》（迎賓館《げいひんかん》）で名刺交換というわけにはいかないでしょう。おたがい後ろめたさもあるでしょうから、むしろ河岸の原っぱくらいが取引の場としてぴったりだったのかもしれませんね」

「はあ」

裴景は少々あきれていた。

擬装とはいえ朝貢使の財貨を臣下が横取りするというのは、皇上の私帑《しへい》（私財）を剽窃《ひょうせつ》する行為《こうい》といってよい。そんなせこい犯罪に、天下の中書侍郎が手を染めているというのは、なんとも情けない気がした。その意味で賧伐とは言い得て妙《みょう》である。まがりなりにも異民族の使節が献納する財貨〈賧〉を奪い取る〈伐〉わけであるから、だれが謂《い》い出したか知らないが皮肉も利いている。

「聞いてのとおり、実態はちゃちな闇取引《やみとりひき》だ。中書侍郎からすりゃ数ある悪さのひとつだったんだろうな。たいした罪とも思ってなかったろう」

張吉が杯を揺らしながら、つづけた。

「だから罰《ばち》が当たっちまったんだろうな。今年の正月にも、何度目かになる賧伐がおこなわれたんだが、取引中に賊の襲撃《しゅうげき》を受けた。金品すべて奪われて、その場にいたやつらのほとんどが殺されちまった――」

四

それは春も盛りの正月二三日。

場所は長安西郊、灃川《ほうせん》の東岸――荒《あ》れはてた田畑のあぜをたどり、さらに叢林《そうりん》をかきわけた先に拡がる荒れ野である。そこは中書侍郎の荘園《しょうえん》の一部だが、長く耕《たがや》されることなく打ち棄《す》てられていた土地だった。まわりより一段低く叢林で囲われたその私有地は、図《はか》らずも人目をはばかる闇取引にはうってつけの場所といえた。

その日そこでは、もう何度目かとなる〈睒伎〉の取引がおこなわれていた。

中書侍郎お抱えの御用商人は、本来なら見た目くらいは典客署員を装うはずだが、本人にその気がないのはあきらかだった。上から下まで西市の一商人といういでたちで、舎《しゃ》とよばれる小屋のなかで胡商との取引に臨もうとしていた。

かたや沙漠の果てから招来された胡商たちは、闇取引らしい異常な空気感に落ち着かないのか、緊張した様子で口数もすくなかったという。

低く垂《た》れこめた灰色の雲に空は鈍《にぶ》く翳《かげ》り、吹きよせる川風は身を切る冷たさで、舎の外にいた護衛の兵士たちは寒さに凍《こご》えていたという。

「護衛の兵士？」

「中書侍郎側の護衛ですよ」裴景の問いに、兜が答えた。「御用商人の財貨の護送と、胡商の案内をするために傭《やと》われた連中です」

「禁軍衛士か？」

中書侍郎元載は中書侍郎であると同時に行軍司馬を拝しており、国軍の総指揮権をも掌握《しょうあく》している。つまりかれは禁軍諸衛を手先のように動かせる立場にあるのだ。

兜はうなずいて、

「護衛の役を担ったのは、右金吾衛の佽飛《しひ》たちです」

と答えた。

「右金吾……」

ここで右金吾が登場するのか、と思った。どうやらいろいろの因縁が隠《かく》されていそうだ。

さらに聞くと、右金吾衛の佽飛たちは公務ではなく、御用商人に私的に傭われていたのだという。

その数、十八人。

「十八人とはえらく大勢だな。たかだか商人ひとりのお守りに、おおげさすぎやしないか」

裴景がそういうと、張吉がちがうちがう、と首をふって、

「やつらがお守りするのは商人じゃない、お宝のほうだ」

といった。

それを受けて兜が説明をくわえた。

「なにしろ中書侍郎がからむ商売ですから、それなりに大きな取引だったんです。胡商のほうも朝貢使を気取るくらいですから、玉をはじめ琉璃に玻瓈《はり》、瑪瑙《めのう》、水精《すいしょう》、瑟瑟《しつしつ》、璣琲《きひ》と目もくらむようなお宝を車に山と積んで取引に臨《のぞ》んでいたそうです。右金吾の連中の一番の役目は、その大量のお宝を京城まで無事に

持って帰ることです」

「そのための十八人か」

「もうひとつ、それだけの宝物を買い上げるには当然、それに見合う代価を用意しないといけません。しかも闇の直取引ですから、その場で決済——支払いをすませる必要があります。つまり代価は現金で用意しないといけない。右金吾の連中には、その代価を取引現場まで護送する役目もありました」

「その代価って？」

「そのときは金貨三百斤《きん》だ」

答えたのは張吉である。裴景はおもわず手から杯を滑《すべ》らせそうになった。

「さ、三百斤？」かれはこぼれた酒を雑にぬぐって、「三百斤って、三担《たん》（約百八十キロ）ってことか。その、お、黄金が」

「らしい」張吉はこともなげに認める。

兜は裴景の狼狽《ろうばい》ぶりを横目でにやにやとながめていたが、

「それが賧伐取引における、胡商側の旨みだったわけですよ。帖子《じょうし》（小切手）でも銅銭でも絹帛《けんぱく》でもなく、金貨で支払ってくれる。こいつは帰り道がめっぽう遠い胡商にすれば、なによりありがたい回収条件なんです。両替や転売する手間も要《い》りませんし、なによりその価値は時季や場所や人を選ばない。かさばりもしなければ、値崩《ねくず》れする心配もない。いいことずくめです」

「しかし、黄金三百斤だなんて……」

裴景にとっては途方もない金額である。

かつて名将高仙芝《こうせんし》は西域の石国《タシュケント》から戦利品——いわば〈賧〉——として駱駝《らくだ》七頭分の黄金を持ち帰っ

たという話があるが、三百斤が一度の取引額であることを考えると、この中書侍郎の賕伐はそれに匹敵《ひってき》する規模といっていいのではないか。

裏をかえせば、支払においてそれだけの好条件を提示できたからこそ、賕伐などという違法な中抜き取引を相手に呑ませることができたのだろう。

「その日も舎のなかでは密《ひそ》やかに交渉はすすみ、双方合意に達して取引は成立、無事西域のお宝と黄金とが取り交わされるはず——だった」

張吉はいかにも意味ありげに言葉尻《ことばじり》を切った。

「だった？」裴景はたまらず復誦《ふくしょう》して、先をうながす。

すると張吉は真剣な顔をつきつけて、一言、

「襲《おそ》われたんだよ」

酒臭《さけくさ》い息が顔にかかった。

裴景は眉をひそめて、

「襲われたって、盗賊《とうぞく》にか？」

「わからん。なにせ、ほとんど死んじまったからな」

そういって張吉は手にした脯《ほじし》を勢いよく嚙み切った。

「死んだって、二十人ちかくいた佽飛《しひ》はどうした？　……ひょっとして逃げたのか」

「いいや、殺された。中書侍郎の御用商人はもちろん、取引相手の胡商も、両方の人夫も、ぜんぶな。佽飛もあらかた殺されちまった」

「ぜんぶ……」

それはもはや強盗というより、虐殺《ぎゃくさつ》というべき光景である。

「大胆すぎないか」裴景は杯片手につぶやいた。「よりにもよって天下の中書侍郎の息がかかった連中を襲うなんて。しかも金吾衛の佽飛までまとめて皆殺しなんて、相当大きな賊に襲われたとしか……」

かれの頭にうかんでいたのは、十八人の佽飛が匪賊の大軍勢に取り囲まれている図である。それはちょっとした合戦図のようであった。

「三人だと」

張吉が短くそういって、酒をすすった。

それが賊の人数のことだと気づくまでに、裴景はかなりの時間を要した。

「え、三人？」

頭のなかの合戦図がたちまち吹き飛んだ。賊三人が佽飛十八人を取り囲むのでは画にならない。そもそも三人では、取り囲むことさえできやしない。

「そいつは本当か」と兜も訊《たず》ねた。どうやらかれも知らなかったらしい。

「そうか。おまえも知らなかったか」張吉は酒を一口含むと、あざけるように笑って、「ま、恰好《かっこう》のいい話じゃないわな」

「どういうことだ？」兜がさらに強い調子で迫った。

「どうもこうもない。右の連中を襲った賊ってのは、たったの三人きりだったんだとよ」

投げやりな口調で張吉は答えた。兜は信じられないという表情で、

「たった三人の盗賊が、佽飛十八人を屠《ほふ》ったっていうのか」

「実際には双方の商賈や人夫もいれて、三十人ちかくが死んだ」

「馬鹿《ばか》な」

兜は本気で驚いているようだった。

裴景は酒気のまわりはじめていた頭をふった。三人きりの賊が、佽飛をふくむ三十人ちかくを虐殺してゆく光景。——その具体的な映像がまったく想像できなかった。そもそも、たった三人だけの襲撃者を賊とよんでいいものだろうか。

「ところで、金貨と胡商のお宝は?」

裴景は不意に想い出して、訊いた。

張吉はさも当然のように、黙ってかぶりをふった。

「そっくり盗《ぬす》まれたってわけか……」

金目あてということは、やはり盗賊ということでまちがいないのだろう。

その瞬間、裴景の頭に唐突にひとつの疑問がうかんだ。

「そういや全滅《ぜんめつ》したくせに、どうして賊の人数が三人だけって判ってるんだ?」

「そう——」兜がゆっくりと顔をあげた。「——さっきから聞いてりゃ、あんたの話にはところどころ耳ざわりな科白《せりふ》がまじってたんだ。〈ほとんど死んだ〉とか〈あらかた殺された〉とかな……」

かれは静かに杯を置くと、不機嫌そうにその三白眼で睨《ね》めあげて、

「——生存者がいるのか?」

低い声で、そう質《ただ》した。

「察しがいいな」

張吉は杯を手にしたまま、にやりと笑った。

「そのとおり、佽飛《しひ》のなかにひとり生き残ったやつがいる。護《まも》らなきゃいけない人や物を全部見捨てて、ひとり佽飛がおめおめ敗亡してきたってわけだ」

「恥《は》ずかしい話だな」

兇が容赦《ようしゃ》なくそう斬《き》り捨てても、張吉は他人事《ひとごと》のように、

「そう。面目もなにもあったもんじゃない。だから右金吾の連中はいまも、そいつのことはひた隠しにしてるってわけさ」

といって酒をすすった。

「そいつはいまどこにいる？」兇は訊いた。「ひょっとして横にいるのか？」

「まさか」そして張吉は横の賭場をのぞきに行こうとした兇をあわてて制して、「おっと待て。また騒ぎになるからやめろ。——それに、連中に訊いたって無駄《むだ》だぜ」

「どうして」兇は坐りなおした。「自分たちの恥だからそいつのことを隠したいのか」

「それもある。だが、そもそもやつら居所を知らないはずだ」

「非番で家に帰ってるのか」

衛士の勤務は非常時をのぞき、基本的に期間一ヶ月の六交代制である。つまり半年のうち五ヶ月は非番ということになる。もともと五番制だったものが、玄宗代に六番制に緩和《かんわ》されたのだ。

「ちがうちがう」兇は手をふって、「そいつ、右金吾衛を馘《くび》になったんだ」

「馘？」

「ああ。事件のあとしばらくしてな。たぶん目の前で仲間たちが殺されるのを見て、いかれちまったんだろう。おかしな言動をくりかえして上の怒《いか》りを買ったらしい。そのまま右金吾衛から逐《お》い出されたんだと」

「そいつは悲惨《ひさん》だな」

「そうなんだ」張吉は愉快《ゆかい》そうに笑って、「いいやつなんだが、いろいろ抜けてるんだよな」

「その口ぶりだと――」兜は耳ざとく追及《ついきゅう》する。「あんたは居所を知ってそうだな」

「まあな」張吉はあっさり白状した。「ただ、おまえが行くと面倒くさいことになりそうだな。なにしろそいつ、ただでさえ気が小せえ上に、仕事鹹になってだいぶまいってるようだからな」

「そいつの名前は?」兜は無視して尋ねる。

すると張吉はぽりぽりと頭をかきながら、仕方なさそうに答えた。

「田《でん》だ。田五《でんご》。字はこうな」かれは宙に字を書いて、「でかい図体のやつでな。ただ性格は正反対で、めっぽう気が小せえやつだから、あまりいじめてやるんじゃないぞ」

おまえとは絶対に相性悪いと思うんだよなあ、と張吉はぼやくようにつけくわえた。

兜はふっと失笑すると、

「ずいぶんやさしいんだな。ま、安心しろ。こちらとしては必要なことを訊くだけだ。それにその田五だかは、賧伐の事件のただひとりの生き証人なんだろう? 仮に、崔郎君がほんとうに賧伐の捜査にあたるなら、接触《せっしょく》してくる可能性が高い。確実に先まわりしておく必要があるだろう」

その言葉に、裴景はあっと声をもらした。

そうだ、崔静だ。――訳のわからない事件の話を延々と聞かされ、すっかりはぐらかされた感があるが、かれにとって本題はあくまで崔静なのだ。

「なるほど、それもそうだな」張吉がもっともらしくうなずく。「田五の居所を知ってる人間は限られているから、そろそろだれか、崔郎子から声をかけられてるかもな」

「そう。郎君に先を越されてしまったら元も子もないからな」

と兜が大真面目に言うにおよんで、裴景はたまらず割って入った。

「いや、ちょっと待ってくれ。ほんとうに静は、そんなよくわからない事件に巻きこまれたっていうのか」

「巻きこまれたんじゃなくて、事件の捜査を任されたって話です」兜は冷静に訂正《ていせい》を入れた。「しかも正確には金吾衛にそういうお達しがあったって話で、ほんとうのところはよく判らない。ただ崔家にも同様の連絡があったらしく、昨日崔家から千牛衛にも説明があったそうだ」

「そうなのか。それで……」

裴景は腑《ふ》に落ちるところがあった。嫡子《ちゃくし》が行方不明になったというのに、崔家がみょうに落ち着いているのが気になっていたのだが、裏にそういう事情があったのだ。

崔静の父で崔家の当主である崔尚書《しょうしょ》は中書侍郎と昵懇《じっこん》の間柄《あいだがら》と聞く。ひょっとすると事前に崔尚書から諒承《りょうしょう》を得ていたのかもしれない。ただ、それにしても。――

「なんで静なんだ?」

それが解《わか》らなかった。

「それこそ、実際に犠牲者《ぎせいしゃ》を出した右金吾衛に任せておけばいいじゃないか。どうして無関係の静が探偵の真似事《まねごと》をすることになったんだ?」

すると兜と張吉の二人は、申し合わせたように困り顔で腕を組んだ。

答えたのは張吉である。

「正直そこは、おれたちにもよくわからん。ただ、さっきの話だが、崔郎子についてのお達しがあったのは右金吾だけなんだ。おれたち左には、そんな連絡はなかった。きっと必要なかったからだろうな」

「なるほど、右金吾のやつらを黙らせたかったってことか」

兜がそう納得すると、

「たぶんな」と張吉は答えた。

裴景はまたも取り残された気分で、どういうことだと尋ねた。それこそ今日、何度この科白を口にしただろうか。

そんな裴景の憮然《ぶぜん》とした様子に、

「たしかに言葉足らずでしたね、申し訳ない」と兜は素直に詫びた。「じつは、今日ここまで賧伐とその襲撃事件について長々と聞いていただいたのには訳がありまして――」

「静が関わってるからじゃないのか？」

「もちろんそれもあります。ですがもうひとつあって、どうやら右金吾の連中は一連の殺人事件に、この賧伐襲撃事件が深く関わっているると考えているらしいんですね」

「らしいというか、やつら信じきってるよ」

張吉は横の賭場を睨みながら、いった。

「賧伐でお宝を奪った連中が、今度は人を殺してまわってるってな。やつらにすりゃ賧伐を襲った犯人は、仲間を殺した憎《にっく》き敵《かたき》だからな。盗まれたお宝のこともある」

「だから、あんなに熱心なんだな……」

裴景も横の賭場に目を向けた。ひとりひとりの真剣《しんけん》さはともかく、縄張りちがいの東市にまで人を配置するというのは、並々ならぬ執念《しゅうねん》といえるだろう。

「――ところがどうも、賧伐の一番の被害者であるはずの中書侍郎が、犯人探しにそれほど熱心じゃないみたいなんだな」

と張吉はつづけた。

「そうなのか？　でも右金吾衛に捜査を委《ゆだ》ねたんだろう？」

「あれも、うるさい右の連中を黙らせるため、しかたなくって話だ。……実際、賕伐について詮索《せんさく》するのは右のやつらも御法度《ごはっと》だそうだ。中書侍郎にしてみりゃやっぱり、後ろ暗いところがあるんだろうよ」

「だから崔郎君が探偵に選ばれたんじゃないか、っていいたいんだろう？」ここで兜が口をはさんだ。――「賕伐襲撃事件に首を突っこみたい右金吾のやつらを抑えこむために、郎君を起用したと」

張吉は満足そうにうなずいた。

「ああ。べつに捜査する人間を用意したから、おまえらは黙っとけよって意味じゃねえかな。だから、なんで崔郎子かっていうと、それらしい人間だったらだれでもよかったんじゃねえか。名門で、千牛衛の将校なんだろ？　うってつけじゃねえか」

「じゃあ静は……？」

「いまごろどっかで、探偵ごっこしてるんじゃねえか」

そう聞いて、裴景はなんとなく安堵《あんど》した。なんの根拠もない、酔っぱらいのあやしい推理だが、崔静についてひさしぶりの安心材料である気がした。

「そういや――」裴景はふと思いついた疑問を口にした。「右金吾の佽飛《しひ》たちは、どうしてその賕伐の襲撃と、今度の連続殺人がおんなじ犯人だって考えてるんだ？」

すると張吉の表情が途端《とたん》に固まった。

かれはすこし黙ったあと、ばつが悪そうに頭をかくと、

「──あんた、徐真君《じょしんくん》のことは聞いてるか？」

と尋ねてきた。

裴景はまたか、と思った。それが顔に出たのだろう、張吉はふっと笑って、

「うんざりする気持ちはわかる。だが右のやつらは、その徐真君とやらが三百斤の金貨を奪って、いまは城内の人間を殺して腹を切り裂《さ》いてまわっていると、本気で信じてるんだ」

「どうしてそうなる？」裴景は尋ねた。「なにか証拠《しょうこ》でもあるのか」

張吉は首を横にふって、

「たぶん、そんな大層《たいそう》なもんはないだろうな。そもそも連中の発想とも思えねえから、上のほうのだれかから吹きこまれたんじゃねえか」

そう答えてから、ただしな、とつけくわえて、

「気になる符合もあってな。その、正月の賧伐で殺された中書侍郎の御用商人なんだが、名を孔迪《こうてき》といって──」

「え？　孔迪？」

「なんだ知ってんのか。そうだ、三日ほど前に屍体で見つかった孔達《こうたつ》の弟でな……」

裴景は驚いた。知ってるもなにも、かれはその孔迪を弔《とむら》うためと偽《いつわ》って、孔達宅をおとずれようとしたのである。そこでその孔達の屍体を発見する羽目になるのだが、まさか弟の孔迪のほうは賧伐なる闇取引で殺されていたとは。

「孔迪は裴先生の元知人らしい」兜は真面目な顔でそうからかった。

「そうなのか？」張吉は意外そうな顔で、「元ってなんだ？」

裴景は答えなかった。

兜は真面目な顔つきのまま、それにしても――と話をもどした。

「あんたいま、右金吾の連中は上のだれかから吹きこまれたんじゃないかっていってたが、どんな与太話を吹きこまれたら、徐真君が全部悪いなんて結論にたどり着けるんだ？」

すると張吉は酒を一口含んで、それこそ与太話だぜ、と断ってから、

「妖術《ようじゅつ》――なんだと」

といった。

「は？」

「だから、妖術なんだと」

張吉はおなじ科白をくりかえした。酒で顔はだいぶ酡《あか》らんでいる。

「まあ聞けよ。なんでもその賧伐が襲われた件だが、お宝のすべてが煙《けむり》のように消えたっていうんだよ」

「煙？」

「車で運ばれたとかじゃなく、消し去られたんだと」

たしかに襲撃した賊がたった三人という話が真実なら、三百斤の金貨と、それに相当する西域渡来の財宝を運び出すのには非常に骨が折れただろう。

ただ、だからといって、――

「徐真君が妖術で消したっていうのか？」

と兜があらためて確認した。

張吉は酒をあおってから、そうだ、とついでのように答えた。

「え、じゃあ……」裴景が尋ねた。「その三人の賊のなかに、徐真君がいたってことか？」

「わからん」張吉は答えた。「ほんとうにわからんそうだ。……ただ、その三人の賊は妖術の力をつかって、護衛の佽飛《しひ》たちをめった斬りにしたらしい」

「妖術の力だって？」

「妖刀だとよ。賊は三人とも、妖気の込められた武器をもっていたんだと」

張吉はそう語って、大きく息を吐いた。馬鹿馬鹿しさのあまりの嘆息《たんそく》なのか、酒がまわって酒気を吐いただけなのかはよく判らなかった。

それにしても、おかしな流れになってきた。ただでさえあやしげな道士のつぎは、妖術だという。つい先月まで貢挙のために必死で四書を暗誦していた裴景にとっては、落差が激《はげ》しすぎて頭の切り替えが追いつかなかった。

兜も眉をひそめて何度も大きく首をかしげていた。だが特段、その荒唐無稽《こうとうむけい》を咎めようとはしなかった。むしろ張吉の話が落ち着いたところで、ふと思いついたように面をあげて、

「――そういや消されたってことは、消えたそのお宝はどこへ行ったんだ？」

と大真面目な顔で訊いた。

すると張吉はとろんとした目を向けて、それよ、と指を鳴らした。

「なんでも徐真君は妖術で奪った黄金やお宝を、人の腹んなかに蔵《かく》したらしいんだ」

「……腹のなか？」

「そ。徐真君の術に、そうゆうのがあるんだと……」

張吉の瞼《まぶた》があやしくなってきた。手にした杯がゆれ、酒がわずかにこぼれた。

「……だからいまやつは、人の腹を切ってまわってるってわけだ。腹を開いて、蔵したお宝を取り出してやがるんだとよ。ほんと馬鹿馬鹿しいよな……」

最後は呂律《ろれつ》もあやしくなっていた。

兜と裴景は自然と顔を見合わせ、どちらからともなくため息をついた。

第六章

酒家胡

胡《こ》旋《せん》女《ぢよ》　胡旋女
心《こころ》は絃《げん》に應《おう》じ　手《て》は鼓《つづみ》に應《おう》ず
絃鼓《げんこ》一《いつ》聲《せい》　雙袖《さうしう》擧《あ》がり
廻雪《くわいせつ》飄《へう》搖《えう》　轉《てん》蓬《ぼう》舞《ま》ふ
左《ひだり》に旋《めぐ》り右《みぎ》に轉《てん》じ疲《つか》れを知《し》らず
千《せん》匝《さふ》萬《ばん》周《しう》已《や》む時《とき》無《な》し

——『新楽府《しんがふ》』

一

そのまま寝入《ねい》ってしまいそうな張吉《ちょうきつ》から、なんとか賧伐襲撃《たんばつしゅうげき》事件の生き残りだという田五《でんご》の住所を聴《き》き出して、兜《とう》と裴景《はいけい》はもぐり賭場《とば》をあとにすることができた。

そのまま東市北門そばの車坊《しゃぼう》へ向かう。そこに兜が馬をあずけているからである。

裴景は賭場を出てからもずっと、もやもやとして気が晴れなかった。

崔静《さいせい》については、奇妙《きみょう》な話ではあるが一応現状は確認できたので、進展があったと考えるべきだろう。裏に中書侍郎《ちゅうしょじろう》だ賧伐だなんだと胡散臭《うさんくさ》い話もあったが、崔家が納得しているのであれば外野である裴景が口をはさむべきではないと思う。

ただ、徐真君《じょしんくん》の話は余計だった。賧伐の話まではしょせん権力者の醜聞《しゅうぶん》で、雲の上のこととして気軽に聞いていられたが、そこにあやしげな道士《どうし》が関わってくることには違和感《いわかん》しかなかった。おそらくは中書侍郎という存在の生々しさに、妖術《ようじゅつ》などという志怪伝奇《しかいでんき》めいた要素は食い合わせが悪いのだろう。単純な不気味さもあった。裴景は実際、徐真君をこの目で見ている。あの黒い道士は、崔邸《てい》を見張るように立っていたのである。崔静が仮に無垢《むく》な第三者として探偵役《たんていやく》をあてがわれたのだとしても、その賧伐襲撃に徐真君が深く関わっていたのだとしたら、徐真君は事件を探ろうとする崔静を敵とみなすかもしれない。その結果があの監視行為《かんしこうい》だとしたら、崔静はより危険な立ち位置にあるといえるのではないか。

そのことについて兜の意見も聞きたかったが、兜は兜でずっと考えこんでいる様子で、気軽に話しかけられる雰囲気《ふんいき》ではなかった。

そのうち車坊に着くと、あずけていた馬を曳《ひ》いて兜が出てきた。幕府時代からのかれの愛馬〈幄《あく》〉号《ごう》である。変わった名前だが、突厥《トルコ》語《ご》で矢という意味らしい。

「裴先生」

愛馬の馬銜《はみ》を締《し》めながら、兜が突然いった。

「いまから崔邸に行ってみませんか」

「え？」

「まがりなりにも崔郎君について進展があったわけですし、崔家の様子を見てみたくてね。……それに、ふらっと郎君も帰っているかもしれませんよ」

たしかに中書侍郎から探偵役を仰《おお》せつかったとしても、家に帰らない理由にはならないはずである。そもそも裴景は明日の朝も押しかけるつもりだったから、異議はなかった。

「では行きましょう」

兜にうながされ、裴景は幄号の後ろに乗せられると、宣陽坊《せんようぼう》の崔邸へ向かった。

ところがいざ邸《やしき》の前に着くと、なかの様子がおかしい。

騒然《そうぜん》とした空気が、邸の外にまで伝わってくる。

いつものように車門の横にある通用門の門鈴《もんれい》を鳴らし、門扉《もんぴ》をくりかえし敲《たた》いても、だれも応じない。

いつもなら一、二度軽く敲くだけで、すぐに家人《かじん》が飛んできて応対してくれるところである。

耳をそばだてると、幾重《いくえ》もの牆《しょう》壁《へき》を隔《へだ》てた外にまで、あわただしく廊下《ろうか》を踏《ふ》む足音が漏《も》れ聞こえてくる。

「なにかあったのかな」

裴景がふりかえってそういうと、

「案外、屍体《したい》でも見つかったのかもしれませんね」

と兜が笑えない冗談《じょうだん》を真顔でいう。裴景も不安になってきた。

そこへ突然、一台の車駕《しゃが》が通りの向こうから猛烈《もうれつ》な勢いで駆《か》けこんできた。二人の目の前を通りすぎると、そばの車門の前に横すべりしながら急停車した。砂煙《すなけむり》がぱっと舞《ま》い、二頭の駕の前脚《うままえあし》が宙《ちゅう》を大きくかいて、嘶《いなな》きがあたりにこだました。するとその声に呼応するように車門の大きな門扉がばん、と大きな音をたてて開いた。

呆然《ぼうぜん》とする二人の前で、まず中年の男が車から降りてきた。車駕の登場の派手さのわりに、みょうに落ち着きのある物腰《ものごし》のその男は、崔家の家宰《かさい》を務めその裏方いっさいを取り仕切る董戌《とうじゅつ》という人物であった。崔家の老番頭である。

董家宰は外に迎えに現れた家人たちにてきぱきと指示をあたえたあと、すぐに車のほうへもどって、慇《いん》懃《ぎん》な挙措《きょそ》で降り口の幕を開いた。

車のなかから、すう、と影《かげ》がひとつ現れ、音もなく外に降り立った。

その姿《すがた》は黄裳《こうしょう》　絳褐《こうかつ》、黒巾《こくきん》の冠《かんむり》。——

(玄衣《げんい》……)

車から現れた男は、まぎれもなく道士であった。

梧桐《ごとう》のようにすっと伸《の》びた長軀《ちょうく》。冠の下は仮面のように白く端正《たんせい》な細面と、そこからのぞく薄墨《うすずみ》をひいたように切れ長の眉目《びもく》。——

尋常《じんじょう》ならざる風格と威圧感《いあっかん》が、裴景にも見て取れた。

道士は董家宰に丁重に案内され、粛然《しゅくぜん》とした足取りで邸のなかへ消えていった。

つづいて車駕も吸いこまれるように門をくぐり、車門の扉《とびら》はなにごともなかったかのように静かに閉じられた。

通りに静けさがもどった。

それは驚《おどろ》くべき落差だった。巨大な瀑布《ばくふ》が突然涸《か》れてしまったかのように、いきなり音が消えた。崔邸のなかから漏れ聞こえていたあの騒然《そうぜん》とした空気もどこかへ霧消《むしょう》して、邸は息をひそめたように沈黙《ちんもく》した。

あの道士が、すべての音を持ち去ってしまったかのようである。

静寂《せいじゃく》のなか、とり残されたように裴景と兕は門前で立ち尽くした。

そんな二人の背中に、耳なじみある声がかけられた。

「これは両先生。おそろいで、いかがされましたか」

ふりかえると、通用門から青衣《せいい》の磨勒《まろく》がひょっこり顔をのぞかせている。

「お……」

その春の陽気のようなのどかな丸顔に、裴景は毒気にあてられたように声を詰《つ》まらせてしまったが、

「……磨勒、いまのはいったい、どうした？」

ようやくしぼり出すように、そう尋《たず》ねた。

「はい？」

「いまの騒《さわ》ぎだよ」

磨勒は、ははあ、と恐縮《きょうしゅく》したように外に出てくると、

「これはお見苦しいところをお見せしてしまったようで、誠《まこと》に申し訳ありませんでした」

といって、ぺこり頭を下げた。

「いまの道士は？」兕が短く訊《たず》ねた。

「主家《だんな》さま掛《か》かりつけの医伯《いはく》でいらっしゃいます」磨勒は答えた。「じつは今朝がたより、主家さまのお加減が思わしくないようでございまして。さきほどの道士さまは主家さまが全幅《ぜんぷく》の信頼を寄せていらっしゃるご立派なかたということで、急遽是非《きゅうきょぜひ》にとお越《こ》しいただいたのです」

昔から道士にとって医療《いりょう》行為は、重要な職掌《しょくしょう》のひとつである。不老長生《ふろうちょうせい》を謳《うた》うかれらは、調薬や本草《ほんぞう》、導引《どういん》などの実際的な医術に通じていたからである。

「そうか、それでわざわざ董宰自ら迎えに行ったってわけか」

裴景が納得してそういうと、磨勒はうなずいて、

「さようでございます。わたくしもそのお車の前趨《さきばらい》を務めさせていただいておりました」

と涼《すず》しい顔でいった。あの速度で駆けこんできた車駕の先払《さきばら》いを務めたあとにしては、汗《あせ》ひとつかいていなければ、息ひとつ切らしてもいないのはあいかわらずである。

「静《せい》はどうだ。帰ってきたか」

と裴景が尋ねたが、磨勒は口をむすんで首を大きく横にふった。

嫡子が不在のときに当主が重病とは、家中が大騒ぎになるのも無理はない。

いろいろとご心配をおかけしまして申し訳ありません、と磨勒は再度神妙に頭を下げた。そこへ邸のなかから、磨勒と呼ぶ声が聞こえた。

兕は手ぶりで、もう行け、と指示した。横で裴景もうなずいて促《うなが》したので、磨勒はいっそう恐縮そうにぺこぺこと頭を下げ、邸のなかに戻《もど》っていった。閉じられた門扉越しに、ただいま参ります、と元気よく答える磨勒の声が聞こえた。

「よくない流れです」

「ええ」兜もじっと門を睨《にら》んでいた。

門を見上げ、裴景はいった。

「崔尚書《しょうしょ》、あまりよくないようだな」

二

東市から、市の終わりを告げる鉦《かね》の音が聞こえてくる。

もうこんな時間か、と裴景は馬上で空を仰《あお》いだ。日が傾《かたむ》きはじめている。おもえば濃密な一日だった。

二人を乗せた幄号《あくごう》は、沙漠《さばく》を渡る駱駝《らくだ》のように悠々《ゆうゆう》とした歩みで、宣陽坊《せんようぼう》の坊門を出た。

そこで兜がいきなりふりかえって、

「裴先生、今日は一日ひっぱりまわして悪かったですね」

と話しかけてきた。

「まったくだ」

裴景は文字どおりひっぱりまわされた、佽飛《しひ》相手の大立ち回りを想い出していた。

「お詫《わ》びといってはなんですが、いまから軽く一杯どうです」

「おっ」

「おごりますよ」

殺し文句である。

「そいつは殊勝《しゅしょう》だな」裴景は思わず頰《ほお》をゆるませた。「よし行こう」

すると兜は手綱《たづな》を引き、馬首をめぐらせた。

この時間である。裴景はてっきり平康坊《へいこうぼう》か崇仁坊《すうじんぼう》の飲み屋にでも行くものとばかり思っていた。ところが予想に反し、幄号は傾きかけた太陽を追いかけるように西へと駆け出した。

皇城の牆壁《しょうへき》を横目に、またたくまに崇義坊《すうぎぼう》、開化坊《かいかぼう》を過ぎてゆく。

気がつけば長安城《ちょうあんじょう》を東西に二分する大路——天街《てんがい》も躍《おど》るように横断した。

「おい、いったいどこまで行くつもりだ」

右街に突入したところで、さすがに裴景は声を張りあげた。

「なじみの店がありましてね」兜は平然と答える。「まえまえから、ぜひ裴先生をご案内したいと考えていたんですよ」

「なじみの、みせ？」向かい風に頬を打たれ、裴景は顔を歪《ゆが》めた。

「ええ——」

兜の答えも風に流されていった。

二人を乗せた幄号ははたして、右街は醴泉坊《れいせんぼう》の東門を高速で駆け抜けた。

右街にある多彩《たさい》な諸坊のうちでも、とくに異色といえるのがこの醴泉坊である。

西市の真北に位置し、長安城内に五つしかない祆祠《けんし》（ゾロアスター教寺院）のうちの二つがこの坊にあることからもわかるとおり、人口に占める胡人《こじん》の割合が他の坊にくらべて際だって高い。馬上から見渡すだけでも、一見して唐人《とうじん》とは異《こと》なる容貌《ようぼう》——碧眼紅鬢《へきがんこうもう》、深目隆鼻——の顔ぶれが散見されるのである。坊門をくぐった瞬間《しゅんかん》から、街全体からただよう埃《ほこり》っぽさと獣臭《けものくさ》さ、そして香草と乳香《にゅうこう》の薫《かお》りが入り混じった独特の空気が身体をつつみこみ、まるで話に聞く西域のオアシスにでも迷いこんだかのような錯覚《さっかく》をあたえるのだ。

速度を落とした幄号《あくごう》は十字街を左に折れた。ほどなくして通りぞいの大店《おおだな》の前でぴたりと歩をとめる。兜にうながされて、裴景は馬を下りた。

りっぱな店構《みせがま》えである。ただの邸店《ていてん》でないことは、その胡風の門や建物の造《つく》りからも看《み》て取れた。

「波斯邸《はしてい》か――」

裴景は門を見上げてつぶやいた。

波斯邸とはその名のとおり、波斯人《ペルシアじん》をはじめとする胡人が経営する邸店のことである。

邸店とはそもそも倉庫業のことであるが、そのじつ車馬の賃貸《ちんたい》や飲食店、宿泊施設を併設《へいせつ》するなど、その事業はじつに多角的であった。質屋よろしく保管品を担保に融資《ゆうし》をおこなう邸店もめずらしくなかった。

いま目の前にある波斯邸もかなり大きな店構えである。酒家もあって、愛馬をあずけた兜は、なれた感じで戸をくぐった。裴景もおっかなびっくり、あとにつづく。考えてみると、波斯邸の酒家に入るのはこれがはじめてである。

なかに入って驚かされたのは、その広さと天井の高さである。壚《カウンター》が口の字形にしつらえてあるのはほかの酒家とおなじだが、脇《わき》に大人四人ほどが大の字で横になれそうな広さの壇《だん》が床より一段高く設《もう》けてあり、そこでは膝《ひざ》を崩《くず》して呑《の》めるようだ。

壁は一面真っ白で、清潔《せいけつ》さを感じさせる反面、一歩まちがえると葬式場《そうしきじょう》と見まがいかねない無機質感もあった。

先客は当然のように全員胡人である。さらに壚《ろ》のなかにいたのも、

「あら、おめずらしいお顔だこと」

婀娜《あだ》っぽい胡女だった。

胡姫《こき》という言葉がある。

酒肆《しゅし》で給仕をする胡人の酌婦《しゃくふ》のことであるが、長安の男たちにとってこの言葉は、その意味合い以上に甘《あま》い響《ひび》きをもつ。

白皙碧眼《はくせきへきがん》の胡姫に葡萄酒《ぶどうしゅ》を酌してもらい、彼女たちの踊《おど》りを娯《たの》しむ。──それは長安っ子にとって、この上なく風雅《ふうが》で贅沢《ぜいたく》な娯楽のひとつであった。

いま目の前にいる女は、胡姫というにはいくぶん年齢がいきすぎている。三十半ばといったところだろうか。しかしこの女、その年齢の代価としてはじゅうぶんすぎる艶色《えんしょく》を獲得していた。まさに〈婀娜〉という言葉がふさわしい。

「斛律《こくりつ》先生が人をお連れになるなんて、はじめてのことじゃありませんか」

そんな科白《せりふ》が耳に入り、女の緑がかった瞳《ひとみ》が自分に向けられていることに気づいて、裴景はどきっとした。

「紹介しよう」兜は顎《あご》をしゃくって、「こちらは裴進士《しんし》。いまはうだつのあがらない浪士《ろうし》だが、王侯将相《おうこうしょうしょう》なんとやらというやつで、いずれたいした人になることだってあるような、ないような気もするが、くれぐれも粗略《そりゃく》にあつかわぬように……」

持ち上げられているのか、小馬鹿《こばか》にされているのかわからぬ紹介である。

胡女は壚越しににっこりほほえんで、どうぞよろしく、といった。

女の名は娑得葉《さとくよう》といった。いかにも胡名を写しました、という響きの名である。言葉に訛《なま》りはまったくなく、非常に流暢《りゅうちょう》な話しぶりだった。

「斛律先生はいつものでよろしいですね。裴先生はなにをお召しになりますか？」

「おなじでいいよ」

「勝手に答えるなよ、おれが訊《き》かれてるんだろ。……なにがあるんですか？」

「斛律先生がいつもお召しになるのは、この葡萄酒です」

そういって女は陶製《とうせい》の酒壺《さかつぼ》を前にかかげた。

裴景はほお、と前に乗り出して、

「そいつはうわさに名高い、三勒漿《さんろくしょう》というやつですか」

すると隣《となり》で兜が馬鹿なことを、とあきれた。

「賊曹《ぞくそう》風情《ふぜい》の安い給金で三勒漿なんぞ口にできるわけないでしょう。そいつは葡萄酒は葡萄酒でも、残りかすをしぼったような京城《みやこ》産の安酒ですよ」

女は苦笑まじりに、

「残りかすなんてひどい。味は良いんですよ。たしかにこれ、京師《けいし》ちかくで醸造《じょうぞう》されたものですけど、正直なところ西域産とくらべて新鮮《しんせん》なぶん、飲みやすいんです。ありがたいことにうちのお客さんはみんな、左街の気取った酒家に通う人たちみたいに口が奢《おご》ってらっしゃいませんし、なによりお値段の手ごろなのを望まれますからね」

「そういうこと」兜が隣でえらそうに首肯《しゅこう》した。

「うちは左街にあるような酒家とちがって、お客さまのほとんどがおなじ胡人でいらっしゃいますからね」

たしかに店のなかを見わたせば、裴景と兜の二人をのぞいて客はすべて胡人とおぼしい。西域趣味《しゅみ》を気取った文人があつまる左街の酒家胡とは、根本的に客層が異なるようだ。客がちがえばおのずと、求められるものもちがってくるということなのだろう。

しかしそれにしても、この京城ちかくで葡萄酒が造られているとは裴景は初耳だった。

結局はその葡萄酒をありがたく頂戴《ちょうだい》することになり、娑得葉が杯《さかずき》に酌《つ》いで、二人に勧《すす》めた。

杯を手に取ると、葡萄酒独特の甘酸《あまず》っぱい香気が鼻先に立った。そのまま一口含《ふく》んでみる。口のなかに花のような薫りがふわっとふくらみ、あとから舌に酸味《さんみ》と渋味《しぶみ》、若干《じゃっかん》の甘味を含んだ果実感がひろがる。兜も娑得葉も京城産の安物だとくさしていたが、なかなかどうして、裴景にはじゅうぶん旨《うま》い酒である。というより、基本悪酒しか口にできない貧乏《びんぼう》浪人生の身としては、ぜいたくすぎる味だった。かれはたちまち二口目にとりかかった。

「お口に合いますか?」

女がやわらかい口調で尋ねる。裴景が黙《だま》ってうなずくと、彼女はふふふ、と笑って、

「ほんと、今日は若い胡姫のお酌を期待されていたでしょうに、こんな年増《としま》が当壚《みせばん》で申し訳ありませんね」

「や、そんな」

裴景が恐縮して首をふると、彼女はいっそうほほえんで、

「若い子がひとりいるんですけどね。いま買い出しに出てるんですよ。それまではあたしでがまんしてくださいね」

その嫣然《えんぜん》とした表情に釣《つ》りこまれるように、裴景は相好《そうごう》を崩した。

見かけ以上に、そのひとつひとつの挙措やしぐさ、言いまわしが魅力的だった。花街《かがい》の脂粉《しふん》の香とはまたちがう、誘《いざな》われるような柔和《にゅうわ》な色香である。

蘇九娘《そきゅうじょう》にもこの女の千分の一の色気があればなあ、などとよけいなことまで考えてしまう始末である。昼の酒が残っているせいもあるが、裴景は飲む前からこの胡女と店の雰囲気にすっかり酔《よ》わされてしまっていた。

胡語で交《か》わされる客の会話の声にまじって、琵琶《びわ》の調べが情緒《じょうちょ》豊かに聞こえてくる。ふりかえって音の出処《でどころ》をさがすと、壇の横で胡人の少年が椅子《いす》にちょこなんと坐《すわ》って、阮咸《げんかん》を弾《ひ》いていた。年のころ十歳《さい》くらいだろうか。

「上手《うま》いものですね」

と裴景はいった。

娑得葉はかれの視線を追って、ああ崑崙《こんろん》ね、とうなずいた。

「あの子――康崑崙《こうこんろん》っていうんですけど――たしかに年のわりにはたいした手なみです。でも、それをすこし鼻にかけるところがあるんで、あまりほめないでやってくださいね。あの子のためになりませんから」

と手厳《てきび》しいことをいった。いわれてみれば、なるほど幼《おさな》いながら鼻っ柱の強そうな面《つら》がまえをしている。

気がつけば外からは鼕々《とうとう》と晩鼓《ばんこ》が響いていた。これが尽きると、城内すべての坊門が閉じられる。

今夜は泊《と》まりか。――裴景は覚悟《かくご》を決めたようにぐいと杯を干《ほ》す。

隣を見ると、兜はいつものようにひとり黙々と、ちびりちびり飲んでいる。

この男、総量だけなら相当な酒豪《しゅごう》なのだが、いつも手酌ですこしずつ、こぜわしく杯を重ねる、という飲みかたなので、見ていていらいらさせられる。無双《むそう》の豪傑《ごうけつ》なら豪快な飲みっぷりを見せてほしいのだが、この日もいつもどおり手酌でせこせこと飲む兜を早々見限って、裴景はもっぱら胡女から酌杯をうけていた。

しばらくたって外で物音がしたのを聞きつけた彼女は、すこし失礼しますね、と言い残し、店の外に出ていった。

その背中をじっと見送ってから裴景は、横で精確な反復運動により着実に杯を重ねる兜に向かって、

「いい店じゃないか」

と声をかけた。

「ですかね」兜は気のない調子で相槌《あいづち》を打つ。

「なによりあの女主人がいいな」

裴景はいやらしい響きにならないよう、慎重《しんちょう》にいった。

「左街の酒家で見る胡姫なんかよりずっといい。年の劫《こう》ってやつかな。……それにしても酒家胡とはいえ、女主人ってめずらしくないか」

「あれは雇《やと》われですよ」兜は前を向いたままいった。「ここは何莫潘《かばくはん》の店です」

「何莫潘？」

「商胡です。ご存じありませんか。京師随一《ずいいち》といってもいい。ことはべつに西市と布政坊《ふせいぼう》にもひとつずつ店を構えていますよ」

「波斯店か？」

「ええ。とくに金銀の取り扱い量については、東西両市の金銀行にも肩《かた》をならべる規模《きぼ》といわれています。胡商の元締《もとじ》めは、一応は西市胡行（胡商ギルド）の行頭《こうとう》ということになっていますが、実際京師の胡商連の首根っこをおさえているのは何莫潘だ。かれの資金力なしに、連中の京師での商売は立ちゆかない」

ふうん、と裴景はなんとなく店のなかを見わたした。当人がいるはずでもないのに、なんとなく人目を

はばかったのだ。

するとが唐突にいった。

「外ですよ」

「え？」

「ですからその何莫潘です。いま外に来ているようですね。女が迎えに出たのはそのためですよ」

「ああ、なるほど」裴景は女が消えた先を目で追って、「よく判《わか》るな」

「毎週この日は胡天祠で礼拝をすませたあと、この店に顔を出すのが常なんです」

そういうことか、と裴景は納得した。何莫潘が来た理由にではなく、今日ここへ連れてこられた理由に、である。

から飲みの誘《さそ》い（しかもおごり）なんて怪《あや》しいとおもったが、案の定明確な目的があったのだ。どこまでも抜《ぬ》け目がない。

背後で、ぎいっと扉のきしむ音がした。

目をやると、恰幅《かっぷく》のよい初老の男が入ってくるのが見えた。形よく整えられた豊かな髯《ほおひげ》をたくわえたその男は、大人《たいじん》とよぶにふさわしい貫録《かんろく》で、悠然と店のなかを睥睨《へいげい》した。

こいつが何莫潘か。——裴景は即座に確信した。聴かされていた人物像と、ぴたり一致したからだ。

男の背後には娑得葉と、彼女よりひとまわりは若そうな女がひとり、さらに長身の体格にすぐれた若い男が付き従うように入ってきた。その容貌と恰好から、みな胡人と知れた。

何莫潘とおぼしき男は長い時間をかけてゆっくりと、店内の客ひとりひとりにていねいに挨拶《あいさつ》をしてまわった。

そうして最後の最後に男は壚のなかに入ると、裴景と兜の真向かいに立った。

「やあ雲《メーグ》。きみがいるなんて、おだやかじゃないね」

低音の、よく徹《とお》る声である。若干訛りがあるが、気になるほどではない。それよりも声の響きが心地よい。

男は案の定、何莫潘そのひとであった。

屹立《きつりつ》した高い鼻梁《びりょう》、鳶色《とびいろ》の眼睛《がんせい》、豊かな鬚髯《ひげ》。褐色《かっしょく》の乾《かわ》いた膚《はだ》に刻《きざ》まれた無数の鋭い皺《しわ》と、六尺はあるだろう巨軀《きょく》から左衽《さじん》に着る繡袍《しゅうほう》ごしに放射される雰囲気は、声に出さずとも饒舌《じょうぜつ》に主の波乱の経歴を物語ってくれるようだった。

白い氈帽《せんぼう》の下からのぞく髪にも白いものが多く混じっているが、いささかの老いや衰《おとろ》えも感じさせなかった。これほど見た目どおり大物然とした大物というのも逆にめずらしいのではないか、と裴景はみょうな感心の仕方をした。

何莫潘は裴景と兜の杯を取ると、ていねいにおかわりを酌いで、二人の前にすっと勧めた。気取ったしぐさだが、手についていて、けっして嫌味《いやみ》な感じはしない。

「お客さまははじめてでいらっしゃいますね」

何莫潘は裴景に向かって、おだやかな声色で語りかけた。

「どうぞごゆるりと、おくつろぎください」

低音の美声でそうくすぐられると、酒も酔いも数等高級になった心地である。おもわず背筋《せすじ》が伸びた。

ところが兜は横から冷や水を浴びせるように、

「気づかい結構《けっこう》。このひとはわたしのおごりだっていうのに、さっきから遠慮《えんりょ》のひとつもないんだ」

「うるさいよ」

裴景はたまらず言いかえした。

やりとりを聞いた何莫潘は興味深そうに、ほほう、と顎鬚をなでて、

「おごりということは、きみはこの方にそう——借りでもあったのかい」

と兜に尋ねた。

「そんなのじゃありません」兜はすぐに首を横にふって、「こちらは裴進士。いまは訳あって、うちの仕事の手伝いをしてもらってましてね。今日も左金吾《さきんご》の張吉《ちょうきつ》のところまでご同行願ったわけです」

「ふうん」何莫潘はすぐに心得たらしく、「それでうちに来たわけか」

棚《たな》から新しい杯をひとつ取ると、手にしていた酒瓶《さかびん》から紅色《べにいろ》の酒をそそぎ入れた。どうやら自分用に注《つ》いだらしい。そしてそれを一口含むと、じれったいまでに悠然と味をたしかめてから、

「正直わたしのところにだれかがやってくるのは、もっと先のことだと思っていたよ」

といった。

「なにせ雲《メーグ》、きみが関わっているとは聞いていなかったからね」

「その口ぶりだと、ずいぶんと通じていらっしゃるようですね。……ここへ来たのは思いつき半分でしたが、どうやら正解だったようだ」

「さて、それはどうかな」

何莫潘はいった。とぼけるというより、面白がっているように見えた。

「いま、すこしばかりお時間をいただけますか」

兜が抑《おさ》えた口調で迫《せま》ると、

「だめだといったところで、きみは帰ってくれないだろう？」

何莫潘は外の音に耳をそばだてるしぐさをして、

「鼓もとっくに尽きたようだ。こうなったら追い出すわけにもいかない。まんまときみの罠《わな》に嵌《は》まってしまったというわけかな」

「考えすぎですよ」

「まあいいさ。夜は長い。訊きたいことがあれば遠慮なく訊くといい」

何莫潘はもう一度手許《てもと》の杯をとって、その中身を一口含んだ。

「——ただし。答えられないことには当然答えないし、必要とあれば嘘もつく。そしてきみも知ってのとおり、わたしはかんたんには酔わない」

それでもいいかい、と何は微笑《ほほえ》んだ。

不敵で挑発的な言葉だが、その物腰はあくまで優雅である。

すると兜は愉快《ゆかい》そうに唇《くちびる》の端《はし》をゆがめると、そっと杯を置いて、

「上等です。こちらも手をゆるめる気はありませんよ」

と言いはなった。

三

少年康崑崙が爪弾《つまび》く阮咸《げんかん》の調べが、店のなかをゆっくりと揺蕩《たゆた》うた。

その幼さとは不釣り合いな、哀しい音色である。

壚に居ならぶ酔客たちもいつしか話し声をひそめて、その流麗《りゅうれい》な調べに耳を傾けはじめた。

娑得葉が、薄暗《うすぐら》くなっていた店内の燈籠《とうろう》の油に火を差してまわっていた。

そんななか兕と何莫潘は、壚越しに対峙《たいじ》した。

「中書侍郎の悪い遊びについてはご承知でしたか」

兕が口火を切った。疑問形ではなく、断定口調である。

何莫潘は壚のむこうで困《こま》った顔をした。

「承知、ね……」かれは首をふって、「とんでもない話だ」

「知らなかった、という意味ではないでしょう？」

兕は冷ややかに見かえして、

「そうだね。耳にはしていた」

何莫潘は素直に認《みと》めた。

「賧伐、ですね」

「なんだか小むずかしい言葉でよんでいたろう。たしか、……」

「そう。われわれ胡人にとっては、じつに皮肉な言葉だね」

何莫潘は口許《くちもと》に微笑《びしょう》をうかべた。

「元はたしか、化外《けがい》の民から財貨を収奪《しゅうだつ》するといった意味あいだったね。しかも懲罰的《ちょうばつてき》な意味さえ含まれているという」

「ええ」

「皮肉だねえ」何莫潘はくりかえす。「――そして、商いを指ししめす言葉としてもじつに不適切だ。なぜなら、商売というのはいかなる場合においても一方的であってはならない。売る側、買う側、双方公平でなければね」

「いつから気づいていたんです？」

「一年ほど前になるかな。一番最初の取引から知っているよ」

兜は驚いた顔で、

「ずいぶんと早耳ですね」

「耳の拡《ひろ》げかたの差さ。きみは広く世事に耳を拡げる。しかしわたしは、自分と関わりのあることにしか耳を貸さない。ただしそのぶん、深く遠くまで耳をすます。そうすることで取るに足らない、ちいさな雑音まで入ってくるものなのさ」

「雑音とは思いませんが」

「失言だったかな。でも他意はない。なにしろ最初の取引なんて、それはそれはじつに慎《つつし》み深いものだったからね。取引の額も量もたかが知れていたし、目をみはるような貴重品があったわけでもない」

「だから、見逃していたと」

「まず断っておくが、わたしは見逃すような立場にないんだよ。いろいろ誤解しているようだけど、わたしは胡商の元締めでもなんでもないのだからね」

何莫潘はその鬚面に微笑をうかべ、諭《さと》した。

「その賧伐とやらで迷惑《めいわく》をこうむったとすれば珠玉《しゅぎょくこう》行の人たちだろうけど、かれらもいまに至るまで見逃してきたみたいだしね。……まあ、かれらにとって中書侍郎は大の字のつくお得意さまだから、事を荒《あら》だてたくなかったんだろうがね」

珠玉行とは宝石商による行《こう》（同業者組合）である。京城では東市と西市、そして延寿坊《えんじゅぼう》にある三つの珠玉行がよく知られている。

行とは本来、同業が寄り集まった民間の互助組合であり、特別な権限があるわけではない。しかしかれらは価格調整や需給《じゅきゅう》操作をおこない流通を管制することで、事実上市場を独占《どくせん》していた。

珠玉行もまたそれぞれ持ち場の宝石市場を牛耳《ぎゅうじ》る談合組織であった。

そんな連中にとって既存の流通を頭ごしにする〈賧伇〉は、真正面から自分たちの権益をおびやかすものであった。ふつうなら、見逃せるものではない。

ところが相手が悪い。賧伇の黒幕である中書侍郎は単に政府の大物というだけでなく、かれら珠玉行の日々《にちにち》の取引においても最大級の取引先であった。結果、見て見ぬふりを決めこむことにしたということだが、内心面白くなかっただろう。

ただ、と何莫潘は顎鬚をなでて、

「きみたちは賧伇うんぬんの前に、そもそも、われわれ胡商の商売について理解できていないんじゃないかい。……いや、そもそも胡人とか商胡という言葉がよくないのかもしれないね。なんでもその言葉で一括《ひとくく》りにしすぎなんだよ」

といった。兜はうなずいて、

「それはそうかもしれませんね」

「いや、ちがうな。きみは勘《かん》ちがいをしている」

何莫潘は不敵に笑った。

「わたしはなにも、胡人そのものの話をしているんじゃない。たしかに国もちがえば、言葉もちがう、顔だちも肌《はだ》の色もちがうわれわれを、みんないっしょくたに胡人とされるのも困ったものだが――」

何はそういって店のなかを見わたした。たしかに一口に胡人といっても、さまざまである。目の前の何莫潘はいかにも胡人といった彫りの深い顔だちだが、酔客のなかには比較的《ひかくてき》中国人にちかい顔だちの男たちも見受けられる。

そういえば横にいる兜も広い意味で胡人とされるが、この店にいる客のなかではあきらかに裴景側に近しい顔だちである。

「わたしが指摘《してき》したいのはあくまで、胡人の商売の実態についてだよ。といっても、職種や取り扱う商品が多様だとかいった話ではない。……そうだね、商胡の事業形態とでもいえば通じるのかな。その理解が、あまりにも漠然としか得られていない気がするね」

「わかりませんね。具体的にどう理解されてないっていうんですか」

「たとえば隊商《サールト》だ。きみたちはどの隊商も独立独歩の個人事業だと思ってやしないかい？　野心あふれる商胡が月下に沙漠をわたり、遠路はるばるやってきたこの〈天子の国《バグプールスタン》〉で西方の宝物と引き換《か》えに大金を得て、悠揚《ゆうよう》と帰路につく――なんて夢物語のような姿を想像してるんじゃないかな」

裴景は思わずうなずいていた。それこそまさに、かれの想い描く隊商像そのものである。

駱駝を曳き連れ、点々とつらなるオアシスを目指し月の沙漠を渡るキャラヴァン。――この典型的ともいえる隊商にたいする心象は、唐代の長安に生きる人びとにおいてもおなじであった。駱駝の上で琵琶を弾いたり笛《ふ》を吹く髭面の胡人の姿は、色あざやかな陶俑《とうよう》にかたどられ、明器《めいき》（副葬品）としてよく用いられた。ありふれた造形といってよい。

しかし何莫潘はすげなく肩をすくめた。

「現実はそんな夢みたいなものじゃないんだよ。まず、ひとりの商胡が出発地から唐土《タブガチ》まで一直線にやってきて、この地で一攫千金《いっかくせんきん》なんて筋立てはありえないね。もちろん前提として、沙漠をはじめとする行程の厳しさということもある。だけどなにより、そんな単純なやりかたで儲《もう》けられるほど、商売は甘いものじゃない、ということなんだ」

そしてかれ自身も一介の商胡であることを想い出させる一言を付け加えた。

「情熱だけで儲かるなら苦労はないからね」

東の中国から西域諸国にまたがる長大な交易路〈シルクロード〉。行く手をはばむ荒寥《こうりょう》たる沙漠と峻嶮《しゅんけん》なる山々。そうした数々の障碍《しょうがい》を乗りこえて交易路を往還《おうかん》し、中央ユーラシアの国際商取引を担《にな》っていたのが隊商貿易である——という定義に誤りはない。

だが、その実態は単純ではない。

まず西域諸国というが、その国とは沙漠のなかに点在するオアシス都市国家である。その主権は城市と周辺の小邑《しょうゆう》、あとはせいぜいその属邦《ぞくほう》におよぶだけの限定的なもので、文字どおり〈点〉を治めているにすぎなかった。交易路はそれらをつなぐ〈線〉である。そして〈点〉たるオアシス都市群を束ね、〈線〉たる交易路を管理する大きな覇権《はけん》国家が、この地から生まれることはなかった。

とはいえ、この西域世界が無秩序《むちつじょ》に点と線が散らばった、不安定な政治空白地だったわけではない。縦横に交易路を張りめぐらし、この巨大な貿易圏を独占的に掌握《しょうあく》していた商胡——粟特人《ソグドじん》こそが、この西域の影の支配者であった。

粟特人は特定の政権を打ち建て、オアシス民を支配したわけではない。かれらがおこなったのは東西にまたがるオアシス諸都市〈点〉を交易路〈線〉で広範《こうはん》かつ稠密《ちゅうみつ》につなぎ、それを物流によって有機的に脈動させることで巨大な経済圏〈網〉を紡《つむ》ぎあげることだった。かれらは軍事力でも政治力でもなく、経済の力でこの地に君臨《くんりん》したのだった。

もちろん歴史の移ろいとともに時代の覇者たちが、粟特とその経済圏に幾度《いくど》となく干渉《かんしょう》した。しかしその経済圏は覇者たちにも大きな利益をもたらすものであったため、最終的に両者は手を取り合う道を択《えら》ぶことになる。

東に漢《かん》が隆盛をむかえたとき、南に貴霜《クシャーン》が擡頭《たいとう》したとき、北を嚈噠《エフタル》や突厥《トルコ》といった遊牧国家が席捲《せっけん》したときも、時代の覇者たちは例外なく粟特と共存共栄関係をむすんだ。それは単純な主従関係ではなく、双方向のものである。覇者たちはその権力でもって交易路を管理、整備し、その軍事力で都市や交通を保護した。かたや粟特は東西交易の利益を提供《ていきょう》するのはもちろんのこと、その物流網《ぶつりゅうもう》を生かして軍需、民需を問わず物資輸送業務を請《う》け負《お》うこともあった。また政権に事務官僚《かんりょう》や経済顧問《こもん》、外交顧問を送りこんだり、ときには粟特自身の力で軍事介入をおこなうことで、直接政治に関与することもあった（粟特はけっして小さくない規模の軍事力を有していた）。

唐朝が世界帝国として西域に進出した際、〈粟特の地《ソグドゥーク》〉もまたその律令《りつりょう》体制下に組みこまれることになった。しかしそれもまた単純な支配―被支配という関係ではなかった。

実際、粟特の経済網は変わらず盤石《ばんじゃく》だった。むしろ唐帝国の庇護下《ひごか》で治安が保たれ、交易路が整備、拡張され、また各種の規制が緩和《かんわ》されたことで経済活動はいっそう活性化し、西域経済圏はさらなる繁栄《はんえい》を見せたのである。もちろんそれは唐朝にも莫大な利益をもたらすこととなった。まさに両者は、おなじ樹に実る果実を分け合う関係だったといえる。

安史《あんし》の乱《らん》以後の唐朝の後退にともない、西域では新たに北の遊牧帝国回紇《ウイグル》と、南の吐蕃《チベット》帝国が覇を争うことになったが、両者もまた粟特《ソグド》と親密な関係をむすんだ。しかし、したたかな粟特はその裏で隆盛著《いちじる》しい大食《タージーク》（アッバース朝）の庇護下に入っていた。すべては自分たちの経済圏の保護のためであったが、それは生き残りのための弱者戦略といった卑屈《ひくつ》なものではない。むしろ自立した巨大経済網を持つ粟特が、それにふさわしい相棒《あいぼう》を天秤《てんびん》にかけていたと見るほうが正しい。

巨万の富を育み、数多の勢力が覇権を競ってきた巨大貿易圏〈シルクロード〉。

その大動脈のひとつが沙漠の回廊を抜ける隊商貿易であり、そしてそれを長きにわたって文字どおり牽《けん》引《いん》してきたのが粟特――すなわち商胡であった。

「ひとくちに隊商路といっても当然、西域からこの唐土《タブガチ》までが大きな一本道でつながっているわけじゃない。実際は大小無数の交易路の集まりさ。だからそこを往き交う隊商もそれぞれ、事情がちがえば規模や形態もさまざまなんだ」

何莫潘はおだやかな語り口で話をつづける。

「個々の隊商は五人程度なんだが、それが寄り集まって数百人規模になることもめずらしくない。隊商はおなじ区間を定期的に往復して商売することが多いから、自然と同道の隊商たちが寄り合って、いきおい大所帯になるわけさ。かの玄奘三蔵《げんじょうさんぞう》も求法の旅のなかで何度もそうした隊商に便乗していたようだよ。疏勒《カシュガル》から于闐《ホータン》へ向かう際なんて、その統率力を買われて五百人からなる隊商団の大商主《サルトポウ》を頼まれ、りっぱに務めあげたというからさすがだね」

仏典などで隊商のことを『五百商人』と表現するのは、こうした規模の隊商を指してのことで、けっして誇張《こちょう》ではない。

「隊商が寄り合い所帯をつくるのはもちろん安全上の理由からだ。あたりまえだけれど隊の人数が大きければ大きいほど、賊《ぞく》からは狙《ねら》われにくい。五百人からなる隊商があったとして、婢《ひ》を除《のぞ》いたとしても、四百人を超《こ》える男手がいることになるからね。四百人の戦力からなる集団を襲撃しようとする賊は、そうそうあるまいよ」

「でも、しょせん商人の集まりですよね。武装した賊相手じゃあ、ひとたまりもないんじゃないですか」

そう口をはさんだのは裴景である。

すると何莫潘は、はは、と軽く笑って、

「裴先生、だったね。きみはきっと、われわれ粟特は根っからの商売人だから、文弱ならぬ商弱の徒とでもお考えのようだね。だがちがうんだ。粟特の民は根っからの商売人でありながら、同時に勇敢《ゆうかん》な騎士《きし》でもある。数がそろえば、たちまち強力な軍隊となるんだ」

「はあ」

「納得してないようだね」何莫潘は見透《みす》かしたようにいった。

「いえ、ただ――」図星であった。「隊商といえばなんとなく、遊牧の戦士を用心棒に従えている印象があったんで。警護の兵士を傭《やと》ったりはしないんですか」

「ないことはないと思うけど、非常にまれだね」

何莫潘は諭すようなやさしい口調で、裴景に答えた。

「おそらくは、西域の商業民が北の遊牧民の庇護下にあるという構図から、そういう印象になるんだろうね。だが現実は――というより現場は、そんなのんびりしたもんじゃない。基本、『自分の荷は自分で護《まも》れ』が鉄則さ。だいたい商売に出るたびいちいち護衛を募《つの》ってたんじゃあ商機を逸《いっ》してしまうよ」

それに――と、かれは下に手をのばして、

「断っておくが、きみたちが想像する以上に粟特《ソグド》の騎士は強い。すぐれた弓使いであり、またすぐれた剣の使い手でもある。そしてなによりも勇敢なんだ。けっして賊ごとき相手にひるんだりしない」

そういって壚の下から、一振の彎刀《わんとう》を取り出した。

鞘《さや》と柄《つか》に華美な宝飾《ほうしょく》がほどこされた、胡風の宝刀である。

何莫潘はおもむろに、それをほうり投げた。

受け取ったのは、先ほどかれに付き添《そ》って入ってきた若い胡姫である。いつのまに着替《きが》えたのか、白い羅衣《うすぎぬ》に緋色《ひいろ》の襖《うわぎ》、錦《にしき》の袖《そで》、緑綾《りょくりょう》の褌襠袴《こんとうこ》、そしてつま先が鋭く尖《とが》った赤皮の靴《くつ》という色あざやかな衣裳《しょう》を身にまとっていた。

彼女は慣れた手さばきで刀を受け取ると、そのまま、とん、と軽やかに跳《は》ねて、くるりと空中で一回転した。そして、いつのまにか敷《し》かれてあった円形の花毯《かたん》の上に音もなく着地する。ちょうど、裴景の右側の空間であった。

「裴先生」兜が小声でいった。「席を替わりましょう」

「え?」

「心配しなくていい」何莫潘はおだやかな笑みをたたえて、いった。「きみの友人を人質《ひとじち》に取るような卑《ひ》怯《きょう》な真似《まね》はしないさ」

「え？」

「替わりましょう」

兜は有無をいわさず、裴景と坐り位置を替わった。

若き可憐《かれん》な胡姫は花毯の上で宝刀を胸《むね》に抱き、すらりと美しい姿勢《しせい》で立ったまま、ぴたりと動かない。

店のなかの酔客たちも会話をやめ、みな彼女に注目した。

席を替わったことで、裴景も兜の肩ごしに彼女の姿をながめることになった。直前の兜と何の不穏《ふおん》なやりとりが気になったが、もはや訊ける雰囲気ではなかった。

何莫潘が合図をするように、指を鳴らした。

すると隅《すみ》にいた康崑崙少年の琵琶が急な転調をして、新しい曲を奏《かな》ではじめた。それまでより格段に速い拍子の曲であった。

胡姫はつま先立ちで直立したまま、膝をゆっくりと落としてゆく。

そしていきなり回りはじめた。

上身をよじるようにひるがえし、そのまま右足を軸《じく》に高速で旋回《せんかい》しはじめたのである。身体にまとわれた緋、緑、白の色彩が宙を流れ、入り渾《ま》じる。さらに上下の運動が加わることで横向きの回転は螺旋《らせん》を描き、大きな渦《うず》となっていった。渦はしだいに空間を巻きこむように大きくなり、観る者に迫ってくる。——

これぞ名高き、胡旋舞《こせんぶ》である。

かの逆臣安禄山《あんろくざん》（かれは粟特人と突厥人《トルコじん》との混血であった）が、玄宗《げんそう》皇帝と楊貴妃《ようきひ》の前で披露《ひろう》してみせたという、傾国《けいこく》の舞。——

疾風《しっぷう》のごとく激《はげ》しく旋回するその舞は、中国のそれと根本的にちがう。

なにより、力強い。

踊りが終わると、まわりの胡人の客たちはいっせいに立ち上がり、盛大な拍手《はくしゅ》と歓声を送った。裴景もおもわず拍手した。すばらしい踊りだった。

そしてその熱狂《ねっきょう》が冷めやらぬうちに、胡姫は先ほど受け取った宝刀を前に掲《かか》げた。鞘にほどこされた金《きん》縷《る》の細微《さいび》な装飾が燈籠の火に照らし出され、ぼんやりと浮き上がって見えた。——と思ったその瞬間、胡姫はすばやく回転し、その一旋で鞘を抜き、白刃《はくじん》をあらわにした。

わっと観衆から歓声があがるのと同時に、阮咸《げんかん》弾きの康少年が新しい曲を弾きはじめる。先の曲よりもさらに速く、激しい調子の曲であった。

胡姫は宝刀を手に旋舞する。より大きくなった渦のなかで、銀色に輝く刀身が激しく明滅《めいめつ》した。切っ先が優雅に、そして勇壮に空《くう》を斬《き》る。

剣器《けんき》。——剣舞《けんぶ》である。

その迫力ある舞踏《ぶとう》に裴景をはじめとする店の客すべてが、すっかり魅了されてしまっていた。兜でさえ、真剣なまなざしで踊りに見入っていた。

裴景はずっと杯に口をつけることさえ忘れていた。

胡姫の貌《かお》　花の如《ごと》く
壚《ろ》に当たつて春風に笑ふ
春風に笑ひ　羅衣《らい》もて舞ふ
君今酔はず　将に安くにか帰らんとす

春風のごとき舞をみせる胡姫を前に、かれは詩仙《しせん》に促《うなが》され、杯を傾けた。

〈きみいま酔わずして、どうするというのか〉

四

胡姫の華麗な踊りが終わって、店内はふたたび落ち着きを取りもどしていた。

康少年の琵琶の調べも静かな曲調のものにもどり、店にいた胡人の酔客たちもようやく酒精が浸《し》みてきたらしく、すっかり口数がすくなくなり、夜の余韻《よいん》に感じ入るように粛々《しゅくしゅく》と杯を傾けていた。

「脱線《だっせん》してしまったね」

何莫潘が壚のむこうで柔和《にゅうわ》な笑みをうかべた。

「ただきみたちにも、粟特《ソグド》の剣技を知ってもらいたくってね」

「見事でした」兜が答えた。

「ありがとう。きみのような勇士にそういってもらえて光栄だよ」

「相当な使い手ですね」兜は目線で、何莫潘といっしょに入ってきたもうひとりの若い胡人の男をしめして、「――あの男も。二人はあなたの用心棒といったところですか」

しかし何莫潘はふふ、と不敵に笑って答えなかった。

「まあいいです」兜は一口葡萄酒を含んでから、「粟特の剣技のすばらしさは理解しましたよ。それで、お話のつづきを聴かせてもらえませんか。隊商についてだったと思いますが」

「ああ、そうだったね」

何莫潘は待ってました、とばかりに両手を拡げ、話を再開した。

「隊商にとっての危険はもちろん盗賊《とうぞく》だけじゃない。なにより大変なのは、その道程《みちのり》の険《けわ》しさだよ。灼熱《しゃくねつ》の沙漠もあれば、急峻な雪渓《せっけい》もある。馬で往《い》ける道もあれば、驢《ろ》馬《ば》や駱駝、ときに人の手で荷を運ばなければいけないことだってある。当然ながら人も馬も消耗《しょうもう》が激しいから、適切な補給も不可欠だ」

ある隊商が沙州《さしゅう》と伊吾《いご》を一往復するのに、十頭の馬と驢のうち三頭が死んだという記録も残されている。

「つまり隊商貿易には、綿密《めんみつ》で膨大《ぼうだい》な事前準備がなにより重要で、そのためには途方もない額の資金が必要となる。商胡は親類縁者と協同で商売を営んでいることが多いんだが、その親族全員が出しあってようやく、──というくらいの金額が必要だ」

何莫潘は話しながら、自分の杯に酒を注ぎ足した。

「とはいえ、隊商を送り出すたびに一族で資金をしぼり出すようなことをくりかえせば、たちまち一族ごと破産して路頭に迷ってしまうだろう。なぜなら隊商という商売は売り上げがあがるまでに、とんでもない時間がかかるからね。そのあいだずっと、持ち出しがつづくことになってしまう」

ではどうするか──とかれは兜と裴景に向かって楽しそうに問いかけて、

「結論からいうと、隊商の多くは資本を外部にあおぐんだね」

と自分で答えてしまった。

「地元の有力者たちから広く資金をつのり、それを元手にしてようやく隊商を送り出すことができる、というわけさ」

「ふりだしから借金ってことですね」兜が皮肉をはさむ。

「平たくいえばそうだね」何莫潘は微笑んだ。「そしてくりかえすけれど、隊商はきわめて障碍が多い事業だ。生還すら危ぶまれるんだからね。それゆえに多額の出資を引き出すには、相当の見返りを用意しないといけない。結果として、極端に多額の利益配当を約束することになる。危険と見返り――その二つを天秤にかけて、均衡《きんこう》をみた一点においてはじめて隊商は成立するのさ」

「博戯《ばくち》みたいなもんですね」

と裴景がおもわずつぶやくと、何莫潘はにっこりと口角をゆるめて、

「みたいじゃない、博戯そのものさ。当然元本の保証もないしね」

とあっさり認めた。

「高い不確実性と高い利回りとが背中合わせの、きわめて投機的な事業。――それが隊商という商売の本質さ。この点を見誤ってはいけない」

「本質ですか」

兜がそう質《ただ》すと、何は強くうなずいた。

「だから隊商は原則、少量でも利《り》ざやの大きい宝玉、金銀器、香料といった奢侈品《しゃしひん》ばかりを取りあつかうんだ。大きな危険に見合うだけの利益を効率的に積み上げるには、高利潤《こうりじゅん》の商品を売るのが手っとり早いからね――というより、そうしないと成り立たない」

なるほど、と兜はにやりとして、

「最大限の利益の追求を強いられるわけですね。それなら黄金三百斤《きん》をふりかざす中書侍郎の誘いは、さぞかし魅力的に映《うつ》ったでしょうね」

とすこし嫌味っぽくいった。

すると何莫潘は、そんなに単純ではないよ、といって杯の酒に口をつけた。

「雲《メーグ》、きみには隊商に従事する商胡の視線の先にあるものが見えていない。かれらが常日頃、なにを意識して商売をしているか……」

「それは当然、目先の利益じゃないんですか」

「ちがうね。かれらの視線の先にはいつだって母国の出資者たちがいるのさ。うっかり失念なんて絶対にしない。片時だって、その存在を忘れやしないんだ。なぜって、その出資者たちに利益を還元するために、かれらは沙漠を渡るのだから」

何は目の前の二人をあらためて見据《みす》えると、やさしい口調で諭した。

「隊商とは単なる遠隔地交易じゃない。そのじつ、投資家たちから集めた資金を元手に取引を重ね、帰国のあかつきには約束した利息を上乗せして返済する——いわゆる資産運用事業としての側面も大きいんだ。この場合、商胡にとって最優先の顧客は母国の投資家たちということになる。極端な話、はるか東方まで来ておこなう取引の数々も、投資家たちに還元する利益を捻出《ねんしゅつ》するための手段にすぎないというわけさ」

「そいつは、ほんとうに極端ですね」兜は杯に口をつけて、いった。「ご高説だと、もはや隊商自体が目的でなく、手段のひとつに成り下がっている」

「もちろんそれが隊商のすべてとはいわないし、個別の取引や得意先をないがしろにしていいという話ではないよ」

と何莫潘は応じた。

「だが隊商という商売が大きな利益を生み、巨大な事業へと発展していくなかで、そうした性格が色濃くなってきたのはまちがいないことだ。そして隊商に資産運用という側面がある、ということはすなわち、隊商の抱える財貨はかれらの私有物ではない、ということでもある。全額自己資本という隊商もなくはないだろうが、出資を受けていることのほうがふつうだから、財貨の何割かは出資者からの預かりものだって意識で商いをおこなう。全部が全部って場合もめずらしくない」

　何は空になった兜の杯を取ると、酒を注《そそ》ぎ入れて、

「だから隊商は、個別の現場では危険度の高い、投機的な取引は避《さ》けたがる傾向にある。元手が自分だけのものじゃないんだから、当然といえば当然だね。絶対に損は踏めないわけさ。それに、隊商というだけですでにけっこうな危険を冒《おか》しているわけだから、危険の上に危険を重ねるような無茶はしたくないってことだよ」

「なるほど」兜が今度は神妙にうなずいた。

「隊商が求めるのはじつは、あくまで堅実《けんじつ》な商売、そして確実な成果なんだ。その先にいかなる奇貨が見えようと、虎《とら》の穴《あな》に入るようなまねはしない」

　そこで何は一瞬言葉を切ってから、

「……たとえそれが、どんなに魅力的な利益が期待できて、決済条件も申しぶんなく、信用に足る取引相手——仮に政府高官に連なるほどの相手からの話であったとしても、ね」

　最後の部分は露骨《ろこつ》に賕伐を示唆《しさ》していた。

　兜は苦笑して、

「賕伐は虎の穴ですか」

　といった。

　何莫潘は黙って肩をすくめると、自らの杯の酒を飲み干した。

そこで常連とおぼしき四人の客がいっせいに席を立ったため、何莫潘は見送りに出て、話が中断した。主人の戻りを待つあいだ兜はむっつりと葡萄酒の杯を傾けていた。気やすく声をかけるのがためらわれて、しかたなく裴景も、横で黙って酒を飲んでいた。

「どうしたんだい？　ふたりして陰気《いんき》だね」

二人の前にもどってきた何莫潘は一番にそう声をかけてきた。

「さっきのお話ですが――」兜はすぐに顔をあげて、いった。「要は、隊商は事業規模が大きくなるにつれて、個人の手に収まるものではなくなった。多くの出資者の支援でまかなわれるようになって、自然とその運用――取引には堅実さが求められるようになった、と」

「そうだね」

「だから賧伐のように、通常の商流を逸脱した取引に商胡が応じるとは考えにくい。――そういうことですね？」

「そのとおりだ。さすがだね」

「ですが取引は実際におこなわれています。それも一度だけでなく、何回も」

「正確には四回だね」何莫潘はすぐに答えた。「直近の破談になったものも含めて――だが」

「ということは、それが怪しげな虎の穴だろうと、踏み入る価値があると判断した商胡がいたということですよね」

「そうだね」

「いったいなにが、かれら商胡を賧伐に焚《た》きつけたんだと思いますか？」兜は訊ねた。「やっぱり黄金三百斤ですかね」

すると何莫潘は、ふ、と口許をゆるめると、

「黄金という代価が魅力的なのはまちがいないよ。ふつうはもっとも良い条件で絹帛《けんぱく》だからね。決済に金貨が使われるなんて正直、聞いたことがない」

絹《きぬ》は古くから、東西貿易において中国側からの代替《だいたい》通貨として国際的に通用していた。シルクロードがシルクロードたるゆえんといえる。

対して貨幣《かへい》はサーサーン朝銀貨が国際基軸通貨として広く用いられていた以外は、唐やオアシス都市国家の銅貨が地元の少額決済に用いられた程度で、流通はきわめて限定的であった。金貨にいたっては、その存在自体が非常にまれであった。

「だけど、おそらくそれだけではないね」何はつづけた。「きみたちは知らないようだけど、一回目の賧伎での中書侍郎側の支払いは帛練《きぬ》でだったんだよ」

「えっ」兜はめずらしく驚きの声をあげた。「ほんとうですか」

「もちろん。金貨を持ち出したのは二回目からさ」

中書侍郎のそばに知恵の働くやつがいたんだろうね――と何莫潘は聴こえるか聴こえないかの小さい声でつけくわえた。

「つまり商胡側にとって、黄金での決済は絶対条件ではなかったということですか」

「そういうことになるね」

「それではいったい――」

すると何莫潘は詰め寄る兜をいなすように、まあまあ、とかれの杯を取り上げた。そして静かに紅《あか》い葡萄酒を注ぎ入れると、

「正直個別の取引については、商胡それぞれの事情もあっただろうから、断定的なことはいえないな」そういって、ふたたび兜の前に杯を置いた。「だが、今度の賧伏とかいう闇取引《やみとりひき》の成り立ちをふくめ、想像はできる」

「成り立ちも、ですか」

「ああ。おそらく、このいまという時代だから賧伏は成立しえたんだと思うね」

何莫潘はつぎに自分の杯に酒を注ぎ入れた。

「きみたちも、唐土《タブガチ》と西域をつなぐ地域がいま非常に不安定な状況に置かれていることは聞きおよんでいると思う」

裴景はうなずいた。

広徳《こうとく》元（七六三）年、安史の乱後の唐軍の後退をうけて吐蕃《チベット》は、かねてより係争の地であった隴右《ろうゆう》と河《か》西《せい》へ本格的に侵攻を開始した。隴右を制した吐蕃軍の勢いは止まらず、一時は京師長安を陥《おとしい》れるほどであったが、名将郭子儀《かくしぎ》の力戦により撃破され、京畿《けいき》からの撤退《てったい》を余儀なくされた。

ところがその裏で、西域と中国本土をむすぶ河西回廊の喉元《のどもと》にあたる甘州《かんしゅう》と粛州《しゅくしゅう》とが吐蕃軍によって制圧された。唐軍はかろうじて瓜州《かしゅう》と沙州（敦煌《とんこう》）に孤塁《こるい》を守るも、河西回廊は事実上吐蕃の版図に没《ぼっ》したといってよい（実際、残る瓜州と沙州の二城もこの十数年後には吐蕃領に呑みこまれることになる）。

吐蕃軍の長安占拠のとき裴景はまだ上京していなかったが、そのときの傷痕《きずあと》はいまも城内の物や人びとの記憶《きおく》に生々しく刻みこまれている。

かれにとってもまぎれもない、いまの話であった。

「唐土側の玄関口である甘粛が吐蕃に押さえられて、河西の西域路は途絶したままだ。情勢はあいかわらず不安定なままで、国境付近はいまも緊張《きんちょう》がつづいている。往来もままならない状況だよ」

何莫潘は杯を弄《もてあそ》ぶようにゆらしながら、重々しく語った。

「当然、商胡にとっても好ましい状況ではない。交易路が遮《さえぎ》られるということは、そのぶん商売の機会も失われるということだからね。ましてや隊商の場合、唐土で売却《ばいきゃく》する予定の商品を売り損《そこ》ねるなんてこともあるだろう。そうなると大損《おおぞん》だよ」

「母国の出資者にも顔むけできないですよね」

「まあね」

「そこに中書侍郎から甘い誘いがあれば、――」兜は酒を飲む手を止め、いった。「しかも偽《いつわ》りとはいえ朝《ちょう》貢《こう》の奉幣使《ほうへいし》に仕立てて道中の安全を保証してくれる。おまけに決済条件は金貨取っ払いとくれば、まさに至れり尽くせりの話だ。乗らない手はない」

「手引きしたのはおそらく沙州の連中だろうね」

何莫潘があとをうけて、いった。

「ひょっとするときみたちは、沙州の有力者たちは東西貿易の権益者だから贊伐に反発している、なんて話を聞かされているかもしれないが、そいつはまちがいだ。すくなくとも沙州の連中はもはや権益者でもなんでもない、ただの沙漠の守り人だよ。だからかれらにとっても贊伐は、隊商を河西の交易路につなぎとめる良い機会だった」

「そうか。商胡を朝貢使に擬装《ぎそう》したのは、単に関市を通過させるためじゃなく、吐蕃の目を欺《あざむ》くためだったんですね」兜は感心したようにいった。「隊商が吐蕃領内を横断するために必要な方便だったわけだ」

外交使節が通行の自由や検閲《けんえつ》の免除、通信の不可侵といった特権を有するのは、いまもむかしも洋の東西を問わず不変である。

とはいえ、と何莫潘は言葉を継《つ》いで、

「当然といえば当然だけれど、中書侍郎側がいちばん賧伐に積極的だったのはまちがいない」

といった。

「なにしろ、すでに入手経路が途絶えてしまった西域の財宝を、だれの手垢《てあか》もつかないうちに手にすることができる、ほぼ唯一《ゆいいつ》の手だてだからね。とくに吐蕃《チベット》を出し抜く、という点が中書侍郎にとって痛快だったんだろう。かれにしてみれば、吐蕃や回紇《ウイグル》に奪われてしまった西来の奇貨を、賧伐によってなんとか取りかえそうとしたのかもしれないね」

西域路を吐蕃に侵蝕《しんしょく》され、唐朝の権益がつぎつぎと損なわれてゆく状況を、唐の政軍両方を領す中書侍郎がだれより歯がみして見ていたのかもしれない。

「腑《ふ》に落ちましたよ」兜はいった。「中書侍郎ともあろう人物が、たかが珠玉行や関市を出し抜くために賧伐は大げさすぎると思っていたんですが、なるほど納得です」

「それはよかった」何莫潘はにっこりと微笑んだ。

「交易路が断絶しているいまだからこそ、商胡側にも賧伐に応じる利得があったんですね。両方の要望と利得が合致したからこそ、賧伐は成立したと」

「まさにそのとおり。それが商売というものだよ」

何莫潘は強い口調でそういった。

二人連れの客が帰ろうとするので、かれは片手をあげて送った。外までは若い胡姫が送っていくようだった。

気がつけば店のなかに客は、裴景と兜の二人だけになっていた。

華奢な調べを奏でていた康崑崙少年の姿もすでになく、店のなかはしんと夜の静けさにつつまれていた。

何莫潘はあらためて裴景と兜の杯を取ると、とくとくと葡萄酒を注ぎ入れて、

「売り手と買い手――その双方が納得して公平な利益を得られなければ、正しい商売とはいえないね」と話を再開した。「片方が暴利《ぼうり》を貪《むさぼ》ったり、一方的な損を引いたりするような取引は、遅からず破綻《はたん》することになる」

絶対にね、とつけくわえて、二つの杯を勧めた。かれの佳声《かせい》は静かな店内ではより透徹と響いた。

なるほど、と兜は自分の杯を手にとって、

「あなたが賊伎を見逃したのは、それが正しい商売だと思ったからですか」

と訊いた。

何莫潘は苦笑して、

「もう一度いうが、わたしは見逃すなんて立場にないんだよ」

「裏をかえせば――」しかし兜は無視して、つづけた。「直近の賊伎が破談になったのは、正しくない商売だったからですか」

すると何の表情が一瞬固まったように見えた。すぐにかれは手許の自身の杯を手にとって、口をつけた。

「さあ、どうだろう」ゆっくり首をふって、「賊に襲《おそ》われたんだったね。不運といえばそれまでだが、たしかになにかの不正が招いた悲劇《ひげき》なのかもしれない。いずれにしても、――」

「まるで他人事《ひとごと》ですね」兜は鋭くさえぎって、いった。「商胡も死んでるんですよ」

すると何莫潘は、ああ、と額《ひたい》に右手を当てて、天井を仰いだ。

裴景はてっきり、かれが同胞《どうほう》におこった悲劇を哀悼《あいとう》しているのだと思った。だがちがった。何はその右手の下で、表情を綻《ほころ》ばせていたのだ。

「そうか……」かれは額に手を当てたまま、いった。「雲《メーグ》、きみは今日、それをたしかめに来たんだね」

「ええ」兜は真剣な眼《まな》ざしでうなずいた。「賧伐襲撃の話を聞いて真っ先に思ったのは、あなたが黙っているはずがないということでした」

何は小さくうなずいた。

「ですが今日お邪魔《じゃま》してから、いっさいその話題が出ませんでした。賧伐についてとぼけるのもけっこうですが、あなたの立場ならまずは襲撃事件の犠牲者《ぎせいしゃ》を偲《しの》び、その犯人にたいして憤慨《ふんがい》するべきでした」

「しくじったね」何はなおも額に手を当てたままだった。表情を隠《かく》すというより、単に気取っているようにさえ見えた。「……不意をつかれたとはいえ、きみ相手にじつにお粗末《そまつ》だったよ」

「ひとつ聞かせてください」兜はかまわず追及《ついきゅう》する。——「襲撃事件で殺害された商胡のくわしい素性《すじょう》と、正確な人数を。あなたはご存じのはずだ」

「中書侍郎側に記録が残っているだろう？」

「あなたの口から聞きたいですね」

「では、はっきり言おうか」何莫潘はようやく額から手を離し、兜と裴景に正面から向き合った。「きみたちには答えられないね」

「それが、答えですか」

「そうだ」

「嘘もつかないんですね」

すると何莫潘は、ふ、と笑って、

「それがせめてもの、わたしの意地だよ」

と答えた。

「どういうことだ」横で裴景がたまらず声をあげた。「全然わからん」

「わたしにもさっぱりですよ」

兜は首をふった。そして屹然と何莫潘を見上げて、

「ただひとつはっきりしたのは、こちらの何大人《たいじん》がなにかをご存じで、そしてそれを隠していらっしゃるということだけです」

といった。

「隠すって……」

裴景も目の前の何莫潘を見上げた。すると、変わらず微笑をたたえる、その柔和な相貌が急に不気味なものに見えてきて、思わずのけぞってしまった。われに返ったようにゆっくりあたりを見渡すと、燈籠の火でほのかに照らされた薄暗い店内に客の姿はなく、ただ若い胡人の男と胡姫の二人が薄気味悪くたたずんでいた。

先ほどの兜と何の不穏なやりとりといい、ひょっとすると昼間佽飛《しひ》に囲まれていたときよりも危険な状況にあるのでは——と、裴景は急に怖気《おじけ》づいてきた。手にしていた杯を、音がしないようにそっと置こうとすると、

「大丈夫だよ、毒は入ってない」

何莫潘がいきなりそういったので、裴景はびくっと慄《おのの》いて、杯を落としそうになった。

兜がふふん、と笑って、

「脅《おど》すんですね」といった。「らしくもない」

「脅すなんてとんでもない。ただ、なにか勘ちがいしているみたいだったんでね」

何莫潘はそういうと、杯の酒を一息にあおった。

「きみたちを害すつもりなら、最初から隠しごとなんてしないさ。なにより、きみたちにたいして後ろ暗いことはひとつもないからね」

「隠しごとがあるのに――ですか」

「何事も知る順序がある、というだけだよ。そこは理解してほしいね」

と何莫潘はいった。

裴景は驚かされて酔いが醒《さ》めたのか、段々と頭が回りはじめた。そしてそれまでの会話をたどりなおして、

「つまり、賧伐の襲撃事件にはなにか裏があったってことなのか」

とあらためて気づかされた。

「そのようですね」兜がうなずいた。「そしてこちらの御仁《ごじん》は、その裏を見抜いてから出直してこいとおっしゃってるんです」

「そこまでいった覚えはないよ」

何莫潘は面白がるようにいった。かれの表情にはあいかわらず、おだやかな笑みがうかんでいたが、夜の陰影《いんえい》が深く刻まれたその貌は、もはや裴景にとって不気味なものでしかなかった。

「ただひとつ、きみたちには承知しておいてほしいことがある」

かれはその低い美声を夜気に響かせて、つづけた。

「われわれ商胡はたしかに利得を最大限に追求する。それはまちがいない。しかしそのためになにをしてもよい、ということにはならないんだ。玄奘三蔵はわれわれ粟特《ソグド》のことを、恇怯《おくびょう》で澆訛《けいはく》、詐詭《さぎ》をくりかえし利を貪る、とさんざんにこき下ろしてくれているが、それはあまりに一面的な見方だ。われわれが商売においてなにより大切にするのは、それを一瞬間の火花で終わらせるのでなく、絶やさぬようにすること。そのためには薪《まき》をくべたり、風を送る労苦をいっさい厭《いと》わないし、すべての幸運への感謝を忘れない。そうして生まれてくるものこそが、われわれの謂《い》う〈正しさ〉なんだ」

兜は黙ってうなずいた。

「われわれの教えではそれを〈正義《アシャ》〉という。粟特の民が胸に恃《たの》んで、けっして譲《ゆず》らないものだ」

何莫潘は胸を張り、厳《おごそ》かにそういった。

「そしてわたしは、この正義は華夷《かい》の別なく、ひとに普遍的《ふへんてき》なものだと思う」

「華夷の別なく、ね」兜がつぶやくようにいった。「では、相手にもそれを求めるんですか」

「もちろん。それが商売というものだよ」

何莫潘の言葉は最後の最後までおだやかだった。

五

裴景はじっと天井《てんじょう》を見つめていた。いつのまにか目覚めていた。

ゆっくりと上半身を起こす。のどの渇きと、頭に残る鈍《にぶ》い痛みから、宿酲《ふつかよい》だとわかる。

見知らぬ室《へや》だった。だがきっと、昨夜の酒家胡に隣接《りんせつ》する波斯邸の宿の一室にちがいない。

窓《まど》から日の光が鈍く差しこんでいる。昼の光だった。室にはほかに榻《ベッド》が五つほど並んでいたが、かれ以外の客の姿はなかった。

炉《ろ》のそばに置かれた水差しを手に取り、中身をたちまち飲み干してしまったが、のどの渇きはまるで癒《い》えない。

身支度《みじたく》を整え、のんびりした足取りで帳場《ちょうば》のほうへ行くと、そこには豊かな口髭をたくわえた若い胡人の男が無表情で帳面を繰っていた。勘定を済ませようと袂《たもと》をまさぐると、胡人の男が面を上げて、

「お代はいただいておりますよ」

と流暢な言葉でいった。きっと兜だろう。飲み代といい、あの男とは思えない気前のよさである。

裴景はあたりを見回すしぐさをして、

「それで、あいつは？」

と訊いた。

「どなたでございましょう」

胡人の男は慇懃に訊きかえしてきた。

裴景はええっと、とめぐりの鈍い頭をふって、

「あ、そう。昨夜おれをここまで連れてきたやつがいたでしょう？」

と尋ねた。

「ああ、お連れさまですね」男はすぐに諒解《りょうかい》したらしい。「あの方でしたら、お客さまをお室に案内されたあと、すぐに出ていかれましたよ」

「酒家のほうに戻ったんですか」

「いえいえ、うちの店をお出になりました。夜更《よふ》けだったのでお止めしたのですが、大丈夫だからとおっしゃって……」

賊曹の立場ならひょっとすると夜の坊門も出入りできたのかもしれないが、それにしても落ち着きのない男である。

もっともいまは宿酲で頭が重く、正直事件のことなど考えたくもなかったので、ひとりになれてちょうどよかった気もする。どうせ近いうちにまた連れ回されることになるだろうから、山ほどある疑問はそのときに問い質せばいいやと思った。

宿を出たついでに、となりの酒家をのぞいてみた。当然ながら人気《ひとけ》はなく、暗くがらんとしている。そこで胡姫が華やかに胡旋舞を踊っていたことなど、まるで夢のようである。

路地を抜け、通りに出ると思ったより多くの人出でにぎわっていた。西市のほうに向かう人の流れにまぎれて、十字街を南に下ってゆく。

ぼんやり歩いていると、頭のなかの曇《くも》りが次第に晴れていく感覚があった。その代わりに、昨日の張吉の話、そして何莫潘とのやりとりなどがよみがえってくる。

いずれも、賧伐とかいう謎の闇取引をめぐる話が中心だった。そして最後には、その賧伐や襲撃事件自体になにか裏があることが、何莫潘によって暗示された。兜がうまく誘導して引き出したといえる。その勘の鋭さと口の達者さには、あいかわらず感心させられる。

とてもではないが、崔静におなじことができるとは思えなかった。——

裴景はいまだに、崔静がその賧伐を調べているなんて信じられなかった。しかも巻きこまれたとかではなく、事件の捜査《そうさ》をしているのだという。誠直《せいちょく》賢能《けんのう》の士ではあるが、そうした仕事に向いているとは思えない。すくなくとも、経験はろくにないはずである。

たしかほんの最近までは、中書侍郎邸にいる美女に岡惚《おかぼ》れしているのでは、なんて呑気《のんき》な話だったはずである。それがいつのまにか、こんな厄介で大げさな展開になってしまった。近いうちに九娘のやつをとっちめてやらないと、と思ったところで、かれは周囲の喧噪《けんそう》に気づいて顔を上げた。

とくに考えもなく西市に向かう人の流れに身を委《ゆだ》ねたつもりだったが、その流れをつくる人の数がやけに多い。前を見通すと、西市まで大きな人の流れができている。いくら市場の開く正午が近いからとはいえ、この人の多さは尋常ではない。

列をなす人びとも一様ではない。親子連れもいれば、若い夫婦に老人、若者、子供。もちろん胡人も多く交じっている。あまりにばらばらな顔ぶれで、なにが目当ての人の流れか、さっぱり見当がつかない。ただ共通して、だれもが物見遊山《ものみゆさん》のように楽しそうにしている。

裴景は気になって、横を歩いていた行商人の男に尋ねてみた。すると男は、これですよ、といって、自らの首を手で切るしぐさをしてみせた。「——独柳樹《どくりゅうじゅ》です」

独柳樹とは西市の西北にある公開処刑場《しょけいじょう》のことで、その呼び名のとおり広場に立つ一本の柳《やなぎ》の木が目印であった。

娯楽のすくない時代である。独柳樹でおこなわれる公開処刑は、長安市民にとってなによりの見世物であった。はたして今度の罪人は首を刎《は》ねられるのか、はたまた車裂《くるまざ》きにされるのか。いずれ残虐《ざんぎゃく》なものが望ましい。泣き叫《さけ》び、悲鳴をあげ、大小便をもらし、大量の血を噴《ふ》き、内臓物が露出するのを見て、人びとは大笑いし、興奮し熱狂し、拍手喝采《かっさい》を送る。

裴景もせっかくなので、そのまま流れにまかせて西市へ向かうことにした。

独柳樹の周辺はひどい混雑ぶりで、群衆は軽く一千人を超えていた。当然ながら独柳樹に近づくほど混雑はひどくなり、身動きも困難《こんなん》になってくる。

まわりを見渡すと、刑場周辺の肆《みせ》や邸店の屋根はもちろんのこと、周囲の木々にもすでに大勢の観客が攀《よ》じ上って陣取《じんど》っていた。木々の枝に泊《と》まって刑場をうかがうそのさまはまさに、屍肉《しにく》をねらう鴉《からす》のようであった。

窮屈《きゅうくつ》な状態でしばらく待たされていると、前のほうから、おおお、と獣《けもの》の咆哮《ほうこう》のような低い歓声がわきおこった。わずかな隙間《すきま》から刑場をのぞくと、受刑者らしき男が引き立てられてくるのが見えた。上半身は裸《はだか》で、後ろ手に手枷《てかせ》をかけられ、縄《なわ》につながれて曳かれている。受刑者はほかにもいるようだったが、ちいさな隙間からのぞき見えるのはその男ひとりだけだった。

刑吏《けいり》が受刑者の後ろに立って、その太ももを蹴《け》りあげた。たまらず罪人が膝から崩落《くずお》れると、観衆はいっせいに爆笑した。ほかに、大きな鑾刀《わんとう》を手にした刑吏の姿も見えた。

にわかに笑い声がやんで、静かになった。裴景の位置からはまったく聞こえなかったが、おそらく受刑者たちの罪状読み上げがはじまったのだろう。

隙間からのぞき見える景色に動きはなかった。跪《ひざまず》き、うなだれる罪人と、その背後に立つ刑吏、そして刀をたずさえる刑吏。刑はおそらく斬首《ざんしゅ》で、背後の刑吏は罪人の体を押さえつける役目なのだろう。

不気味なほど、静かだった。

鳥や虫の声。木々が風にゆれ、枝葉のざわつく音さえ聞こえる。

ところが千をゆうに超す数の群衆からは、しわぶきひとつ聞こえてこない。ほうぼうから飛んでいた口汚い罵声《ばせい》もいつしか止んでいた。

聞こえるのはただ、一千人の息づかいだった。

息を吸い、吐《は》く。その単調なくりかえしが規則正しく、絶え間なく、静けさのなかに響きわたる。人びとはまるで一頭の巨大な獣になったように、おなじ間隔で息を吸い、吐いていた。

気がつくと裴景も、それに合わせて呼吸していた。おなじ間隔で息を吸って、吐き、また吸って、吐いた。かれの呼吸音は人びとのそれと重なり合って、聞こえなくなる。かれもまた、巨大な獣の一部となったように。

不意にかれの耳に音がもどる。

一千人の声が突如、津波となってかれに押し寄せてきた。絶叫《ぜっきょう》、怒号《どごう》、罵声。――しかしどれも人の言葉に聞こえなかった。かれの識《し》る言葉ではなかった。まるで言葉の通じぬ蕃夷《ばんい》の民に囲まれたようで、かれは言い知れぬ恐怖を感じた。

同時に胃液が逆流するような吐き気をおぼえ、たまらず駆け出した。まわりを囲む異邦人たちをかき分け、押しのけ、独柳樹から遠ざかる。強烈な人慍《ひといきれ》に息がつまりそうになりながら、ただこの巨大な塊《かたまり》から一刻も早く脱《ぬ》け出したかった。

ようやく人気《ひとけ》のない、さびれた路地に逃げこんだ裴景は、壁に寄りかかって一息つくことができた。不思議と吐き気はおさまっていた。

ぺっと唾《つば》を吐き、ぜいぜい肩で息を切らしながら、瞼《まぶた》を閉じる。脳裡《のうり》に、上半身裸で跪いていた罪人の姿がよみがえる。

（啖《く》われるんだろうな……）

じきにあの罪人は首を刎ねられてしまうだろう。首が飛び、勢いよく血を噴き出しながら、身体はゆっくりと地面に崩れ落ちるだろう。その身体は刑吏たちによって細かく切り刻まれてしまうだろう。そして激昂《げきこう》した被害者遺族や観衆たちによって、食われるのだ。——

それがこの見世物の、一番の見世場なのである。

そのとき、路地の奥から奇妙な声が聞こえてきた。人の声ではない、かん高く鳴く、獣の声。

角の向こうから聞こえてきたので、すこし顔をのぞかせてみた。すると、独柳樹にすっかり人気を奪われてしまった路地裏で、若者たちが一匹の野良犬をいじめているのが見えた。聞こえてきた奇声は、この犬の悲鳴だった。

若者たちの虐待は容赦《ようしゃ》がない。なにが可笑《おか》しいのか、ひゃっひゃと笑いながら、野良犬を蹴りつけている。

ひとりが犬の腹を勢いよく蹴り上げたとき、病犬なのか、犬は口から緑白色の吐瀉物《としゃぶつ》を撒《ま》き散らした。若者たちは口々に、汚ねえ、といって、あわてて身を引いた。犬はかれらに囲まれたまま、力尽き倒れた。

かれらが屍体に唾を吐きかけているところに、路地奥から仲間とおぼしき男が現れて、

「おい、なにやってんだ。もうすぐはじまるぞ！」

と声をかけた。若者たちは、やべえ、とか、こいつがさあ、などと言い合いながら、奥の脇道を抜けて去っていった。かれらもまた、独柳樹へ行くのだろう。

裴景は犬の屍体に駆け寄った。

するとその犬は虫の息だが、まだ生きていた。

目は焦点《しょうてん》をうしない、口の端から血の混じった吐瀉物を垂《た》らし、なにかにすがるように四肢《しし》をぶるぶると顫《ふる》わせながら、しかし生きていた。

すぐに犬は喉の奥で、こっこっと奇妙な音を鳴らしたかと思うと、だしぬけに口から血と胆汁《たんじゅう》が混じった汁を噴き出し、びくんと背をそらし硬直《こうちょく》して、絶命した。

裴景はその屍体をじっとながめた。人も犬もなく、そこにはただ孤独で悲惨《ひさん》な末路があった。否応なしに、あの啖《く》われた人間たちの屍体がそこに重なって見えた。

腹を見せて斃《たお》れる犬の白くなった目は、とほんと空を見上げていた。裴景がその視線の先を追って見上げたとき、近くで最初の歓声があがった。

第七章

妖刀

其《そ》の刀《たう》、須臾《しゆゆ》にして即《すなは》ち度《ど》する所《ところ》の者《もの》の面目《めんもく》の如《ごと》くにして、
牀上《しやうじやう》に於《お》いて奄然《えんぜん》たり。
其《そ》の真人《しんじん》は遁去《とんきよ》し、
其《そ》の家人《かじん》は但《た》だ死人《しじん》を見《み》て、刀《たう》を見《み》ざるなり。

――『列仙全傳《れつせんぜんでん》』

一

朝の光を浴びて黄金色に輝きはじめる草叢《くさむら》を前に、裴景《はいけい》はため息をついた。

かつては多くの小作人たちが汗水《あせみず》を流していたと思われる田はすっかり荒《あ》れ果ててしまって、見渡すかぎり雑草が繁茂《はんも》し、朽《く》ちた水車にも侵食《しんしょく》している。荒田《こうでん》が延々と広がる先に柳《やなぎ》の木がならぶ林が見える。その向こうに澧川《ほうせん》から引かれた渠水《きょすい》があるらしい。

背後で声がしたのでふりかえると、黒く焼けて朽ちた廃屋《はいおく》の前で兜《とう》が大男に向かって話しかけていた。兜は裴景を見ると首を横にふって、

「すっかり燃えてます。崩《くず》れてないのが不思議なくらいだ。なかの検分は後回しにして、とりあえず外で話しましょうか」

といった。

そのそばから冷たい川風が吹《ふ》きつけてきたので、裴景は身をすくめた。せめてもう一枚羽織《はお》ってくるべきだったと後悔《こうかい》したが、すぐに問題はそこじゃないと思いかえした。

独柳《どくりゅう》樹《じゅ》から帰ってきた翌日である。朝早く裴景は家の戸を激《はげ》しく敲《たた》く音で目が覚めた。

（なんだよ、いったい……）

飛び起きると、あわてて入口のほうに駆《か》け寄って、変わらず打ち鳴らされている戸を強引に開けた。誰《すい》何《か》するまでもない。知り合いのなかで、こんな配慮《はいりょ》を欠いた訪問をしてくる人間はひとりしかいない。

「いったいなんの用――」

外に向かって叫《さけ》んだ声が、目の前の黒い闇《やみ》に吸いこまれていった。

外はまだ夜の景色だった。

戸を敲《たた》く音が消えた代わりに、朝を告げる暁《ぎょう》鼓《こ》の音が遠くにのんびりと聞こえてくる。この暗さだと、ほんのいましがた鳴りはじめたところにちがいないが、かろうじて朝だといえる。

目の前には当然のように、兜こと斛律雲《こくりつうん》の姿《すがた》があった。

かれは裴景の姿を下から上に睨《ね》めつけてから、

「ひょっとして寝《ね》てました？」

といった。

裴景はかえす言葉が見つからず、ただがっくりと肩《かた》を落とした。

おまえな、――と言いかけたところでかれは、兜の背後にもうひとり男が立っていることにようやく気づいた。大きな背《せ》丈《たけ》だったので、てっきり岡っ引きの瓜《か》田《でん》筒《とう》かと思いきや、その男は瓜田にくらべて横にも大きかった。丸々と愛嬌《あいきょう》のある顔だが、その下は角《す》抵《もう》の壮《り》士《きし》のような立派な体格をした巨漢である。

「……だれだこいつ？」

裴景が訊《き》くと、兜はにやりとして、

「田五《でんご》ですよ。おぼえてますかね。張《ちょう》吉《きつ》の話に出てきた――」

はいはい、と裴景は大きくうなずいた。

田五。――元右《う》金《きん》吾《ご》衛《えい》の佽《し》飛《ひ》。

そして賧《たん》伐《ばつ》が襲《しゅう》撃《げき》された際には、商人や人夫、仲間の佽飛たち合わせて三十人ちかい人間が虐《ぎゃく》殺《さつ》されるなかで、ひとりだけおめおめ逃げ帰ってきたという、うわさの生き証人である。

その田五は兜の後ろで恐縮《きょうしゅく》そうに、「あ、はじめまして」と会釈《えしゃく》した。図体《ずうたい》に似合わずちいさい声だったが、寝起きで声が出ないだけかもしれない。

聞けば田五は昨夕、東市にいるところを兜に見つかって、さんざんとっちめられたあげく、賧伐がおこなわれた現場を案内しろという話になったらしい。

「それでせっかくなんで裴先生もお誘《さそ》いしようと思いましてね。昨日はこいつと、すぐ近くの逆旅《やどや》に泊まったんですよ」

そしていまここにいるというわけである。

裴景はあらためて嘆息《たんそく》して、

「話はまあわかったが、こんなに早く来る必要があるか？　まだ夜じゃないか」

「え、朝ですよ」

兜はとぼけていった。田五は後ろで見つからないよう、あくびを嚙《か》み殺している。

「いやなに、賧伐の現場ってのが城西の灃川《ほうせん》ちかくにあって、往復すると半日つぶれてしまいそうなんですよ。ほかにもいろいろ立てこんでるから、朝のうちに片づけちまおうと思いましてね」

そしてそのまま有無を言わさず裴景は幄号《あくごう》の後ろに、田五は別の馬に乗せられて、暁《あかつき》に背をむけて二頭の馬が西へと駆け出した。朱雀門《すざくもん》前までは朝参する官人とその従卒の目があったからか、ゆっくりと他所《よそ》ゆきの歩みだったが、天街《てんがい》を越《こ》えて右街に入ると急に速度があがった。

前日に公開処刑がおこなわれた西市の横をあっというまに過ぎてしまうと、前方には早くも京城《けいじょう》西の大門である金光門《きんこうもん》の巨大な門楼《もんろう》が暁月の下に照らし出されているのが見えた。兜は愛馬幄号にまたがると同時に、田五の乗る馬の手綱《たづな》も引いて横に並走させるという曲芸じみた荒業で二頭を駆っていたが、それでも速度をまったく落とさなかったので、まるで二頭立ての戦車が突進してくるような迫力に街ゆく人びとは恐《おそ》れて道を開けた。

金光門をくぐり京城を出ると街道が大きく二手に分かれるが、二頭は北に道をとった。皂川《そうせん》ほとりの臨《りん》皐駅《こうえき》を越え、橋を渡ると急激に人家が絶えてしまう。裴景は朝飯を食いはぐれたことに気がついたが、もうどうしようもなかった。

長安《ちょうあん》近郊は、貴族顕官《けんかん》の荘園《しょうえん》が広がる別墅《べっしょ》（別荘《べっそう》）地でもあった。そのなかでも西郊は渭水《いすい》の支流が複雑に流れこみ、また秦漢《しんかん》時代の故《ふる》い疏《そ》水《すい》が多く残る、のどかな水郷《すいごう》地帯であった。

二頭の馬は街道をひたすら西に進み、かつて始皇帝《しこうてい》の阿房宮《あぼうきゅう》があった阿城《あじょう》を過ぎたあたりで左に折れ、細い農道に入っていった。そこからさらに一刻ほど駆けた先で、ようやく兕は二頭の手綱をゆるめた。道中いっさい休憩《きゅうけい》がなかったため、裴景は下馬して地面に降り立ってしばらくのあいだ、身体の揺《ゆ》れがおさまらなかった。

草莽《そうもう》の広がるその荒田は、中書侍郎《ちゅうしょじろう》の荘園の一部だという。

街道からはだいぶ外れているが、渠水《きょすい》を背に楊柳《やなぎ》が繁《しげ》り、叢林《そうりん》に囲まれているため、人目をはばかるには都合のよい場所といえた。

兕はすでに田五から襲撃事件のあらましを聴《き》き出しているらしく、到着するとすぐに周囲を確認しはじめ、話の内容と照合しているようだった。

「あれが取引現場だな？」

と兜が指差したのは、真っ黒に焼けて柱や梁《はり》が露《あら》わになった廃屋であった。本来は小作人たちが寝泊まりしたり、農具や収穫物《しゅうかくぶつ》を保管するための舎《しゃ》とよばれる建物のはずだが、見るも無惨《むざん》に焼けてしまっている。

「事件のとき焼けたんだな？」

裴景がそう訊くと、兜はうなずいて、

「なかで取引がおこなわれていたところ、突然火の手があがったそうです」

と答えた。

話によると、舎のなかでは中書侍郎側の御用商人が人夫をふくめて四人、胡商《こしょう》側が三人、そこにさらに佽飛《しひ》三人が加わって合計十人で商談がおこなわれていたという。そして舎を取り囲むように、佽飛十五人が外に散開していたそうだ。

兜は田五を引き連れ焼け焦《こ》げた舎のまわりを見て回ったが、全体に火の手がまわったらしく全焼していた。崩壊《ほうかい》の危険性もあったので、なかのくわしい検分は後回しにして、まずは田五から事件の経緯《けいい》について話を聞こうということになった。

「おまえはどこにいたんだ？」

兜にそう訊かれ、田五は遠くを指でぐるりと示して、あのあたりだったと思う、と答えた。声を聞いたのは早朝の挨拶《あいさつ》以来だったが、変わらず声はちいさかった。どうやら寝起きなど関係なく、この声量がかれの標準らしい。

かれが指し示したあたりは、舎からだいぶ離《はな》れていた。兜はつづけてほかの佽飛たちの位置をざっと確認したが、田五の配置はそのなかでも一番外側だったようだ。とはいえ、舎のまわりは低木もなく雑草が繋るだけの荒田だったので、見通しはとくに問題なさそうである。

「そのときが、初めての賧伐への参加だったんだろう？」

と兜は質《ただ》した。質問というよりは、裴景のためにあらためて情報をなぞっているようだった。

「あ、ああ」

「仲間に話を持ちかけられたんだったな」

そう、と田五はうなずいて、

「うまい話があるからって、あいつらから持ちかけてきたんだ」

「うまい話って、金か」

「そ、そりゃもちろん。……べつに、悪いことじゃないだろう？」

田五はまるで悪いことをしたように弁解じみた口調でそういった。もともとの性格もあるのだろうが、その大きな図体にもかかわらず、必要以上におどおどしている。きっと昨夜、兜にみっちりと絞《しぼ》られて、すっかり手懐《てなず》けられてしまったのだろう。裴景は心から同情した。

「その話を持ちかけてきたのはだれだ？」

兜はつづけてそう訊《たず》ねた。

「あ、阮《げん》のやつだよ。阮七《げんしち》」田五は答えた。「死んじまったけど」

「ここで殺されたのか？」

田五はうなずいた。阮七は事件のとき、舎のすぐ近くに侍っていたようだ。

兜はふうん、とうなってから、

「賧伐の取引はその前にも何回かおこなわれていたはずなんだが、そのときは声はかからなかったのか」

と訊いた。

田五は大きな頭をぶんぶんと横にふって、

「ないない、まったくない。そんな取引があるのも知らなかった」うわずった声でそう答えた。「あいつらが裏でそんな仕事をしていたなんて、うわさにも聞かなかった。阮七に話を持ちかけられて、はじめて知ったんだ。たしかそのときも、きつく口止めされたっけ」

兜は片眉《かたまゆ》をつりあげて、

「つまり賧伎と関わりがあったのは、右金吾の佽飛《しひ》のなかでもごく一部の連中だったってわけか」

田五はそうそう、と大きく手を前にふって、

「阮七も、おれが樗蒲《ばくち》で大損《おおぞん》こいたのを見かねて、声をかけてくれたようなんだ。うまい話があって、ちょうど空きが出たんでどうだってな。荒っぽい仕事だけど、金にはなるって話でさ……」

(荒っぽい仕事?)

裴景は心のなかで首をかしげた。

たしかに結果として賊《ぞく》に襲撃されて壊滅《かいめつ》するという、荒っぽいという言葉では到底収まりきれないほどの暴力的な結末を迎《むか》えたわけだが、さすがにそれを見越しての発言というわけではあるまい。

もちろん巨額の財宝を護衛《ごえい》するという役目上、いつ何時と盗賊《とうぞく》に襲《おそ》われる危険はあっただろう。その可能性を取り上げて、荒っぽいという言い方になったのだろうか。

釈然《しゃくぜん》としなかったが、兜がとくに咎《とが》めなかったので、そのまま話は先へ進んでしまった。

「賧伎に関わっていた佽飛たちに、なにか共通点のようなものはなかったか?」兜が質問をつづけた。「たとえば郷里がおなじとか」

「いやあ、どうだろう。仲はよさそうだったけど……」

「西市と関わりはなかったか？」

「え？　……あ、そういえば西市の武候《ぶこうほ》鋪に詰《つ》めてるやつらが多かったな……」

「なるほど。御用商人との接点はそこだろうな」

と兜はひとり納得した。そしてあらためて黒く焼けた舎のほうをふりかえって、

「黄金三百斤《きん》は荷車ごと、なかに運びこまれたんだな？」

と訊いた。

「あ、ああ」

舎は倉庫代わりでもあったので、車が荷を積んだまま出入りできるだけの間口を備えていた。

「胡商側の荷もおなじだな」兜は舎を睨《にら》みながら、つづけた。「おまえたちは荷卸《におろ》しや荷解《にほど》きを手伝わされなかったのか？」

「まったく」田五は首をふった。「最初のときから、おれたちにはいっさいお宝に手を触《ふ》れさせようとしなかったよ」

最初というのは、荷積みのときのことのようだ。裴景はあとから聞かされたのだが、賧伐に従った右金吾衛の佽飛《しひ》たちは、早朝に西市南辺の店（倉庫）に集合させられ、まず三百斤の金貨が人夫によって車に積みこまれるのを見届けたのだという。金貨といっても形状はいわゆる馬蹄金《ばていきん》とよばれる掌大《てのひらだい》の金餅《きんぺい》（インゴット）で、ひとつずつ紙に包まれたものが、さらに大きな紙に包まれ、それが何十組と積みこまれていった。

そのあとかれらは徒歩で半日かけてこの荒田まで車を護送してきたのだという。到着したとき、相手の

胡商はすでに着いて待っていたらしい。

取引がはじまったのは正午すぎ。佽飛たちは舎の正面を広く取り囲むように陣取《じんど》っていた。三人はあらためて田五が陣取っていた場所に移動して、そこから舎を望んだ。舎のなかまでは当然うかがい知れなかっただろうが、遮蔽物《しゃへいぶつ》はなく案外見晴らしはよかった。

「火の手があがったって話だが、その前になにか前触れのようなものはなかったのか」

兜のその問いに、田五はあったあった、と声をあげた。

「まず、叫び声というか怒号《どごう》のようなのが聞こえてきたんだ。なにごとだって見たら、つぎにがたんって大きな物音がして、それから暴《あば》れているような音が聞こえて。そうしたら、ばんって入口の戸がはずれて、なかから人が逃げるように転がり出てきたんで、こりゃ大変だってことになったんだ。そのときにはもう、舎のなかでなにかが燃えてたよ」

兜は無言でうなずいて、つづきをうながした。

「そのときは火事だと思ったんだ。暖《だん》を取るために手焙《てあぶ》りの火を焚いていたからさ、それがあやまって引火したんだって。だから外にいた仲間も最初は、おい水だって叫んでたもんね。でも、きっとあれも賊がつけた火だったんだよ」

「……どこで賊の襲撃ってわかったんだ?」

「すぐさ。舎のなかから仲間の佽飛が飛び出してきたと思ったら、あとから出てきた賊にいきなり斬《き》られたんだ。一撃だった。それを見てやっと、賊に襲われてるって気づいたね。だから外の仲間たちもあわてて、――」

「待て」兜は田五の話を制して、「その賊は、舎のなかから出てきたんだな?」

「そうだよ。舎の入口はあそこ一箇所《かしょ》だけだからさ」田五は指差しながら答えた。「だから佽飛《しひ》の残りの二人は、舎のなかで殺されたんだ。ほかの連中も、なかにいたやつらはみんな殺されたんだろうな」

その後、外にいた阮七をはじめとする十四人の佽飛たちが束になって賊に襲いかかったが、返り討《う》ちにあってつぎつぎと殺されていったという。

「ほんとうに賊は三人だけだったのか？」

あらためて兜がそう質すと、田五は鼻息荒く、まちがいないねと答えた。おそらく事件以降、何度もされた質問なのだろう。

「ずっと見てたんだよ。三人の賊が大きな刀を振るって、仲間たちをつぎつぎに斬り伏《ふ》せていくのを。すごい強さだった」

そういってかれはくやしそうに顔を歪《ゆが》めたが、裴景には嘘《うそ》っぽく見えた。

「賊の見た目はどんな様子だった？　顔は見たのか」

兜はかまわず質問をつづける。

田五はすぐに元の表情にもどって、

「あ、いや、覆面《ふくめん》をしていたから。こう、布で頭を纏《ま》きつけて。……だから顔は……」

「見えなかったんだな」兜はせっかちに言葉を重ねた。「背恰好《せかっこう》はどうだ？」

「いや、ふつうくらいだったんじゃないかな……」

「賊どもになにか変な動きはなかったか。刀の振りかたが特徴的《とくちょうてき》だったとか、刀以外にもなにか武器を使っていたとか」

「三人とも刀一振だけだったんだけど――」

それがさ、と田五は両手を大げさにふりあげて、

「その刀がふつうじゃないんだよ。ものすごく強力で、仲間の刀はつぎつぎに弾《はじ》きかえされて、なかには刀ごと叩《たた》き折られたりしてさ。全然歯が立たないんだ。だからあとで、妖術《ようじゅつ》で強くなった妖刀を使ってたって聞いて、すごく納得いったよ。どうりで、――」

「まあ待て」兜は興奮《こうふん》気味にはやる田五を再度さえぎって、「順を追っていこう。まずあらためて訊くが、賊どもは刀一振で、佽飛どもを斬り倒していったんだな？　刀を叩き折るくらいの力技で」

「あ、ああ」

田五はうなずいた。

その返事に兜は納得いかない表情だったが、

「妖刀といったな。なにかそれらしい見た目や特徴はあったのか」

とつづけて尋《たず》ねた。

すると田五はよくぞ聞いてくれたとばかりに目を丸くして、

「それがあったんだよ、はっきり」と大きな声でいった。「やつらの刀にさ、呪文《じゅもん》が書かれてあったんだよ」

「呪文？」

予想外の言葉に、おもわず裴景はそうくりかえしてしまった。

「そう」田五はすこし誇らしげにいった。「遠かったから、最初は模様かなにかかなって思ったんだけど、言われてみればあれはたしかに呪文だったたね。刀身に虫がうねったような紋様《もんよう》が隙間《すきま》なくうかんでいてさ。たしかにありゃ、寺とかでよく見るやつだった。ごくごく小さな文字がびっしり刻《きざ》まれてたんだよ。不気味だった。あれが妖刀なんだよね、はじめて見た」

「はあ……」

裴景はなんと答えてよいものかわからなかった。

兜などすぐにこき下ろすものだと思っていたが、案外かれは真剣な表情で、

「刀の形状はどうだった？」とさらに訊ねた。「刀というからには、片刃《かたは》だったのか？」

これくらいの——と田五は手ぶりで大きさをしめして、

「幅広《はばひろ》の、片刃だった。それをぶんぶん振りまわすようなかんじだった」

「なるほど」兜はうなずいて、「じゃあ、おまえを除《のぞ》く佽飛《しひ》どもは全員、その刀で斬り殺されたってわけだな」

すると田五は自分が生き残っていることへの非難と受け取ったらしく、あわてて手をふって、

「いや、おれは、もうこうなったら、全滅は避《さ》けたほうがいいと思って——」

「おまえの話はいい」兜はうんざりした表情でかれの弁明をさえぎって、「そのとき、舎の様子はどうなっていた？」

「あ、ええっと」田五はほっとした様子で答えた。「風が強かったからだろうけど、火の勢いがすごくなって、すぐに建物全体に燃え拡《ひろ》がってた。真っ黒い煙《けむり》を噴《ふ》いていたよ」

「なかにいた人間は？」

「全員、焼け死んだと思う」

兜は怪訝《けげん》そうに眉根をよせて、

「ほんとうか？　おまえの見てないところで、だれか隙をみて逃げ出したりしてないか」

「あ、いや、ない。それはないね」

田五はやけに強く否定した。

「さっきもいったけど、出入口はあそこだけなんだ。だれかが逃げたりしたら、ここから絶対見えたはずだよ。それに入口のそばには賊が待ち構《かま》えていたから……」

「そうか」

仮に出られたとしても、佽飛を屠《ほふ》った賊たちが見逃すはずないというわけである。

「で、そのあと賊はどうした？」

「三人とも去っていったよ。馬で。あ、馬はあそこの厩《うまや》につながれてて――」

「賊は、舎をほったらかしにして去ったのか？」

と兜は訊いた。

もっともな疑問だった。舎のなかには黄金三百斤と、西域の財宝がそのまま残されていたはずである。賊であるなら、そのままにしておく手はないはずだ。ところが、――

「そうなんだよ。やつら舎にもどらないで、そのまま手ぶらで行ってしまったんだよ」

田五はまたも興奮した様子で、そう話した。

「たしかにそのときまだ黒い煙があがってたんだけど、まるでお宝のことなんて忘れてるみたいに、さっさと走り去ってしまったんだ」

兜はじっと遠くの舎を望んでから、田五に向かって、

「おまえは、その一部始終をどこから見ていたんだ」

と訊いた。

「え、あ、いや……」

「責《せ》めてるわけじゃない。おまえの証言の確かさが知りたいだけだ」

兜にしてはめずらしく、やさしく言い添《そ》えた。

田五はうなずくと、そばの畦《あぜ》にあるちいさな茂《しげ》みを指差した。

「そ、そこから……」

その茂みに隠《かく》れて、のぞいていたということだろうか。

ふうん、と兜は顎《あご》に手をあてて、

「どういう姿勢《しせい》で見ていたか、実際にやってみてくれないか」

といった。

わかったと田五は茂みの裏にしゃがみこんで、舎のほうをのぞきこむしぐさをした。

兜と裴景はまわりこんで前から見ていたが、田五の巨体は茂みから思いきりはみ出していた。

兜はもういいぞ、といって田五を立ち上がらせた。てっきり隠れきれていないことを指摘《してき》するものだと思っていたら、

「その、首から大事そうにぶら下げてるものは、どこで手に入れた？」

いきなりそう訊いた。

「へ」

「外して見せてみろ」

兜はそう命令した。

田五は胸《むね》の下あたりを右手で押さえたまま、はっきり動揺《どうよう》していた。しばらく茫然《ぼうぜん》と地面を見つめていたが、観念したのか、その太い首から下げていた紐《ひも》をたぐって、外した。

紐の先には、あかるい緑の光を放つ一寸ほどの宝石がぶら下がっていた。緑《みどり》琉璃《るり》の首飾《くびかざ》りである。

田五のようなむさ苦しい男には、およそ不似合いで分不相応と思える代物であった。仏像の首にかかる瓔珞《ようらく》のように立派な大きさで、兜はひったくるようにかれの手から奪《うば》うと、指でつまんで太陽にかざした。緑琉璃を透過《とうか》した光線が、地面にあざやかな緑の光彩《こうさい》を描く。かれが指先で転がすたびに、きらきらと光が渦巻《うずま》いた。

「こいつをどうした？」

「あ、いや……」

「正直に答えろ」

そう言いつけられて田五はくやしそうに歯がみすると、

「その、舎の、焼け跡《あと》で……」

「窃《ぬす》んだってわけか」

兜は窃の一字をとくに強調していった。

田五はさらに肩を落とすと、顔を伏せたまま、ああ、うん、と虫の翅音《はおと》のようにか細い声で認《みと》めた。

「正直なことでけっこう」

兜は冷たくそう言い捨てると、なおも真剣な表情で緑琉璃を光にかざし、ためつすがめつながめていた。

やがて納得したように口許《くちもと》をゆるめて、

「なるほど。蚌珠《ぼうしゅ》ならぬ蛇珠《だしゅ》というわけか」

と謎《なぞ》めいた言葉を口にした。そして田五に向かってあらためて、

「こいつは預からせてもらおう」

と無慈悲《むじひ》に言い放った。

すると田五は今度こそ絶望して、がっくりと肩を落とした。きっとかれにとっては、全財産を失うに等しい最悪の展開であった。巨漢の男が無様に落胆《らくたん》する姿は、なんとも哀《あわ》れを誘うものだった。

しかし兜は追い討ちをかけるように、

「それじゃあ、こいつを窃んだ状況をくわしく教えてもらおうか」

といって、肩を落とす田五を舎まで引っ立てていった。

二

荘園と一口にいっても、園主が田廬《でんろ》（邸宅）を構えて過ごす別墅地《べっしょち》もあれば、ただ耕作地《こうさくち》が拡がるだけの所領を指す場合もある。この中書侍郎の荘園はあきらかに後者で、しかもずいぶん前に耕作地としては見限られて、そのまま放棄《ほうき》されてしまっているようだった。

前述のとおり舎とは田地で働く小作人や僕僮《ぼくどう》が寝泊まりするための建物だが、目の前のそれは一般のものよりだいぶ大きく、農繁期には二、三十人の人間がここで働いていたにちがいない。倉庫も兼《か》ねていたはずだが、田五によると賧伐のときはがらんどうだったという。つまり火元は手焙りの火だったとしても、外にいたかれから見えていた炎は賧伐のために運びこんだ荷や車が燃える炎だったということになる。

舎をつつんでいた火は賊が去るころには鎮《しず》まっていたようだが、煙がおさまるまでにはさらに一時（二時間）ほど要したという。

「そのあいだ、おまえはどうしていたんだ?」

真っ黒に焼けた舎の前に戻ってきた兜は、背後の田五にそう訊いた。

「どうしたって。……さっきの茂みに、隠れてたよ」

田五はちいさな声でそう答えた。

「一時も、ずっとあそこにか」

「あ、ああ」

「なるほどな」

兜はふっと失笑した。

たしかにあの茂みに身体をはみ出させたまま一時も潜《ひそ》んでいたというのは、想像するだに滑稽《こっけい》である。そしてその忍耐の時間を支えたのはきっと、賊が黄金と財宝を残したまま去ったという突然訪《おとず》れた空前の幸運と、いつまた賊が戻《もど》ってくるかもしれないという恐怖《きょうふ》であったろう。死神のごとき賊が戻ってくる恐怖に怯《おび》えながら、同時に一攫千金の夢をふくらませて、一時ものあいだかれはちいさな茂みに身を潜めていたのだ。

煙が燻《くすぶ》る程度になったところで田五は茂みを出て、あたりをうかがいながら慎重《しんちょう》な足取りで舎に近づいた。そのとき舎のまわりは仲間十五人の屍体が転がる凄惨《せいさん》な状況だったが、それには目もくれず、ただ欲望のまま舎のなかに突入した。

「……なかったんだ」

田五は肩を落としたまま、そうつぶやいた。

「捜したんだよ、ずっと。這《は》いつくばって、長いあいだ。だから全身、真っ黒になってさ。でも、ないんだ、どこにも。黒い炭と灰と、屍体《したい》くらいしか――」

兜は、あわれみの目で田五をふり見た。

田五はうなだれたまま力なく、

「黄金なんて、どこにもなかったんだ――」

と吐《は》き出すようにいった。

兜はそんなかれの腕《うで》をつかまえて、引きずりこむように舎の入口付近へ連れ立って入っていった。裴景もそのあとにつづいた。


舎のなかは、がらんとしていた。屋根の大部分は焼け落ちたらしく、陽の光が射《さ》しこんでいたので隅々《すみずみ》まで見渡すことができる。

地面はきれいに清掃《せいそう》されていて、がれきどころか黒く焼けた土以外、火事の痕跡《こんせき》もなかった。

兜が、だれが片づけたんだと尋ねたが、田五は知らないと首をふった。たぶん興味がないのだろう。兜はさらに細かく、双方の荷車の位置や火のあった位置などを確認した。搬入時に外からながめていたらしく、田五はざっくりとだが配置をいちいち覚えていた。

それで――と兜はあらためて田五に向きなおって、いった。

「焼け跡に黄金三百斤がなかった、と――」

「そうなんだ！」

田五は面をあげ、強い調子でいった。

兜が険《けわ》しい顔つきで顎鬚《あごひげ》をしごきながら、

「念のため訊くが、黄金はたしかにここに運び入れられたんだな」

と訊くと、田五は勢いよくうなずいた。

「まちがいない。はっきりこの目で見た。脚夫《きゃくふ》が二人がかりで壇《だん》のようなところに積んでいくのも見たよ」

「そして、三人の賊はまちがいなく手ぶらだったんだな？」

「そうさ、まちがいない。そりゃあ懐《ふところ》に何個かは入れてたかもしれないけど、何百個とある金貨全部を持ち去れたはずがないんだ」

「そしてこの建物の入口は正面の一箇所だけ、——か」

そう、だから、と田五は拳《こぶし》をにぎりしめて、

「黄金は煙といっしょに、消えたんだ」

といった。

兜は、はあ、とため息をついて、

「悪いがもう一度訊く。ほんとうに金貨は一個もなかったんだな？」

「なかったって！」

田五はくやしそうに顔を歪めた。信じてもらえないのは、もううんざりとばかりに。

「半時は捜したんだ。地面に顔をこすりつけてさ。黒い燃え殻《がら》をひっかき回してさ。……仲間の、焦げた屍体をひっくりかえしてまで捜したんだ……」

必死だったのだ。それは解《わか》る。目の前にあったのは、この人生に二度とは来ない、千載一遇《せんざいいちぐう》の好機であった。

黒い灰のなかには、光り輝く黄金が。——

「……でもなかったんだ」

田五は最後はやはり消え入りそうな声で、おなじ結論をくりかえした。

そうか、と兜は腕をくんで、

「――だから黄金三百斤は、徐真君《じょしんくん》の妖術で消し去られたってわけか」

と面白くなさそうにいった。

「その道士《どうし》の名前は知らないけどさ」と田五は答えた。「――ただ、あとからそんな話を聞かされて、みょうに腑《ふ》に落ちたっていうか。……あれだけあったはずの金が一個もなくなってたっていうのは、そういうことなんだって……」

どこか、すねたような口ぶりである。秘術の不思議さより、それで金貨が取り上げられたことにたいする不平のほうが上回っているようだった。

「金貨だけだったんだな」

「え」

兜は、先ほど取り上げた緑琉璃の首飾りを田五の目の前に突き出して、

「消えたのは、金貨だけだったんだろう?」

といった。

「あ、ああ」

田五はばつが悪そうに目を伏せた。

おそらくこの男は金貨がないと分かるや、すぐに胡商の財宝のほうに狙いを変えたのだろう。それこそ醜《みにく》く、あさましい姿で、今度は西域の秘宝を捜しまわったにちがいない。

「ただ、言い訳とかじゃなくって、胡宝のほうもまともなのがあまり見つからなくって。燃えた波斯錦《はしにしき》とか、玻瓈《はり》とかも粉々に砕《くだ》けていてさ――」

そのなかで唯一まともな形で見つかったのが、兜に取り上げられた緑琉璃だったという。

あきらめきれなかったかれは、砕けた宝石や黒こげの波斯錦などそれらしいものを袋《ふくろ》に詰められるだけ詰めて、厩で拝借した驢《ろば》で逃げるようにこの場を立ち去ったという。その後京城に戻ると、持ち帰った袋を西市の珠玉 肆《しゅぎょくし》などに持ちこんで回ったが、どこでもごみ扱いされたため、結局棄《す》ててしまったらしい。

「……たぶん、なんだけどさ」

田五はおずおずと発言した。

「胡商のほうの財宝は、黄金が妖術で消されたときに、その力で毀《こわ》れちまったんじゃないかなって思うんだよ」

「どういう意味だ?」兜はいぶかしげにかれを睨めつけた。「おまえ、その妖術について、なにか見たのか」

すると田五はううん、とうなって、

「おれも分からないんだよ。……ただ、取引がはじまったあと、物音がして舎の戸が打ち破《やぶ》られたとき、なかで火の手があがってたんだけど――」

その話は聞いた。なかにいた佽飛《しひ》が転がり出てきて、そのあとから賊が現れたという話だった。

「その燃えてた火ってのが、赤くなかったんだよ。不思議なんだけど、宝石のようにきれいな碧色《あおいろ》の火だったんだ。そう、舎のなかで、碧い炎が燃えてたんだ。そのときは光の加減でそう見えただけなのかなって思ってたんだけど、いま思うとあれは妖術の火だったんだよ」

そう語る田五の目は、どこか虚《うつ》ろだった。

三

来た道を、兜が馭《ぎょ》す二頭の馬は京城に向かって全速力で帰った。増えてきた往来の人びとをも蹴散《けち》らすばかりの勢いはあいかわらずで、昼前には京城に着いてしまった。

金光門を入ったところですぐ、田五とは別れることになった。

兜はいくばくかの謝礼を手渡したが、田五は不服そうだった。盗品なのだから当然とはいえ、緑琉璃が没収《ぼっしゅう》されたことをいまだ根にもっているのだろう。こんな端金《はしたがね》もらっても、という顔をしていた。

そのかれに裴景は別れ際、崔静《さいせい》について尋ねてみた。賧伐の事件のことで、千牛衛の官人が話を聴きにこなかったか――と。

しかし田五はあっさり、いや知らないね、と答えた。

「そりゃそうでしょう。張吉のところにもまだ顔を見せてないんだ。こいつの居場所をどうやって突き止められるっていうんです」

横から兜がそう口をはさんだ。

たしかに張吉は、右金吾衛を馘《くび》になった田五の居場所が分かるのは自分くらいだとうそぶいていた。

そして実際に田五を見つけ出し、いまこうして、かなり強引ではあったが実況検分と訊問《じんもん》を終わらせたのは、兜の手腕《しゅわん》といえる。もちろんその陰《かげ》には、瓜田筒を筆頭に京兆《けいちょう》府の胥吏《しょり》たちの活躍《かつやく》もあったにちがいない。

どれを取っても、崔静には欠けているものである。

あらためてかれが、事件の探偵《たんてい》を務めているなどという話は信じがたかった。

田五と別れた裴景と兜は西市に入ると、兜がなじみにしている餅肆《もちや》に入った。やっとの食事に、裴景は抓飯《そうはん》を大盛りで頼んだ。兜は焼餅《しょうへい》とべつに一壺《いっこ》酒《しゅ》を頼んで、裴景に一杯勧《すす》めてくれた。ねぎらいの一杯ということだろう、ありがたく頂戴《ちょうだい》することにした。

ある程度食事が進んだところで、

「さっきの田五の話、裴先生はどう思いました？」

と兜が尋ねてきた。

「どうって……」裴景は匙《さじ》をもつ手を止め、「正直、荒唐無稽《こうとうむけい》だろう。呪文が書かれた妖刀とか、黄金三百斤が煙といっしょに消えたとか、あとは、……ああ、そう、燃えていた火が碧かったとかいってたな。右金吾を馘になった理由がなんとなくわかった気がしたよ」

「まったく」

兜は酒杯片手にすぐ同意したが、

「――ですが、嘘をつける男じゃない」

とつけくわえた。

それはそうかもしれない、と裴景も思った。すくなくとも、器用に嘘をつける男ではないだろう。半日過ごしただけだが、感情をいちいち面に出してくるやつだな、と思った。おそらく感情を隠すという発想自体持ち合わせていないのだろう。

「じゃあおまえは、あいつの言ってたことはいちいち事実だっていうのか」裴景は訊いた。――「火が碧かったっていうんだぜ」

「すくなくとも、あの男にとっては事実だったんでしょうな」

兜は気のない口調でそう答えた。

「それは、あいつの見まちがいだったということか？」

「ちがいます。きっと田五の目にそうと映《うつ》った事実はまちがいなく存在したんだろうな、という意味です。だから田五は見まちがいも勘《かん》ちがいもしていない。そしてその意味では、あの男の語った事象もたしかに存在したんだと思います」

「ややこしい。……なんだか、詭弁《きべん》じみてるな」裴景は眉をひそめた。「……それじゃあほんとうに妖刀は存在して、妖術で碧い火を熾《おこ》して黄金を持ち去ったっていうのか」

「理屈《りくつ》は知りませんがね。ま、田五の目にはそう見えたんですよ」

兜はおなじ科白《せりふ》をくりかえした。

「ただ、火が碧いってのは特段不思議でもなんでもないでしょう。色の着いたものを火にくべれば、その色の火を噴くことはありますよ。三彩陶《さんさいとう》を焼いてるところを見学したことがありますが、釉薬《ゆうやく》の色の火を噴いていましたよ」

たしかに正月、彩色した爆竹を火に投げこんだとき、破裂《はれつ》する直前の一瞬、色のついた火があがっていた気がする。

「じゃあ田五が見た碧い炎ってのは、舎のなかでなにか碧い色の物が燃えていた火ってわけか？」

「かもしれませんね」

兜の返事はそっけない。

「そのとき舎のなかにあったものといえば……」裴景はかまわず考えこむ。「まず黄金三百斤だろ。それと——」

「これですか」

兜はそういって、袂《たもと》からあの緑琉璃の首飾りを取り出した。

「あ——」

それか、と裴景は思った。

兜は卓の上に緑琉璃を置くと、

「三彩陶見学のとき、いっしょに玻瓈《はり》づくりも見学しまして、ちょうどこれとおなじような緑琉璃を作っていましたよ。熔《と》かした琉璃を型に入れるんですが、そのときもたしか碧色の火花が散っていましたね」

といった。

裴景は緑琉璃を手に取って、光にかざした。角度を変えるごとに、碧色の光が色あざやかに瞬《また》いた。その輝きにほう、と見惚《みと》れながら、

「それじゃあ田五が見たのは、こいつが燃える火だったのか」

としみじみいった。

ところが兜は不気味な薄笑《うすわら》いをうかべて、

「そのとおり、といいたいところですが、それだと腑に落ちないんですよね」

そういうと、腰《こし》に下げていた鞶嚢《ふくろ》から一枚の紙片を取り出し、卓の上に拡げてみせた。

裴景がのぞきこむと、そこには樟脳《しょうのう》、麝香《じゃこう》、鬱金香《うつきんこう》、硇沙《のうしゃ》などという品目とともに、それぞれの数量が列記されていた。すべて見なれた兜の手蹟《て》である。

「これは？」

「胡商側の目録ですよ。これだけの種類の珍品《ちんぴん》財宝をはるばる携《たずさ》えてきたわけですが、見てください、琉璃はこれだけです」兜は目録を指でしめした。「──宝石はほかにも、玉《ぎょく》に水精《すいしょう》、玻瓈《はり》に璣琲《きひ》、瑟瑟《しつしつ》、瑪瑙《めのう》と盛りだくさんです。もちろん色や輝きもそれぞれ一様ではなかったはずです。この緑琉璃は、そのなかのほんのひとつにすぎません。荷全体に火がまわったところで、炎全体を碧色に染《そ》めあげるほどの物量があったとは到底思えない」

それに──とかれは困《こま》った顔で顎鬚をしごいて、

「もうひとつ厄介《やっかい》なことに、たぶんこの琉璃、西域産ではないんです」

「え？」

「おそらく京畿《けいき》の工廠《こうしょう》で唐人の手になるものでしょう」

「ええ？」裴景はあらためて緑琉璃を見つめて、「でもこれ、琉璃だろ？」

「琉璃、玻瓈と聞くと、ついつい西方渡来の宝石と思いがちですが、じつのところ玻瓈は戦国の昔から中国でも製造されているんです。たしかにその品質は、西方のものとは比ぶべくもなく粗悪《そあく》なものが多いんですが……」

兜は裴景の手から緑琉璃を奪うと、

「こいつはその典型です。一応吹いて造《つく》っているようだが、技が熟《こな》れていないから、どうしても造作が粗《あら》くなる。大きさもこれくらいが限界で、色も青か緑に限られるんです。──まずまちがいなく、中国製とみていいでしょう」

古代、中国で製造されていたガラスは世界的にも類を見ない、鉛《なまり》バリウムガラスであった。これはローマンガラスやサーサーンガラスに用いられていたソーダガラスとくらべると粘性《ねんせい》が低く、宙吹き成形には適さないものだった。そのため中国では六朝《りくちょう》時代に宙吹き法が伝わり、また方鉛鉱《ほうえんこう》（硫化鉛《りゅうかえん》）を原料とするじゅうぶんな粘性をもった鉛ガラスが主流となってからも、なお鋳造法《ちゅうぞうほう》による成形が優勢であった。

ところが鋳造法は宙吹き法にくらべると生産性が悪く、どうしても高価についてしまう。それが中国でガラスが日用品として定着しなかった大きな原因のひとつである。

また、この当時の中国製ガラスの色が青か緑に限られるのは、着色技術が未熟だったからである。青や緑というのは、原料中に含《ふく》まれる酸化鉄《さんかてつ》によって自然に着いてしまう色なのである。

「――一応、試してみますか」

兜はそういうと、肆《みせ》の主人に湯と皿を一枚くれといった。主人はぶつぶつ文句をいいながらも、しばらくして陶製《とうせい》の皿一枚、そして取っ手のついた瓶《へい》を持ってきた。瓶の口からは湯気が出ている。

兜は皿の真ん中に緑琉璃を据《す》えると、熱湯の入った瓶を手にして、

「さあ、よく見ていてくださいよ」

といって、そのまま緑琉璃の上に湯を注《そそ》いだ。

シッ、と鋭く擦《こす》れるような音がした。

直後、皿の上の緑琉璃は粉々に砕けてしまった。

「あ――」

「ご覧のとおりです」

兜はすました顔でいった。

「聞くところによると、中国製の玻瓈は西域製にくらべて冷やし方がなってないそうです。玻瓈や琉璃っ

てのは火にかけて、どろどろに熔かしたものを鋳型《いがた》に流しこんだり、筒《つつ》の先に巻きつけて息で膨《ふく》らませたりして形をつくります。そのあと冷やし固めるんですが、このときあまり急いで冷やすと、玻璃《はり》に目には見えないちいさな疵《きず》や歪《ひず》みができてしまうらしい。中国製はその〈徐冷《なま》し〉がうまくいってないものだから、ちょっとした衝撃《しょうげき》や温度変化でかんたんに砕けてしまう」

裴景はおそるおそる、琉璃の欠片《かけら》を人差し指で押してみた。するとその欠片はさらに砕けて、細粉が波紋とともに拡がった。

「西域産は当然、ここまで脆《もろ》くありません。だから酒を飲む琉璃杯や夜光杯《やこうはい》はすべて西域産です。燗酒《かんしゅ》を酎《つ》いで割れるようじゃ酒器の用をなしませんからね」

と兕はいった。

なるほど、と裴景は湯のなかにうかぶ緑の砕片を指の先でもてあそんだ。田五がこの光景を見たら、きっと泡《あわ》を吹いて卒倒してしまっただろうな——などとのんきに考えてから、はっと気づいた。

「……おい、ちょっと待て。すると、こいつは偽物《にせもの》だったってことか？」

「琉璃は琉璃ですから偽物とはいえないですね」兕は平然とそういってのけた。「ただ、西域渡来と謳《うた》っていたのなら問題がありますが」

「え、どういうことだ」裴景ははっきり混乱した。「殺された胡商ってのは、詐欺師《さぎし》かなにかだったのか」

「そう。そこのところがじつに厄介です」

兕は心底面倒くさそうな顔で首をまわした。そして腰の鞶嚢《ふくろ》から、さらに紙片を一枚取り出した。卓の上に拡げて、しわを伸ばす。

それは襲撃を受けた賧伩の取引についての詳細《しょうさい》だった。取引日時や場所、段取り、両方の商人の素性《すじょう》

などがこと細かに、兜の雄筆で写し取られていた。兜がそのなかの一部分を指でぽんと叩いた。そこには、

興生胡康者羯年貳拾陸
作人安越者　作人史延那

とある。

「これは？」

「胡商の素性ですよ。二十六歳の康国《サマルカンド》出身の者羯《しゃかつ》という名の商人が、安国《ブハラ》出身の越者《えっしゃ》と史国《キッシュ》出身の延那《えんな》という二人を引き連れていた、というわけです。――もっとも、すべて嘘っぱちでしょうがね」

「え、嘘って？」

「だから何莫潘《かばくはん》は胡商の名を頑《がん》として言わなかったんです。こうして調べればすぐに判《わか》ることを、あえて口にしなかった。つまりあの男は、この情報がでたらめだってことを知っていたんです。おそらく康者羯とか安越者とかはまったくの偽名《ぎめい》ですよ」

「いやいや、ちょっと待て」

裴景は思考が追いつかなかった。たしかに何莫潘との会談のなかで、賧伐の胡商について兜が質すと、かれは〈知らない〉ではなく〈答えられない〉といったのだ。そしてその上で、賧伐には裏の事情があるようなことを示唆《しさ》していた。

賧伐の胡商は、中書侍郎側からの要請《ようせい》でこの京畿に招じ入れられたという話だった。敵対する吐蕃領《チベットりょう》をわざわざ横断させてまで。――

「胡商を朝貢使《ちょうこうし》に擬装《ぎそう》するときに、偽名を使わせたってことか」

と裴景はいった。それなら偽名であることの理屈は通る気がする。

しかし兜はゆっくりと首を横にふって、

「そう片づけたいのはやまやまですが、ちがいますね。まずそれだと、偽名を使わせる必要がありません。沙州《さしゅう》の正式な通牒があれば国境は抜けられたはずです。むしろ下手に素性を偽《いつわ》らせて、ぼろを出されるほうが危険です。それに、何莫潘が思わせぶりに口をつぐんだ理由も説明できません。あの男が、そんなつまらない擬装工作に義理立てする必要ありませんからね」

それに――と兜はふたたび紙面を指さした。

「胡商の身分が〈興生胡《こうせいこ》〉とあるでしょう。これは朝貢ではない、民間の隊商貿易に従事する胡商にあたえられる身分です。つまりここに書いてある素性は朝貢使に擬装される前の、もともとの胡商の素性のはずなんです。つまり擬装の前から、この名だった。そしてこの情報は中書侍郎側から出てきたものですから、御用商人はこの情報を頼りに賕伐の取引にのぞんだ、ということになります」

かれはさらりといいのけたが、裴景はすぐにその意味するところに気づいた。

「じゃあ、中書侍郎側も騙《だま》されてたってことか」

当然そういうことになる。

そして現場に落ちていたのは、西域産ではなく中国産の緑琉璃。――

「いったいあの現場で、なにが起きていたんだ」

「わかりません」兜は肩をすくめた。「――ただ、胡商側の素性に問題があるという推理は、すべて何莫潘の示唆を根拠とするものです。つまり証拠《しょうこ》がない。沙州に照会してみますが、返事が来るのにきっと一年はかかるでしょうね」

「そもそもあの男――何莫潘は信用できる人物なのか？」

裴景はあらためてその疑問を口にした。兜にとってはどうやら古なじみのようだが、裴景からすれば鬚髯《ひげ》面《づら》の年齢も表情も読めないような謎の胡人に、いいように振りまわされている気がするのだ。

すると兜はあっさり、まあ信用はできないですね、と答えた。

「なにしろ商胡ですから、自分たちの利得を第一に考える輩《やから》です。必要とあらば平気で嘘もつくでしょう」

たしか本人も自ら、そう認めていた気がする。

ただ――と兜は湯のなかで粉砕した琉璃片を一瞥《いちべつ》して、

「この琉璃のこともあります。あの賧伐襲撃の現場で、なにかが起きていたのはまちがいない。そして何莫潘はどうやら、そのなにかを摑《つか》んでいるらしい――」

「まんまと口車に乗せられてるだけじゃないのか」

そう責めるとかれは、まあ賭けですねと渋い顔をした。

「それに賧伐襲撃の事件にはもうひとつ、どうしても引っかかることがあるんですよ。ずばり黄金三百斤のことなんですが――」

「どうやって盗み出されたか、か？」

「それもそうなんですが……」兜は軽く首をめぐらせると、「それより、三百斤もの黄金をどこから引っぱってきたのかが不思議でね」

「どこからって、そりゃ孔達《こうたつ》だろ。田五も、西市の店で金貨が積みこまれるのを見たっていってたじゃないか」

「現物としてはもちろんそうなんでしょう。そこのところを疑う気はありません」

兜は軽くいなすように、そう認めた。

「ですが、そもそも黄金三百斤なんて市井の一商人があつかう金額じゃありません。中書侍郎にくっついて、どれだけ悪どく儲《もう》けていたにしても、孔達がそれだけの資産を遊ばせておけるほどの豪商だったとは考えにくい」

「でもそれって——」

「中書侍郎の資産を預かっていただけ、といいたいんでしょうが、そうするとなぜ金貨で預かっていたのか、という疑問が残る。いうまでもなく金貨なんて貨幣は額面が大きすぎて、どこの邸店も取りあつかいません。通常の商取引で使用できないからです。それこそ今回の賧伐のような互市《ごし》（貿易）規模《きぼ》の取引でしか用をなさない」

「賧伐のためにわざわざ用意したっていうのか？」

「可能性はじゅうぶんあります。ただ、何莫潘によれば元は帛練《きぬ》で支払っていたところを孔達側から金貨に変更したという。用意する手間までかけて、自ら不利になる支払条件を提案するというのも不可解です」

それに、と兜はつづけて、

「金貨を新たに鋳造するなら、原材料として当然相応量の黄金を仕入れる必要があります。ところがここ数年間の金相場を追ってみましたが、三百斤に相当する黄金が市場を出入りした形跡はありませんでした。ふつうそれだけの量の金が動けば、金の価格は大きく変動するはずなんです。ところが市署に確認したところ、銭（銅）にたいしてはむしろすこし下げているくらいで、銀や帛《きぬ》にたいしてはまったく値動きがありませんでした」

市署は東西両市をはじめとする各市の運営、監督《かんとく》を担う役所で、貨幣の流通管理もその重要な職掌であった。

「なるほど、さすがの中書侍郎も鋳造まではしてないわけか」

裴景はなぜだかすこしほっとした。

「でも、そうなると金貨は元々あったということだよな。それを賧伐のためにひっぱり出して、孔達にあずけた――と」

そしてそれがまるごと奪われたというわけである。

「三百斤にとどまりませんからね」

兜はいきなりいった。

「え？」

「賧伐は全部で四回あって、二回目以降はすべて金貨で支払われたという話でした。つまり二回目と三回目に支払われた分を考えると、用意されていた金貨は三百斤どころじゃなかったってことになる」

「その三倍ってことか？」

「そこまでじゃありません。各取引の内容は残念ながら中書侍郎宛《あて》の目録から推し量るしかないんですが、第一回から第三回までは襲撃された四回目に比べると、取るに足りないといってもいい品数です。というか、第四回があまりにも破格だったというほうが正しい」

「そういや何莫潘もそんなふうにいってたな」

たしか初回のほうの取引について〈じつに慎み深いもの〉などと表現していたはずである。

「一回目から三回目までを足して倍にしても、四回目におよばないほどです。それくらい四回目の取引額は飛び抜けていた」

「だから狙われたのか？」

裴景がそう訊くと、兜は一拍おいてから、可能性はあるでしょうねと答えた。

「とにかく第四回の賧伐が特異だったことはまちがいありません。そして中書侍郎側は、この賧伐にたいして総額で四百斤規模の金貨を用立てたわけです。これも異常な数字だ。そんな大量の金貨をどこから持ってきたのか。そもそもそんな大量の金貨を用意する必要があったのか。……正直、不思議でしょうがない」

それに金相場といえばもうひとつ——と兜はさらにつけくわえて、

「金の価格に目立った動きがなかったということは同時に、事件後も金貨がほかの貨幣に両替されたり、商品購入に充《あ》てられた可能性は考えにくいということです」

裴景はすこし遅《おく》れて、ああ、と納得した。

「つまり盗まれた黄金は、まだこの京師に眠ってるってことか？」

仮に盗まれた三百斤の金貨がすでに両替や支払いに使われているとすれば、確実に相場に影響《えいきょう》が出ているはずである。それがないということは、黄金三百斤はまだ手つかずの状態で残されているということになる。

兜はこくりとうなずいて、

「とはいえ、城内の櫃坊《きぼう》や無《む》尽蔵《じんぞう》、進奏院《しんそういん》は片っ端から調べましたが、これらに寄《あず》けられているなんてことはない。もちろん飛銭《ひせん》で地方に送金されたなんてこともない」

櫃坊は質屋と銀行を兼ねたような金融《きんゆう》業者で、貸付をおこなったり、小切手や約束手形を発行するなどその業務内容は幅広い。また当時は寺院もその宝蔵庫を開放して、同様の金融業を営んでいた。これが無尽蔵である。

進奏院は地方の藩鎮《はんちん》（軍閥《ぐんばつ》）が長安に構える出張所で、政治的な業務のほかに、飛銭あるいは便換《べんかん》とよばれる為替《かわせ》手形をつかった送金業務をおこなっていた。飛銭は櫃坊も同様に取りあつかいがあり、たがいに業務提携《ていけい》することもあって、櫃坊が発行した約束手形を進奏院に振り出すようなこともできた。この飛銭を利用すれば現物を蔵から動かすことなく、その価値だけを長安の外に転送することも可能なのである。

しかしいまの話では、その線もないようだ。

「つまり流通した形跡がまるでないんです。となると、金貨はいまも金貨のままどこかに埋《うず》もれているということになる」

兜はそういいきった。

「金貨の欠点は額面が大きすぎて、小分けにして処分できないことです。しかも、いやでも目につく。——懐から金餅ひとつ出しただけで、その日のうちに街中でうわさになったでしょう。しかしそんな話は聞かない。金貨はいまだ余人の目に触れてもいないということです」

「だとしたら、賊が埋《う》めて蔵《かく》したっていうのか。でも——」

「そう、田五の証言とは食いちがいます。あの男によれば、三人の賊は佽飛《しひ》を斬り殺したあと、すぐに騎馬で立ち去ったということでした。三百斤もの金餅を運んだり埋めたりする素振りもなければ、そんな時間もなかったというわけです」

裴景は、またこの流れか、と思った。

真っ当な推理や証拠の前には、かならずといっていいほど田五の証言が立ちはだかってくるのである。

「もう、いっそのこと田五の証言は無視してしまったらどうだ？」

と裴景はいった。今朝直接会ってつくづく思ったが、田五はその証言内容の荒唐さもさることながら、本人の気質にも問題があるように思えた。

しかし兜は苦笑をうかべて、

「そうしたいのはやまやまですが、そうすると賧伐襲撃事件に関する情報のほとんどを手放すことになってしまいますからね」

「唯一の生き証人だもんな……」

結局そこが一番の問題点なのだろう。田五がどれほど頼りない目撃者で、その証言内容がどれほど奇妙なものであったとしても、客観的な検証が加えられないのである。それこそ信じるか無視するかの二択しかない。

「ただ、ひとつ救いなのは――」兜はつづけて、「さっきもいいましたが、田五は手前勝手に無から話をこしらえられるような男ではない、ということです。焼け跡で這いつくばって黄金を捜したという話は、きっと真実でしょう。あの男が事件直後に黄金を見つけられなかったことは、まぎれもない事実だったんだと思います。あの男はただ、目に映った事実をそのまま正直に話しているだけにすぎない。その意味で田五の言葉は、あいつの見た景色を忠実に映し出す鏡だともいえる」

「でもその景色ってのが妖刀だの、碧い炎とかなんだろ？」裴景は小馬鹿にするようにいった。「鏡は鏡でも、ずいぶん歪んだ鏡なんじゃないのか」

「そう、たしかに鏡面が歪んでいれば、それが映し出す像も歪んで見える。当然です」

兜はそう認めてから、

「――逆に歪んだ像を見せられると、見る者はついそれを鏡が歪んでいるせいと思いがちです。しかしそれは案外陥穽《おとしあな》かもしれない。鏡が平らでも、元の像が歪んでいるせいで、その映像が歪んで見える場合だって当然あるはずです」

「……なにがいいたい？」

すると兕はにやりと笑った。

「田五は、意図的に歪められた像を見せられた可能性があるってことですよ」

四

「生き残った佽飛《しひ》がいるって話を聞かされたときから疑問に思っていたんですが、本人に直接会って話を聴いて、その疑念は確信に変わりました」

兕は不敵な表情で語った。

「裴先生も不思議に思いませんでしたか？　ちいさな草叢《くさむら》しかない、あの見晴らしのいい荒田で、武装した佽飛をふくむ二十四人を鏖殺《みなごろ》しにするほどの手練《てだ》れの賊相手に、よくも田五は生きて還《かえ》ってこられたな、と。幻術じみた手で黄金三百斤と胡商の財宝をまんまと奪い去っておきながら、どうして田五ひとりを仕留めきれなかったのか。どうして目撃者をむざむざ取り逃がすような、決定的なへまを踏《ふ》んだのか――」

そうか、と裴景は強く匙をにぎりしめて、

「わざと逃がしたってことか」

「そう考えるほうが自然ですね」

兜はそういって酒壺《さかつぼ》を傾けたが、二、三滴雫《お》ちただけだった。かれはあきらめて首をふると、

「張吉から聞いた時点では、その逃げ還ってきた佽飛《しひ》ってのは、よほどすばしっこくて抜け目のないやつだったのか、と考えたりもしました。ところが現実の田五は捷《はしこ》いどころか、むしろ――」

「愚鈍《ぐどん》だった」

裴景は語尾をひきとって、いった。

そう――と兜はうなずいて、

「裴先生も見たでしょう、あいつが草叢《くさむら》に隠れているさまを。無様に巨体がはみ出していて、正直笑いを堪《こら》えるのに必死でしたよ。しかもあいつはあの恰好で、賊が立ち去るところまで見届けてたっていうんだから、より笑えます。去り際の賊どもの冷笑が目に浮かぶようですよ」

ひどい言いようだが、その指摘はもっともである。

「じゃあ賊は、どうしてそんな真似《まね》を？」

「そりゃもちろん、事件のことを明るみに出したかったからでしょう」

裴景の問いに、兜はそう即答した。

たしかに田五が生きて証言しなければ、多勢の佽飛がたった三人の賊に殲滅《せんめつ》させられたなんて話が外に漏《も》れ聞こえることはなかっただろう。そもそも賧伐などという闇取引《やみとりひき》の存在自体、こうして知られることもなかったかもしれない。

「ということは――」裴景はわざとらしく声をひそめて、いった。「賊のねらいは、賧伐の告発か？」

もし賊のねらいが中書侍郎元載《げんさい》の悪事を告発するようなところにあったとすれば、事件はにわかに政治的な色を帯《お》びてくる。賊たちの正体は中書侍郎の政敵に雇《やと》われた刺客だったのかもしれない。

「宦官《かんがん》にでも雇われたのかもな」

玄宗代《げんそうだい》の高力士《こうりきし》以来、李輔国《りほこく》、程元振《ていげんしん》、魚朝恩《ぎょちょうおん》ら実力者たちを輩出し、政治の実権をにぎってきた宦官勢力にとって、士大夫《したいふ》出身の元載は面白くない存在だろう。

しかし兕は肩をすくめて、

「おもしろい考えだとは思いますが、問題は中書侍郎が黄金三百斤以上の痛手を負っているようには見えないということですね」

といった。

「まず中書侍郎にとって賕伐は、取り立てて告発されるほどの致命的な悪事とは思えません。露見したところで実際、中書侍郎の政治生命はほとんど瑕《きず》ついていませんからね。それに本気で賕伐を告発するなら、たった三人に襲わせるなんて奇妙な手をつかわず、素直に官憲《かんけん》で現場を押さえてしまえばよかったはずです」

「たしかに……」

裴景の考えはあっさりと躓《つまず》いてしまった。

兕は顎鬚を悠揚《ゆうよう》にしごきながら、話をつづけた。

「民間人を含む二十四人が死んだという話ですから、中書侍郎といえど事件自体をなかったことにはできなかったでしょう。つまり、単に事件を露見させるためだけに田五を見逃したとは考えにくい。ただ、事件がおきた現場が人里離れた中書侍郎の別墅《べっしょ》だったことを考えると、いくつかの事実が埋没《まいぼつ》してしまう恐れはあった。事件直後の現場を見れば屍体が散乱し、舎が燃えていたわけですから、賊に襲われたことは明白だったでしょう。ですが、それがたった三人の仕業《しわざ》で、しかも金貨や胡商の財貨は賊に持ち去られていなかったことなどは、田五の証言なしには絶対に表に出なかったはずです」

「じゃあ、そうした事実を伝えるために、田五を生かしておいたのか」

「おそらく」

つまり田五は賧伐襲撃の一部始終を映し出す鏡としての役割を、賊たちにあてがわれたことになる。

だが。――

「そこまでして伝えたかったものってのは、なんなんだ？」裴景は素朴な疑問を口にした。「田五の話といや結局、やれ黄金が消えただの妖刀だの、あげくのはてに碧い火だ――だろう？　賊が三人きりってのはたしかに貴重な情報だったと思うけど、それ以外は……」

それこそ賊たちは、自分たちが選んだ鏡の歪みに気づいていなかったのではないか。――じかに田五に接し、その話を聴いた裴景にはそう思えてならなかった。

すると兜は意地悪そうな笑みをうかべて、

「佽飛《しひ》の連中は妖刀も妖術も、素直に受け取ったみたいですがね」

といった。

たしかに右金吾衛の佽飛たちは田五の証言をどれも拒絶《きょぜつ》しなかったからこそ、徐真君の妖術のしわざなんて結論に至ったのだろう。その意味でかれらは田五のいちばんの理解者といえるが、そのかれらが田五を金吾衛から放逐《ほうちく》したというのは、なんとも皮肉である。

「そういやおまえ、妖刀のことはどう考える？」

裴景はふと思い至って、尋ねた。

「刀身にびっしり呪文が刻まれてたって話だったけど、妖刀ってそういうものなのか？　それで持ち主が強くなったりするものなのか？」

「知りませんよ」兜はうんざりした表情で答えた。「そりゃ道士といえば剣と鏡なんでしょうが、道観《どうかん》にいる道士が特別変わった剣を帯びているようには見えませんがね。まして呪文が刻まれた妖刀だなんて、わたしの与《あずか》り知るところじゃありませんよ」

あの崑崙奴《こんろんど》ならくわしいんじゃないですか、と最後は投げやりだった。

たしかに剣と鏡は道士の二大法具である。とくに剣は、唐代道教の主流派である茅山派《ぼうざんは》においてひときわ重要視されていた。陶弘景《とうこうけい》や司馬承禎《しばしょうてい》のように自ら冶金して剣を打ち、刀剣に関する著作のある道士さえいたほどである。

「でも、その妖刀のせいで十八人いた佽飛が賊三人に負けたんだろう？」

「正しくは十七人ですね。妖刀のせいかは知りませんが」

兜はそう訂正《ていせい》してから、

「あと、孔迪《こうてき》とその人夫、そして三人の胡商あわせて七人もいっしょに殺されてますよ」

と冷静につけくわえた。

「だから、合わせて二十四人が殺されたわけだろう、たった三人に――」

裴景は指を三本立てて、そういった。

「さすがに異常だろう。それこそ妖刀みたいな反則技でもないと、説明つかないんじゃないのか」

そう口にしてからかれは、目の前の豪傑《ごうけつ》が先日見せた大立ち回りを想い出した。

「おまえならどうだ？　そのくらいの人数差も、どうにかできるものなのか」

すると兜は真剣な表情で腕を組みなおすと、

「ずっと考えていたんですが、条件次第でしょうね。初手に、奇襲で不意をつけば、舎のなかの佽飛《しひ》三人は一息で打倒できるでしょう」

と、こともなげにいった。

「ただ何莫潘の話だと、胡商たちも武装していた可能性がある。しかも手練れということであれば、あの広さでひとりで相手するのは厳しそうですね」

民間人の帯刀は禁じられているため、非武装の孔迪とその人夫は最初から眼中にないようである。

「仲間がいれば、……三人ならいけるということか？」

「残りの二人が胡商たちを抑《おさ》えられる程度の力があれば問題ありませんね。孔迪たちを片づけた流れで、胡商たちも斬り伏せられるでしょう。問題はそこからです。舎の外に出て、外にいる十四人の佽飛たちをいかに各個撃破できるか。外だと空間の制約はありませんし、三人で燃える舎を背にできれば、だいぶ戦いやすくなります。離れて散開する佽飛たちが集まってくる前に、どれだけ速く舎のまわりの佽飛たちを戦闘《せんとう》不能にできるかが勝負の分かれ目ですね」

それは、圧倒的実力差さえあれば妖刀などなくとも三人で二十四人を殺害できる、ということである。

「ただ、口でいうほどかんたんじゃありません」

と、かんたんにいってのけた張本人が、そうつづけた。

「一対多の場面を作らないためには圧倒的な速さが必要です。目の前の相手を最速で倒し、確実に相手の人数を減らしていかないといけません。そのために必要なのは敵を一撃で殺傷する能力と、それを支えつづける——きわめて強靱《きょうじん》な武器です」

「え、それって」

「妖刀という意味ではありませんよ。そんなあやしげなものは要りません。ただ、一人あたり八人の人間を殺すには当然ながら、武器にもそれなりの強度が必要となります」

そういうと兜は、自ら腰に佩《は》いていた刀をしめして、

「こいつは軍器監《ぐんきかん》から支給される直刀で、佽飛たちもおなじものを身につけていたはずです。斬れ味も強靱さも申しぶんない。こいつと何合か交えれば、相手の刀にもそれなりの負荷や損傷が生じるはずです。なのに――」


――その刀がふつうじゃないんだよ。ものすごく強力で、仲間の刀はつぎつぎに弾きかえされて、なかには刀ごと叩き折られたりしてさ。全然歯が立たないんだ。


「田五の話では、むしろ佽飛の刀が叩き折られていたということでした。むろん技倆《ぎりょう》の差もあったでしょうが、それにしても賊の刀はずいぶん頑丈だったということになる。呪文のおかげとは思いませんが、すこし不思議です」

兜は鷹揚《おうよう》に両腕を組みなおして、つづけた。

「一振くらい予備は用意していたでしょうが、それでも相手と刀を合わせるというのは、なかなかの剛剣《ごうけん》です。速度がなにより要求される戦いのなかで、そういう剣法を選んだというのは、よほど自分の武器を信頼していたんだと思います。これが戦場であれば、相手の武器を奪えばいい話なんですが――」

いわゆる空手奪刀《くうしゅだっとう》とよばれる技術で、唐初の猛将《もうしょう》尉遅敬徳《うっちけいとく》がこれを得意としていた。

「多勢相手の短時間決戦の場面で武器が敵だのみというのは、いささか悠長すぎる。田五の話でも、そん

な小細工を弄《ろう》していたようには思えない」

「そういえばやつも、賊は刀一振だけっていってたな」

「やつにそう見えただけかもしれませんがね。どちらにしても賊たちが、佽飛《しひ》どもを力技で圧倒できる技倆と得物を持っていたことはまちがいないでしょう。それが巡《めぐ》りめぐって、妖刀なんて結論に至ったのかもしれません」

「じゃあ呪文はやっぱり、田五の見まちがいか」

「そう、といいたいんですがね……」兜は苦笑した。「――ただ賊どもは、田五に伝令としての役割を期待して解放したのはまちがいないと思うんです」

「呪文の刻まれた妖刀も、賊が伝えたかった情報ってことか？」

「そこは、鏡の歪みのせいかもしれませんね。田五が伝令役として優秀《ゆうしゅう》だったとはとても思えませんし、賊もそこまで見抜けなかったのかもしれない……」

そこで兜は急に思いついたようにいった。

「ひょっとすると田五が選ばれたことにも、なにか意味や理由があったのかもしれません。田五には殺されずにすむ理由があって、逆にほかの佽飛や商人たちには殺されてしかるべき理由があったのかもしれない。田五の生還は、それを突きつけるものだったとしたら……」

「突きつけるって、中書侍郎にか？」

「ま、そうでしょう。そもそも賊は、賧伐という中書侍郎の商売を叩きつぶしているわけですからね」

それに――と兜はつづけて、

「田五の証言でなにより問題なのは賊がどこから現れたかという点です。田五の話がそのまんま真実なら、賊の正体はおのずと限られてしまいますからね」

それは裴景も気になっていた。

「そのことも含めて、賊は中書侍郎に突きつけたってことか」

「おそらく」

そして兜は、いまだ匙をにぎったままの裴景に向かって、

「裴先生、いいかげんその抓飯《そうはん》、食い終わってくれませんかね。あとの用がつかえてるんですよ」

といらついた調子で文句をいった。

裴景は母親に叱《しか》られた子供のように、あわてて冷めた抓飯を平らげた。

五

昼食代をおごってもらった流れで裴景は、ふたたび幄号《あくごう》の後ろに乗せられた。馬上で初めて費誠之《ひせいし》宅に行くと聞かされたかれは、この展開に慣れてきている自分が嫌《いや》になった。

費誠之は事件の第三の被害者で、平康坊《へいこうぼう》の排水溝《はいすいこう》に屍体が沈《しず》んでいるのを発見された官人である。裴景にとっては初めて目にした〈腹を裂《さ》かれた屍体〉でもある。

兜と裴景を乗せた幄号はあいかわらずの快速で東へ向けて駆け、たちまち平康坊北門ちかくにある費誠之宅に着いた。屍体は邸《やしき》の正面を流れる排水溝に沈んでいたから、まさに目と鼻の先である。兜によると費誠之の屍体は一連の事件のなかで唯一、路上で発見されたのだという。つまりほかの被害者たちはみな自宅やその肆店《みせ》で殺害され、解体されたということである。

平康坊は多くの官人が住む高級住宅街であるが、費誠之の家はその並びにあっても見劣《みおと》りしない、瀟洒《しょうしゃ》な住居であった。

兜はその勝手門の戸を静かに敲《たた》いた。

しばらくして、きい——と戸が控《ひか》えめに開き、なかから困ったような表情をした老人が姿を見せた。老人は兜に顔を近づけると、小声で何事かをささやいた。おそらく服喪《ふくも》中であることを伝えてきたのだろう。

兜は無言のまま老人の面前に押しつけるように、自らの名刺を差し出した。老人はそれを見ると渋《しぶ》い顔をしたが、どうぞ——と兜と裴景を宅のなかに招じ入れた。

本院《ほんいん》に通されたが、室《へや》のなかはがらんとしていた。調度品のたぐいはすっかり運び去られて、壁沿《かべぞ》いに走る埃《ほこり》の線がうっすらとその痕跡を残すだけだった。

あらかじめ聞かされていた話では、費誠之の葬儀《そうぎ》は城内の宣平坊《せんぺいぼう》の実家でしめやかにおこなわれたらしい。この平康坊の宅はほどなく引き払われると聞いて兜は、あわてて今日押しかけることにしたようだ。

「曾《そう》と申します。ただいまこの宅の留守を任されている者でございます」

老人はそう自己紹介すると、二人に席を勧めた。髪も眉も真っ白で、首まわりには皺《しわ》がまるで古樹の年輪のように深く幾重《いくえ》にも刻まれ、山の仙人のように老《ふ》けこんでいた。ただその顔のわりには姿勢よく矍鑠《かくしゃく》としていて、身だしなみもきちんとして清潔感があった。

「先日も佽飛《しひ》たちがやってきて、いろいろと訊いていきましたが、おなじご用向きでございましょうか」

と曾老人はいった。慇懃《いんぎん》な口ぶりだが、言外におなじ話なら佽飛のほうから聞いてくれといわんばかりである。

しかし兜はどこ吹く風で、

「そいつは分からないな。あんたはただ、いまから訊かれたことに素直に答えればいい」

と横柄《おうへい》にいった。

曾老人はこれみよがしの渋面《じゅうめん》でため息をついたが、兜は素知らぬ顔で室のなかを見まわして、

「ところでご夫人がたは？」

と尋ねた。

たしか費誠之には正妻ひとりと妾《めかけ》がひとりいるという話だった。

「すでにお二方とも、ご実家にお戻りでございます」

「そうか。……で、あんたがひとり後始末のために残ってるってわけか」

曾老人は黙《だま》ってうなずいた。

「この家に仕えて長いのか？」

「いえ。主が長安県でお仕事をはじめられてからですので、まだ三年とたっておりません。それ以前の主はご実家にお住まいで、わたくしめはべつのお邸に仕えておりました」

「ここからわざわざ長安県の県廨《けんかい》まで通っていたのか。遠くないか？　どうしてもっと近くに居を構えなかったんだ？」

費誠之は長安県の主簿《しゅぼ》だったという。長安県の県廨（県庁）は右街の長寿坊《ちょうじゅぼう》にあって、ここ平康坊からはだいぶ距離があった。

「お父君が、いずれ皇城に登るだろうからここがよい、とご実家にも近いこちらにお決めになったそうです」

「なるほど、大きな期待を背負《しょ》わされてたわけだな。官人さまも大変だ」

兜の軽口に、曾老人は無言でうなずく。

「そのあたりの愚痴《ぐち》はなかったか？　あるいは仕事の不満とか」

「お仕事に関してのお話は聞いたことがございません」

「あんたと主人の関係はどうだ。うまくいってたのか？」

「とくに問題はなかったかと存じます」

「じゃあ主人の周辺や交際関係になにか問題はなかったか？」

「わたくしめが承知するかぎりでは、なにも」

「つまり平穏《へいおん》無事のところ、いきなり殺されたわけか、おまえの主人は」

兜が無慈悲にそういうと、老人はむっとした。無理もない。

「屍体が見つかったとき、あんたはどうしてた？」

かまわず兜が質問をつづけると、曾老人の表情がすこし硬《かた》くなった。

「おひまをいただいておりました」

「ほう。ここにいなかったのか」

「はい。なにしろ、そうするようにとの言いつけでありましたので」

兜は興をそそられたように顎鬚をなでて、

「説明してもらおうか」

と促《うなが》した。

曾老人はこくりとうなずいて、

「お亡くなりになるひと月ほど前のことでございます。お仕事の都合でしばらく家を留守にされるということで、わたくしめにも休みを取るようお申しつけになりました」

「しばらくってのはどれくらいだ？」

「二ヶ月ほど、とおっしゃっていました。わたくしめは留守番を申し出たのですが、よい機会だから旅にでも行くようにと相当の路銀も頂戴しまして、半ば追い出されるようでございましたから、正直、体のいい厄介ばらいではないかと考えてしまいました」

「で、旅行には出かけたのか？」

「いいえ。この歳《とし》になりますと遠出はおっくうでございまして。しかたなく城内の古なじみのところへ転がりこんで、ぶらぶらしておりました。そこで事件のことを耳にして、あわててこちらへ戻ってきたという次第でございます」

「そうか」兜は短く相槌《あいづち》を打ってから、「あんたの主人は、あんたを無理に追い出してまで、どこへ出かけるつもりだったんだ？」

「存じません」

曾老人は即答した。

「旅に出る予定だったのはまちがいないのか」

「それも、存じあげません」

これまで冷静さを貫いてきた曾老人の表情にはじめて、苦渋の色がうかんだ。

「最初はもちろん、お見送りさせていただいてから、わたくしめもここを出るつもりでございました。ところが直前になりまして、急に用事ができた、それを済ませてから出かけることにする、とおっしゃいまして。なんでも、大事なお客さまをお迎えすることになられた、と――」

「大事な客、ね」

「そんなに大事なお客さまがいらっしゃるのでしたら、なおさらお手伝いをと申し出たのですが、いっさい無用と断られまして、わたくしめは強引に追い出されてしまいました。ですからわたくしめは、主がどこへお出かけになったのか、そもそも本当にご旅行に出かけられたのかさえ、まったく存じあげないのです」

「ご夫人がたは承知していなかったのか？　事件後、そういう話はしなかったのか？」

「それが、奥さまがたもご存じありませんでした。お二方ともわたくしめより先に、お子さまを連れてご実家に戻られていました。それ以来みなさま一度も、この宅にはお戻りになっていません」

「……この家には、あんたのほかに家人《かじん》や家奴《かど》は何人いたんだ？」

「飯炊《めした》きの婢《ひ》と、若い従僕《じゅうぼく》の僮《どう》の二人でございます。……いまは、わたくしめひとりでございますが」

「その二人も、主人が出ていくところを見送ってないのか？」

「はい。なにしろ二人とも、その直前にひまを出されたのです。ひまといってもわたくしめのように骨休めという意味ではございません。売りに出されたのです。たしか売られた先は東市の――」

「いや、いい」

兜は途中でさえぎって、

「つまりあんたの主人は、完全にひとりきりの状態で家に残ったというわけだな」

といった。

「はい。あと番犬が一頭残っておりました」

「ああ、そういえば佽飛《しひ》のほうの調書にもあったたな。明け方にその犬がけたたましく吠《ほ》えているのが近所にも聞こえたって」

「さようでございます。曹州《そうしゅう》は孟海産《もうかい》の番犬で、神がかって警《さと》くて虎《とら》のように猛々《たけだけ》しく、主の自慢《じまん》でございました。あの犬は人の顔を判じますので、万が一家人以外の者がこの宅に忍《しの》びこめば、ただでは済みません。わたくしめも覚えられるまで、何度も肝《きも》を冷やしたものでございます」

「なるほど。その犬が吠えたってことは、犯人はその時間に現れたってことか」

兜はそういうと、あたりを見回すようなしぐさをして、

「……いまはいないようだがな」

といった。たしかに他人が二人もこうしてあがりこんでいるというのに、唸《うな》り声ひとつ聞こえてこない。

「昨日わたくしめが本家のほうに届けてまいりました」

「ちょっと待て、その番犬は無事なのか。犯人から返り討ちに遭《あ》わなかったのか？」

「無事でございました。というのも、わたくしめがこの宅に戻ってまいりますと、その番犬は縄につながれておりました。普段は庭に放し飼いにされておりましたので、おそらく主がつながれたのだと存じます」

「なるほど。つまりあんたの主人は大事な客とやらのために、その獰猛《どうもう》な番犬をつないでおいたというわけか」

「おそらくは」

「そうしてひとり、その客が来るのを待って――」兜は一瞬言葉を切ってから、「そして殺されたというわけか」

「はい――」老人はわずかに顔を歪めて、くりかえした。「おそらくは」

殺害時、費誠之が自宅にひとりだったとは聞いていたが、その直前に来訪者があったことは初耳だった。

もっとも兜はそのことを承知していたようで、あらためて確認したという口ぶりだった。おそらく佽飛《しひ》の調書にそのことが記載《きさい》されていたのだろう。

ふつうに考えればその来訪者こそが、費誠之を殺害した犯人と見てまちがいない。

不思議なのは、費誠之が家人さえ遠ざけて、その人物と会おうとしたことである。人目をはばかるような特別な事情をもつ人物だったのだろうか。

そういえば費誠之のつぎに屍体が見つかった孔達も、家人家奴を遠ざけていた。だから裴景がその屍体を発見したとき、邸のなかに家人がひとりもいなかったのだ。あとで聞いた話では、その半月ほど前から家宰《かさい》にひまをあたえ、家奴たちも売り払っていたという。

費誠之も孔達も、その死の前に自身の身辺から徹底的に人払いをしている。しかもその遠ざけかたは単に人目を避けるためというには、あまりに度を越したもののように思えた。

まるで死の到来を予感して、あらかじめ死に場所を作っていたかのようである。

「その大事な客とやらだが――」兜は質問をつづけた。「佽飛の連中からは、真っ黒い恰好の道士じゃなかったかって問い詰められただろう？」

「はあ」曾老人はうなずいた。「たしかに、しつこくそうお訊ねでした。わたくしめはそのような変わった風体のかたにまったく心おぼえがございませんでしたので、ろくにお答えできませんでしたが」

黒い道士とは無論、徐真君のことである。徐真君を犯人と疑う佽飛たちが、費誠之のもとを訪れた客を徐真君と考えるのは当然といえる。

かれらにかかれば費誠之は、徐真君によってその心肝《しんかん》が邪神に血食《けっしょく》として捧《ささ》げられたか、あるいは蔵《かく》した財貨を取り出すために腹を切り裂かれたのだという。

しかしその場合、費誠之は自分を殺そうとする徐真君をわざわざ賓客《ひんきゃく》として家に招き入れたことになる。徐真君は費誠之を欺《あざむ》いて、接近したのだろうか。

（あるいは――）

費誠之がすべて承知した上で徐真君を迎え、すすんで廬山君《ろざんくん》の血食となったのだとしたら。――ふつうの感覚ならありえない。だがそう考えてみると、費誠之が徐真君を迎えるにあたって人払いをしたことも、なにか儀礼的な意味があったのではと思えてくる。血食という秘儀のために俗人を避く、斎戒《さいかい》のような意味合いがあったのではないか。

裴景はふと視線をめぐらせる。白い壁に囲まれ、家具もなくがらんと殺風景なその室《へや》は、まるで道士が斎戒をおこなう静室のようではないか。もちろん費誠之が来客を迎えたときには、調度品に囲まれたふつうの客間だったはずで、そもそも裴景は静室など話でしか知らないのだが、かれの目には急にこの空間が厳《おごそ》かなものに感じられてきた。

「黒い道士はともかく、主人が生前玄学《げんがく》や道教に関することを口にしていたということはなかったか？」

と兜が訊ねた。裴景は一瞬、自分の考えが読み取られたように思った。兜も類《に》たような疑いを持ったのだろうか。

しかし曾老人はすぐに首を横にふった。

「いえ、あいにくわたくしめは、そうしたことに疎《うと》いもので。口にされていても、そうと気づけていたかどうか……」

それなら、と兜はさらに訊ねた。

「なにか奇抜《きばつ》なことを口走ったりはしていなかったか」

「奇抜なこととは？」

「たとえば不老不死、――とか」

兜はずばりいった。

「それはまた、たしかに奇抜でございますな……」

曾老人は困惑《こんわく》したように眉間に皺をよせた。

「ですが残念ながら、主からそのようなお言葉を聞いたことはありません。主はお忙《いそが》しかったこともあって、おっしゃるようなその、浮世離れしたようなことを口になさるかたではありませんので」

浮世離れか、と裴景は内心苦笑した。たしかに不老不死など、これ以上ないほど浮世離れした言葉である。

「主がときどきこぼされていたのは、もっぱらご同僚《どうりょう》とのおつきあいのことでございます。お父君の厚いご期待もあって皇城入りを目指されて、お休みの日にも卿大夫《けいたいふ》のみなさまとの交遊のためによくお出かけになっていました。そのご心労をこぼされることは、たまにございました……」

裴景は思わず、なるほどとつぶやいてしまった。聞けば費誠之は貢挙《こうきょ》に失敗し恩蔭《コネ》で任官したらしく、貢挙の及第者たちとは出世において大きく水をあけられていたことだろう。親の圧力もあっては、京県とはいえ長安県主簿という下品に甘《あま》んずることで大変な苦悩があったにちがいない。裴景は心から同情した。

中書侍郎邸へも、昇官の手がかりを求めて通っていたのだろう。

そんな現実的な大志をいだいていた官人が、徐真君などという胡散臭《うさんくさ》い道士の手にかかって、あのように悲惨な末路を迎えたというのは、すこし信じられなかった。

「ちょっと室《へや》のなかを見せてもらうぜ」

兜はそういって、やおら立ち上がった。

曾老人は陰気《いんき》な声でどうぞ、と答えた。

「昨日きれいに清掃したばかりですので、ご期待に添えるかわかりませんが——」

「ここに血痕があったようだな」

兜は老人の言葉を中途でさえぎって、東の壁の一箇所をしめした。たしかによく見ると、白い壁にちいさな染《し》みがわずかに滲《にじ》んでいるのが判った。

「……さようでございます」

曾老人は渋い顔で認めた。

「噴血だな」兜は血痕のあった壁を背に四つん這いになって、床をながめた。「だが、床の血がすくない。血飛沫《ちしぶき》か……」

かれはすっくと立ち上がると、すたすたとまっすぐ反対側の壁に歩いていき、くるりと反転した。そして一瞬東の壁を睨んだかと思うと、どっかと腰を下ろし胡座《あぐら》をかいた。ちょうど血痕と正対するような恰好である。

「口から吐いたな」

かれは納得したようにそうつぶやくと、また立ち上がって、今度は西側の壁を検《あらた》めはじめた。あいかわらず、せわしい男である。

「ここに煤《すす》の跡があるな」かれは壁の膝下《ひざした》くらいの高さの一箇所を指でしめして、「燭台《しょくだい》でも置いていたのか?」

「いえ。そんなところに火の気のある物はございませんでした」

曾老人は怪訝そうな顔で答えた。

すると兕はまたも地面に膝をついて、壁に顔を押し当てた。

「わずかだが、香の薫《かお》りがする」かれは犬のように壁を嗅ぎながら、いった。「香炉を置いていたようだな」

曾老人はその姿にすこし呆気《あっけ》にとられていたが、

「あ、いや。そんな壁際に香炉など、見たことがありません」

と否定した。

兕は身体をおこして、

「じゃあ、あんたが見ていないところで置かれていたんだろう。しかも何度となくだ。気まぐれに一度置いただけで、こんなにも煤や薫りが残っちゃいないだろうからな」

老人は信じられないといった顔で首をふった。

兕は立ち上がると、裾《すそ》の埃をはらいながら、

「ところで、前庭にも大きな血痕が残っていたんだろう? 佽飛《しひ》の連中によれば、そこで屍体がばらされたんだろうってな」

曾老人はうなずいてから、

「ただ、そちらももうご覧いただけません。庭の敷石《しきいし》に残っていたのですが、あまりに不祥《ふしょう》でございましたので、すべて新しい石を敷き直してしまいました。周辺の土も入れ替えましたので、おそらくご期待に添えないかと」

と神妙に答えた。

「そうか」兜は別段がっかりした様子はなかった。「連中の調書によれば、この本院と中院《なかにわ》に屍体を引きずった跡が残っていたんだろう？」

老人は黙ってうなずいた。

「つまり——」兜は西の壁を睨みながら、顎鬚をしごいた。「あんたの主人は西の壁際に香炉を据えて、東に向かって坐って賓客を迎えた。そこで血を噴き絶命しながら、その屍体は門の手前まで引きずられたあげく、解体された。そして最終的には、邸の前のどぶに棄てられていた。番犬は明け方に吠えていた……」

兜はそうひとりごちると、曾老人を顧《かえり》みて、

「ひょっとしてあんたの主人、生前なにか病気を患《わずら》っていたんじゃないか？」

と唐突にそう訊ねた。

曾老人は感心したように大きくうなずいて、

「よくお判りで。主はここ数ヶ月ほどずっと、お加減がよろしくありませんでした」

と答えた。

「どう悪かったんだ？」

「はあ」曾老人は気の抜けた声で答えた。なぜそんなことを、と問いたげな表情である。「瘧《おこり》といったらよろしいのでしょうか。ずっと熱っぽく、咳《せ》きこまれることも多く、喉《のど》もすぐお渇《かわ》きになるようで、水をよくお召しになりました。あと、症状《しょうじょう》がよくないときには怒《おこ》りっぽくなられて、いらいらされることも多かったように存じます」

「医者にかからなかったのか」

「かかっておられました。こちらの宅にも月に一、二度お招きになっていました」

「その医者の名前は？」

するとと曾老人は申し訳なさそうに答えた。

「それが存じあげませんで。なんでも、むかし太医署《たいいしょ》にもおられたとかいう立派なお医者さまで、とある貴顕《きけん》のかたにご紹介いただいたとおっしゃっていたのは記憶《きおく》しているのですが」

「名前も知らずに、あんたたち家人はよくその医者を迎えることができたな」

兜がそう指摘すると、曾老人はいえいえ、と手をふった。

「お姿から、一目で判りましたもので」

「姿？」

はあ、と老人は気の抜けたような相槌を打ち、

「そのお医者さまは道士でいらっしゃいましたので。絳《あか》いお召し物は目立ちますから、家人みなすぐにお医者さまがお越しだと判ったのです」

と答えた。

六

「最後のはいったいなんだ？」

費誠之宅を出て開口一番、裴景はそう訊いた。

「最後とは？」

「費誠之が病気って話、――いや、ちがうな。道士がどうとか……」

かれ自身、話の整理がついていなかった。

兜はそんなようすに冷ややかな目を向けてから、

「病気の件は、ほんの思いつきですよ。中《あた》りでしたがね。――結果判ったのは、費誠之が死の直前に香炉で香を焚《た》き、東向きに客を待っていたこと。死んだあと屍体が移動していること。そして生前病気で、黒くない道士が出入りしていたってことだけです」

裴景は唸った。得られた情報は多いようにも、不足しているようにも思える。

「ひとつはっきりしたのは、今度の事件には徐真君以外にも、胡散臭そうなものがいろいろ転がっていそうってことです」

兜は苦い顔でそういうと、さっと愛馬にまたがり、裴景にも後ろに乗るよう催促《さいそく》したので、話はそれきりで中断した。

つぎは永寧坊《えいねいぼう》にある劉参《りゅうさん》宅に行きます――と馬上で告げられた裴景はつい、だろうな、と答えてしまった。これで帰らせてくれるとは到底思えなかったからだ。

劉参は生前、御史《ぎょし》台《だい》に勤《つと》めていた官人で、事件の第一の被害者である。

二人を乗せた幄号《あくごう》は、ほどなく永寧坊北にある劉参宅に着いた。旅店の立ちならぶ通りから一本裏に入った小路にあって、思ったよりこぢんまりと古びた家だった。

兜は門の前に立ち、扉《とびら》を敲《たた》こうとして持ち上げた拳を一瞬止めて、

「どうやら先客がいるようです」

と小声でささやいた。

そのまま拳で扉をどんどんと敲《たた》き、しばらく待たされたあと、扃鑰《かぎ》が外される音がして扉が開いた。なかから少《おさな》い家婢《かひ》が顔をのぞかせた。

すると兜は彼女に押しつけるように名刺を受け取らせ、邪魔するぜと制止の声も無視して、ずかずかとなかに入っていった。裴景は驚いたが、しかたなく兜の背を追って、悲鳴をあげる少女の横を通り過ぎた。

前を行く兜はそのまま躊躇《ちゅうちょ》なく中院《なかにわ》を縦断《じゅうだん》し、正院の戸を勢いよく開いた。

しかしかれはそこで急に立ち止まった。追いついた裴景が堂のなかをのぞいた瞬間、ぞくっと怖気《おぞけ》が全身を走った。

室《へや》の真ん中に、真っ赤な衣を着た男が背中を向けて端座《たんざ》している。

黄色の裳《も》の上に、金糸の縫《ぬ》い取りが施《ほどこ》されたあざやかな絳《あか》の繡衣《しゅうい》。——

男はゆっくりと、ふりかえった。

裴景はその顔を見て、おもわず息を呑《の》んだ。

その整いすぎた顔の造作にたいしてではない。

先に立ちすくんでいた兜は、忌々《いまいま》しそうに顔をしかめて、つぶやいた。

「あんたか……」

頭に黒冠《こくかん》を頂くその男は、まちがいなく道士である。

しかもつい先日、二人の目の前で崔邸に車駕《しゃが》で乗りつけてきた、あの道士であった。

男はふりかえって正面に向きなおると、口許だけ歪んだ不気味な微笑《びしょう》をうかべて、

「これはこれは、奇遇でございますな」

といった。

やわらかく、もったいをつけるように緩慢な口調だった。

「奇遇?」兜はいっそう険しい顔で、「どういう意味だ? われわれのことが分かるのか」

「もちろん……」

道士の男は不気味な微笑をたたえたまま、鷹揚にうなずいた。

「崔尚書《しょうしょ》のお邸の前でお会いして以来でございますね。……京兆府の斛律判官《はんがん》とお見受けします。横にいらっしゃるのは裴進士《しんし》でいらっしゃいますね」

裴景は突然自分の名を呼ばれて、背筋に寒気をおぼえた。

(どうしておれの名前まで——)

崔邸で会ったというが、あのとき車で乗りつけてきたこの道士にとって、裴景と兜は通りすがりの路傍《ろぼう》の人にすぎなかったはずだ。裴景にとっては忘れがたい鮮烈《せんれつ》な場面だったが、まさか逆に見られていた上に、名前まで知られていようとは。

すると男の射抜《いぬ》くような視線が裴景に向けられた——ような気がした。

「なにしろお二方とも、崔郎子《ろうし》のたいせつなご友人とおうかがいしておりますので」

そういって男は、満足げにうなずいた。

この男の口から崔静の名を聞くにおよんで、裴景はいっそうの不吉さをおぼえた。

磨勒《まろく》の話では、この道士は崔静の父親の掛かりつけの医師ということだった。当然嫡子《ちゃくし》崔静とも面識があるはずで、裴景と兜のことも崔静から聞いていたのかもしれない。

しかしこの男の言葉には、そんな理屈では量れない底知れなさがあった。

なによりの疑問が――この男は、なぜここにいる?

そこへ、先ほど門のところで押しのけた少い婢《おさな》が、兜と裴景の横を趨《こばし》りに追い越していった。少女はあわてた足取りで道士の男の横をも過ぎると、その向かいにいた初老の男の前で跪《ひざまず》いた。

このときはじめて裴景は、道士と向かい合って坐《すわ》っていた二人の存在に気がついた。道士の圧倒的な存在感に気圧《けお》されて、目に入っていたはずなのに気づいていなかったのだ。

道士の向かいにいたひとりはその初老の男で、もうひとりはその後ろに控えるように坐っていた若い女である。見たところ父娘《おやこ》のようであるが、娘《むすめ》のほうはその若さのわりにだいぶやつれて見えて、なにかを堪《こら》えるような表情で、じっとちいさく固まって坐っていた。

婢は初老の男に耳許で何事かをささやいて、兜の名刺をうやうやしく差し出した。

初老の男は受け取った名刺からようやく目の前でおこなわれていたやりとりの大枠《おおわく》を理解したらしく、兜のほうに目を向けて――事件のことでご用かな、といった。

「先日も貴官のお仲間が大勢で押しかけてきたよ。娘もわしもすでに、話せることはすべて話したつもりだが」

「お言葉ですが、小官を金吾衛の阿呆《あほ》どもといっしょにされては困ります」

兜はていねいだが強い言葉で反論した。

「――連中の無礼はやつらに代わってお詫《わ》び申し上げます。ですが、せっかくのご証言もあの連中では持て余すだけ。悪いことは申しません、閣下《かっか》の花婿《はなむこ》を屠った犯人を挙げるために、小官にもぜひお話し願いたい」

「む……」

劉参の舅《しゅうと》とおぼしき初老の男は黙ってしまった。

兜はずかずかと前に進み出て、勧められもしないまま勝手に父娘に対坐《たいざ》する位置に腰を下ろした。するど、そのちょうど中間にいた道士は気を利かせるように、後ろに坐り位置を移した。両者を横から見守るような位置取りで、まるで審判役《しんぱんやく》を気取っているかのようである。

「あらためまして小官は斛律雲と申します」と兜は自己紹介をした。「お手許の名刺にあるとおり京兆府の下僚です。そしてこちらは裴進士。今回の捜査《そうさ》にご協力いただいています」

そう紹介されて、裴景は軽く会釈した。

つぎに初老の男が渋々といった表情で自己紹介した。かれは張《ちょう》といって、案の定劉参の舅であった。寧《ねい》遠《えん》将軍というから五品《ごひん》の散官《さんかん》——高官である。

唐代の官制では五品と六品のあいだには大きな差別があり、五品以上の者には本人はもちろんその家族にまで免税免役や無試験での任官などの特権があたえられていた。いわゆる貴族である。

裴景はこの舅の官名を聞いた瞬間、おもわず深々と再拝してしまった。

ところが兜はすでに承知していたのか、軽くうなずくだけだった。

後ろに控えている娘はやはり劉参の夫人であった。彼女は父親に紹介されても、ちいさくお辞儀《じぎ》をしただけで一言も発しなかった。

兜と裴景の視線が、自然と横の玄衣《げんい》の道士のほうへ向かう。

その、物問いたげな視線に気づいた寧遠将軍が口を開きかけたところを、兜は右手を差し上げて制した。

「——いや、わざわざ閣下からご紹介いただくまでもありません」

かれは玄衣の道士に向かって、

「沈《しん》道士――だな」

といった。

すると道士は不気味ににんまりと微笑《ほほえ》んで、

「おやおや、よくぞご存じで」

といった。驚くというよりむしろ、面白がっているようであった。

「京師一の賊曹と折紙つきの貴官に、我が名をご記憶いただけているとは光栄の至りでございます」

「こちらの劉憲官があんたの患者《かんじゃ》だったとは聞いていなかったがな」

兜は鋭くそう切りかえした。劉憲官とは御史台録事《ろくじ》であった劉参のことである。

「患者という言い方が適切か存じませんが、まあ否定はいたしません」

沈道士は不気味な薄笑をたたえたまま、答えた。

「――ただ、短いおつきあいではございました。もし、もうすこし早くお近づきになれていましたなら、あのような目に遭われることはなかったでしょう」

その含みのある言葉は兜を越えて、故人の妻と舅に向けられているようだった。劉参の妻はおびえて顔を伏せ、父親はきびしい表情で口を真一文字にむすんだ。

その様子を見て兜は忌々しそうに舌打ちした。かれは道士の姿を視界の外に振り切るように、ふたたび父娘のほうへ身体ごと向きなおって、

「――このたびは服喪中の失礼、深くお詫びします。しかしこれもすべて憎《にく》き犯人を捕《と》らえるため。ご心痛お察ししますが、あらためてお二人の協力をお願いしたい」

と拝した。

将軍が重々しくうなずいたので、兜の事情聴取がはじまった。

「ではまず、事件当日のことについてお聴かせいただきたい。お二方はどちらにいらっしゃいました?」

「わしはずっと長興坊《ちょうこうぼう》の邸におった」

「ご夫人は?」

「娘もおなじだ」

将軍が代わりに答えた。夫人は後ろで弱々しくうなずいていた。

なるほど、と兜は相槌を打って、

「それでは、ほかの家人はどうでしたか? たとえば、さっきの婢などは……」

「あれは、うちの邸の家婢だ」

「では、この家のほかの家人は? どうしていたんですか?」

「それが……」将軍は急に言葉をつまらせ、「僮がひとり、おったんだが……」

するといままで後ろに控えて名前さえ名乗ろうとしなかった劉参夫人が、はじめて口をひらいた。

「……わたくしから、ご説明させていただきます」

かぼそい声でそういった。

彼女の途切れがちで、小声で聴き取りにくい説明によると、亡き夫劉参は屍体で発見される十日ほど前に突然、上役と遊猟《ゆうりょう》に出かけることになったので、しばらく留守にする、きみはそのあいだ実家に帰るといい、といい出したという。彼女はいわれるまま長興坊の実家に戻ったのだが、それから数日して西市へ買い物に出かけると、そこでばったり夫に付き従っているはずの僮に出くわしたのだという。問いつめると、驚くことに彼女が実家に帰ってすぐ、夫の劉参はこの僮を売りとばしていたというのだ。

「娘からその話を聞いたわしは不審に思って、翌日ここを訪れてみれば、――というわけだ」

娘から話を引き取った将軍だったが、途中言葉を濁《にご》したのは、ほかならぬこの舅が劉参の屍体の第一発見者だったからだ。聞けば屍体は正院を出たすぐの中院《なかにわ》に転がっていたらしい。

つまり――と兕は険しい顔で顎鬚をいじりながら、

「殺害された当時、劉憲官は現場にひとりきりだったというわけですね」

といった。

将軍は黙って、力なくうなずいた。

裴景と兕はおもわず顔を見合わせた。

――またか。

費誠之のときとおなじである。

一連の事件の被害者たちはその死の直前、まるで自ら死に場所を用意するように人を遠ざけ、ひとりきりになって〈客〉を待つのだ。――

「右金吾衛の調書によると、この室《へや》の中ほどに置かれていた机案《つくえ》とその周辺に血痕が多く残されていたとあります」兕はつづけた。「机案は日頃からこちらに？」

劉参夫人が無言でうなずく。

「なるほど」兕は顎鬚をしごき、――「調書によれば机案は縦に置かれていたとある。つまり東向きに置かれていたと。これもいつもどおりですか？」

「いいえ、」夫人は弱々しくも、反応は速かった。「いつもはきちんと、横向きにございました」

「つまりいつもは南向きと。当然ながら戸に正対していたわけだ」

「賊に暴力をふるわれて動いたんだろう」

将軍はこともなげに、そういった。

「そうかもしれません」兜はあっさりそう引き下がると、「閣下は現場をご覧になって、ほかになにか異状に気づかれませんでしたか？」

「さあ、どうかな……」

「たとえば、見慣れない香炉が置いてあったりはしませんでしたか？」

「香炉？」

将軍は娘と顔を見合わせたが、二人とも覚えがなかったらしく、

「いや、そんなもんは……」

という答えだった。

「では事件後、なにか毀《こわ》れていたり紛失《ふんしつ》したというものはありませんでしたか？」

「かれらにも答えたが、金目のものはまったく手をつけられて――」

「ご夫人はどうですか？」兜は将軍の言葉をさえぎって尋ねた。「ごく些細《ささい》なことでもけっこうなんですが」

「……そういえば、」夫人が口をひらいた。「この室を整理しているときに気がついたのですが、主人が生前お気に入りだった夜光杯が、どこにも見当たらなくて……」

「夜光杯。それは高価なものですか？」

「さあ、頂きものだったようで、くわしい価値までは。……ただ、主人のお気に入りで、よくそれでお酒を召し上がっていました」

夜光杯とは西域渡来の琉璃製の酒杯のことで、その透明感ある輝きは西域趣味の文人《ぶんじん》たちに愛され、珍重された。

そのあと兜は屍体発見後の細かい処置などについて事務的に確認すると、

「事件についてお聴きするのは以上です。いろいろと嫌なことを想い出させてしまったかと思いますが、どうかお許《ゆる》しください」

と急にへりくだった口調で詫びを入れた。

これに気をよくしたのか将軍は、寛仁《かんじん》と胸を張って、

「まあ貴官も仕事だからな。仕方が――」

「ときにご夫人、最後にもうひとつ、確認しておきたいことがあるのですが、――」

兜はまたも将軍の言葉をぞんざいにさえぎって、尋ねた。

「――あなたのご主人は、ご病気だったのですか」

「え？」

どうしてそんなことを、と問いかけて彼女はすぐに口を噤《つぐ》んだ。

兜の視線が自分にではなく、玄衣の男に向けられていることに気づいたからである。

七

「それは、小道《しょうどう》の口からお答えしたほうがよろしいのでしょうな――」

視線に応じるように、玄衣の道士が口をひらいた。

かれはまっすぐ兜を見据えると、

「貴官は要するに、どうして小道がこちらにいるのかとお尋ねになりたいのでしょう」

といった。堂々とした口ぶりだった。

兜はいっそう険悪な顔つきになって、

「——医者が用のあるのは生きた人間にだけだろう。劉憲官があんたの患者だったとしても、かれはもうこの世にいない。あんたの出番はないはずだ」

すると道士はふふ、と失笑して、

「ご指摘ごもっとも。——ですがここへは故人をたずねて参ったわけではございません……」

そういうと、横にいた将軍父娘に目配せするような視線を送った。父娘はそろって目を伏せた。

沈道士は兜のほうに視線をもどすと、

「そもそも劉憲官を小道の患者と申し上げるのは少々僭越《せんえつ》でございます。さきに申し上げましたが、最初にお会いしたときすでに、憲官は重い病を患《わずら》っていらっしゃいました」

「病？」兜は父娘に気遣うように声を抑えた。「……なんの病だ？」

すると沈道士はまたも父娘を舐《な》めるような目線で瞥見《べっけん》してから、答えた。

「——かの者は悪しき精怪《せいかい》に仮《と》かれておりました。魅病《みびょう》——いわゆる転《てん》の病を患われていたのでございます」

「精怪？」

さよう——と道士はやはり横の父娘に視線を撫《な》でつけながら、

「おそらくは蛇精《じゃせい》のたぐいでありましょう。俗鬼《ぞくき》の仮象《かしょう》でございます」

と答えた。

裴景にはとっさに、この道士の言葉がうまく飲みこめなかった。

――蛇精？　俗鬼？

なんのことだと思った。病気とは瘧《おこり》とか疽腫《はれもの》とか疝気《せんき》だとか、そういった話ではないのか。

「原因はかの者が、とある妖巫《ようふ》の浮狡《ふこう》なる小戯《しょうぎ》に誑《たぶら》かされたことによります」

道士はあいかわらず嚙《か》んで含めるように、緩慢な口調で語った。――

「かの巫祝《ふしゅく》の説《と》く教えは淫祠《いんし》妖道《ようどう》の極み。妖俗に事《つか》え、鬼《き》に通じ、呪《しゅ》をもって人を眩惑《げんわく》し、忌《い》まわしき六天《ろくてん》へと引きずり堕《お》とすのです。かの者はそうした不幸な犠牲者《ぎせいしゃ》のひとりでございました」

そしてまたも、その不幸な犠牲者の妻と義父を瞥する。

それはけっして、いたわりの視線ではなかった。

「お二方もきっとお聞きおよびのことでしょう。かの妖巫、六天の故気《こき》を帯びし黒衣の方士《ほうし》のことは――」

――徐朧《じょろう》。

裴景は反射的にその名を想いうかべた。

墨染《すみぞ》めの玄衣を纏《まと》い、黒の一字巾で髪を結《ゆわ》えた蒼頭《そうとう》の道士。――人よんで徐真君。賊に呪文の刻まれた妖刀をあたえ襲わせて、黄金三百斤と胡商の財宝を碧い炎で消し去り、京城では死者の心肝をあつめて邪神に捧げているという、禍々《まがまが》しき〈黒衣の道士〉である。

「やはり、ご存じのようですね――」

沈道士は裴景の心の裡《うち》を透かし見るように目を細めると、勝ち誇ったようにそういった。

裴景は不意に追い詰められたような不安に駆られて、助けを求めるように兜のほうを見た。この薄気味悪い道士に、ひとりでは到底対峙《たいじ》しきれないと思ったからである。

ところが頼りの兜も怒《いか》りを堪えたような険相で凝然《ぎょうぜん》としていた。しばらくの沈黙《ちんもく》——裴景にはそれが何倍もの時間に感じられたのだが——のあと、ようやくかれは口をひらき、

「徐真君のことか」

とみじかくいった。

これに沈道士はぷふっと吹き出して、

「——徐真君とは笑止。そのような号《よびな》、俗鬼に誑誘《きょうゆう》された哀れな衆庶《しゅうしょ》の囈言《うわごと》にすぎません」

と嘲笑《あざわら》った。

兜はなおも堪えるような表情でそれを聞き流してから、陰気な声でいった。——「で、それがどうした」

「え、なんでしょう?」

道士は笑顔を崩さず、そう訊きかえした。

兜は心底気だるそうな表情で、

「……だれが、なにを仮かせたのか知らないが、その劉憲官はすでに亡くなっているんだ。あんたはもう用済みのはずだろう」

「なるほど。駆鬼《おにやらい》に失敗した無能の道士が、よくも臆面《おくめん》なくご遺族のもとへ顔を出せたものだとおっしゃりたいのですね」

道士は愉快そうに答えた。たしかに臆面など微塵《みじん》もうかがえなかった。

「劉憲官のことは非常に残念でございました。お目にかかったときにはすでに手遅れで、俗鬼に全身を蝕《むしば》

まれ、ご承知のとおり無惨な最期を迎えられることになってしまいました――」

されど、と沈道士は言葉を継《つ》いで、

「災厄はそれで消え去ったわけではございません。それどころか憲官亡きあとも、いまだこの閾《いき》にはかの左《さ》道《どう》方士の妖《あや》しき故気が満ち、生ける者にもさまざまの禍《わざわ》いをもたらしているのでございます」

そういうと道士は、わざとらしく室《へや》のなかを見回した。

その動作に被害者の父娘はびくっと慄《おの》いたように見えた。夫人にいたっては、すっかりおびえて身をすくめていた。

道士はその姿に満足したように大きくうなずいて、

「そこで小道は充《じゅう》満《まん》する邪悪な故気を攘《はら》い、鬼《き》を去《しりぞ》けて浄《じょう》穢《わい》し、この家にふたたび神《しん》気《き》を招かんと馳《は》せ参じたわけでございます――」

と尊《そん》大《だい》な顔つきでいった。

兜はひとつため息をつくと、

「訊いていいか」と苦々しい表情でいった。かれはこの道士との問答のあいだ、ずっと腹を立てているように見えた。――「沈道士、あんたは劉憲官が殺されたのを、徐真君が仮かせた俗鬼だか精怪だかの仕業だといったが、するとと劉憲官が生前そこにいらっしゃるご夫人を実家に帰したり、家奴を売りとばしたりしたのはどういうわけだ?」

「もちろんそのほうがあの左道方士にとって都合がよかったからでしょう。人目につかず、こちらの邸に堂々と出入りすることができますからね」

「つまり、劉憲官はそのとき徐真君のいいなりだったというわけか」

「さよう。かの者は、あの妖巫の使役する精怪に乗っ取られていたのです」

「そうして人を遠ざけておいて、とどめを刺《さ》しに来たってわけか」

「まさか。それだけのためにあの方士が自ら出向きますまい。劉憲官はそのときすでに深く魅病に冒《おか》され、放っておいても死に至るか、神《こころ》を喪《うしな》って精怪に転ずるかのいずれかでございました。あの方士が自ら手を下す必要などなかったのです」

そこで道士はまたもや父娘を一瞥した。

まるで、嬲《なぶ》るような視線である。

「……徐朧が自《みずか》らここへ来た理由はひとつしか考えられません。あの左道方士の目当ては、劉憲官の遺体そのものにあったのです。――そう、あの妖巫は、憲官の遺体を血食として鬼神に捧げてしまったのです」

わあ――と突然夫人は悲鳴をあげ、身をよじって突っ伏した。その父親である将軍も胸を手で押さえ、くっと唸り声を漏らした。

「あの妖巫は劉憲官を屠ると、その遺体を切り裂いて、心肝を抉《えぐ》り取って皿に盛り、俗神の血食としたのです。あの男が事《つか》える荊蛮《けいばん》の俗神は、いにしえよりとくに人を好んで食らうことで知られる邪精《じゃせい》。まさに淫祠妖道というにふさわしい！」

道士は高らかにそう宣《のたま》った。

その様子を兕は冷ややかに見ながら、

「……あんた、費誠之の家にも出入りしていただろう？」

と訊ねた。

「さすがよくご存じで」

沈道士は不気味な笑みを顔に貼《は》り付けたまま、そう答えた。

「費誠之も病がちだったと聞いたが――」兜は鋭く睨めあげて、「その病も、徐真君が原因だったというのか？」

「そのとおり。かの者も邪精に侵《おか》され、すでに手遅れの状態でした。あげく、あのような痛ましい最期を迎えられ甚《はなは》だ残念です」

まったく残念そうにない顔で、道士はそう答えた。

「葛明《かつめい》と孔達は？」

「おなじこと。だからあのように屠られ、邪神の血食として捧げられたのです」

「じゃあ――」

兜はそう口にしかけてから、思いとどまったように口を噤んだ。

「なにか？」

「いや、いい――」兜は自分に言い聞かせるようにそういうと、「……ところで佽飛《しひ》の連中によれば、徐真君は盗んだ金品を妖術で被害者たちの腹のなかに蔵《かく》していたという。だから腹を裂いたのだと。じつに馬鹿馬鹿しいが――」

「そのとおり。それこそあの妖巫が事《つか》える邪神の妖術です。かの荊蛮の邪神は、物体を自在に眷属《けんぞく》たる精怪の腹に転送する奇異な術をつかうのです」

沈道士は兜の言葉尻《ことばじり》をさえぎって、大真面目にそう断じた。

「ですから斛律判官。僭越を承知の上で、小道からひとつ進言させていただきたい。一刻も早くあの妖巫を討ち取り、首を刎《は》ねるべきです。こうしているあいだにも、あの男は新たな血食を求め、この京師の無辜の民がつぎつぎと犠牲になることでしょう」

この道士の慇懃だがどこか不遜《ふそん》な物言いに、裴景はだんだんと気分が悪くなってきた。

茶番だ、と思った。

この空間で発せられるしぐさや言葉がさっきからずっと、芝居《しばい》がかったように空々しいのだ。

この道士だけではない。劉参夫人も、その父親の寧遠将軍も、そして途中参加の兜や裴景の言動さえ、なにかをなぞっているかのように浮わついている。——

まるで、この道士があらかじめ用意していた科白を読まされているような白々しさがあるのだ。

裴景はのぞき見るように、そっと将軍父娘の様子をうかがった。

父と娘は身をすくめて、おびえていた。

まるで目の前に、劉参の亡霊《ぼうれい》でも視ているかのように。

その姿に裴景は、茶番の目的はこれなのだな、と悟《さと》った。この哀《あわ》れな父娘はすっかり、沈道士に搦《から》めとられてしまったようだった。

そしてそれに、兜と裴景も一役買わされていたようである。まんまと利用されてしまったといってもいい。沈道士はこの突然の闖入《ちんにゅうしゃ》者たちを聞き役として利用して、主演たる自らの言葉を披露《ひろう》する舞台《ぶたい》を作りあげたのだ。京兆府賊曹という〈権威《けんい》〉は蒼鶻《あいかた》としてうってつけだったのだろう。

だから兜はずっと腹を立てていたのだ。道士の言葉は質問した兜を素通りして、ずっと被害者父娘を苛《さいな》んでいた。兜が問いかければ問いかけるほど、父娘は道士の目と言葉によって傷つき、嬲られたのである。

「ときに斛律判官——」沈道士はゆったりと居住まいを正すと、「貴官のように優秀な賊曹が捜査にあたられているとお聞きして、小道は非常に頼もしく思っているのです。なにしろ佽飛《しひ》のみなさまがたでは、いささか心許なく感じておりましたもので……」

　そこで道士はすっと目を細めて、兜を見据えた。

「――それにしても貴官のようにお立場のある方が、なにゆえこのような禍々しくも瑣小《さしょう》な事件をご自身の足で調べて回られているのでしょう？　もちろん、さまざま事情はおありなのでしょうが、それでもいささか熱心過ぎるようにお見受けしましたものでね」

　裴景ははっとした。それまで沈道士の言説は問答に見せかけて、そのじつ劉参夫人とその父親に矛先《ほこさき》が向けられていたように思えた。まわりくどく父娘をいたぶって愉《たの》しんでいるようにさえ見えた。

　しかしいまの問いははっきり、兜本人に突きつけられていた。

　そしてその問い自体も、裴景には気になるものだった。

　もちろんきっかけは知っている。一連の事件の被害者のひとり孔達の屍体が、京兆府の廨《かい》（庁舎）がある光徳坊《こうとくぼう》で見つかったのがそもそものはずで、その屍体を発見したのがほかならぬ裴景だった。その意味では、裴景がかれを事件に巻きこんでしまったといえるだろう。

　ただその後はむしろ、兜のほうが積極的といえた。かれ主導のおかげで、裴景ひとりでは絶対に到達できなかった証人や証言にたどりつくことができた。しかしあらためて考えると、兜自身は職務上なんの責務も義理もないはずなのである。

　おそらくは崔静と、そのことで図《はか》らずも事件に関わってしまった自分とを気づかってくれてのことなのだろう――と、これまで裴景は都合よく解釈していた。ただ、いまのところ崔静が一連の事件に巻きこまれているという確証があるわけでもなく、裴景が屍体を発見した事実も兜のおかげで公には隠蔽《いんぺい》されて、実質解決ずみなのである。

つまり、兜がここまで熱心に事件捜査に打ちこむ動機が見当たらないのだ。

ほどなく兜は口をひらいた。裴景も横で耳をそばだてたが、

「……そんなこと、あんたの知ったことじゃない」

と、そっけない返事だった。

それにたいして沈道士はなぜか満足げに、それもそうですね、とあっさり引き下がった。

「――それではあらためてお願いしたい。判官にはその才知でもって、ぜひとも妖巫徐朧を討ち果たしていただきたい。そのためならこの小道、あらゆる助力を惜《お》しまぬつもりでございます」

そしてかれは、不気味なほどやさしい表情で、父娘のほうにそっと目をやった。

「この家のことでしたらご案じなく。あとのことはこの小道がすべて請け負いましょう。見事鬼《き》を禁却し、この家に福を招《よ》びこみましょうぞ……」

そして父娘に微笑みかけた。

その目に慈《いつく》しみはなく、まるで子犬を憐《あわ》れむようであった。

八

劉参宅を辞した兜と裴景は、脱力したようにしばらく無言のままだった。

兜はなぜか幄号《あくごう》にまたがろうとせず、手綱を引いたまま、黙って裴景と連れ立って北に向かってとぼとぼと歩いた。

東市の牆《しょう》壁《へき》が見えてきたところで、夕を告げる鉦《かね》の音が聞こえてきた。

そこで兜はふっと顔を上げて、

「裴先生、今日は朝からひっぱりまわしてすみませんでしたね――」

「なあ」裴景は兜の言葉を途中でさえぎって、訊いた。「あの男は何者だ？」

すこし躊躇するような間のあと、兜は、医者ですよ、と短く答えた。

「ただの医者じゃないだろう」

裴景がすぐにそう反発すると、兜は幄号《あくごう》を手綱で抑えながら、

「歴とした医者ですよ。なにせ以前、太医署にいたくらいです」

と答えた。

太医署はその名のとおり、医療を総合的に司る官庁である。文武百官および胥吏《しょり》や兵卒の診察《しんさつ》、民間の感染症予防や治療《ちりょう》まで幅広くおこなう総合医療機関であり、また医療行政府でもあり、教育機関としては医師薬剤師《やくざいし》の養成を担《にな》う世界初の国立医薬科大学でもあった。

その太医署出身というなら、医者としてこれ以上由緒《ゆいしょ》のたしかなものはないだろう。

しかしその由緒正しい医者の口から発せられたのは俗鬼や精怪だの、怪しげな言葉ばかりであった。

「元々が道士あがりなんですよ」

裴景の疑問に、兜はそう答えた。

「沈道士――名を沈烱《しんけい》というんですが――、あの男は元々右街龍《りゅうこうかん》興観の僕僮で、若くして才能を認められて太医署に推挙されたそうです。調べたところ咒禁《じゅごん》科を首席で卒業しているから、すぐれた方相氏《ほうそうし》でもある。駆鬼《おにやらい》はあの男の本領ともいえるんです」

「それで……」

「ただし実際的な医師としての腕もたしかなものです。太医署では成績優秀につき特別に薬園《やくえん》に入ることを許され、そこで本草《ほんぞう》を修《おさ》め、そのまま主薬に任用されている。出自を考えると異例の出世といえるでしょう」

薬園は官立の薬草園で、薬草の栽培《さいばい》、管理、研究をおこなう太医署のなかの一部署である。

「四年ほど前に官を辞して、請われて紫《し》霄《しょうかん》観の観主となりました。ちょうど裴先生やわたしが邠州《ひんしゅう》の幕府にいたころですね」

「紫霄観？　聞かないな」

「まあそうでしょう。なにしろ大寧坊《だいねいぼう》の中書侍郎邸のなかにある私設の道観ですからね」

それを聞いて裴景は愕然《がくぜん》とした。

ここでまた、中書侍郎につながるのか。——

大寧坊にある中書侍郎邸は、坊の南東のほとんどを占《し》める壮宏《そうこう》な大豪邸である。その巨大な敷地内は一個の小型の街といえるほどの規模で、そのなかには自前の道観さえあるという話を、裴景も聞いた覚えがあった。

（そうだ、九《きゅうじょう》娘だ——）

たしかあの大女から、そんな話を聞いた。あれはたしか、中書侍郎邸にいる美しい女冠《じょかん》についての話の流れだった。

つまりあのとき聞いた美しき女冠とやらは、紫霄観にいたということになる。

あの不気味な沈烱という道士の下に、その女はいたのだ。

そして その女に崔静は懸想《けそう》しているのでは、とも九娘はいっていた。

ひょっとして崔静は、その女に誑かされたのではないのか。そしてそれを、あの沈烱が裏で糸を引いているのだとしたら。――

「あの道士、事件についてどこまで知っている？」

裴景は急に立ち止まって、そう尋ねた。

兜も立ち止まって、かれのほうを見た。

「どこまで、といいますと？」

「あの男、屍体から心臓と肝臓が抜き取られていることを知っていただろう」

――あの妖巫は劉憲官を屠ると、その遺体を切り裂いて、心肝を抉り取って皿に盛り、俗神の血食としたのです。

「お気づきでしたか」兜は感心して、いった。

「あんなこと、佽飛《しひ》から聞くか――」裴景はそこで一瞬言いよどんで、「……犯人でもなけりゃ知り得ない事実じゃないのか」

「ええ。そのとおり」兜はうなずいた。「加えて、葛明と孔達の素性も当然のように知っているようでしたね」

「いったい――」

裴景は焦燥《しょうそう》にかられた。あの沈烱という不気味な道士が女冠をそそのかして崔静を籠絡《ろうらく》したとすれば、崔静の身柄はあの道士の手の内にあるのではないか。

（そしてその沈烱が、一連の殺人事件にも深く関わっているんだとしたら――）

かれは急に居ても立ってもいられなくなった。

「まあ裴先生、落ち着いてください」

あわてる裴景に、兜はやさしく声をかけた。

なおも晩鉦《ばんしょう》は鳴っている。

頃合ですね、と兜はつぶやくようにいった。

「頃合?」

裴景がそう尋ねると、兜はええ、と空を見上げた。

「賧伐襲撃と、一連の腹を裂かれた屍体。——それぞれの構図《こうず》はおおよそ見えてきましたが、両者をつなぐ決定的ななにかが足りない。だからずっと鏡が惘《ぼや》けて見える」

「なにかって……」

しかしかれは裴景の問いをかわすように、傍らの幄号《あくごう》にひらりと飛び乗ると、

「裴先生」と馬上から呼びかけた。「今日はもう時間がない。明日の朝一番、崔邸の門前で待ち合わせしましょう」

「え、崔邸って——」

「そろそろこの盤面をつくった張本人——あの崑崙奴《こんろんど》に、落とし前をつけさせる頃合です」

兜はそう言い捨て、すぐに馬首をめぐらし颯爽《さっそう》と駆けていった。

第八章

廬山君

夜《よる》忽《にはか》に大門《たいもん》の排《ひら》く聲《こゑ》有《あ》るを聞《き》く。
怪《くわい》の忽《にはか》に一人《いちにん》有《あ》り。
閤《かふ》を開《ひら》き遥《ただ》ちに前《すす》む。
方相《はうさう》の若《ごと》き狀《じやう》にて自《みづか》ら是《こ》れ盧《ろ》君《くん》と説《と》く。
邵《せう》獨《ひと》り之《これ》に對《たい》し、進《すす》みて牀《しやう》に上《のぼ》るを要《もと》む。
鬼《き》、人《ひと》に即《つ》きて坐《ざ》す。

——『志怪《しくわい》』

一

翌朝、裴景《はいけい》は暁鼓《ぎょうこ》の第一声とともに飛び起きると、手早く身支度《みじたく》を整え、崔邸《さいてい》へ出かけた。

平康坊《へいこうぼう》を縦断《じゅうだん》し、宣陽坊《せんようぼう》の坊門をくぐり、朝まだきの薄闇《うすやみ》のなかで延々とつづく白い垣牆《えんしょう》をたよりに、かれは急ぎ足で通りを進んだ。往来にはすでに、朝参する官人とその従者の燭《あかり》が暁闇《ぎょうあん》の街に連綿と列をなしていた。

兜《とう》から崔邸に誘《さそ》われたのは意外な気がした。しかも崔静《さいせい》不在の崔邸に、磨勒《まろく》を目がけてというのもまためずらしい。二人は相性が悪いというか、兜が磨勒にたいして一方的に苦手意識をもっているようで、二人きりで話しているところはまず見たことがない。

初めて磨勒と顔合わせしたとき、兜が嫌悪感《けんおかん》あらわに、あれは何者ですか、といっていたのを、いまさらながらに想い出した。

たしかにあの崑崙奴《こんろんど》の底知れなさは不気味ですらある。裴景にしてみれば兜もじゅうぶん底知れないのだが、底知れない同士ではより深い淵《ふち》がたがいにのぞき見えるのかもしれない。

――この盤面《ばんめん》をつくった張本人――あの崑崙奴に、落とし前をつけさせる頃合です。

そうなのか。いや、そうかもしれない。

今回の一連の事件のそこかしこに強引ともいえる意思や力が働いていることは、さすがの裴景も察していた。京城東西をまたぐ連続殺人事件の捜査が右金吾衛に一任されたり、千牛衛の崔静が睒伐の捜査を任されたりしたのがまさにそれで、そもそも裴景が今回の件に首を突っこむきっかけとなった崔静の旰食《かんしょく》宵衣《しょうい》も、なにかの意思が働いた結果なのかもしれない。

問題はその、意思の出どころである。

中書侍郎《ちゅうしょじろう》なのか、徐真君《じょしんくん》なのか、それともあの薄気味悪い沈道士《しんどうし》なのか。

そしてあの崑崙奴はそのことをすっかり見抜《みぬ》いていて、すでになにか手を打っていたということなのだろうか。だがもしそうなら、なぜ素直に最初から話さないのだろう。なにか、裴景が想いもよらないような事情があるのだろうか。——

前方に崔邸の正門が見えてきたところで、あたりはようやく白みはじめた。それと同時に、霧《きり》が深く立ちこめていることに裴景ははじめて気づいた。

予想はしていたが、崔邸の門前にはすでに兜の姿《すがた》があった。ただ予想外だったのは、もうひとりいたことである。兜の横で、やたら大きな男がその図体《ずうたい》に似合わず小声で何事かをささやいている。

京兆府《けいちょうふ》の胥吏《しょり》で兜の忠実なる岡っ引き、瓜田筒《かでんとう》である。

瓜田筒は裴景の姿を認《みと》めていったん話を止めたが、兜はいいからつづけろ、と叱《しか》った。

瓜田筒はほん、と咳払《せきばら》いをしてから、

「——佽飛《しひ》たちは封鎖範囲をこの宣陽坊まで拡大させるみたいです」

「ほっておけ。どうせ空振りに終わる。とっくに逃げられてるさ」

「うちにも応援要請《ようせい》が来ると思いますが」

「適当にあしらっておけばいい。それより現場だ。詳細《しょうさい》が判《わか》り次第すぐに報《しら》せろ。とくに香炉《こうろ》の有無は絶対だ。あと、大寧坊《だいねいぼう》だけは絶対に人を切らすなよ。全門、一瞬たりとも目を離《はな》させるな」

瓜田筒は承知とばかりにうなずくと、裴景にもしっかり会釈《えしゃく》してから、朝霧のなかへ小走りで消えていった。

裴景はようやく歩み寄って、

「どうした、なにかあったのか？」

と訊《き》いた。

すると兜はうんざりした顔で、

「出たんですよ、また」

といった。

「え、出たってまさか……」

「そのまさか、例の屍体《したい》です」兜はしかめ面で腕《うで》を組みなおした。「もっとも今度は、未遂《みすい》で終わったらしいんですが」

「未遂？　殺されずに済《す》んだってことか？」

「いえ、しっかり死んでいます。ただ、いつもの屍体損壊《そんかい》が未遂に終わったようで、どうやら犯人は屍体をばらしている最中に人に見つかって、一悶着《ひともんちゃく》あったあげく屍体をおいて逃げ出してしまったようです」

「その未遂か……」

「そして、その逃げ出した犯人ってのが〈黒い道士〉だったらしい」

「徐朧《じょろう》――」

裴景はおもわず大声を出しそうになった。

やはり、犯人はうわさの妖術《ようじゅつ》使いだったのか。

「屍体が見つかったのは崇義坊《すうぎぼう》で、坊胥《ぼうしょ》が通報を受けたのが昨日の夕方。ところが坊胥が現場に駆《か》けつけたとき、徐朧はもちろん、その徐朧の屍体損壊の現場に居合わせた人物も姿を消していたんだそうです」

「え、それってどういう――？」

「どうやら現場に居合わせて徐朧と揉《も》めた人物と、通報者はべつらしいんですね。通報者は物音に気づいて現場に近づくと、ちょうど徐朧が飛び出してきたらしい。徐朧はどうも犬を何頭か連れていたらしく、居合わせた人物に犬をけしかけて、その隙《すき》に逃げ出したようなんです。通報者はあわてて駆け寄って、その居合わせた人物から犬を引き剝《は》がしたんですが、その際、坊胥に通報するよう頼まれたらしい。ところが坊胥を連れて現場にもどってくると、その人物にも逃げられていたってわけです」

「ずいぶん、ややこしいことになってるんだな」

「ええ。結果として徐朧ばかりか、徐朧の屍体損壊を直接目撃《もくげき》した貴重な証人にまで逃げられてしまったことになります」

兜は他人事《ひとごと》のように肩《かた》をすくめた。

「右金吾の連中は上を下への大騒《おおさわ》ぎですよ。連中に話が上がったのは坊門が閉じられてからしくて、夜のあいだ崇義坊内を調べ回って、今朝からは周囲の坊門を中心に検問をはじめているようですが、おそらく空振りに終わるでしょう。きっと二人とも昨日のうちに坊外へ脱出《だっしゅつ》してしまってますよ」

「その、徐朧と揉めたやつまで姿を消したのはどういう訳だ？」

「わかりません。逃げた徐朧のあとを追ったのか。あるいは、官憲《かんけん》と関わりになるのを避《さ》けたかった人物という可能性もあります」

「なるほど」

徐朧を追跡《ついせき》したのだとしたら、それはそれで勇敢《ゆうかん》な行為《こうい》だが、返り討《う》ちに遭《あ》っていないか心配である。

「どうする。磨勒のほうは今度にするか？」

裴景は兜の顔をのぞきこんで、そう訊いた。

すると兜は決然と顔を上げて、

「いえ。徐朧は佽飛《しひ》の連中に任せておきましょう。それよりもこっちが優先です」

と崔邸の門を見上げた。


裴景と兜は、いつものとおり崔邸の東廂《とうしょう》から望む園林の四阿《あずまや》に案内された。壮宏《そうこう》な崔家の邸内には園林が三つもあり、崔尚書《しょうしょ》のいる本院《ほんいん》横の園林と、中院《なかにわ》にも美しい園林が設《しつら》えてあったが、崔静の知人である二人は嫡子《ちゃくし》の住居である東廂に通されるのがもっぱらであった。

深い朝霧のため、せっかくの園林の景色も真っ白に塗《ぬ》りこめられていた。

裴景は四阿の下の椅子に腰《こし》かけたが、兜はなにかを警戒《けいかい》しているのか、柱を背に腕を組んでまっすぐ立ったままでいた。

そのうち白い霧のなかから、ととっと軽快な足取りで青衣《せいい》の童子が現れた。

「お待たせいたしました、両先生——」

崔家の崑崙奴磨勒である。

かれは卓の上にていねいに、さっと湯呑《ゆのみ》を二つ据《す》えると、

「今日はえらくお早いお越《こ》しでございますね」

と、にこやかにいった。

「いや――」

裴景はちらと兜のほうをうかがったが、兜は白いだけの園林を睨《にら》んでいた。どうやら口火を切る気はないらしい。

裴景はしかたなく湯呑を手にとって、茶を一口含《ふく》むと、

「……静《せい》は、どうだ？　なにか連絡はあったか？」

と、とってつけたような質問をした。

すると磨勒は神妙《しんみょう》に首を横にふって、

「残念ながら、なんの音沙汰《おとさた》もございません」

と答えた。

「ま、そうか」

予想はしていたが、同時に裴景はふと違和感《いわかん》をおぼえた。

嫡子が家を空《あ》けてしばらくたつというのに、いまの崔家はいくらなんでも冷静すぎやしないだろうか。普通なら、もっと動揺《どうよう》があってしかるべきである。

（それに……）

裴景の目が自然と霧の奥にそびえる本院へ向けられた。白い薄膜《うすまく》に滲むようにうっすらと、その威容《いよう》がうかんでいる。

その視線を察した磨勒はさらに首をふって、よろしくございません、と答えた。

「怏方には向かってらっしゃるのか？」

そう訊いても磨勒は、わたくしどもにはくわしいご容態《ようだい》までは、と言葉を濁《にご》した。

崔尚書のことである。

当主が重病で嫡子が長期不在という異常事態が、この崔家の陥《おちい》っている現状なのである。

せめて尚書が恢復《かいふく》に向かっていれば、――と思うと同時に、

（沈炯《しんけい》――）

その名が想い出された。

董家宰《とうかさい》が崔尚書のために、わざわざ車駕《しゃが》を寄越して招来した医者――道士である。

「あの道士は、ここへはよく来るのか？」

「沈道士のことでございますか」

「ああ」

裴景の脳裡《のうり》に黄裳《こうしょう》絳褐《こうかつ》を纏《まと》った不気味な男の姿がよみがえる。

「あの男はいったい何者だ？　ここへなにをしに来るんだ？」

「沈道士は主家《だんな》さまが――」

「信をおく医者という話だったな。実際、太医署《たいいしょ》を出た優秀《ゆうしゅう》な医者だって話も兜から聞いた。だけどあの男はただの医者でもなけりゃ、ただの道士でもないだろう」

「あのあとまた、お会いになったのですか」

「会った。話もした。おれのことを知ってもいた。もちろん兜のこともな」

そして裴景はおなじ問いをくりかえした。

「──あの男、ここへはよく来るのか？」

「月に二度ほどでございましょうか。去年の夏ごろから診《み》ていただいているようでございます」

「月に二度って、すくなくないか？　尚書、ずっとお加減がよくないんだろう？」

すると磨勒は困《こま》ったような顔つきになって、

「わたくしめもくわしくは存じあげないのですが、主家《だんな》さま自身が遠慮《えんりょ》なさっているようなのです」と答えた。「──と申しますのも、沈道士はご高名な医伯《いはく》でいらっしゃる上、中書侍郎さまお抱えの道士でもいらっしゃいます。そのため主家さまは道士のことを大変崇敬《すうけい》なさっておりまして、気安くお喚《よ》びになることを控《ひか》えていらっしゃるようなのです」

「じゃあ、前にここで見かけたときは？」

「あのときはもちろん主家さまのご指示です。病床のなか、沈道士をお連れするよう家宰さまにお命じになったそうです。沈道士をお連れするときにはいつも、こちらから迎えの車をお出しする決まりになっております」

あの日は急遽《きゅうきょ》、董家宰を使者として、沈烱を迎えに行く車駕が仕立てられたという。磨勒もいつもどおり先払《さきばら》いとして同行することになった。

向かう先は当然、大寧坊の中書侍郎邸であった。邸《やしき》に着いて、磨勒が車止めで馬に水を飲ませていると、飲み終わらないうちに董家宰と連れ立って沈烱が現れたという。

道士を車に乗せると、一行は大あわてで崔邸に戻った。そこで裴景たちと偶然鉢合《ぐうぜんはちあ》わせしたというしだいである。

あのあと沈烱は人払いをして半時ほどかけて治療をおこなうと、謝礼も帰りの車も固辞《こじ》して、ひとり徒歩で帰っていった。これもいつもどおりだという。

「それでも尚書は、快《よ》くならなかったのか」

「お加減はすこし落ち着かれたとお聞きしましたが……」

磨勒は語尾を濁した。あまり成果はなかったということだろう。

太医署出《で》か知らないが、とんだ藪医者《やぶいしゃ》じゃないのか、と裴景は内心疑った。慇懃《いんぎん》でありながら、どこか高圧的だったあの道士を認めたくない思いがあったのかもしれない。

そこで兜が突然、豎児《こぞう》、と口をひらいた。

磨勒は落ち着いた様子で、はい——と答えた。

「連続殺人の最初の被害者劉《りゅうさん》参の家にも、その沈道士は出入りしていた」

兜は真剣《しんけん》な表情でいった。

「実際昨日その劉宅で、沈烔本人と会った」

「さようでございましたか」

「第三の被害者、費誠之《ひせいし》の家にもあの道士は出入りしていた。月に何度か病の治療におとずれていたという話だ」

磨勒は黙《だま》ってうなずいた。

「費誠之は死の直前、例のごとく家人《かじん》全員を家から追い出していた。そして室《へや》に香炉を置いて、客を待っていた。香炉は西の壁際《かべぎわ》に置かれていた」

「西……」

「そして費誠之は東に向かって血を吐《は》いていた。つまり死んだとき、東を向いていた」

兕は淡々《たんたん》と事実をなぞると、

「くりかえしになるが、費誠之はだれかを待っていた。いったい、だれを待っていたんだと思う？」

と磨勒に向かって訊《たず》ねた。

「だれとおっしゃられましても……」

磨勒はめずらしく困惑《こんわく》した顔で、そう言いよどんだ。

すると兕は急に裴景に向きなおって、裴先生はどう思います、と尋《たず》ねた。

「沈烱か？」

裴景は答えた。いまの話の運びでは、そういう結論ではないのか。

しかし兕は正しいとも、まちがっているともいうことなく、

「費誠之宅に道士が訪ねてきたとして――」ふたたび磨勒のほうを向くと、あらためて問いなおした。「壁際に置かれた香炉にはどんな意味合いがあると思う？」

「静室《せいしつ》に見立てたのでございましょうか」今度は磨勒は即答した。「西に在《あ》って東に向かい、一香火《こうか》西壁の下に安《お》く――とは『要修科儀戒律鈔《ようしゅうかぎかいりつしょう》』に見える入静《にゅうせい》の法でございます」

「ほう」兕の表情がわずかにゆるんだ。「西の香炉にはどういう意味がある？」

「香をもって天真《てんしん》に感を通じ、地祇《ちぎ》に信を達すると『登真隠訣《とうしんいんけつ》』にあるとおり、香煙《こうえん》は神々との交感を媒《ばい》介《かい》するものでございます。天師道《てんしどう》にあっては香火に向かい天師を存思《そんし》し、上清道《じょうせいどう》にあっては太上玄元五《たいじょうげんげんご》霊老君《れいろうくん》に呼びかけ呪を唱《とな》えます。ついで北、東、南の順にそれぞれの方向に拝礼《はいれい》いたします」

「最終的に東を向くのはなぜだ。だれかを迎えるためか？」

「いいえ。入静の法とは静室にひとり自分と向きあい、神々に朝謁《ちょうえつ》するためにおこなうもので、東に向か

うのは神々へ章《しょう》（奏文《そうぶん》）を奉《たてまつ》るためでございます。ですから儀式の最中に外から人を迎え入れるなどもってのほかなのです。『正一威儀経《しょういついぎきょう》』などでは、儀式に必要なものをあとから人に持ってきてもらうようではいけない、とわざわざ注記されているくらいでございますので」

「そいつは裏をかえせば、外から人を迎えるのは儀式の前ってことだな」

兜がそう指摘《してき》すると、なぜか磨勒は急に黙りこんでしまった。

裴景はこの唐突にはじまった二人の問答に少々当惑していた。

二人とも弁が立つから丁々発止《ちょうちょうはっし》はいつものこととして、目の前の応酬《おうしゅう》にはいつにない緊張感《きんちょうかん》がみなぎっているような気がするのである。

裴景の目には、おたがい踏《ふ》みこみすぎているようにも思えた。──

「静室は、道民《どうみん》（道教信者）にとってはだいじなものなんだろう？」

と兜が間をおかず尋ねた。

静室とは磨勒の説明にあったとおり、熱心な道教信徒が個人宅に設《もう》ける祈念《きねん》や修行のための私的な道場である。古くは五斗米道《ごとべいどう》において信者が病になると、静室に入って自省悔悟《じせいかいご》し平癒《へいゆ》を祈願したことに起源をもつとされる。

兜はどうやら、費誠之が殺された現場は静室だったと疑っているらしい。

磨勒はちょこんとうなずいて、

「おっしゃるとおりでございます。『陸先生道門科略《りくせんせいどうもんかりゃく》』にも、奉道《ほうどう》の家には外から隔絶《かくぜつ》した場所に、家屋とも独立した簡素《かんそ》で清潔《せいけつ》な静室を設けるようにと述べられております」

「別棟《べつむね》か。たかが小屋とはいえ、この京師左街《けいしさがい》ではなかなかぜいたくな設備だな」

まったく、と裴景も思った。

長安《ちょうあん》の左街（街東）のなかでも、大明宮《たいめいきゅう》に近い北東区域はいうにおよばず、ここ宣陽坊を含む東市周辺の諸坊も皇城への便のよさもあって地価は高騰《こうとう》していた。この区域に園林をもつ邸宅を構《かま》えるなど、この崔氏のような名士か、あるいは中書侍郎のように一代で位人臣《くらいじんしん》を極めることがなければむずかしいだろう。

「あくまで理想は――ということかと存じます。『真誥《しんこう》』には一丈《じょう》九尺《しゃく》（約五・五メートル）四方にもなる静室の造築について記載《きさい》もございますが、同時に無人の空き地でもあるなら但《ただ》し書きされてございます。もともと静室とは、本来治《ち》（教団）でおこなうべき儀礼や修行を在俗の信者が独自におこなうための簡易の修行場でございました。ですから清虚精粛《せいきょせいしゅく》を尊《たっと》び、華美《かび》や奢侈《しゃし》は避けるべきとされました」

「なるほど。無理して建てるものではないってわけだな」

「さようでございます。陸先生も、静室には香炉、香燈《こうとう》、章案《しょうあん》と書刀《しょとう》の四物を置くのみとお命じでございます」

「その四つがそろえば、ただの家も静室になる――と」

「そういう考えもあろうかと存じます」

磨勒は慎重《しんちょう》な言いまわしで、そう認めた。

兜はなるほどとつぶやくと、

「じゃあ逆に、余裕があれば静室を設けるべきだってことだ」そういって、西の方角を見上げた。「つまり崔尚書も当然、あの本院のわきに静室を建てているわけだ」

かれの目線の先には、朝霧に霞《かす》む崔邸本院の巨大な影《かげ》があった。

これには磨勒は答えなかった。

「静室は〈西に在って〉といっていたな」兜はかまわずつづける。「静室は家屋の西——つまり本院の西側に、家屋から独立して建てられているとすれば、ここからじゃ逆立ちしたって見えないな」

磨勒は無反応だった。兜の横顔を見つめたまま、うなずきもしない。

いま裴景たちがいる園林は、嫡子たる崔静の住まいである東廂の庭である。

「静室では西に向かって師を思って、東に向かって神さまに祈るといったな」

兜は磨勒のほうに向きなおると、

「ふつう静室で信者は、神さまになにを祈るんだ?」

と訊いた。

「いろいろでございます」磨勒はすぐに答えた。「病の平癒や長寿《ちょうじゅ》から、当然ながら登仙《とうせん》を祈念することもございます。また極端《きょくたん》なところでは晋《しん》の王凝之《おうぎょうし》が籠城《ろうじょう》のさなか、ひとり静室にこもって鬼兵《きへい》が反乱軍を撃退することを祈念したという例もございます。『無上秘要《むじょうひよう》』に天魔《てんま》仰伏《ぎょうふく》し、仙を招き真を致《まね》かんとございますから、そのような発想もおかしなものではなかったのかもしれません」

王凝之の話は裴景も知っていた。『蘭亭序《らんていじょ》』で知られる書聖王羲之《しょせいおうぎし》は熱心な天師道信者としても有名だが、王凝之はその息子である。東晋を実質的に滅亡《めつぼう》へと追いやった道教徒の反乱——孫恩《そんおん》・盧循《ろじゅん》の乱《らん》において、要衝会稽城《ようしょうかいけいじょう》の太守《たいしゅ》であった王凝之はおなじ天師道の一派である反乱軍に攻《せ》め立てられることになる。ところがかれは押し寄せる反乱軍相手にろくに守城の策《さく》を講《こう》じることなく、静室にこもって反乱軍撃退を祈るばかりだった。結果かれはおなじ道教徒の手に捕《と》らえられ、息子とともに血祭りにあげられてしまうのである。

「まさかこの京師で、鬼兵を召喚《しょうかん》するために静室で祈るやつはいないだろうから——」

と兜は面白がるようにいって、

「となると病の平癒か長生《ちょうせい》登仙か——だが、劉参と費誠之があんな姿で殺され、尚書もいまだ床《とこ》に臥せったままとあっては、せっかくの祈りもあまり効果がないようだな」

これには磨勒は答えなかった。

たしかに劉参と費誠之が生前自宅を静室代わりにして長生や登仙を祈念していたのだとしたら、その願いは最悪のかたちで裏切られたといえよう。そして兜が決めつけるように、崔尚書が仮に本院の西側に静室を建ててまで病の平癒を祈っているのだとしたら、いまのところ——失礼ながら——その努力はむなしいものといわざるをえない。あらためて、それを指導《しどう》したであろう沈烔の医者としての力量が疑われる。

そして裴景はここにきてようやく、二人の応酬に感じていた違和感の正体がわかってきた。

先ほどから磨勒は、兜にたいして返事をしない場面が幾度《いくど》となくあった。けっしていつもより口が重いわけではない。むしろいつも以上におしゃべりに見える磨勒が、問答の途中で急に口を噤《つぐ》み、相槌《あいづち》さえ打たないのである。

まるで返事を拒《こば》むようなその無礼な態度がずっと気になっていたが、どうやらこの崑崙奴は特定の話題に触《ふ》れたときにかぎって、この態度を決めこんでいるようだった。

そして兜は、

「——沈烔はとんだ藪医者ってわけか？」

わざと、その微妙な境界線をなぞっているように見えた。

そして磨勒は当然のように黙《もく》して答えない。

二人のあいだで、なにか見えない駆け引きがあるようだった。

兜はふふん、と満足そうに鼻を鳴らすと、

「もっとも沈烱本人にいわせると、劉参と費誠之は邪精《じゃせい》に侵《おか》されて、すでに手遅《ておく》れだったようだ。それもこれも、徐真君の妖術のせいらしい」

「徐真君というのは、以前おっしゃっていた黒ずくめの道士のことでございますね」

と磨勒は答えた。

（これには反応するのか……）

裴景はすこし意外だった。かれの観察では、崔尚書と沈烱がらみのところでだんまりを決めこむ傾向《けいこう》にあったので、てっきり徐朧についても同様の反応をするものだと思っていたのだ。

どうやら磨勒のなかで沈烱と徐朧のあいだには、なにか明確な線引きがあるらしい。

兜はうなずくと、

「そうだ。沈烱によると劉参と費誠之は、徐朧が仮《とりつ》かせた邪精によって取り殺されたらしく、その心臓《しんぞう》と肝臓《かんぞう》は邪神の血食《けっしょく》にされたという話だ」

そういうと鋭《するど》く磨勒を睨んで、

「前におまえもいっていたな。徐朧が奉じる神は血食を要求する恐ろしい〈鬼《き》〉だと」

「盧山君《ろざんくん》――でございますか」

「図《はか》らずもおまえの指摘は、道士沈烱の見立てと一致している」

兜は冷静にそういい放つと、

「いったい徐朧は何者だ？」と質《ただ》した。「――昨日まではしょせん、うわさが先行する存在にすぎなかった。だが昨日新たに見つかった屍体で、やつが屍体損壊の犯人であることが確認された」

「そうなのですか」

「劉参も費誠之も屍体発見時、現場に香炉は残されていなかった。おまえはさっき静室には香炉、香燈、章案、書刀の四物が必要だといっていたな。しかし残されていたのは、章が置かれていたとおぼしき机案《つくえ》だけだった」

磨勒はうなずいた。章案とは神々への奏文である章をしたためるための書き物机のことである。たしかに劉参の殺害現場には、机が置かれていたという話だった。

「つまり香炉と香燈と書刀は、何者かが持ち去ったということだ」

兜はそう断じた。

「そしてくりかえすが、被害者たちは死の直前、客が来るのを待っていた。仮にかれらが自室に静室を築き、道士を待っていたのだとしたら、かれらが死んだのは道士が帰ってからということになる。なぜなら静室は修行者がひとりで儀式をおこなうための空間であり、道士といえど他人がいては儀式がはじめられないからだ。そして実際香炉の香は炷《た》かれていたから、道士が帰ったあと、ひとりになったかれらが儀式を取りおこなったのはまちがいない。……ちがうか？」

「そうかもしれません」

磨勒は答えたが、歯切れが悪かった。

「静室での儀式はきっと夜更《よふ》けにおこなわれたのだろう」兜は早口でつづけた。「そして翌朝、入れ替わりのように徐真君がおとずれる。――つまり、香炉や香燈を持ち去ることができたのは徐朧以外にいない」

磨勒がちいさくうなずくのを認めて、兜はさらに畳《たた》みかけた。

「そして気になるのが、徐朧の手にかかった被害者たちのなかに沈炯の患者《かんじゃ》――信者がいたことだ。第二、第四の被害者である葛明《かつめい》、孔達《こうたつ》と、昨日見つかった被害者についても確認がとれていないだけで、そうだった可能性はある。その場合、徐朧は沈烱の患者をあえて狙《ねら》い撃《う》ちしたのか、それとも徐朧の妖術のせいで健康を害した結果、医者である沈烱の厄介になるようになったのかもしれない。ただ、あの二人の道士が案外密接な関係にあるということだけは解《わか》る。実際沈烱もはっきり、徐朧への敵意を口にしていたしな」

「……さようでございますか」

磨勒はそう漏《も》らした。

「かたや太医署を出た中書侍郎お抱えの道士で、かたや人の心肝を食うような邪神に事《つか》える妖術使いなんだろう？　そんな二人のどこに、接点があると思う？」

「正直わかりません」磨勒はすぐに答えた。「ですがおっしゃるとおり、その徐真君があやしいかと存じます。……沈道士については、判官《はんがん》もいろいろご存じかと思いますので」

「言ってくれるな」兜はちいさく笑って、「だがたしかに、謎《なぞ》は徐真君だ。もう一度訊くが、やつは何者だと思う？　盧山君なんてはるか荊蛮《けいばん》の神が、この京師に存在しうると思うか？」

「そのことでございますが――」磨勒は急にうやうやしくなって、「前にもお尋ねしておきながら恐縮《きょうしゅく》なのですが、ほんとうに盧山君という名でおまちがえありませんか？」

たしか磨勒は以前もそのことを疑っていた。それほど、この京師において盧山君という存在には違和感があるのだろう。ところが、

「まちがいない。あれから確認もした」兜は間髪《かんはつ》を容《い》れず答えた。「天宝《てんぽう》年間に崇玄館《すうげんかん》が設立されて以降、全国から数多《あまた》の優秀な道士が招聘《しょうへい》されたが、そのなかに盧山君を奉じる翟玄《てきげん》という道士がいたらしく、徐朧はこの翟玄から秘籙《ひろく》を授《さず》かったと主張しているようだ」

崇玄館とは、玄宗《げんそう》の命で長安と洛陽《らくよう》に設置された道教に関する研究教育機関である。地方にはその出先機関として通道学《つうどうがく》が置かれ、道教のいっそうの発展を促《うなが》すとともに、全国規模《きぼ》で道教を管理統制する役を担《にな》った。

「翟玄は方伎《ほうぎ》にすぐれた道士として江州《こうしゅう》通道学学士の推薦《すいせん》を受け、京師に招かれたとあった。その後しばらく崇玄館に滞在《たいざい》していたらしく、内容は不明だが大学士《だいがくし》を通じて上疏《じょうそ》を試みた記録も残されている。これらの記録にはすべて、その奉じる神は廬山君と明記されていた。おまえが前に挙げていた廬山使者《ししゃ》や九《きゅう》天採訪使《てんさいほうし》なんて名前じゃなくてな」

「その道士は、どうなられたのですか？」

「行方《ゆくえ》不明だ。おそらく京師が安禄山《あんろくざん》軍に蹂躙《じゅうりん》されたとき殺されたか、どこかに連行されたんじゃないか」

「いまだご存命という可能性はございますか？」

「やけにこだわるな」兜はすこし記《き》憶《おく》をたどってから、「——たしか天宝二載《さい》に崇玄館に入ったとあった。そのときすでに知命《ごじゅう》に近いとあったから、いま生きているとすれば八十前後。……可能性は薄そうだな」

「さようでございますか。そのような道士が京師にいたのですね……」

磨勒はみょうに納得したように何度もうなずいて、

「しかも上疏とは。……どうやらその道士は本物のようでございますね」

「本物？」

裴景はおもわずそう聞き咎《とが》めると、磨勒はうなずき、

「その翟玄という道士です。かれはきっと、廬山君を奉じる本物の道士でございます」

「徐真君は偽物《にせもの》だっていうのか？」

兜が笑ってそう質すと、磨勒は真面目な顔で、ええ、とうなずき、

「徐真君とやらは、方伎を弄《もてあそ》ぶ方士《ほうし》にすぎません」

と断言した。

二

〈方《ほう》〉とは方伎――すなわち広い意味で技術のことを指し、方士とはその方術を用いる技術者のことである。古代中国における先端科学者といった存在であったが、しだいに禳邪《じょうじゃ》や医術、本草、養生術《ようせいじゅつ》、神僊《しんせん》、卜占《ぼくせん》、天文などの特定分野の専門家を指すようになる。

このころの方士は単なる技術者にすぎなかったため、その影響力《えいきょうりょく》も限定的であった。かれらの技術を慕《した》う信奉者たちがちいさな共同体をつくることはあったが、あくまでその目的は共同体内部での相互扶助《そうごふじょ》や幸福追求でしかなかった。

転機は後漢《ごかん》末から三国《さんごく》時代にかけてである。この時代は天災と疫病《えきびょう》と戦乱が重なり、中国の人口のおよそ四分の三が死滅するという絶望の時代であった。

この終末的状況を前に、二人の方士が別々の地で立ち上がる。張角《ちょうかく》と張魯《ちょうろ》である。かれらは信徒を糾《きゅう》合《ごう》し武器を持たせ、武力による衆民救済と社会変革を目指した。張角の起こした黄巾《こうきん》の乱《らん》によって後漢王朝は事実上崩壊《ほうかい》し、張魯の教団は漢中《かんちゅう》陽平《ようへい》に独立国家を築《きず》き、魏《ぎ》の曹操《そうそう》に帰順したのちもその教団は有志の者たちに引き継《つ》がれ、現代に至る。

また仏教が中国に本格的に伝わったのもこの時代である。

方士の教団が拡大し、信者が急増するなかで組織の締《し》めつけは急務となった。信者を統率する上でも確固たる教義と経典が必要となったが、そのときそのすべてを揃《そろ》えていたのがすでに〈完成された宗教〉であった大乗仏教であった。

結論からいえば、方士たちは教義と経典を臆面《おくめん》もなく仏教から剽窃《ひょうせつ》した。劉宋《りゅうそう》の陸修静《りくしゅうせい》が廬山の名僧《めいそう》慧遠《えおん》の影響で道蔵《どうぞう》経典の目録を作成すれば、その孫弟子である梁《りょう》の陶弘景《とうこうけい》は仏教の曼荼羅《まんだら》にならって神統《しんとう》譜《ふ》『真霊位業図《しんれいいぎょうず》』を完成させた。寇謙之《こうけんし》は北魏《ほくぎ》政権において道教の国教化を成し遂《と》げた道士であるが、その経典には仏教の輪廻転生《りんねてんせい》説さえ取り入れられていた。なお陸修静や陶弘景が山中に隠棲《いんせい》しながらも時の皇帝に働きかけたり、寇謙之のように軍国の師となって直接政治に介入するような、布教に政治を利用するやりかたも、仏図澄《ぶっとちょう》や鳩摩羅什《くまらじゅう》ら仏僧たちから学んだものである。

『老子《ろうし》』『荘子《そうし》』に代表される道家《どうか》——老荘思想は、前漢《ぜんかん》の初めには黄老道《こうろうどう》とよばれ政治の中心思想であったが、儒教《じゅきょう》にその座を奪《うば》われると野に下って、急速に神秘《しんぴ》主義的な色合いを深めていった。それに目をつけた方士たちは、道家の思想を都合よく改変し、その権威とともに取りこんでしまった。思想家であったはずの老子や荘子は、これより神として祭り上げられることになる。

ここに先端科学である方術と、大乗仏教から剽窃した教義と経典、道家から取り入れた神と思想とが組み合わさって、道教が確立するのである。方術は道術と看板《かんばん》を掛け替え、方士たちは自らを道士と名乗った。

道教の名はもちろん道家に由来するものであるが、同時に普遍的《ふへんてき》な真理を意味する〈道《どう》〉を冠《かん》することで、道教がそれまでの神仙道とちがい社会性のある大乗的な宗教であることを主張するものだった。いわば〈方〉が技術や専門性を意味するのにたいし、〈道〉は学際、普遍性を象徴《しょうちょう》していたのである。

老子の姓名《せいめい》が李耳《りじ》で、唐《とう》帝室も李姓であることから、唐朝は老子を唐帝室の遠祖《えんそ》として祭り上げ、道教を手厚く保護することになる。とくに玄宗は道教への傾倒が甚《はなは》だしく——諡《いみな》の玄は道教を意味する字である——、大寧坊西南角には玄元皇帝（老子）を祀《まつ》る巨大な道観太清宮《どうかんたいせいきゅう》を建設した。ちなみに前述の崇玄館はこの太清宮に併設《へいせつ》された附属《ふぞく》施設であり、おなじく大寧坊にあった。

「偽物って……」裴景は首をかしげて、「方士も道士も、名前がちがうだけで本物も偽物もないだろう？」

「はい。おっしゃるとおり、方士だから偽物というわけではございません」磨勒は答えた。「ですがお話をうかがうかぎり、その徐真君は翟玄とかいう道士から廬山君といくばくかの方伎は引き受けているようですが、肝腎《かんじん》の〈道〉は受け継いでいないように思われます」

「道——？」

「お話を聞くかぎり徐真君とはまるで、神仙譚《たん》から切り抜かれた方士のようでございます」

裴景が意味が解らず眉《まゆ》をひそめると、磨勒はつづけて、

「もっと率直に申し上げると、徐真君はまるで廬山君そのものなのです」

といい足した。

「どういう意味だ？」兜が鋭く咎めた。

「問題は廬山君でございます」磨勒はかしこまって答えた。「以前にも申し上げましたが、廬山君とはそのじつ、彭沢湖《ほうたくこ》の房廟《ぼうびょう》に宿る廟神《びょうしん》なのです」

彭沢湖は廬山の西にひろがる鄱陽湖《はようこ》のことで、廬山君が正しくは〈廬山の神〉ではなく〈廬山廟の神〉であることは前にも聞いた。

「ひとつ廬山君にまつわる、有名な譚《はなし》がございます――」

磨勒はそう断ってから、語りはじめた。

「呉郡《ごぐん》の太守であった張璞《ちょうはく》は都へ帰る途中、廬山の房廟に立ち寄りました。ここで下婢《かひ》が廟のなかの神像を指さし『お嬢《じょう》さまのお婿《むこ》にちょうど好《い》いですね』などと冗談《じょうだん》をいいました。するとその夜、張璞の妻は、廬山君が愚息《ぐそく》をよろしくといって結納品を差し出してゆく夢を見たのです。――さて翌朝、彭沢湖に舟を出すと、なぜか湖の真ん中で急に進まなくなります。船員たちはいろいろと物を湖中に投げこみましたが、一寸たりとも動きません。そのうち前日の出来事や張璞夫人の夢の話を知った家人や船員たちは張璞にむかって、『女ひとりのために一門を亡《ほろ》ぼすことはありますまい』と、令嬢を湖に投げ入れることを進言します。すると張璞は妻に娘《むすめ》を投げ入れるように命じて、自身はとても見てられん、と船室に引きこもってしまいます」

「勝手なもんだな」

「まったくでございます。ですが張璞夫人にしても、わが娘を湖中に投げこむのはしのびありません。そこで夫人は、同行していた義理の姪《めい》を身代わりに沈《しず》めてしまいます。ひどい話ですが、それでも舟は動き出しました。ところが舟が進んでいるのに気づいて船室から出てきた張璞は、娘の無事を知って激怒《げきど》します。そして、これでは世人にあわせる顔がない、とあらためて娘を湖に沈めてしまいました」

「なんだかなあ……」

「舟はそのまま無事湖を渡りきります。すると向こう岸で、湖に投げこまれたはずの二人の娘と、見知らぬ男が待っておりました。じつはこの男の正体は廬山君の主簿《しゅぼ》（秘書）で、廬山君からの伝言を預かっていたのです。曰《いわ》く、『鬼《き》と人とが偶すべきではないことは承知しておりましたが、その上で貴殿《きでん》の義の厚いことには甚だ感服しました。つきましては二人の娘はお返しします』——と」

「めでたしめでたし、なのか？」

裴景は首をかしげた。なにやら釈然としない譚である。兜を見るとなにが楽しいのか、にやにやしながら話を聞いていた。

さてさて、と磨勒は仕切りなおして、

「これは廬山君にまつわるお譚でもっとも知られたものでございますが、いくつか興味深い点があったかと存じます。第一に、廬山君の神意が舟の進行をさまたげたという点。これは廬山君が彭沢湖の治水を司る存在であったことをしめしております。第二に、舟が動かなくなったとき船員たちがまっさきに物品を湖に投げ入れている点でございます。そして事情を知るや、ためらうことなく若い娘を湖に沈めることを提案しました」

「人身御供《ごくう》——血食か」

裴景は反射的につぶやいた。

「さようでございます。廬山君とは彭沢湖に風浪《ふうろう》をおこし、そこを渡る舟を覆《くつがえ》して人を溺《おぼ》れさせ、湖へひきずりこむ恐《おそ》ろしい神さまでした。ですから江湖を渡る人びとは供物や動物、ときに人身さえ捧《ささ》げて廬山君に交通の安全を祈願するのです」

太古からの自然への畏怖《いふ》と、それに対処しようとするきわめて原始的な迷信〈方〉を背景に生まれた存在こそが、廬山君であった。

「廬山君は、廬山ならびに彭沢湖や潯陽江《じんようこう》一帯を治める典型的な社鬼《しゃき》（土地神）で、広く信仰《しんこう》をあつめる存在でございました。ですがしょせん迷信は迷信。儒者や仏僧、あるいは道士の目から見ても、忌《い》むべき俗事《ぞくじ》の邪神にすぎませんでした」

「俗事？」

聞きなれない言葉である。字のまま解釈すれば俗信――つまりは民間信仰というほどの意味だろうか。

「俗事とは巫祝《ふしゅく》の風《ふう》とされるもので、いわゆる淫祠《いんし》邪教といってしまって差しつかえないでしょう」磨勒はすらすらと答える。「実際、信心につけこむ悪質な詐欺《さぎ》まがいのものも多かったようで、抱朴子《ほうぼくし》や陶華陽《とうかよう》はその著のなかで俗事の特徴をいくつか挙げて、注意をうながしております」

「ほう」

「ひとつは、やたら神罰《しんばつ》だ祟《たた》りだと騒ぎたて、信者に破産させるほどの贅沢《ぜいたく》な祭式を催《もよお》させたり、法外な供物を要求するなどして、金をむしり取ろうとする輩《やから》です」

「そういう連中は昔からいるんだな」裴景はのんきな声で感心した。

「第二が、殺生《せっしょう》血食でございます」

磨勒は平然といった。

「犬や鶏《にわとり》、牛や羊といった動物をみだりに殺し、かれらの邪神に供《そな》えることでございます。祭祀《さいし》のあと、その肉が信者にふるまわれることもあったそうです――」

裴景はそれを聞いて、沈燗の言葉を想い出してしまった。

――あの妖巫《ようふ》は劉憲官を屠ると、その遺体を切り裂《さ》いて、心肝を抉《えぐ》り取って皿に盛り、俗神の血食としたのです。

「ほかに巫覡《ふげき》を用いることや、絃歌《げんか》や鼓舞《こぶ》が激《はげ》しい儀式をおこなうことなどもその特徴として挙げられております」磨勒は淡々と説明をつづけた。「また『道典論《どうてんろん》』には淫祠は〈六天《ろくてん》の故気《こき》〉によるとあります。

天には正しき神のましまする三天《さんてん》と、邪《よこしま》なる神がはびこる六天がございまして、淫祠とはこの六天の邪神を祀る邪宗を指します」

(六天の故気……)

聞きおぼえがあった。この言葉もたしか、沈炯が口にしていたはずだ。

「六天の邪神とはかんたんに申し上げると、『真霊位業図』のような神統譜から外れた神さまのことで、路《ろ》傍《ぼう》の廟神や山川に祀られているような俗神や鬼《き》がそれにあたります」

「廬山君がまさにそれってわけだな」

兕がそういうと、磨勒は深くうなずいた。

「そのとおりです。ですから廬山君は世の為政者から淫祠として目の敵《かたき》にされ、たびたび弾圧《だんあつ》を受けました。淫祠邪教を嫌《きら》う儒者にとって、俗事は到底許容《きょよう》できるものではありませんでした。儒者の戴《いただ》く〈道〉と〈俗〉との熾烈《しれつ》な攻防戦が繰り広げられることになるのです」

そして磨勒は饒舌《じょうぜつ》にいくつも例を挙げてゆく。——

漢の欒巴《らんは》は豫章《よしょう》太守として赴任《ふにん》すると、領内の淫祠房廟をことごとく破壊して、妖巫たちをつぎつぎと罰した。当然廬山廟も例外ではなく、廟から逃げた廬山君を斉郡《せいぐん》まで追ってこれを斬《き》り捨てたのだが、その正体ははたして貍《り》(山猫)であったという。

呉の顧邵《こしょう》も豫章に赴任すると淫祠を禁じ、房廟をつぎつぎ破壊していった。最後に残ったのが廬山廟で、人びとが諫《いさ》めるのも聞かず廬山君を追放し、廬山廟も破壊してしまった。ところがその直後かれは病に冒《おか》され、鬼神《きしん》の姿をした廬山君に襲《おそ》われる夢にうなされるようになった。案じた家人が廬山廟の再建を勧《すす》めたが、顧邵はこれを最後まで拒み、そのまま死んでしまった。

「廬山君に呪《のろ》い殺されたってわけか」裴景が口をはさんだ。

「さようでございます。このあたりまでは、いってみれば好い勝負でございました。ところが次第に廬山君が劣勢《れっせい》になってゆきます。――敵が、増えてきたのです」

世界的な民族大移動の時代であった。

晋朝が南遷《なんせん》し、華北《かほく》が五胡《ごこ》十六国の分裂《ぶんれつ》時代に突入すると、江南《こうなん》への流民《るみん》はいっそう本格化した。最終的には数百万人が過江《かこう》（南渡）したといわれている。中国の総人口が一千万人そこそこであった時代の話である。

人の移動には当然さまざまな付属物がともなうが、信仰も当然その例外ではなかった。敗残の黄巾賊《こうきんぞく》――太平道教徒が流民にまぎれて江南へ流れ着き、氐《てい》によって巴蜀《はしょく》を逐《お》われた張魯の教団――のちの天師道教徒たちも江南へ逃げこんだ。北方の騒乱《そうらん》を避けて、仏僧たちが本格的に江南へやってきたのもこの時期である。もちろん晋朝に従って、多くの儒者も江南へ移り住んだ。

ありとあらゆる神や教義が、いっせいに江南へ殺到したのである。

そしてその殺到した先にあったものこそ、土着の民間信仰――俗事であったのだ。

「新しくやってきた宗教者たちの目には、俗事は未開蛮地《ばんち》の迷信であり、無知蒙昧《もうまい》の民を惑《まど》わす邪教にほかなりませんでした。そこで俗事はかれらの恰好《かっこう》の攻撃対象となります。祭醮《さいしょう》は廃《はい》され、房廟は毀《こわ》され、なかにいた神は鬼《き》へと貶められていきました。弾圧の波はやがて廬山廟と廬山君にもおよびます――」

磨勒はそこでひと呼吸おくと、落ち着きはらった声でつづけた。

「あるとき、ひとりの道士が廬山を登って参りました。その名は呉猛《ごもう》。性は至孝《しこう》をもって知られ、秘方神《しん》符《ぷ》に長《た》けた道士でございます。『水経注《すいけいちゅう》』によりますとこの呉猛、のこのこと目の前に現れた廬山君にむかって、〈君この山に主たること六百年、符命《ふめい》すでに尽きた。久しく居るべからず〉といい放ち、盧山から追放したといわれています。しかしそのじつ追放したのではなく、〈禁架《きんか》〉して外に連れ出したのでしょう」

「禁架？」

「方術のひとつでございます。鬼神を懐柔《かいじゅう》し使役する法で、もともとは越方《えつほう》（江南の方術）のひとつで越《えつ》祝《しゅく》のあいだで伝えられてきた秘術でございます」

「その秘術で、盧山君を手なずけたのか」

「手なずけ、役鬼《えきき》としたのでございます」磨勒はそう訂《てい》した。「『豫章記』によりますと呉猛は船に竜《りゅう》を附《つ》け、一日に千里船行する術を心得ていたといいます。その竜というのがおそらく――」

まさか、と思ったが、

「呉猛が禁架した盧山君でございましょう」

磨勒はそう断定した。

「盧山君の神効はさきほども申し上げたとおり、彭沢湖や潯陽江に風浪をおこし、水上の交通を意のままにすること。『神仙伝』にも〈能《よ》く江湖の中にて風を分かち帆《ほ》を挙げ船行をして相逢《あいあ》わしめた〉とございます。また漢の高僧安世高《あんせいこう》の前に現れた盧山君の正体は大蟒《うわばみ》でございました。――かたや呉猛も手中の白羽《はくう》扇《せん》をかざして自在に江水を分かち、川に陸路を成すことができたといいます。さらに大風のとき符を擲《なげう》つと、青い鳥がそれをくわえて飛び去り、風をぴたりと止めることができたそうです。さきほどの千里船行の術といい、呉猛は盧山君を禁架したことでその神力を我がものとしたと考えてまちがいございません」

「それじゃあ盧山君は棲処《すみか》から逐い出された上、その呉猛という道士にこきつかわれるようになったのか」

「そのとおりでございます。あるいは道士呉猛の立場からいえば、人に災いをもたらす蟒《うわばみ》であった盧山君を善《ぜん》なる竜に導いたということにもなるのです」

江南において蟒《うわばみ》は古来、人に害なす悪獣《あくじゅう》であった。いっぽう竜は道教において道士を翼《たす》ける善獣とされていた。つまり淫祠邪教であった廬山君信仰が道教によって正しく導かれた結果として、蟒は竜へと昇格《しょうかく》したのだ。

「また廬山君の神効は強力ですが、その力は彭沢湖や潯陽江など廬山周辺の地域に限られたものでございました。ところが禁架によって、その制約もなくなります。現に呉猛は場所や地域に縛《しば》られることなく、自由にその神術を披瀝《ひれき》することができました。呉猛は禁架によって、土着的だった廬山君の力を普遍的で汎用性《はんようせい》のある方術へと進化させたのでございます」

禁架は、道教が淫祠邪教とされた俗事を取りこむ上で必要な方便であった。

俗事の信者をつなぎとめるためには、血食など迷信の部分は否定しても、かれらの神や信仰そのものを否定するわけにはいかない。そのため俗事の神は禁架してその神術のみ抽出《ちゅうしゅつ》して、普遍的な〈方術〉に転化してしまうのである。その方術を用いる道士は、神から力を受けた後継者《こうけいしゃ》として、その信仰や信者たちの上に立つことができたのである。

またこの方法は、複数の土着信仰を同時に取りこむことができるという点でも、道士たちに都合がよかった。土着の神々をそれぞれ禁架することで、ひとりの道士が広範囲にわたって複数の信仰とその信者を同時に束ねることができたのである。

実際呉猛は廬山君だけでなく、江南の各地で数々の蚊虵《おろち》退治の逸話《いつわ》を持つ、名うての悪竜殺《ドラゴンスレイヤー》しであった。ちなみにこの呉猛の方術は弟子の許真君《きょしんくん》こと許遜《きょそん》に受け継がれ、その道統は元代《げんだい》の浄明道《じょうみょうどう》にまで連なることになる。

「このように呉猛が廬山君を禁架する説話は、俗事が道教へと発展する道筋《みちすじ》を、あるいは道教が俗事を取りこんでゆく過程を見事に可視化したものといえましょう。晋朝に叛逆《はんぎゃく》し、討伐《とうばつ》されて南海に泡《あわ》と消えた孫恩・盧循の乱とはちょうど対照的な、幸福な例ということもできます。おかげで廬山廟は晴れて淫祠の房廟という汚名《おめい》を脱し、道教の神廟へと生まれ変わることができたのですから」

「じゃあいまも、廬山には廬山君の神廟が健在ってわけか」

裴景がそういうと、磨勒はなぜか渋《しぶ》い顔をした。

「それが、そうはなっていないところが、この話のややこしいところでございまして……」

急に歯切れが悪くなった。

「どういうことだ、廬山君は廟神だろ？　それとも廬山廟自体がもうないのか？」

「いえ、廟はいまもございます」

そう答える磨勒に、裴景は、ん、と眉をひそめて、

「じゃあその廟にはなにが祀られてるんだ？」

と尋ねた。

「廬山使者です」磨勒は即答した。「太古、廬山は黄帝《こうてい》によって南岳の使者に任じられたとの伝説がございます。これが廬山使者。あるいは九天採訪使とよばれ、開元《かいげん》年間にその神廟が創建されました」

ああ——と裴景はおもわず兜と顔を見合わせた。

「おまえが前に挙げてたのは、それか」

さようでございます、と磨勒はうなずいた。

「いま、廬山の廟に廬山君はいないのです」

「でも、廟はあって、なかにその廬山使者って神さまもいるんだろう？　だったら、おなじようなものじゃないのか？」

廬山君が廬山の廟神であるわけだから、名前はちがっても廬山の廟が健在で神さまもいるなら、別段問題ないのではないか。――裴景は素朴《そぼく》にそう思ったが、磨勒ははっきり首を横にふって、

「じつはちがうのです。廬山君は廬山から体《てい》よく追い払われてしまったのです」

と答えた。

「それは呉猛のときのように、まんまと取りこまれたということか？」

その裴景の問いにも磨勒は首をふって、

「いいえ。かんたんに申し上げますと、政治的な思惑によって廟神がすげ替《か》えられたのでございます」

と内緒ごとでも打ち明けるように声をひそめた。

「いくら江南の道士たちによって禁架され、役鬼として奉仕しようとも、しょせん廬山君は〈鬼《き》〉にすぎません。いつまでも有数の聖地である廬山に鬼をのさばらせたままにするのは問題だと考えた道士がおりました。茅山派《ぼうざんは》十二代宗師《そうし》にして玄宗陛下《へいか》の師として絶大な権威を誇《ほこ》った白雲子《はくうんし》こと司馬《しば》承禎《しょうてい》でございます。司馬承禎は自ら『天地《てんち》宮府《きゅうふ》図《ず》』を著《しる》して天下の仙境を整理するなど、道教による世界秩序《ちつじょ》の再編にも熱心な道士でありました。そのかれが廬山に新たな神廟を創建し、そこに九天使者を祀るよう上言いたします。新しい廬山廟の神は道統正しく、また南岳の配下として中央の管理下におかれた、為政者にとって都合のよいことが条件でした。廬山使者はそれにぴったりの神さまでございました」

神話的聖君であり、漢民族の祖先ともされる黄帝が南岳の使者に任じたという伝説が物語るように、廬山使者は国教化した道教が地方の信仰や神統を管理統制するための手先のような神といえた。

ここで磨勒は急に兜のほうに向きなおると、

「――あと、これはあくまでも想像なのですが、おそらくこの廬山九天使者廟の創建がきっかけで、例の翟玄という道士は上京したのではないでしょうか」

といった。

「どういうことだ？」兜は険《けわ》しい顔で応じた。

「それまで廬山君を奉じてきた人びとにとって、南岳の下僚《かりょう》にすぎない廬山使者が廬山廟に君臨《くんりん》するなど、我慢《がまん》ならないことでございました。廬山が露骨《ろこつ》に、南岳衡山《こうざん》の下風に置かれたわけでございます」

兜はふむ、とうなずいた。

「おまけにその名前です。〈君〉だったものが〈使〉になったのです。いくら由緒が正しかろうと、廟神の神格が下がったことはだれの目にもあきらかでした」

「なるほど、廬山君という名称にこそ価値があったわけか。それなのに、まんまと君《かみ》の座を奪われたと……」

兜はそうひとりごつと、

「だからわざわざ上京までして、上疏に踏み切ったわけだな」

「おそらく廬山廟神の変更を働きかける旨《むね》の上疏だったのでしょう。翟氏は潯陽の名族で、代々廬山に静室を立てる隠士《いんし》の家系でございました。翟玄という道士はきっとその一族の出身でありましょう」

「その上疏はうまくいったのか？」

そう口をはさんだ裴景に答えたのは兜だった。

「いや。そんな内容の話が上にあがっていたなら、かならず祠部《しぶ》にも記録が残っているはずですが、そんな記録は見当たらなかった」

「おそらく崇玄館内で握《にぎ》りつぶされたのでしょう」磨勒があとをつづけて答えた。「当時すでに司馬承禎はこの世の人ではありませんでしたが、弟子の李含光《りがんこう》もまた玄宗陛下の信任を得て、茅山派が変わらず権威を振るっておりました。そんな茅山派の施策《しさく》に反するような上疏が受け付けられたとは、到底考えにくいことです。ましてや聖地とはいえ、しょせんは荊蛮の廟神の話でございます……」

「ろくに相手にもされなかったってわけか」

おそらく、と磨勒は答えた。

「え、それじゃあ盧山にはとっくに、盧山君はいなくなってるってことか？」

裴景が間の抜けた調子でそう訊くと、

「すくなくとも盧山君を祀る廟はもうございません」と磨勒はすげなくいった。「もちろん盧山君の本質である、盧山や彭沢湖といった自然にたいする人間の畏怖や信仰が消えてなくなることはないでしょう。しかしそのとき、人びとが祈りを捧げる廟にいるのは盧山使者であって、盧山君ではありません。現地の人びとはいまも盧山君に祈っているつもりかもしれませんが、その祈りの先にあるのはあくまでも正しい神統に連なる盧山使者なのです」

まさに廟神がすげ替えられたという表現がふさわしいだろう。事情を知らない人からすれば、知らないうちに中身が入れ替えられていたわけである。もっとも、日々の安寧《あんねい》を祈る人々にとって廟神の素性《すじょう》などどうでもいいことなのかもしれない。

「じゃあ、」

「そう、問題は徐真君だ——」

兕が裴景をさえぎって、いった。

「徐真君は、現地でも滅《ほろ》びた廬山君をいまも律儀に奉じていることになる」

裴景はうなずいた。——問題は結局そこに行き着く。

「おい豎児《こぞう》」兜はそう呼びかけて、「おまえはさっき徐真君を、神仙譚から切り抜かれた方士のようだといったな。あるいは、廬山君そのものだと」

「申し上げました」

「廬山君にまつわる説話には、ほかにどんなものがある？」兜は訊ねた。「今回徐真君は妖刀をもって佽飛《しひ》たちを屠《ほふ》り、三百斤《きん》の黄金を消し去るという方術を使ったといわれている。これも、廬山君の力なのか？」

「遠くへ移動させるという話なら『捜神記《そうしんき》』にこのような譚《はなし》がございます」

磨勒はそういって語り出した。

「——とある小吏が犀角《さいかく》の簪《かんざし》を献上《けんじょう》するよう言いつけられて、呉の孫権《そんけん》のところへ向かいました。途中、宮亭湖《きゅうていこ》（彭沢湖）の廟で舟の安全をお祈りしますと廟神が現れまして、『石頭城《せきとうじょう》に着くころにかえしてやろう』と小吏から簪を取りあげてしまいました。小吏は泣く泣く手ぶらで出発いたします。当然死罪も覚悟《かくご》だったでしょう。ところが石頭城にさしかかったところで、鯉《こい》が一匹舟のなかにとびこんできました。はたしてその腹を裂きますと、なかから例の簪が出てきたという譚でございます」

「腹を裂いてか……」兜は眉をひそめた。「それが廬山君の神術ってことか」

磨勒はこくんとうなずいて、

「いうまでもなく鯉は、水怪《すいかい》である廬山君の眷属《けんぞく》でございます。つまり廬山君は担保としてあずかった簪を腹に忍《しの》ばせた鯉を旅のお供《とも》とさせたか、あるいは旅の無事を見届けたあとに舟の近くにいた鯉の腹のなかに簪を神術で移動させるかして、簪をはるか下流まで届けることができたのです」

じつに思わせぶりな譚《はなし》である。最後の落ちは、徐真君が妖術で盗んだ黄金や宝石を屍体の腹のなかに蔵《かく》していたのだという佽飛《しひ》たちの主張を想い出させるものだった。

そしてなにより、

――かの荊蛮の邪神は、物体を自在に眷属たる精怪《せいかい》の腹に転送する奇異な術をつかうのです。

沈炯ははっきり、そう断じていた。

かれはまちがいなく、この譚を知っていたのだ。

「そうか、それで切り貼《は》りか……」兜は感心したように顎《あご》に手をあてた。――「逆なんだな。方術で不思議な現象を引き起こしたんじゃなく、起きてしまった不思議にたいする説明として、神仙譚から切り抜いた廬山君の方術をあてはめていたってわけか」

「さようでございます。そして皮肉にも、それこそ方術の起源であり本質といわざるをえないものでございます」

磨勒は神妙な表情でそう答えた。

「そこであらためて徐真君という存在を考えてみますと、その不自然さが際立つのです。廬山にさえ居場所のなくなった廬山君をいまだに奉じ、しかも本来廬山周辺でしか発揮《はっき》できないはずのその秘術を、はるか離れたこの京師で行使できるといいます。――はっきり申しまして、時間も場所もちぐはぐなのです。これが六朝《りくちょう》時代の、道士呉猛の時代であればまだありえたかもしれません。あるいはこの京師が廬山を背に潯陽江に臨《のぞ》む地にあれば、廬山君の神名もしっくりきたことでしょう」

「つまりわざわざ、古き廬山君と廬山の方士を六朝の説話から切り抜いて、この大暦の京師長安に出現させたと――」

「はい。徐真君とはきっと、何者かが神仙譚を寄せ集めてつくった架空の道士なのです」

磨勒ははっきりとそう断定した。

「だれが、どのような意図でそんなものをつくり出したのかは判りません。ただ、徐真君がその賧伐の事件や連続殺人事件よりずっと以前から活動していたこと、そしてそれらの事件の謎にたいして徐真君の方術だとする説明が後づけでなされたことを考えますと、徐真君をつくった何者かは賧伐襲撃と連続殺人事件という不慮の事態にたいして詭弁を用いてでも隠蔽しなければいけなかった立場の人物ということになります」

兕は大きく目を瞠《みは》って一言、

「不慮——なのか？」

と訊ねた。

「判官のお話をうかがうかぎり、すべて物事がおきてしまってから説明が後づけされているように見受けられます。つまり徐真君の作者にとって賧伐襲撃も連続殺人事件も、想定外の不慮の事態だったのでしょう。しかも無関係ではない。はっきり不都合な事態だったのです。ですから徐真君の方術で塗りこめることで、小賢《こざか》しく隠蔽《いんぺい》を図ったのでしょう」

「つまり——」兕はわずかに顔をこわばらせていた。「徐真君の方術こそ、その作者が隠《かく》したかったことということか」

磨勒はうなずいて、

「ところで徐真君誕生のきっかけが先ほどおうかがいした道士翟玄の上京であったことはまちがいないと思われます。そこで気になるのが判官のお話にあった、翟玄が方伎にすぐれた道士として江州通道学学士の推薦を受けて上京した、というご説明でございます」

「それのなにが問題だ？」

「翟玄の方伎とは、いったいなんなのでしょう？」

磨勒は丸っこい顔をよせて、そう問いかけた。

「江州通道学から推挙されるくらいですから、よほどすぐれた方術だったのはまちがいありません。ですが、それが廬山君の神術であれば廬山を離れると発動できないはずです。仮に禁架していたのだとしても、その方術は風浪や水怪をあやつる程度のもの。疏水が流れるだけのこの京城では、水芸の域を出るものではなかったでしょう。そんな方術を、わざわざ京師の崇玄館に推挙するでしょうか？」

「……べつの方術を携《たずさ》えてきてたってことか？」

兕が険しい顔でそう訊くと、磨勒はおもむろにうなずき、

「そこで想い出されるのが、先ほど判官が触れられた妖刀の件でございます」

とまた長々と語りはじめた。

「ご存じのとおり刀剣は鏡とならぶ道教の重要な法具でございます。司馬承禎は自身で鋳《ちゅう》造《ぞう》した景震剣《けいしんけん》を含象鑑《がんしょうかん》とともに玄宗陛下に献上し、その祖師にあたる陶弘景もまた梁の武帝《ぶてい》のために神剣十三口を鋳造したといいます。ここで注目すべきは、二人の道士がともに自らの手で鋳造しているということでございます。いうまでもなく、こうした冶金の術もまた脈々と伝えられてきた方術のひとつで、とくに江南は〈剣は于越《うえつ》に産す〉と謳《うた》われるほど、古くから名剣の産地として知られております。越の欧冶子《おうやし》や呉の干将《かんしょう》といえば、裴先生もよくその名をご存じでしょう」

当然知っていた。欧冶子、干将といえば伝説的な刀鍛冶《かたなかじ》として数々の書に登場する。

欧冶子は越王の命で純鈞《じゅんきん》、湛盧《たんろ》、豪曹《ごうそう》（盤郢《ばんえい》）、魚腸《ぎょちょう》、鉅闕《きょけつ》の五振の名剣を造《つく》ったことで知られている。干将はのちに呉王となる闔閭《こうりょ》の命を受けて、妻莫耶《ばくや》と協力し陰陽《いんよう》ふたつの名剣を造りあげた説話が有名である。

「干将、莫耶の剣づくりについて『呉越春秋《ごえつしゅんじゅう》』にくわしい記述がございますが、これを見ると当時の呉越の冶金がいかにすぐれたものだったかが分かります」

磨勒はつづけて語った。

「干将は〈五山の鉄精《てっせい》〉と〈六合の金英《きんえい》〉を炉に入れると、その鉄を銷《と》かすためさらに髪《かみ》と爪《つめ》を投じ、僮《どう》女僮男《じょどうなん》三百人に橐《ふいご》を押させて大量の木炭を燃やし、ようやく二振の神剣を得たといいます」

「なんだか禍々《まがまが》しいな」

あらためて聞くと、髪と爪を燃やすとはいかにも呪術的である。

「ところが、すべて理にかなっているのです」磨勒はつづけていった。「乱暴《らんぼう》な説明になりますが、鉄を強《きょう》靱《じん》な鋼《はがね》にするためには鉄と炭とをうまく熔《と》け合わせなければいけません。ところが当時の鉄は炭の成分のすくない軟《やわ》らかなものでしたので、べつに金英――木炭をくわえる必要がございました。しかしこのふたつを熔け合わせるには炉を高温にする必要がございます。そこで橐で大量の風を送りこみ、髪や爪に含まれる燐《りん》の作用で火勢を強めたのです」

「ほお……」

「こうしてできあがった二振の神剣のうち、陽剣の剣身には美しい亀文《きもん》が、陰剣には漫理《まんり》がうかんでいたそうです」

「なんだ、亀文漫理って？」裴景がそう疑問をはさんだ。

「剣身にうかぶ紋様《もんよう》――いわゆる剣文のことでございます。炭が鉄へ滲《し》みこむぐあいによって、鋼の表面には複雑な紋様がうかびあがります。このうち亀の甲羅《こうら》のような紋様が亀文で、波紋がいくつも重なっているような紋様が漫理でございます――」

このとき磨勒は、意味ありげに兜を一瞥《いちべつ》した。しかし兜はふんと鼻を鳴らすと、それを無視するように目線をそらした。その様子に、裴景はふと想い出して、

「そういえば剣身に呪文を刻《きざ》んだりはするのか？」

と尋ねた。

すると磨勒はすぐに裴景のほうに向きなおって、

「いま申し上げた古剣については判りませんが、道士の剣にはまちがいなく呪文呪符が刻まれてございます」

と答えた。

「たとえば先ほど例に挙げました司馬承禎の景震剣であれば、剣の表面には呪符とともに〈日月歳星春熒惑星夏鎮星季太白星秋辰星冬〉と篆文《てんぶん》と図で銘《めい》が入り、剣先には北斗《ほくと》七星《しちせい》が刻まれてございます。裏面もまた呪符のあとに〈戊己岱淮衡江嵩河華済恒風雲雷電〉とあり、すなわちこの剣一振が宇宙とその森羅《しんら》万《ばん》象《しょう》を象徴し、その霊威《れいい》をあきらかにするものでございました。かつて夏の禹王《うおう》の子である帝啓《ていけい》が鋳造した銅剣の両面にも星辰《せいしん》と山川日月《さんせんじつげつ》が刻まれていたといいますから、その歴史を受け継いだものということもできましょう。また陶弘景の十三振の神剣にもそれぞれ神名や符籙《ふろく》、登真図《とうしんず》、六甲《ろっこう》、星辰北斗、天市《てんし》天魁《てんかい》、二十八宿《しゅく》などが刻まれていたといいます」

ほほう、と感心するような声をもらした裴景に、

「しかしながら呪文呪符で刀剣が物理的に強化されることはございません」

と磨勒はすぐさま釘を刺した。

「——そもそも申すまでもなく、道士の剣は人を殺《あや》めたり物を毀《こわ》すためのものではありません。『抱朴子』にも〈符剣を以《もっ》て鬼《き》を卻《しりぞ》け邪を辟《さ》くべし〉とあるとおり、道士の剣は邪精や鬼を退治するための法具であり、そのための呪文呪符なのです。呉猛の弟子許遜は人に害をなしていた蛟蜃《みずち》を剣で斬り殺したと『朝野《ちょうや》僉載《せんさい》』にございますが、これも相手が邪精であるから道士の剣が通じたのでございます。単純に金属としての符剣は堅固《けんご》とはいいがたく、力勝負ではおそらく佽飛《しひ》の直刀に到底かなうものではなかったでしょう」

いともあっさり、妖刀を否定した。

「まあ、そうだよな」

すこしがっかりしたような裴景に、

「——要するに、その妖刀という話もまたとってつけたものということでございます」

と磨勒はなぐさめるようにつけくわえた。

「とってつけたって?」

「後づけ——というわけだな」兜がいった。「つまり徐真君をつくった人物にとって、妖刀の正体も隠しておきたかったわけだ」

「おそらくそうでしょう。ただひとつ疑問なのは、廬山君の説話で冶金や刀剣に関するものが見当たらないということでございます。もちろん後づけですから適当にでっちあげた可能性もあるでしょう。ですが、冶金術自体は江南道教の伝統とでもいえる方伎でございますので、ひょっとすると廬山君の道教にもひそかに伝えられていたのかもしれません。そして徐真君の作者が、それを知っていたとしたら——」

「そうか」兜がめずらしく声を荒らげた。「それが翟玄の方伎か」

「おそらく徐真君の作者はそれを直接知り得たのでしょう」磨勒はつづけた。「この京師で廬山君の道教の実際に触れるには、道士翟玄と関係をもつほかありません。そして翟玄自身が徐真君をつくったということもありえません。年齢のこともありますが、なにより本物の廬山君道士が偽物をつくる必要がないからです」

「徐真君をつくったのは、翟玄にきわめて近い人物ということか」

「あるいは真実、翟玄の弟子なのかもしれません。そしてもし弟子であれば、当然その方伎も引き継いでいると考えてよいでしょう」

磨勒のその言葉に、兜は前に組んでいた長い両腕をゆっくりとほどいた。

そうか、そういうことか。——かれは豁然《かつぜん》とつぶやいた。

「黄白術《こうはくじゅつ》か——」

磨勒はおだやかな微笑《びしょう》をたたえて、

「それが碧《あお》い炎とやらの正体でございましょう」

といった。

三

磨勒は不意に立ち上がると、

「……どうやらお客さまがいらしたようです」

といって、お迎えに参りますと断りを入れてから園林を出ていった。

裴景はそのちいさな背中が見えなくなると、おもわずほっと息をついた。

黄白術。——磨勒の説明は嚙んで含めるようにていねいなものだったが、それでも完全に理解できたかと問われれば、裴景は自信がなかった。

ただそれでも、黄金が消えたのが妖術のせいなどではないことは——よく解った。

しかし問題はそのあとである。

磨勒の長広舌が終わると同時に、兕は堪《こら》えきれなかったように、ふふ、と不気味に失笑した。

「つまり盤のむこうにいるのは、文字どおりこの京師に生き永《なが》らえた廬山君ってわけか——」

かれは愉快そうにそういった。

「しかもその正体が蟒《うわばみ》だの竜だのってのがまたいい。——崑崙奴の貴様にとってはまさに、うってつけの相手ってわけだ」

磨勒は困ったように表情を曇《くも》らせた。

「え？」

と意味がわからない裴景に、兕はあきれ顔で諭《さと》した。

「水怪退治は崑崙奴とむかしから相場が決まっているでしょう」

そうか——と裴景は納得した。

目の前の磨勒があまりに万能なので失念していたが、南洋に出自をもつ崑崙奴の第一の特性は水練なのである。そのため潜水《せんすい》や引揚作業などに崑崙奴が動員される事例は数多く、また志怪伝奇《しかいでんき》では竜をはじめ蟒《うわばみ》や蚺《ぜん》などさまざまな水の怪物を討伐《とうばつ》する戦士として崑崙奴が駆り出されるのである。たとえば『広異《こうい》記《き》』には洛陽の魏王池《ぎおうち》に棲みつく黿《げん》（大すっぽん）を退治するために、数十人の崑崙奴が動員されたとの記録が残されている。

というわけだ豎児《こぞう》――と兕は尊大に腕を組んで、磨勒を見下ろした。

「そもそもは貴様がけしかけたんだ。責任はとってもらうぞ」

しかし磨勒は口をぎゅっとむすぶと、急に押し黙って答えなかった。話の前半ごろに何度も見た、あの頑なな態度に逆戻りである。

この無礼にはさすがに兕もむっとして、

「なにが気に食わない？」

と早口で咎めた。

それでも磨勒は神妙な面持ちのまま、答えない。――

気まずい沈黙の時間が流れるなかでの、不意の来客であった。出迎えにいった磨勒の背中が見えなくなると、裴景は安堵《あんど》の息をついた。横に立つ兕をのぞきみると、凶悪なまでに顔を歪めてなにか考えにふけっていた。腹を立てているというより、なにか釈然としないといった顔である。

それは裴景もおなじだった。ただ、ひとつ確信しているのは、磨勒は沈黙することでなにかを伝えようとしているということだ。先ほどの流れから考えると、崔尚書や沈炯に関わることできっと、自分の口からはいえないなにかがあるにちがいない。

そこへ磨勒がもどってきた。しかも意外な客人を連れてであった。

「客っておまえか……」

兜はがっかりしたようにつぶやいた。

はたして案内されてきた客人は、ふたたびの瓜田筒だった。かれは恐縮そうに大きな身体を丸めて四阿《あずまや》の下までやってくると、兜と裴景に向かってうやうやしく礼をした。

「どうした？」兜が訊いた。

すると瓜田筒は耳打ちしようと進み出たので、兜はいいから話せ、とこれを押しかえした。

「あ、いや。さすがにここでは……」

ためらう瓜田筒の目線は、磨勒に向けられていた。

手前は外しましょう――という磨勒を兜は手ぶりで制して、

「いい。――瓜田、おまえがここまで押しかけてきたってことは、よほど急ぎの用件なんだろ？　早く話せ、時間がもったいない」

と強く催促した。

「は――」瓜田筒はかしこまって、「昨日の事件なんですが、さっそく動きがありまして――」

昨日の事件とは、今朝かれが報告を入れていた崇義坊の事件のことだろう。新たに腹を裂かれた屍体が見つかった上、その現場に屍体を損壊中の黒い道士――徐朧がいるところを目撃されたという。

犯行を見られた徐朧はその目撃者に飼い犬をけしかけて、その隙に逃亡。そしてその目撃者もどういうわけか行方をくらましてしまったという話だった。右金吾衛の佽飛《しひ》たちは今朝から崇義坊を中心に非常線を張り、徐朧とその目撃者の二人の行方を追っているという。

「その、行方をくらました目撃者の身許《みもと》が割れたようで――」

「ほう。えらく早いな」兜は眉根をよせた。「関係者か？」

たしかに昨日の今朝で身許が判明し、それをいち早く報告しに来たということは、既知の事件関係者である可能性が高そうである。

「まあそうなんですが……」

瓜田筒はなおも言いよどんでいた。居心地も悪そうである。

「だれだ」

兜はあらためて訊きなおした。

瓜田筒は巾《きん》ごしに頭をかきながら、はばかるように抑えた声量で、

「それが、崔郎君《ろうくん》だというんですね」

と、ようやくその名を口にした。

「なんだって！」

まっさきに場ちがいなまでの大声を出したのは裴景である。かれはすぐに横の磨勒を見た。ところがこの崑崙奴は、まるですっかり承知していたかのように表情を変えなかった。

「ちょっと待て。どうして郎君と判った？」兜も冷静だった。

瓜田筒はなおも抑えた声で、

「それがどうも、現場を通りかかって坊胥《ぼうしょ》に通報した男ってのが、むかしこちらの崔家で働いていたことがあったらしくて、郎君の顔を見知っていたっていうんです」

徐朧の犯行を目撃した人物（崔静？）は、通りすがりの男に助けられたという話だった。ところがその通りすがりの男を通報に向かわせているあいだに、その目撃者もまた行方をくらましたというのだが。——

「なぜそんな話がいまごろ出てくる?」兜は鋭く咎めた。「もしそうなら、最初から判っていた話だろう」

「それがその通報者、当初は郎君のことを全然知らない男だったって、すっとぼけていたらしいんです」

「じゃあ、今朝になって急に証言をひっくりかえしたのか」

「はい。むかしの主筋だから遠慮して言いそびれてしまったと……」

「その元家人が街をほっつき歩いていたら、偶然前の主筋の郎君が危険な場面に出くわした、と――?」

「そうなりますね」

「不自然だな。いくらなんでも都合がよすぎる……」兜は口許に手をあて、考えていた。「そいつの名前は?」

「林《りん》です。林孟《りんもう》」

「ああ、そうか」兜はうなずいて、「おまえ、ここへは照会に来たのか」

「はい。いきなり押しかけたんで直接の面会はかないませんでしたが、監奴《かんど》の男を通じてこちらの家宰の証言が取れました。たしかにかつて林孟という家人がこちらで働いていたようです。もちろん林の身柄はまだ右金吾にありますので顔を突き合わせるまではいきませんが、だいたいの人相も一致しています」

「なるほど、な……」兜は小刻みにうなずいて、「当然問い合わせる際に、董家宰に郎君のことも伝えたんだよな?」

「もちろんです。それが前提の話なんで」

きっぱりそう答える瓜田筒に、兜はもう一度、なるほどなとつぶやいた。

そして急に磨勒に向かって、

「――竪児《こぞう》、貴様もこの崔家に仕えて長いだろう。その林孟とやらと面識はあったのか?」

と訊ねた。

「いえ、ございません」磨勒は即座に否定した。「わたくしめ、かれこれ十年以上こちらのお邸《やしき》にご奉公させていただいておりますが、いまもむかしも林孟なる名前を一度として耳にしたことはございません」

「はあ?」瓜田筒が困惑ぎみに抗議《こうぎ》の声をあげた。「いやいや、なに寝ぼけたことを。さっき家宰に確認したっていったろ――」

すると兜はそれを途中でさえぎって、

「おい豎児《こぞう》、じゃあ董家宰が嘘をついたというのか?」

と質した。

磨勒は首を横にふって、

「いえ。どのようにおっしゃったか存じませんが、家宰さまは嘘をつかれるようなかたではございません」

いや、でも――と再度反論しようとした瓜田筒を、兜はまたも手で制して黙らせた。

そしてもう一度、なるほどなとつぶやいて、

「ようやく解った。貴様が頑《かたく》なにここを離れたがらない理由がな」

といった。

磨勒は、その丸い眼《まなこ》で兜を見かえすだけで、答えない。

兜はふんと鼻を鳴らすと、

「貴様が小黠《こざか》しく、本官を馬《こま》のようにこき使ったのも、そのためか」といった。――「ま、それについてはお互いさまのところがあるから大目に見てやるが、そのために裴先生を利用したのは許《ゆる》せんな」

「え?」

「申し訳ございません」

裴景のまぬけな声をかき消すように、磨勒は深く頭を下げた。

「冗談だ。頭を上げろ」兜は険しい顔でそう命じた。「……いいだろう、竜退治はこちらで引き受けてやる。陸《おか》にあがった蛟《みずち》なんぞ、崑崙奴の手を借りるまでもない」

「はい」磨勒はちいさくうなずく。

「郎君もかならず無事に帰す。すべて、貴様の望みどおりにな」

「はい」

「だが、貴様自身は無事では済むまい――」

兜ははっきりと哀れみの目で磨勒を見下ろした。

「なにしろ貴様は崑崙奴の分際で主筋に歯向かったんだ。郎君が赦《ゆる》しても、世人は赦さないだろう」

それでもいいんだな――兜がそう問いかけると、磨勒は明るい声ではっきりと、

「はい――」

そう即答した。

兜はそうか、と軽く首肯《しゅこう》すると、ふりかえって、瓜田と呼びつけた。

「は！」

「おまえはまず林孟とやらの確保に動け。佽飛《しひ》の連中はやつの重要性に気づいていないだろうから、すぐにも解放するはずだ。潜られる前に確保しろ。協力者がいる可能性もあるからけっして気を抜くな。ただしくれぐれも、あつかいは丁重にな。――いいか、絶対に逃すなよ」

「は！」

「つぎに徐朧だ。もうこれ以上右金吾の連中に任せてはおけん。この宣陽坊を中心に捜索網を展開させろ。ただしこっちは見つけても、しばらくは泳がせておくんだ」

「お言葉ですが、いまうちにそんな人手は——」

「京兆府の胥吏《しょり》を総動員していい。今日一日だけでもな」

「でも、よろしいんですか？　この事件は——」

「いい。もう完全に金吾の手は離れている。こいつは正式に京兆府の事件だ」

兜はそういうと、裴景のほうを見た。

「崔郎君のほうはわれわれで追いましょう。郎君の足取りなら多少なりとも、われわれのほうが心当たりもありますからね」

「いや、ちょっと待ってくれよ。おれにはもう、なにがなんだかさっぱり——」

「仔細はおいおい説明しますよ。——おい瓜田、ぼっとするな。さっさと向かえ」

はい、と元気よく返事をして、瓜田筒はその巨体に似合わず飛ぶような足取りで園林を去っていった。

「裴先生、われわれも時間がありません。行きますよ」

戸惑う裴景を、兜は強引に引っ立てていった。磨勒はさすがで、すでに先まわりして厩舎《きゅうしゃ》から優駿《ゆうしゅん》幄《あく》号《ごう》を門のところまで引き連れてきていた。

車門の前まで見送りに来た磨勒に、裴景はじゃあまたな、と軽く告げると、急かされるまま幄号の後ろに乗せられた。

兜は馬上から屹然と磨勒を見下ろすと、

「じゃあな。——磨勒」

そういって、馬首をめぐらせた。
裴景がふりかえると、門前で磨勒は深々と頭を下げていた。
裴先生、ありがとうございました。——

第九章

小青鳥

童子《どうじ》逡巡《しゆんじゆん》し戸《こ》を出《いで》て、青鳥《せいてう》と化成《くわせい》して飛《と》び去《さ》りぬ。
膽《たん》を得《え》て薬《くすり》を成《な》し、嫂《あによめ》の病《やまひ》即《すなは》ち愈《い》へり。

——『捜神記《さうしんき》』

一

裴景《はいけい》は朝の光に輝く〈蘇家楼《そかろう》〉の扁額《へんがく》をまじまじと見上げた。そんなに時間はたっていないはずなのに、ずいぶんひさしぶりな気がする。

幄号《あくごう》に乗せられ、崔邸《さいてい》から南へまっすぐ下ってきたが、平康坊《へいこうぼう》北門の前で裴景だけ突然下ろされた。

「裴先生、先に行ってってください」馬上から兜《とう》はそういった。「ちょっと野暮用《やぼよう》があるんで、そいつをすませてから合流します」

「先に行くって、どこに？」

「決まってるでしょう、あの大女《おおおんな》のところです」

兜はそういうと、さっさと馬を走らせ行ってしまった。

裴景は首をかしげながら、とりあえず北里《ほくり》南曲の蘇家楼に向かうことにした。

朝の陜斜《いろまち》は驚《おどろ》くほどひと気がなく殺風景で、そして埃《ほこり》っぽい。この街の女たちの鉛華《おしろい》や紅粉《べにこ》が舞《ま》って、夜のうちに塵《ちり》となって降り積もっているのだろうか。

蘇家楼の扁額を見上げて、そういえば前回は磨勒《まろく》に、そしていまは兜に言われるがままここを訪《おとず》れたことを思い、かれは苦笑をうかべざるをえなかった。それでもいつもどおり門鈴《もんれい》も鳴らさず門扉《もんぴ》を開け放つと、邸《やしき》のなかへ入っていく。寝ていた猧《ちん》児が耳ざとく起きて吠えたてたが、無視して前庭へ出ると、そこでは長身の女が箒《ほうき》で掃除《そうじ》をしていた。蘇九娘《そきゅうじょう》である。

彼女は裴景の顔を見るなり、あらやだ、ほんとに来た、といった。

「なんだいきなり。……ほんとに来たってどういう意味だ？　来るのがわかってたみたいだな」

もちろんそんなはずはない。かれ自身、ついさっきまで自分がここに来ることなど想像だにしていなかったのだ。

ところが九娘はあっさり、ええ、とうなずいて、

「今朝、崔郎君《ろうくん》が。どうせ裴先生がいらっしゃるだろうからって――」

と答えた。

「えっ、静《せい》が？　ここにいたのか？」裴景は情けないほど大きな声で驚いた。

「え？　それでこちらへいらしたんじゃないんですか？」

九娘はいぶかしげに尋《たず》ねた。

「あ、いや――」裴景は返事につまって、「……で、静は？　いるのか？」

と、ごまかすように訊《き》いた。

「今朝早くに発《た》たれましたよ」九娘は答えた。「行き先は教えていただけなかったですね。仮母《おかみ》に迷惑かけるといけないからっておっしゃって……」

「来たのは昨日か？」と、裴景は訊いた。

崔静が行方《ゆくえ》をくらませた事件現場は崇義坊《すうぎぼう》ということなので、ここ平康坊なら閉門までにもじゅうぶんたどりつけただろう。

「ええ。ちょうど晩鼓《ばんこ》が鳴るなか、おひとりでいらっしゃって。手持ちはないけど、ここで朝まで過ごさせてくれないかって。宇下《のきした》を借りるだけでいいなんておっしゃるんですけど、まさか崔家の郎子《ろうし》をそんな

ところに寝かせられないじゃないですか。それで仮母とも相談して、深院《しんいん》の裏の物置でお過ごしいただくことにしたんです」

「ここに来たいきさつについては、なにか話したか？」

九娘はなにも、と首を横にふって、

「いろいろお聴《き》きしたかったんですけど、なんだかお疲《つか》れのようで、そんな雰囲気《ふんいき》じゃなかったんですよね。でも、お召し物もきちんとされていましたし、時間も時間でしたので、ひょっとしたら従者とはぐれてお邸に帰り損《そこ》ねられたのかな、なんて思ったんですけど」

「で、今朝早々に出ていった――と」

「ええ。お代がまだですけど、なんて冗談《じょうだん》をいったら、じきに裴先生が来るだろうから、あいつに払わせてくれっておっしゃって。冗談を冗談でかえされたのかと思ったら、ほんとに裴先生がお見えになるもんですから、びっくりです」

びっくりなのはむしろ裴景のほうである。かれ自身がなぜここへ来たのか分かっていないのに、その行動を先読みされていたというのは驚きしかない。それも崔静にである。

それにしても崔静は、どうしてここで一夜を過ごすことになったのだろう。逃げた徐朧《じょろう》を追っているうちに閉門の時刻になって、というのは想像がつく。しかしなぜ近場の適当な逆旅《やど》に泊まらず、わざわざ妓館《かん》の宇《のき》を借りるような真似《まね》をしたのか。ひょっとして徐朧を追うなかで手持ちの金を落とすかして、ほんとうに文無しだったのだろうか。もしそうだとしたら、いよいよ崔邸に帰らなくてはならないだろう。

（すれちがいになってるんじゃないだろうな……）

そう案じる裴景の目の前に、九娘の手がちょんと差し出された。

「なんだ？」

「ですから、お代を」

裴景はくそっ、と袂《たもと》に手を入れて、いくらだと訊いた。

すると九娘は、ぷっと吹《ふ》き出して、

「だから冗談ですって。いくらうちでも、物置に寝かせてお代はいただけませんよ」

と笑った。


立ち話もなんですから、と蘇九娘は裴景を庁事《ちょうじ》に案内した。

庁事とは妓館のなかの嫖客《ひょうかく》が伴《つれあい》の妓女を待つための待合室である。美麗《びれい》な細工が凝《こ》らされた調度品が整然と配され、窓《まど》からは門庭の芍薬《しゃくやく》が紅《あか》い花をつけているのが見えた。

九娘は天板が黒漆《くろうるしぬ》塗りの豪勢《ごうせい》な案几《あんき》の上に湯呑《ゆのみ》を据《す》えると、

「郎君って、中書侍郎《ちゅうしょじろう》さまのお宝を探されているそうですね」

といって、正面の榻《ながいす》にゆっくり腰《こし》かけた。

「静に聞いたのか」

「いいえ。それこそじかにお聴きしたかったんですけどね。でも、すっかりうわさになってますよ」

「うわさって。……それはそれで問題だな」

「そのお宝って、黄金なんですよね」

九娘はすこし前のめりで、そう尋ねた。

「ああ。……しかも車に山積みのな」

裴景は逆にすこし身を引いて、そう答えた。

そしてかれは闇取引の賧伐《たんばつ》とその襲撃事件についての、あらましを説明した。

話を聞いた九娘は目を爛々《らんらん》とさせて、

「じゃあ三百斤《きん》の金貨が、その男の目の前で消えちゃったんですか」

とおもしろがるようにいった。

「ああ。その男によると、跡形《あとかた》もなかったんだとさ」

「それで、妖術《ようじゅつ》ですって？」

「みたいだな」

答えを知ったいまとなっては、いっそう馬鹿《ばか》げて聞こえる。

すると九娘もふふ、と吹き出して、

「男って、なんでも複雑に考えますよね」

といった。

「複雑って……」裴景はすこしむっとして、「じゃあおまえ、ほかにどんな解釈《かいしゃく》ができるっていうんだ？」

黄白術《こうはくじゅつ》についてさんざん難解な説明を聴かされた身としては、単純に片づけようとする九娘の言いぐさが気に入らなかったのだが、

「解釈もなにも、そんなのその男の見まちがいか、勘《かん》ちがいですよ」

九娘はさらりとそういってのけた。

「その男、三百斤もの金餅《きんぺい》がまるっと消えたとかいってるんでしょう？　だったらはじめからなかったか、あるのに見つけられなかったかのどっちかに決まってます」

裴景はおっ、と思った。

「そそっかしい男なんでしょ。真相って案外そんなもんですよ」

九娘はそういいきってから、目の前の裴景から反応がないことに気づいて、いかがです裴先生、と念を押した。すると、――

「おまえの当てずっぽうが案外いい線いってたんで、裴先生も返す言葉に困《こま》ってるんだ」

いきなり背後からそう声がかかった。兜である。

九娘が茶を淹《い》れに立ちあがろうとするのをかれは、いやいい、と止めて、手前の椅子《いす》に遠慮《えんりょ》なく腰を沈《しず》めた。

「そうでしょう、裴先生――」

「そうなんですか、裴先生？」

二人のほぼ同時の問いかけに、裴景はまとめてうなずいた。

黄金消失の真相はまさしく九娘の指摘《してき》どおりといえる。もちろん兜のいうとおり、単なる当てずっぽうだったのだろうが、そうした勘の鋭さもふくめて、さすが北里一品の妓女だっただけはある。

すると九娘もまんざらでもない様子で、へえ、とうなずいて、

「じゃあもう正解は判《わか》ってるんですか？」

と尋ねた。

「まあな」と兜が答えた。「――もっともわれわれも、ついさっき知ったところだ」

「じゃあやっぱり……」

「その説明は長くなるからあとだ。今度ひまなときに裴先生にねだるんだな」

裴景はえっ、と渋《しぶ》い顔をした。

あの難解な説明を再現できる自信が――正直ない。

「そんなことより崔郎君だ」兜は無視してつづけた。「――どうだ？　ここへ郎君は来なかったか？」

「いらっしゃいましたよ。よくお分かりですね」

「どうやら入れちがいだったらしい」裴景はそう付け加えてから、「でも、おまえどうして静がここに来てるって分かったんだ？」

「かんたんな話ですよ。崇義坊周辺で、郎君が崔家の目を逃れて駆《か》けこめる場所はここか、裴先生の家くらいしかありません。どうやら閉門までには、ここが限界だったようですね」

「崔家の目を逃れてって、どういう意味だ？」

すると兜はその問いを無視して、九娘に話しかけた。

「おい女、おまえ前に、大寧坊《だいねいぼう》の中書侍郎邸の前で郎君を見かけたといっていたな」

「あいかわらずひどい口を利《き》きますね。そんなんじゃ、この街の妓女《おんな》から相手にされなくなりますよ」

「無駄口《むだぐち》はいいから答えろ」

「はい、はい、そうですよ。裴先生にもお話ししたとおり、……って、たしか判官《はんがん》にもお伝えしたはずですけど」

わかってる、と兜はいらだたしげに吐《は》き捨てて、

「……そのときひとつ確認し忘れていたんだが、当時郎君はひとりだったんだな？」

と訊いた。

九娘はうなずいて、

「ええ、おひとりでした」

「従者も連れずに、か？」

「いいえ、もちろん従者はお連れでしたよ」

え、と裴景が驚きの声をもらすより早く、兜は天井《てんじょう》を仰《あお》いで、くそっと拳《こぶし》で掌《てのひら》を強く撃《う》った。ぱん、と大きな音が庁事のなかに響《ひび》いた。

「きゃ、なんです？」

「安心しろ。自分の間抜けっぷりを嘆《なげ》いただけだ」兜は天井を見上げたまま答えた。――「そうだよな。その状況ならひとりって答えて当然だ……」

裴景もうなった。たしかに崔静のような貴公子が馬牽《うまひ》きや綱持ちの従者を連れるのはあたりまえの話で、その様子を一騎《ひとり》と数えるのもまた至極当然で、なにも誤《あやま》っていない。

ただ、磨勒のそもそもの話とは矛盾《むじゅん》する。――

磨勒によれば、崔静は従者さえ連れずに旰食宵衣《かんしょくしょうい》――朝まだきに出かけて、夕の閉門前にもどってくるという生活をくりかえしたあげく、失踪《しっそう》したというのだ。

しかし九娘が目撃《もくげき》した崔静は従者を連れていたという。それでは話が前提からちがっていたことになる。

兜はゆっくり目線を下ろすと、裴先生、といった。

「この女が見た従者ってのが、例の林孟《りんもう》です」

二

「つくづく自分の間抜けっぷりがいやになります」

兜は背凭《せもたれ》にもたれて伸《の》びをしながら、そういった。

「崔家にはいまもむかしも、林孟なんて家人《かじん》はいなかった。――あの崑崙奴《こんろんど》は、そういったんです」

「でも、磨勒がいつから崔家に仕えているか知らないが、過去にいた家人すべてを把握《はあく》しているわけじゃあ――」

そこまでいって裴景は後悔《こうかい》した。

そういうことではないのだ。磨勒があの状況におよんで、適当なことを口にするはずがない。あの崑崙奴はそういう存在ではない。そしてそのことを裴景は、だれよりも強く確信していた。

しかし、――

「でも瓜田は、林孟が崔家の元家人だっていう回答を董家宰《とうかさい》から引き出したっていってたよな」

「いってましたね」

「矛盾してないか？」

「矛盾してますね」兜は答えた。「だから厄介《やっかい》なんです」

「厄介って、おまえ――」

「結論からいえば、われわれはずっと欺《あざむ》かれていたんです」

「欺かれるってだれに。……まさか、静か？」

あるいは、磨勒か。――

しかし兜はすぐに首を横にふって、

「ちがいます。われわれを欺いてきたのは崔家です」

といった。

裴景は、まったく予想外のところから頭を殴《なぐ》られたような衝撃《しょうげき》に、情けなく言葉をうしなってしまった。

見かねた九娘が横から、

「それって、董家宰が嘘《うそ》をついてらっしゃるってことですか？」

と口をはさんで話を継《つ》いだ。

「いや、あの老練な家宰のことだ。きっとうまく言葉を選んで、対外的には嘘にならないようふるまっているはずだ。立場があるからな」

と兜は答えた。

たしかに磨勒も、董家宰は嘘をつくような人間ではない、と話していた。

「ただし林孟とやらは、とんでもない大嘘つきだ」と兜はつづけた。「この男は崔郎君が徐朧と揉《も》めているところに偶然通りかかって郎君を助けたという。しかもその助けた相手がたまたまむかしの主筋で、いったんはその事実を隠《かく》しておきながら、今朝になって急に郎君の身許《みもと》を暴露《ばくろ》するなんて――いくらなんでも支離滅裂《しりめつれつ》すぎると思いませんか、と兜はあきれたように肩《かた》をすくめた。

「全部嘘なのか」

裴景がそう尋ねると、

「徐朧と郎君が揉めたこと以外は全部口から出まかせでしょうね」と兜は答えた。「証言のぶれ具合を見るかぎり、いかにも行き当たりばったりだ」

「その林孟ってのはいったい何者なんだ？」

「崔家の家人だったんでしょう。崔家も認めているようですし」

「でも磨勒が、林孟なんて家人は――」

「だから林孟ってのは偽名《ぎめい》なんですよ」兜は拳で手を叩いた。「おそらくその林孟は崔家に雇《やと》われて、なんらかの任務をあたえられていた。ところが自身が通報者として坊胥《ぼうしょ》や伙飛《しひ》に訊問《じんもん》されたとき、男はとっさに林孟という偽名を使ってしまった。あるいは林孟という名は普段から使っていた通り名なのかもしれない。だから瓜田から林孟という名で照会を受けた董家宰はすぐに事態を把握して、とっさにその偽名の家人の存在を認めてしまった、といったところでしょう」

つまり名前のことを除《のぞ》いては、董家宰は嘘をついていないともいえる。

だが、――

「なんで偽名を使う必要がある？　だいたい、その男の任務ってのはなんなんだ？」

「偽名を使うのは嘘をついたからです。崔郎君が徐朧と揉めているところに偶然通りかかったという嘘。その人物がたまたま元の主筋だったなどという嘘――」

嘘だらけです、と兜は冷笑をうかべて、

「つまりそんな偶然はない。その――めんどうだから偽名でよびますが――林孟という男はたまたま事件現場に居合わせたんじゃない。いるべくして、そこにいたんです」

「どういうことだ？」裴景はまだ分からなかった。

「その男は、崔郎君がいたからこそ、そこにいたんです」

「え？　てことは、つまり……」

「そう。男の任務は郎君のお目付け役。林孟はずっと崔郎君に付き添《そ》っていたんです。だから郎君が屍体《したい》を損壊する徐朧を見咎《みとが》めたときも、そのすぐ横にいたはずです。あとから通りかかったんではなく、郎君とともに徐朧に立ち向かったんです」

「そんな……」

裴景はまたも言葉をうしなった。

つまり崔静の横には、ずっと崔家の人間がいたということである。

では崔家は、崔静の行動を逐一《ちくいち》把握していたということか。

(なにが旰食宵衣だ)

とんだ欺瞞《ぎまん》だ、自分はまんまと踊《おど》らされていたのか。——裴景はそう憤《いきどお》りかけてすぐに、いやそんなはずは、と思いなおした。あの磨勒が、このおれを虚言《きょげん》で弄《ろう》するような真似をするだろうか。

「きっとあの崑崙奴も知らなかったんです」と兜はめずらしく磨勒を庇《かば》うようにいった。「おそらく崔家のなかでも林孟の存在を把握していたのは董家宰ら、ほんの一握《ひとにぎ》りの人間だけだったんでしょう。林孟は、崔家が今回のような裏方の仕事をさせるために、あえて外に雇っていた家人なのかもしれません」

「秘密の存在だから、偽名を使ったと?」

「それもあるでしょうが、偽名を使ったいちばんの理由は郎君が消えたからでしょう」

兜は胸の前で両手を組んだ。

「林孟は郎君のお目付け役——はっきりいえば監視役でした。ところがその監視対象にまんまと逃げられ、窮《きゅう》したこの男はとりあえず身分を偽《いつわ》り、郎君のことも黙《だま》ったまま乗り切ろうとしたんでしょう。ところが身柄《みがら》が坊胥《ぼうしょ》から右金吾《うきんご》に移され、いつ解放されるか目処《めど》も立たないなかで、考えを変えます。このまま郎君の存在を匿《かく》しとおすより、いっそ存在を明かしてしまうことで、郎君がいま監視の目を逃れ行方不明の状態にあるという緊急事態を崔家に伝えようとしたんです。——その目論見どおり、瓜田がまんまと林孟の身許照会をしたことで、董家宰——崔家もすっかり事態を呑《の》みこんだというわけです」

「……待て待て待て」裴景は完全に混乱していた。「監視役って、いったいどういうことだ。なんで崔家が静を監視する必要がある？」

「おそらく——あの豎児《こぞう》の言葉を借りるなら——郎君に旰食宵衣を遂行《すいこう》させるためでしょう」

「旰食宵衣って、それも崔家が仕組んだことなのか？」

裴景は呆《あき》れて声をあげた。

「それじゃあ静はずっと林孟……いや崔家の監視の下で日中出歩かされて、邸にもどらなくなってからもずっと横に林孟がくっついて、監視されてたってわけか」

「おそらく」

「昨日事件現場から姿《すがた》を消したのもひょっとすると、徐朧を追いかけたんじゃなくて、林孟の監視から逃れたかったからか？」

「きっとそうでしょう。坊胥や佽飛《しひ》との接触を避けたかったのなら、最初から通報なんかしなけりゃいい。逃げた徐朧を追ったのなら、見失ったあと現場にもどってくるはずです。つまり郎君にとって目ざわりだったのは、林孟だったんです」

兜はそう断言した。

なんて茶番だ、と裴景は心のなかで毒づいた。

崔静はずっと旰食宵衣を——崔邸に帰らないことを強制されていたということか。

そして耐《た》えきれず昨夕になって、監視役の林孟を通報に行かせた隙《すき》に姿を消した。ひょっとすると崔静はずっとその機をうかがっていて、昨日がようやくおとずれた好機だったのかもしれない。

崔家の監視を逃れた崔静がもちろん崔家にもどるはずもなく、頼れるのは裴景か、ここ蘇家楼しかなかった。——そして実際、今朝までここにいたのだ。

だがそもそも、なぜ崔静は崔邸に帰ることを許《ゆる》されなかったのだろうか。

「崔家はどうして、静のことを邸から遠ざけるような真似を……」裴景は不安げに尋ねた。「まさか疎《うと》まれていたとか、そういうことはないよな……？」

すると兜はむずかしいですね、と返事に困ったように顎鬚《あごひげ》をしごいて、背凭《せもたれ》に上身をあずけた。そして慎重《しんちょう》に言葉を選びながら、答えた。

「たぶん、だれが悪いとか、そういう話ではないんです。崔郎君はもちろん、董家宰も。……そして、崔尚書《しょうしょ》も」

「崔尚書？」

「裴先生、よく想い出してください。われわれはすでに類《に》たような状況を何回も耳にしてきたはずです」

「え？」

そういわれて裴景はしばらく固まったあと、大きく目を見開いた。

「あ……」

「きっと崔郎君は、納得できなかったんです——」

兜は背凭に深く身体をあずけたまま、おだやかな口調で語った。

「……どうしても、納得できなかった。尚書の名代《みょうだい》で夜の斎儀《さいぎ》に参加させられ、直接説得か説法だかも受けたんでしょうが、それでも納得いかなかった。旰食宵衣はいわば、父と子の妥《だ》協点《きょうてん》だったんでしょう。おそらくその時点では、こんなにも時間がかかるとは夢にも思ってなかったんです」

ああ……、と裴景はだらしなく息をもらした。

「しかしそれでもうまくいかなかったんでしょう。ついに郎君は、崔邸から完全に切り離されてしまいました」

劉参《りゅうさん》、費誠之《ひせいし》、孔達《こうたつ》はその死の間際、家人家奴《かど》を遠ざけ、ひとりで、――

「そしてあらためて道士《どうし》を招いて、処方を受けたんです」

客の到来を待っていた。

「じゃあ、費誠之が待っていた大事な客ってのは徐朧じゃなく、沈烱《しんけい》だったのか」

「ええ。かれらは沈烱の患者《かんじゃ》であり、同時に熱心な信徒だったのでしょう」

兜は身体を前に傾けて、いった。

「もちろん崔尚書も。――ですから邸の本院《ほんいん》横に静室《せいしつ》を築き、郎君を遠ざけたのでしょう。たしか崔尚書のご夫人はすでにお亡《な》くなりになって、嫡子は東廂《とうしょう》に住む郎君だけです。そしてあの豎児《こぞう》の説明にもあったとおり、静室では東に向かって神に祈る。その先にある東廂に嫡子《ちゃくし》がいたのでは、静室での儀式に差しさわりがあるという考えだったのかもしれない。そのうえ郎君はおそらく尚書の意向――すなわち道士沈烱には反対の立場でした。沈烱にとってはなおのこと目ざわりな存在だったはずです」

「つまり静を邸から遠ざけたのは、沈烱の指示だったってことか？」

「情況的にそう考えるのが妥当《だとう》でしょう」

その答えに裴景は深くため息をついた。崔尚書が一介の道士のいいなりになっているなど、あまり聞きたい話ではなかった。

「……病を治すためとはいえ、そこまでしないといけないものなのか？」

かれはしぼり出すように、そう尋ねた。

すると兜は冷ややかな目で見かえして、

「単に病を治すのが目的ではなかったのかもしれません」

といった。

「え？」

「そもそも病だったのかもあやしいところです。静室を築いた結果、病にかかられたのかもしれない」

それは——と問いかけて、やめた。

正直なところ裴景も、不吉な予感はあった。

崔家の問題は、劉参や費誠之ら被害者たちと相似をなしているのだ。かれらはその今際の際《きわ》にあって自ら家族家人を遠ざけ、ひとり静室で客を待った。

そのあげく、死んでいたのだ。

しかも、無惨《むざん》に腹を切り裂《さ》かれ、心肝《しんかん》を抜き取られて。——

では崔尚書も、邸に静室を構え、静を遠ざけ、沈焖を客に迎えて、その先に死を受け容《い》れようとしていたのだろうか。あの、あまりにも悲惨すぎる死を。あの崔尚書が、望んで鬼に喫《き》われるような末路を選ぼうとしていたのだろうか。

（血食《けっしょく》——）

不意にそんな言葉が想い出された。俗事《ぞくじ》に伝わる忌《い》まわしき動物犠牲《ぎせい》、あるいは人身御供《ごくう》のことである。佽飛《しひ》たちによれば、被害者たちの心肝は血食として捧《ささ》げられるために切り出されたのだという。

そしてそのことは、ほかならぬ道士沈炯も認めていた。

黒い方士《ほうし》徐朧が劉参の屍体を切り刻《きざ》み、荊蛮《けいばん》の俗神に捧げたのだと。

そして実際、崔静とその従者林孟は、徐朧が屍体を損壊している現場に出くわしているのである。

そこまで考えたところで、裴景の背筋にさっと怖気《おぞけ》が走った。

想い出したのだ、黒い影《かげ》を。――

閉門の間際まで崔邸で粘《ねば》って崔静の帰りを待ったあの日、邸を出たところで見た夕闇《ゆうやみ》を背負うようにたたずむ黒い方士徐朧の影を。

いまから思えば、あのとき徐朧は崔尚書を狙《ねら》っていたのではないか。

あれは、崔尚書を血食に捧げようとたくらむ左道《さどう》方士の影だったのだ。

裴景は急に懼《おそ》ろしくなってきた。かれの知る世界がいままさに、足許から蛮夷《ばんい》の迷信におびやかされてゆくような気がした。

兜、とかれは助けを求めるようにその名を呼んで、

「徐朧はいまも、崔尚書を狙っているんじゃないのか」

崔尚書の心肝を。――

「わかっています」兜は当然とばかりに認めた。「あの方士に残されている選択肢《せんたくし》はわずかなはずですからね」

その答えに裴景は絶句した。

そんなかれに、兕は同情するように一瞥《いちべつ》をくれてから、

「ただその前に――」と突然横にいた蘇九娘を睨《にら》んだ。「――おい大女」

九娘は眉根《まゆね》をよせて、面と向かってそれはひどくないですか、と口を尖《とが》らせた。

「御託《ごたく》はあとだ。それより教えろ。中書侍郎邸の女冠《じょかん》についてだ」

「え……」

「おまえのことだ、あれからいろいろと、くわしい事情を摑《つか》んでるんじゃないのか?」

すると九娘の表情は花が凋《しお》れるように、みるみる翳《かげ》っていった。

「ええ……」

三

「その女について、こちらでも調べてみたんだが――」

兕は事務的な口ぶりでつづけた。

「祠部《しぶ》に確認したところ、その女には正式に女冠の度牒《どちょう》が下りていた。つまり女冠だったことはまちがいない」

度牒とは政府発行の、道士や仏僧《ぶっそう》の認定証書である。

「祠部に残されていた資料によると、女の師は沈烱道士。所属も紫霄観《ししょうかん》――沈道士の道観《どうかん》となっていた。永巷《えいこう》(後宮)や教坊《きょうぼう》の宮女が落籍《ひか》するとき、尼寺《にじ》や女冠観が引き受け先になることはよくあるが、道観が引き受けたなんて話はあまり聞かない。沈烱は中書侍郎に、太医署《たいいしょ》にいたころに診《み》ていた宮女がいよいよ

駄目そうなんで、むかしの情けで引き取りたいなどと説明していたようなんだが、おまえは実際、その女が玄衣《げんい》姿でいるところを目にしているんだったな」

「ええ……」

「立って、ふつうに歩いていたんだな？」

「ふつうかは知りませんけど……」九娘は気だるそうにそう答えた。「そうですね、歩いてましたね……」

「病って嘘じゃないのか？」

よけいとは思ったが、裴景はそう口をはさんだ。

「中書侍郎がその女を邸に囲いこむ方便だったんじゃないのか。中書侍郎が沈炯にいって、病を口実に無理やり引き取らせたとか――」

なにしろその女冠は、仙女のごとく美しい人間無儔《じんかんむちゅう》の絶佳《ぜっか》であるという。

その女が中書侍郎邸にいるということは、中書侍郎がその女を女冠に仕立てて、後宮から無理やり落籍《ひか》したと考えるのが自然なように思えた。訳《わけ》ありの女を一度尼僧《にそう》や女冠にしてから囲いこむというのは、則《そく》天武后《てんぶこう》しかり楊貴妃《ようきひ》しかり、使い故《ふる》された古典的手法である。

「……ちがいます」

答えたのは九娘だった。

「むしろ、逆です。……その女、どうやら永巷から厄介ばらいされたようなんですよ」

「厄介ばらい？」

「ええ……」

そううなずく彼女は、いかにも気が重そうだった。そして逡巡《しゅんじゅん》するように、しばらく床をじっと見つめたあと、ようやく意を決したように顔をあげた。

「……その女、永巷にいたとき、天子さまのお目にふれ、ご寵愛《ちょうあい》を受けることがかなったそうなんです。その上、御子《みこ》を身籠《みごも》りました……」

裴景は衝撃的な話に驚くとともに、反射的に九娘が話をためらう理由を察した。

皇子を身籠りながら、女冠に身を落とすということは。――

「でも産まれたのは、死んだ子でした」

九娘とおなじだったのだ。

唐代《とうだい》中国の医療《いりょう》水準は世界でも指折りで、とくに儒教《じゅきょう》的倫理観《てきりんりかん》もあって産婦人科医療の研究も進んでいた。唐初に薬王《やくおう》と謳《うた》われた医者孫思邈《そんしばく》などは婦人方を〈崇本《すうほん》の義《ぎ》〉と尊《たっと》び、その記事を著作の巻首に置いたほどである。しかしそれでもしょせん中世の医学であるから、死胎《したい》(死産)は依然としてめずらしいものではなかった。

そしてその負担を身体的にも精神的にも一方的に女が負《お》うこともまた、変わらなかった。

「当然ですが、死んだ子を産んだその女は不祥《ふしょう》とされました。一宮女でありながらご寵愛を受けたことへの、ほかの女たちの嫉妬《しっと》も相当なものだったそうです」

これ以上九娘にこんな話をつづけさせるべきではない。そう思いながらも裴景は、なんと言えばいいのか思いつかなかった。

「産後の疲羸《ひるい》もあったのでしょう、女は病に臥《ふ》せったそうです」

九娘は淡々《たんたん》と話をつづけた。

「病では宮婢《きゅうひ》の役目に耐《た》えないとして、女は永巷を逐《お》われることになりました。でも引き取ってくれる身寄りもなく、かといってほかの宮女に疎《うと》まれ、厭《いと》われた不祥の女を引き受けようと手を挙げる尼寺や女冠観もなかったそうです。……それでここからは判官がお聞きになったとおり、むかしお世話になった道士さまの道観に引き取られた――と聞いています」

兜はそうか、と気まずそうに顎鬚をしごくと、

「病だけが理由じゃなかったってわけか。……悪かったな。そうと知っていれば、おまえにそんな話をさせなかったんだが」

と、めずらしく詫《わ》びの言葉をいい添えた。

ほんとうですよ、と九娘は乾《かわ》いた笑みをうかべた。

彼女もかつて落籍《ひか》した先で、死産を経験している。そして妻妾《さいしょう》たちから壮絶《そうぜつ》ないじめを受けて、家を逐い出されることになった。本来なら夜鷹《よたか》に落魄《おちぶ》れてもおかしくなかったが、事情を知った北里の妓女たちや、裴景をはじめとするかつての嫖客たちの働きかけもあって、元いた蘇家楼にもどるという異例中の異例を果たしたというわけである。

彼女が最初からあの女冠の女に、自分と類《に》たものを視ていたというのはいいすぎかもしれない。

それでも女の経歴を知ってしまった以上、そこに彼女が自分自身の姿を重ねて観てしまうのは仕方がないといえるだろう。

裴景は自分のせいでないことは重々承知の上で、それでも要《い》らぬ口をはさんでしまったことをあらためて後悔した。

兜もすっかり気勢を削《そ》がれたようだったが、遠慮がちに、ところでその女冠の女だが――といいかけると、

「姿を消したそうですね」

と九娘は機先を制するように答えた。

「まあ、知ってるか……」兜は納得してうなずいた。

「ええ。中書侍郎邸の家人たちのあいだでうわさになってるのを耳にしましたから。――ひと月半くらい前に、突然その女の姿を見なくなったって」

「ひと月半前……」

裴景は思わずそうくりかえした。ちょうど崔静が盱食宵衣――一日邸にもどらないという奇行をはじめたくらいの時期である。

すると九娘はかれの考えを見透《みす》かしたように、

「ちょうど裴先生から崔郎君の話を聞いたところだったんで、てっきり郎君がその女を連れ出して駆け落ちでもしたんだと思いましたよ。でも、ちがったみたいですね」

そういって、照れたように微笑《ほほえ》んだ。

「盱食宵衣はとんだ茶番だったらしいからな」裴景もつられて笑った。「それにしても、まるで駆け落ちのほうがよかったような言いぐさだな」

「そりゃそうですよ。その女にだって『一枝花《いっしか》』みたいな結末があってもよかったはずです」

『一枝花』は、妓女が波乱の末に貴公子と結ばれるという筋立ての長尺の語り物である。

ま、そううまくはいきませんよね――と彼女はひとりごちた。

裴景はすこししんみりした空気をまぎらすように、

「じゃあその女、中書侍郎の邸を出たのか」と口をひらいた。「よく中書侍郎が許したな」

「だから中書侍郎は関係ありません」兜がすかさず訂正《ていせい》を入れた。「その女の身分はあくまで紫霄観の女冠。邸の家婢でもないから、出入りもそれほどうるさくなかったのでしょう」

家僮《かどう》や家婢はその家の私有財産であるから、行動の自由は認められていなかった。

「自分から出て行ったわけではないと思いますよ」

と九娘がいい添えた。

「——これは、あとから聞いた話なんですけど、彼女そのときには病状がだいぶ悪化していたらしくって、ひとりで出歩けるような状態じゃなかったそうなんです」

「じゃあ、だれかがわざわざ連れ出したってことか？」

「ええ……」

「それこそ——」

駆け落ちじゃないのか、と思った。

女冠は当然ながら出家した修行者であるから色恋沙汰《いろこいざた》など御法度《ごはっと》というのが建前だが、実際には文人《ぶんじん》と浮き名を流す女冠も大勢いた。

ましてその女は、皇上から寵愛を受けた絶世の佳人というのだから、よからぬ考えをおこす輩《やから》がいてもおかしくない。

ところが九娘は困ったような顔つきになって、

「それが——これも大寧坊のお邸の婢《こ》から聞いた話なんですけど——」と切り出した。「その女がお邸で姿を見せなくなった前後に、お邸の通用門の前に轜車《じしゃ》が停まっていたことがあったそうなんです」

「轜車？」

兜が鋭く反応した。ええ、と九娘はうなずいて、

「真っ白な繐帷《けいい》で覆《おお》われていて、ひときわ目立ってたから、よく覚えてたらしくって。それで、――」

轜車《じしゃ》とは、霊柩《れいきゅうしゃ》車のことである。

「そのときにもう、彼女、死んでたんじゃないかって……」

九娘はそういって、兜の表情をうかがった。

兜は眉間に深い皺《しわ》を刻んで目をつむり、しばらく考えこんでいたが、

「なるほど」と目を見開いて、にやりとした。「――それが動機か」

「え？」

かれは跳《は》ねるように椅子から立ち上がって、

「いずれにしても、その女はとっくのむかしに邸の外に連れ出されたってことだな。生身か屍体かはともかく」

「え、ええ」九娘はうなずいた。

「それが今回の件になにか関係あるのか」

話についていけない裴景がそう尋ねると、大ありですよ、と兜は答えた。

「ある意味その女が生きつづけているせいで、こんなにややこしい話になったといえます」

「はあ？」

「生きてるんですか？」なぜかほっとした表情で、九娘はそう尋ねた。

しかし兜はそれに答えず、竹窓から差しこむ外の光に目を細めると、

「……もう午《ひる》か。そろそろ行かないとな」

とつぶやいた。

「お忙《いそが》しいことですね」と九娘は嫌味《いやみ》っぽくいった。

「朝から邪魔《じゃま》したな」

「ほんとそうですよ」

そんな憎《にく》まれ口も意に介することなく、さっさと出ていこうとする兜の背中に向かって、裴景はおいおい、と呼び止めた。

兜は不機嫌《ふきげん》そうにふりむいて、

「なにをぐずぐずしてるんです？　さっさと行きますよ」

と急かした。

「いや、すこしは説明しろよ」それでも裴景は立ち上がった。「いったい、なにが起こってるんだ？」

「時間がありません。細かいことは道中説明しますが――」兜は答えた。「ただ、概《おおむ》ねはおそらく裴先生のご想像どおりですよ」

「え……」

「すべてあの崑崙奴の話した黄白術とやらで、沈炯が撒《ま》き散らした毒のせいです。徐朧もあの女冠も、殺された佽飛《しひ》も腹を裂かれた連中も、――そして崔尚書に郎君も、みんなその毒に狂《くる》わされてしまった――」

呆然《ぼうぜん》とする裴景に兜は、わたしを巻きこんだ裴先生には最後まで見届けてもらいますよ、と駄目押しした。

「最後までって、じゃあ崔邸か？」

「いえ。その前にすこし時間をください。ひとつ片づけたいことがありましてね。今日はちょうど、胡人《こじん》が主神を祀《まつ》る曜日なんです」

兜はそういうと、早足になって蘇家楼を出た。

四

沈烱は邸の望楼《ぼうろう》から、遠くに黒くうねる甍《いらか》の波をながめていた。

唐室の遠祖たる玄元《げんげん》皇帝（老子《ろうし》）を祀る巨大道観――太清宮《たいせいきゅう》の甍宇《ぼうう》である。

太清宮は玄宗《げんそう》の勅命《ちょくめい》で建設された、本殿《ほんでん》の三清殿《さんせいでん》をはじめ十一棟《とう》の殿舎が立ちならび、選りすぐりの道士たちが起居する世界最大の道観である。白い牆壁《しょうへき》や殿舎の上に、黒光りする甍が整然と幾重《いくえ》にも連なるさまはまるで竜の鱗《りゅううろこ》のようで、雲中に何頭もの巨大な黒い竜がからまりあっているように見えた。

その敷地内に、師翟玄《していげん》がすごした崇玄館《すうげんかん》がある。

師翟玄は、ときの崇玄館大学士《だいがくし》であった陳希烈《ちんきれつ》の号令で全国からすぐれた道士を招集するとなったとき、地元の通道学《つうどうがく》の推挙で崇玄館に招かれた。

沈烱が中書侍郎元載《げんさい》の招きで太医署を出て、はじめてこの大寧坊の邸にやってきたとき、おなじ坊内にこの崇玄館があることに、かれは運命めいたものを感じざるを得なかった。

師翟玄の上京には秘《ひ》めたる目的があった。師は潯陽《じんよう》の名族出身で、代々廬山《ろざん》に静室を構え、廬山廟《びょう》と廬《ろ》山君《ざんくん》を奉じてきた。それは潯陽江《こう》や鄱陽湖《はようこ》の水産から大きな恩恵《おんけい》にあずかってきた地元の人びとにとって、息をするようにあたりまえの信仰《しんこう》であった。

ところがその廬山に突然、これもまた玄宗の勅命により九天使者廟なる神廟《しんびょう》が新たに建てられ、それまでの廬山廟は廃毀《はいき》されてしまったのである。しかも新たに君臨《くんりん》した九天使者なる神は南岳《なんがく》の副《ふく》にすぎず、あからさまに廬山を南岳衡山《こうざん》の下位に貶《おとし》めようとする屈辱《くつじょくてき》的な処置であった。

当然ながら、これに師とその治《ち》（教団）は大いに反発した。しかし九天使者廟は勅命によるもので、その変更を迫《せま》るには京師《けいし》長安《ちょうあん》に上って上疏《じょうそ》するしか可能性はなかった。そこで師は上京して崇玄館に入ると、大学士を通じて廬山廟神を旧《きゅう》にもどすよう嘆願《たんがん》する上疏を何度も試みた。

結果として上疏はうまくいかなかった。当時もいまも宮廷の道教政策を主導する茅山派《ぼうざんは》は、洞天福地《どうてんふくち》――仙境の再構築《さいこうちく》に積極的で、九天使者廟の建設もその一環《いっかん》であった。江南《こうなん》の片田舎《かたいなか》から来た一道士の建言ごときで覆《くつがえ》るものではなかったのである。

どうせ上疏文は大学士が握り潰《つぶ》したのだろう、と語る師の苦りきった顔は、幼《おさな》い記憶《きおく》ながらもいまだにはっきり憶《おぼ》えている。

それでも師は京師――崇玄館にとどまりつづけた。師には廬山からたずさえてきた強力な武器があったからである。それは越方《えっぽう》に起源を持ち、翟氏のなかで脈々と受け継がれ進化を遂げてきた金丹術《きんたんじゅつ》で、当時宮中で主流だった南岳派のそれとはまったく異なる独自のものだったため崇玄館の直学士《ちょくがくし》の目に留まり、引き留められたのである。

そこで悲劇《ひげき》がおきる。安史《あんし》の乱《らん》である。

長安は陥落《かんらく》し、太清宮も反乱軍の手に落ちた。本殿の三清殿には玄宗と歴代宰相《さいしょう》の石像が飾《かざ》られていたが、すべて破壊《はかい》され、道士たちも逐い払われた。

師翟玄も崇玄館を逐われ、荒廃《こうはい》した京師長安にひとり放り出された。

そこに、わたしたちもいた。

沈炯にはそれ以前の記憶がなかった。父や母の顔も、生まれた家も知らない。兵火で荒廃した京城のなかを、おなじような境遇の子供らと群《む》れ集まって、ただ逃げまどっていた。大人たちが目の前でかんたんに殺されてゆくなか、ただ生きるのに必死で這《は》いずり回っていた。

そこに現れたのが師翟玄であった。

そのときの師はまさに老師といった風貌《ふうぼう》と出《いで》たちだった。

師は子供心にも浮世離れした大人だと思った。親を殺されて路頭に迷う子供たちに、師ははるか遠き荊《けい》楚《そ》の地の神さまの話をした。江水の流れを止めて人間の娘を娶《めと》ろうとする神さまの話や、眷属《けんぞく》である鯉《こい》の腹に書刀《しょとう》を忍ばせて届ける話など、どれも興味をひくものだったが、そのなかでも竜退治する道士の話が好きだった。なかには小むずかしい話もあった気がするが、子供には退屈《たいくつ》だったのだろう、まるで憶えていない。

ただ心身ともに疲弊《ひへい》しきっていたわたしたちにとって、浮世離れした頼りない老師の存在は不思議と安心感をあたえてくれるものだったらしく、気がつけば似たような境遇の孤児たちがまわりに群れるようになっていた。

だが、そのささやかな安寧《あんねい》も長くはつづかなかった。あとで知ることになるのだが、長安奪還《だっかん》を目指す唐・回紇《ウイグル》の連合軍が大挙して押し寄せてくるとの報に反乱軍は恐慌《きょうこう》をきたし、長安城内は大混乱に陥ったのだ。逃げじたくをはじめた反乱軍兵士たちは行きがけの駄賃《だちん》とばかりに掠奪《りゃくだつ》をはたらき、また無頼《ぶらい》たちも最後の無法を貪《むさぼ》るように放火や劫盗《ごうとう》、虐殺《ぎゃくさつ》をくりかえした。城市の至るところで殺し合いが繰《く》り広げられるなか、わたしたちは老師の手を引いて逃げまわった。

しかししだいに散り散りになって、気がつけば老師とわたしと、まだ幼かったあいつの三人だけになっていた。

老師は右街の旧《ふる》い街衢《がいく》の陰《かげ》でひと息ついたところでわたしを呼び、一編の書を手渡した。老師がこの期《ご》におよんでまだ、そんなものをずっと匿《かく》し持っていたことにまず驚いた。

師はいった。いまは読めなくていい。いつか落ち着いて、学ぶ機会に恵《めぐ》まれ、字を識《し》ることができたときには挑戦してほしい。きわめて難解で、一度読んで解るものではないが、くりかえしくりかえし字句をなぞり、ひとつひとつの語義を考え抜いてほしい。この書には、この世界の要訣《ようけつ》とそれを解き明かす秘方が記されているのだ――と。

それは師翟玄の神丹術《しんたんじゅつ》を詳細《しょうさい》に記した書で、崇玄館の直学士らによって編まれたものだった。

幼いわたしにはいささか手にあまるその書を、老師はていねいに嚢《ふくろ》に入れて、わたしのちいさな背に負わせた。

そのあとのことは、あまりはっきり憶えていない。

叛徒《はんと》とも匪賊《ひぞく》ともはっきりしない男たちに追われ、老師はわたしたちを庇って逃がしてくれた。あるいは単に子供だから見逃されただけなのかもしれない。

しばらくしてその現場にもどると、老師は惨殺されていた。

身につけていたわずかな宝具や装具もむしり取られ、無惨に斬《き》り捨てられていた。

二人がかりで老師の遺体を空き地に運び、礼式もなにも識らなかったが、わたしたちなりの真摯《しんし》さと敬意《けいい》をもって師を葬《ほうむ》った。

その後も長安の混乱はしばらくつづいたが、わたしたちはなんとか生き延《の》びることができた。そして幸運なことに、わたしたち二人は龍興観《りゅうこうかん》の道士に拾われることになった。

龍興観は右街の崇化坊《すうかぼう》にあり、かつて西華法師《せいかほうし》と称《たた》えられた道士成玄英《せいげんえい》が起居していたことでも知られる由緒ある道観である。

わたしたちはここに僕僮《ぼくどう》として仕え、朝も夕もなく働いた。

そしていそがしく立ち働くなかで、わたしはこの道観にあふれる字句の多くが、師の書のそれと共通していることに気がついた。——そう、このときまでわたしは、師翟玄が道士であったことも、授《さず》かった書が道教に関するものであることすら知らなかったのだ。

異様な熱心さで文字という文字を凝視《ぎょうし》するわたしをおもしろがった道士が、仕事の合間のわずかな時間に字を教えてくれることになった。あいつは嫌がったが、無理矢理横にすわらせて、二人で授業を受けた。

字をひとつ教わるごとに、無秩序な字の列びに見えた師の書に、つぎつぎと意味がうかびあがってくることにわたしは興奮した。ひとつ字を識るごとに、師の書のなかにその字を探し、消しこんでいった。一年も経たずして、師の書に使われている文字はすべて網羅《もうら》してしまった。そこではじめて、師がこの書を手渡したときの言葉の意味を思い知ることになる。

——まるで理解できなかったのだ。

ひとつひとつの字の意味も、文の構造もあきらかだった。しかし、なにが書かれているのかまったく解らない。ただ字義を識るだけでは、師の書に散りばめられた隠語や隠喩《いんゆ》はまったく解読できないことを痛感させられたのである。

わたしは観主に、書庫への立ち入りの許しを懇願《こんがん》した。そのときにはわたしの学才は、龍興観の道士たちにすっかり知れ渡っていたので、特別に許しが下りることになった。わたしは暇《ひま》を見つけては書庫にこもり、蔵書《ぞうしょ》を読みふけった。『五金粉図訣《ごきんふんずけつ》』や『宝蔵論《ほうぞうろん》』、『太清丹経要訣《たいしんたんけいようけつ》』などが師の書の解読にはとくに役立った。

そのうちわたしの玄学《げんがく》の知識は、龍興観のなかでも抜きん出たものとなっていた。

そこで観主は、僕隷《ぼくれい》が道士より博識では世人に嗤《わら》われよう、といって、きわめて異例なことだがわたしに授籙《じゅろく》し、正式に龍興観の道士とすることにした。

ほぼ時を同じくして、太医署が優秀《ゆうしゅう》な医生《いせい》を求めているという話があり、観主はわたしを推薦《すいせん》した。いまから思えば、おそらく太医署の求めにたいしてわたし以上の適任者が見当たらず、かといって僕僮を権威ある太医署に推挙するわけにもいかないので、あわてて道士の身分に仕立てあげたのだろう。

真相はともかくとして、わたしは晴れて道士となれた上、太医署に入学することになった。

太医署はわたしの知識欲を大いに刺激《しげき》してくれる場所だった。道士という身分から咒禁《じゅごん》科の所属となったが、その授業だけでは物足りず、医科の授業にもまぎれこんだ。早々に『黄帝甲乙経《こうていこうおつけい》』、『脈決《みゃくけつ》』、『本《ほん》草《ぞう》』、『小品方《しょうひんほう》』、『集験方《しゅうけんほう》』などの医薬書を誦《そら》んずるようになると、医博士に目をかけられて特別に体療(内科)の授業を受けることができた。ここでも先輩の医生を押さえて、定期試験はすべて首席だった。

咒禁科は他の科より早く二年で修了する。そのまま任官する途《みち》もあったが、そのころわたしの興味はすっかり医薬のほうに向いていた。すでに師の書の解読にも目処が立ちはじめていた時期で、師の秘方と補《ほ》完《かん》関係にあるのは因習的な呪法《じゅほう》より、むしろ実際的な臨床《りんしょう》医学のほうではないかと考えるようになっていたからである。

医科の成績も抜群《ばつぐん》だったわたしは特別に、薬園《やくえん》に編入することが許された。専門性の高い薬園生は希望者がすくなく、慢性的に人材が不足していた事情も幸いしたと思う。ここでわたしはみっちりと本草の研究に打ちこみ、二年後には薬園師から学ぶことはほとんどなくなっていた。

このとき薬園師から話があった。残り五年かけて医科を修了し任官試験を受けても、出自の賤《いや》しいおまえでは医師としての任官はむずかしいだろう。だが九品《きゅうひん》より下の流外官であればすぐにでも推挙することができるがどうか、という内容だった。

わたしにとっては渡りに船の話だった。このまま五年も退屈な授業を聴くことなく、太医署の恵まれた環境で仕事ができるなら、これに優《まさ》る望みはなかった。

なにより太医署には最新鋭の煉丹《れんたん》設備が整っていて、薬工であれば利用することができた。師の金丹の秘術を実験し、実践《じっせん》する環境が得られるのだ。

わたしは一も二もなく助言を受け容れ薬園を中途退学すると、あらためて太医署の胥吏《しょり》――薬童《やくどう》として任用されることになった。

わたしは薬童としてもすぐに頭角をあらわし、時をおかず主薬《しゅやく》に出世した。それでも太医署において薬学に関するわたしの知識は抜きん出ており、人手不足とわたしの身分の低さもあいまって、ありとあらゆる調薬が押しつけられるようになった。目がまわるいそがしさだったが、多種多様な薬方に触れることができたのは大きな経験だった。また、薬園や丹房《たんぼう》（煉丹用工房）を出入りしても怪《あや》しまれなくなったのはありがたかった。

このころからわたしは、仕事の合間に師翟玄の金丹術の実証実験をはじめたのである。

いっぽうで気がかりもあった。あいつのことである。

わたしたちは龍興観に拾われたとき、めんどうだったので兄弟だと称したが、顔立ちが消《に》ていたこともありまったく疑われなかった。しかし弟――あいつはわたしとちがって、道観の雰囲気にうまくなじめなかった。読み書きはかろうじて身についたが、学問が苦手で、受籙などもってのほかだった。

自分が龍興観を出ればいよいよ孤立してしまうと案じたわたしは太医署入学を機に、あいつも外に連れ出すことにした。とりあえず西市の南にちいさな家を借りてそこに移ったが、わたしが出仕しているあいだ、日がな漫然と過ごす姿を見て、なにかあいつにできそうなことはないだろうかと考えるようになった。

学問に向いていないのはもう判っていた。そのとき不意に、かつて老師が語り聞かせてくれた廬山君にまつわる奇譚《きたん》の数々を想い出した。そのたぐいの譚《はなし》にはたしか、あいつも興味津々《しんしん》で耳を傾《かたむ》けていたはずだ。

わたしはあいつに、神仙譚に登場するような方士の役をあたえてみることにした。

それは小むずかしい道理も説法もなく、ただ目の前で驚くような秘術や秘薬を披瀝《ひれき》し、長生《ちょうせい》などの現世利益を説く方士である。仏僧が浮狡《ふこう》なる邪教であると非難し、六朝の道士たちがこぞって排撃《はいげき》した俗事の巫祝《ふしゅく》である。禁架《きんか》した鬼神《きしん》を使役し蛟竜《こうりゅう》を退治する、物語のなかの方士であった。

わたしは老師から聞いた譚をもとにそんな方士の姿を創作し、あいつに演じさせたのである。

幸いにもわたしたちには武器があった。師翟玄の書から伝えられた金丹術である。そのころには太医署丹房の神竈《しんそう》や偃月爐《えんげつろ》をすっかり使いこなせるようになっていたわたしは、職務上の医薬を製造する傍《かたわ》ら、合間に老師秘伝の丹薬を煉り、それをあいつに横流しした。

これが見事に成功した。貧《まず》しい民には符水《ふすい》を施《ほどこ》し、すこし金がある民には丹薬を売り、富める商人にはかれらが見たこともないような銀色に輝く秘丹を処方し、高く売りつけた。あいつ自身の才覚もあったのだろうが、その丹薬や方術はたちまち評判になり、多くの信者を集め、徐真君などと称えられるようになった。真君とは笑止だが、わたしはわたしであいつの信者を、師の秘方を実践する恰好《かっこう》の実験台として利用することができるようになったのである。おかげでわたしは、鑞《ろう》の精製において師の秘方にさらなる改良を加え、より効率的に煉成できるようになった。

わたしが中書侍郎に請《こ》われ太医署を辞し、大寧坊の邸に起居するようになると、その協力関係もより密なものとなった。あいつの巷間の道士という立場は、わたしの仕事を手伝わせる上でもいろいろと都合がよかった。

歴史を見れば葛氏道《かつしどう》も茅山派も南岳派も、みな在地の俗事を踏《ふ》み台にして教派を確立させてきた。このまま徐真君の教団が京兆で順調に拡大すれば、このわたしが高度に進化させた教理と神術によって政治権力に取り入ることで、いずれ呉越《ごえつ》の一教派にすぎなかった師の道教が天下の教派としてその名を轟《とどろ》かせることも夢ではないように思えた。

あいつ自身も多くの人びとに崇《あが》められ、悪い気はしなかったはずである。なんの不満もなく、徐真君役を演じていた。すべてがうまく回っていたのだ。

それが、まさか、——

(女ひとりに狂わされるとはな……)

沈焖はまぶしそうに目を細めた。

あの女との最初の関わりは、ちいさな紙きれ一枚だった。

太医署の薬工であったわたしは、下位の宮女や宮婢のための調薬も担当していた。奚官局《けいかんきょく》の宦官《かんがん》が彼女たちの名と症状が記された帖子《じょうし》を束で持ってくるので、それをもとに処方をおこなうのである。症状は風《ふう》や傷寒《しょうかん》、温病《おんびょう》などの内病のほかに、当然ながら月水不利や帯水などの婦人病も多かった。

そのなかで一枚、目を疑う文句を見つけた。

冀爲蒼小鳥　冀《ねが》わくは蒼《あお》き小鳥と為《な》り
離未央翱翔　未央《びおう》を離れ翱翔《こうしょう》せん

わたしはとっさにその紙きれを握りつぶした。まわりにだれもいないことを確認してから、もう一度そっと開いた。見まちがいではなかった。

大胆不敵である。もちろんこれを取りまとめた宦官は、下位の宮女たちが病状を連ねた帖子などにいちいち目を通していないだろうが、万が一見つかれば懲罰《ちょうばつ》は免《まぬが》れなかったはずだ。

未央とは漢《かん》の高祖《こうそ》が都長安に建てた未央宮《びおうきゅう》のことである。

すなわちこの宮女は出内《しゅつだい》——後宮から脱出する冀望《きぼう》を、太医署の一医者に寄せてきたのだ。

ひょっとするとこの女は、いろいろなところに同様の伝言をばら撒いていて、わたしに届いたものはそのうちの一枚なのかもしれない。だとすれば、いよいよ危険である。巻きこまれないよう、一刻も早く捨てるべきだった。

だが、みょうに引っかかるものがあった。

蒼小鳥——青い鳥とは西王母《せいおうぼ》に仕える神の使者である。

その神の鳥となって天高く飛ぼうとは、単純な郷愁《きょうしゅう》や逃避《とうひ》ではない、強く気高い意志が感じられた。

かれ自身も宮仕えをはじめて一日のほとんどを皇城内で過ごすようになって、毎日息が詰まる思いだった。

たしかに宮闕《きゅうけつ》は壮大で、高壮な城壁に囲まれた城閾《じょうよく》は想像を超《こ》える巨大さだった。と同時に、そのなかには何万人もの人間が押しこめられていた。どこにいても人の視線を感じる。いつもだれかに監視されている気がする。しかし壁は高く、門は固く閉ざされ、ただ空を仰ぐことしかできない。まさに檻《おり》である。この場所から脱け出すには、それこそ翅翮《はね》を生やし空高く飛んでゆくしか術《すべ》はないと考えるのも当然だろう。

ましてや、よりきつく閉ざされた永巷――後宮にいればなおさらである。

そして飛《い》ぶといえば、かれには思うところもあった。

丹薬煉成に欠かせぬ薬材である〈龍《りゅう》〉の薬効こそ〈軽身飛行〉なのである。

わたしはほんの遊び心から、この〈龍〉――汞をつかって〈翺翔〉の丹薬を煉成した。

薬には最初の帖子を貼り付けて宦官にもどすきまりだが、まさか離未央と書かれた紙をそのまま貼り付けるわけにはいかない。わたしは症状の箇所《かしょ》を〈蒼小鳥〉と書き換《か》えた帖子を偽造して差し替《か》えた。

女の名は婉《えん》というらしい。そのときは千を数える宮女のひとりにすぎなかった。

しばらくして、また婉から帖子が届いた。前とおなじ薬をくれという内容だった。

この帖子が届いたということは、当然ながら前のものは効かなかったということである。なのに、またくれという。わたしは遊び半分で汞のような高価な材料をつかってしまったことを後悔したが、あとの祭りである。しかたなく、おなじ調合で薬を処方した。

このあとも定期的におなじ薬をもとめる帖子がつづいたので、わたしはその都度煉丹して薬を送った。そのうち人づてに、婉が宸殿《しんでん》に招《よ》ばれ皇上からご寵愛を受けたという話を耳にした。そのときは、調薬の求めを無下にあつかわないでよかった、とほっと胸を撫《な》で下ろしたのを憶えている。

薬を求める帖子はつづいた。

ちょうどそのころわたしのもとに、道士として中書侍郎邸に仕えてみないかという誘いがきていた。邸にある道観の観主という待遇で、煉丹に必要な設備はすべて用意してもらえるという、破格の好条件だった。正直なところ皇城の窮屈な空気に嫌気がさしていたこともあり、わたしはこの話にすぐに飛びついた。

引き継ぎだけが厄介だった。とくに婉に処方していた丹薬は経緯《けいい》を説明するのがむずかしく、なにより余人が真似して煉成できる代物とは思えなかったので、あえて引き継がなかった。ちょうど、婉からの帖子が途絶えていたときだった。

その後、婉は御子を孕《はら》み、死産になったと聞いた。

下野し、中書侍郎邸に入ったわたしは、あらためて紫霄観と名づけた道観の内部に、太医署や内道場《ないどうじょう》にも負けない規模の竈と爐を設《もう》けた。いまやすっかり崇仏家《すうぶっか》として知られる中書侍郎だが、もとは道挙（道教教学による官人登用制度）出身で玄学にあかるく、道教にたいしても非常に理解があったのである。わたしはこの新天地で、師の教学のいっそうの追究と実践に勤《いそ》しむことになる。

中書侍郎邸に移って三年ほどたったある日、わたしは太医署の元同僚の相談に乗るなかで、ひさしぶりに婉の名前を耳にした。

話によると彼女は死産のあと、宮中で苛烈《かれつ》ないじめを受けた末に病に倒れ、寝たきりの状態にあるという。病は重篤《じゅうとく》で手のほどこしようがなく、尼寺や女冠観など引き受け先を探しているが、なかなか見つからないらしい。

わたしはそれを聞いて、なんともいえない後ろめたさを感じた。糞爲蒼小鳥と伝えてきた彼女の冀《ねが》いに応えられず、その悲惨な末路をただ人づてに聞き過ごすのでは、医者としてあまりにも無責任なように思えたのだ。せめて罪滅《つみほろ》ぼしに紫霄観で引き受けてその最期を看取り、手厚く葬ることはできないかと考えた。

とはいえ、寝たきりとはいえ畏《おそ》れ多くも皇上のご寵愛を受けた宮女を、道観——しかも中書侍郎の私有の道観で引き受けるとなれば、非常に外聞が悪い。中書侍郎には直接いきさつを説明した上で頼みこみ、なんとか許しを得ることができた。


その日のことは忘れもしない。

家人たちがあわただしく出迎えの準備に走り回るなか、宮城からやってきた輜車《ししゃ》が大寧坊の中書侍郎邸の前に横付けになった。

わたしは紫霄観の殿舎の前で待っていた。寝たきりと聞いていたので、てっきり牀《ねだい》に載《の》せられて運ばれてくるものだと思っていた。

ところが。——

甃砌《いしだたみ》を音もなく踏みしめながら、あざやかな黄裳《こうしょう》絳褐《こうかつ》の玄衣に身をつつんだ女冠がひとり、ゆっくりとこちらに向かって歩いてくるのである。

道士さま。——

女は嫣然《えんぜん》と微笑んだ。

細く優美な柳眉《りゅうび》。紅《あか》く倩《すず》しげな朱唇《しゅしん》。玉璧《たま》のように白く肌理細膩《きめこまや》かな膚《はだ》は、軽く指が触れるだけで弾《はじ》けてしまいそうなほどに荏弱《やわらか》だった。身体は玄衣ごしでも、楊柳《やなぎ》のように細く逶迤《たおやか》なのが分かった。

わたしは、息を呑んだ。

道士さま、ようやくお目にかかることができました。

女が近づいてくる。それでもなお、はるか遠くにいるような隔《へだ》たりを感じさせた。

ずっと、お礼を申し上げたかったのです。

女はそういって、にっこりと微笑んだ。

——道士さま、

ぞっとした。

女は、この世の美しさではなかった。

道士さま、

婢子《わたくし》はあなたさまのおかげで、こうして外に出ることができました。——

わたしは女を迎え入れたことを、心の底から後悔した。

第十章

丹房

昨日《さくじつ》僊子《せんし》を尋《たづ》ぬるに
輀車《じしや》忽《たちま》ち門《もん》に在《あ》り
人生《じんせい》須《すべから》く此《ここ》に到《いた》るべし
天道《てんだう》竟《つひ》に論《ろん》じ難《がた》し
客《かく》至《いた》りて皆《みな》袂《たもと》を連《つら》ぬ
誰《だれ》か來《き》たりて爲《ため》に盆《ぼん》を鼓《こ》す
堪《た》えず襟袖《きんしう》の上《うへ》
猶《な》ほ印《しる》す舊眉《きうび》の痕《あと》

——『北里志《ほくりし》』

右街《うがい》へ向けて疾駆《しっく》する幄号《あくごう》の馬上で、裴景《はいけい》は昨日の事件のあらましを聞かされた。

被害者の名は王苞《おうほう》。太原王氏《たいげんおうし》という名族の出で、二十八歳《さい》にして中書省《ちゅうしょしょう》右拾遺《ゆうしゅうい》というから、裴景などには眩《まばゆ》いばかりに将来有望の若手官僚《かんりょう》である。

子宝にも恵《めぐ》まれ、妻妾《さいしょう》の両方を合わせて十四人の子がいたという。しかしこの王苞も例に漏《も》れず、死の直前に終南山麓《しゅうなんさんろく》の別墅《べっしょ》に家族家人《かじん》を移し、事件現場となった家には当時ひとりきりであったという。

佽飛《しひ》たちによる屍体《したい》検分は今朝からおこなわれ、兜《とう》は蘇家楼《そかろう》に来る前に強引にのぞいてきたという。

今回これまでの屍体損壊《そんかい》とちがい、かなり初期の段階で崔静《さいせい》に阻《はば》まれたらしく、王苞の屍体は腹を十文字に切り裂《さ》かれただけで、心肝含《しんかんふく》めてなかの臓器《ぞうき》はすべて無事だったようだ。

そして兜の指示で遺体《いたい》の口に挿《さ》された銀簪《ぎんしん》は、青黒く変色したという。


二人を乗せた幄号は右街醴泉坊《れいせんぼう》の酒家胡《しゅかこ》の前で急停止すると、裴景はあわただしく下ろされた。

埃《ほこり》と独特の乳香《にゅうこう》の香りただよう往来に立って、かれは目の前の波斯邸《はしてい》を見上げた。ここも前におとずれてからそんなに時間は経っていないはずなのに、ずいぶんひさしぶりな気がした。

昼前ということもあって酒家のほうはまだ開店していないらしく、店内はひと気がなく薄暗《うすぐら》かった。馬止めに幄号をつなぐと兜は、なぜか裴景の背後に立った。

「え？」

意味もわからず矢面に立たされたような恰好《かっこう》になって、裴景がふりかえろうとすると、

――入りなさい。

酒家のなかから、そう声が聞こえた。

よく徹《とお》るその低音は、忘れもしない何莫潘《かばくはん》の声である。

裴先生、と背後から兜も催促《さいそく》してくるので、裴景を先頭に二人は連なって酒家胡のなかに入っていった。

なかは、いっそう暗かった。すべての窓《まど》には紗《しゃ》が下りて、外の光をさえぎっていた。

「適当に掛《か》けたまえ」

「けっこう」

何莫潘の言葉をさえぎる勢いで、兜はそう答えた。

それにしても、何莫潘の姿《すがた》が見えない。薄暗いだけで、暗闇《くらやみ》ではない。徐々に目も慣《な》れてきたというのに、声しか聴《き》こえないのである。

「胡天祠《こてんし》へのお参りはよかったんですか？」

兜がそう訊《き》くと、どこからともなく、くすりと笑う声がもれて、

「きみがそろそろ来る気がしたから、早めに切り上げてきたんだよ」

と答える声が聞こえた。あいかわらず、よく徹る美声である。

「それはどうも」兜はそっけなくいった。「ただ、あなたに用はなかったんですけどね」

「ほう」

「娑得葉《さとくよう》はどこです？　彼女を連れてきてください」

兜が強い調子でそういうと、しばらく沈黙《ちんもく》があったあと、

「彼女はもう、ここにはいないよ」

と答える声があった。

「ではどこに？」

間髪《かんはつ》を容《い》れずそう訊《たず》ねる兜に、何莫潘はまたしても長い沈黙のあと、

「彼女は祖国に帰ったんだ。――遠い、西の果てのね」

と答えた。

「わかりました。では前にうかがったとき、あなたが連れていた胡姫《こき》と若い男はどこです？　出してください」

「いない」今度は即答だった。「彼女らもまた、国に帰った」

「逃がしたってことですか」兜ははっきりそういって、笑った。「道理で、そんなに怯《おび》えているわけだ」

「怯える？　わたしが？」何莫潘の声が響《ひび》いた。「いったい、きみはなにを――」

「腕利《うでき》きの用心棒《ようじんぼう》たちを帰した上、代わりもまだ手配できていないようですね」

兜は顎《あご》をしゃくって、

「とりあえず、後ろにいる射手《しゃしゅ》を退《さ》げてもらいましょう。かれの腕とこの距離《きょり》では中《あた》りませんよ。――わたしにも、裴先生にもね」

裴景はあわてて背後をふりかえったが、そこには入口の戸があるだけだった。戸には採光用のちいさい窓があるが、そこから人の姿は見えない。その先の、向かいの建物にでも射手がひそんでいるというのだろうか。

「そうか。きみたちがどうして天祠《ヴァグン》ではなく、真っ先にここへ来たのか不思議だったが、きみを狙《ねら》うかれ

の気配に気づいたからだね。それで、わたしもここにいると踏《ふ》んだわけだ。……かれには、きみのことを警戒《けいかい》させすぎてしまったかもしれない」

壚《ろ》の奥から物音がしたかと思うと、その陰《かげ》から悠然《ゆうぜん》と何莫潘が姿を現した。

それと同時に入口の戸が開き、立派な体軀《たいく》をした胡人《こじん》の男がゆっくりと入ってきた。男は無言のまま、裴景と兕の背後に立った。

兕は男を一瞥《いちべつ》すると、新しい護衛ですか、と訊いた。

胡人の男は弓袋《ゆみぶくろ》こそ持っていなかったが、腰《こし》から胡簶《ころく》（矢筒《やづつ》）を提《さ》げていた。この男が外から自分たちを狙っていたというのだろうか。

「まわりに心配性な人間が多くてね。その男の同席を許《ゆる》してやってほしい」

何莫潘はそういって微笑《ほほえ》んだ。

「雲《メーグ》、きみのいうとおり、かれは弓の腕はまだまだだが、剣技《けんぎ》はなかなかのものだ。……もっとも彼女――娑得葉には遠くおよばないがね」

「そのようですね」兕はいった。「彼女、赭羯《チャカル》ですね？」

「ほう、さすがだ。よく知っている」

「赭羯《チャカル》？」

裴景は口をはさんだ。娑得葉といえば、以前この酒家胡で酌《しゃく》をしてくれた、婀娜《あだ》っぽい胡女ではなかったか。

「赭羯とは壮士《そうし》。――騎士《アーザカール》に忠誠を誓《ちか》う粟特《ソグド》の傭兵《ようへい》です」

兕はそう説明すると、正面に何莫潘を見据《みす》えて、

「以前われわれに胡旋舞《こせんぶ》を披露《ひろう》した胡姫も、そのとき横にいた胡人の男も、いま背後にいる男もみな、この何大人に仕える赭羯です」

と断じた。

チャカルはもともと西域諸国の粟特人君主や騎士に仕える私的傭兵であったが、粟特の活動領域が拡大するにつれ、影《かげ》となって寄りそうチャカルの暗躍《あんやく》の場も同様に拡《ひろ》がった。

安史《あんし》の乱《らん》においてチャカルは安禄山《あんろくざん》軍の重要な一翼《いちよく》を成し、奚《けい》や契丹《きったん》らから構成《こうせい》される外人部隊〈曳落河《えいらくか》〉とならんで最強を謳《うた》われた。余談だが、その安禄山軍から長安《ちょうあん》を奪還《だっかん》した唐軍にもべつのチャカルが参加しており、その唐軍と轡《くつわ》を並べた回紇《ウイグル》軍のなかにも胡部《こぶ》とよばれる粟特人騎士団がいたという。傭兵業もまた、粟特にとって重要な営利事業のひとつであったのだ。

何莫潘はふふ、と愉《たの》しそうに笑いを漏らすと、下からなにかを取り出して、それを壚の上に置いた。

それは一振の宝刀であった。

優美な偃月形《えんげつがた》で、金縷《きんる》で装飾《そうしょく》された艶《つや》のある碧色《みどりいろ》の鞘《さや》に納《おさ》められていた。

「彼女——娑得葉から、きみへ渡してくれと言付かっている。受け取りたまえ」

何はそういって、うれしそうにその豊かな口髭《くちひげ》をなでた。

兜は前に進み、刀を手に取った。

入口の採光窓からわずかに差しこむ光にかざすと、鞘の碧《あお》がいっそうあざやかさを増した。かれは左手で鞘をにぎった。

「これは……?」

と裴景が訊くと、

「こいつが妖刀の正体ですよ」

兜はそういって、一息に鞘を抜《ぬ》いた。

露《あら》わになった刀身の美しさに、裴景はおもわず息を呑《の》んだ。

白銀に輝くその刀身には、ちいさな渦《うず》が密集しているような複雑で稠密《ちゅうみつ》な紋様《もんよう》が隙間《すきま》なくうかびあがっていた。まるで微小《びしょう》な花が敷《し》きつめられているようにも、細密に編《あ》みこまれた白麻《はくま》にも、朝に輝く雪花にも似ていた。到底ひとの手で刻むことなど不可能と思えるほど精緻《せいち》極まる紋様であった。

「こいつはまた、美しい……」

兜もはじめて目にしたのか、感動している。

「鑌鉄《ひんてつ》――ですね」

「そうだ」

何莫潘はうなずいた。

鑌鉄とは、古代インドで誕生した高炭素積層鍛造鋼《たんぞうこう》であるウーツ鋼――通称ダマスカス鋼のことである。

その第一の特長は、唯一無二のその稠密な渦状模様にある。

「鑌鉄でも、ここまで美しい紋様のものはそうない」何莫潘はいった。「金絲礬《きんしばん》という秘薬で表面をていねいに洗《あら》い、磨《みが》きあげる。これを丹念《たんねん》にくりかえすことで、これほどの美しい紋様をうかびあがらせることができるんだ」

ダマスカス鋼は原料の磁鉄鉱《じてっこう》に滲炭剤《しんたんざい》となる木片や葉を加え、坩堝炉《るつぼろ》で溶融《ようゆう》させて得られた高炭鋼を、さらに鍛造したものである。その表面を酸性《さんせい》の金絲礬（黄礬《おうばん》）で腐食《ふしょく》させることで、坩堝内で結晶化したごく微小の鉄カーバイドの層状配列が露出し、特徴的な渦状模様がうかびあがってくるのである。

のちに明《みん》の曹昭《そうしょう》はこのダマスカス鋼の模様について〈旋螺花《せんらか》〉あるいは〈芝麻雪花《しませっか》〉と表現している。

裴景ははっと我にかえって、

「そうか、田五《でんご》にはこれが文字に見えたのか」

と声をあげた。

「おそらく」兜はうなずいた。「――いまあらためて確信しましたが、この模様はなんにでも見える。こうして近くで見れば木理《もくり》のようにも葡萄《ぶどう》の蔓《つる》がからまっているようにも見えますが、遠目ならまたべつの見えかたになってもおかしくない。突然賊《ぞく》に襲撃《しゅうげき》されるという混乱した状況のなかで、字を識《し》らない田五が遠目にこの模様を、文字が刻まれているように見まちがえたとしても不思議じゃない。そもそもこんな模様の刀があること自体、あいつの理解の外でしょうからね」

それは裴景もおなじである。刀にかぎらず、まずこんな模様は見たことがない。遠目に見ればかれも、経文のようにびっしり微小な文字で埋《う》め尽くされていると見まちがえたかもしれない。文字を識る裴景がそうなのだから、識らない田五はなおさらだろう。田五にとっては、もっとも身近にありながら意味不明の模様が文字なのである。

そして〈文字がびっしり刻まれた刀〉は、徐真君《じょしんくん》という妖術師の存在と仲間たちからの入れ知恵もあって〈呪文が刻まれた妖刀〉という意味づけがなされてしまった。

「もうひとつ、この鑌鉄はこの世にあるどんな刀剣よりも強靭《きょうじん》なんです」

ダマスカス鋼の第二の特長が、その強靭さである。

きわめて不純物のすくない高炭素鋼に特殊《とくしゅ》な鍛造が施《ほどこ》されることで、異なる結晶構造体が共存し、すぐれた硬度と粘性《ねんせい》を同時に兼《か》ねそなえた鋼《はがね》が産まれるのである。またダマスカス鋼はきわめて錆《さ》びにくい特性を持ち、ステンレス鋼の登場までは唯一無二の錆びない鉄とされた。

「そうか――」

と裴景は納得した。

たった三人で佽飛《しひ》ら二十四人を殺害するには相応の強靭な武器が要《い》る、と兜が話していたが、この鑌鉄《ひんてつ》ならその役をじゅうぶんに担《にな》えるというわけである。いまの話では、鑌鉄以上に強靭な武器はこの世に存在しないのである。

そこでかれは、ようやく気がついた。

その武器が、ここにあるということは。――

「そのとおり――」

いつもそうだったように、兜は裴景の心の声にそう答えると、鑌鉄を持つ手をすばやく返した。背後の胡人の用心棒が剣を抜くより速く、その切先が何莫潘に突きつけられる。

「佽飛十七人、御用商人孔迪《こうてき》とその人夫あわせて二十一人が殺されたのは、この男の指示によるものです」

何莫潘は白刃《はくじん》を前にしても微動だにせず、口許《くちもと》におだやかな微笑をたたえていた。

二

「ふたりとも、刀を納めなさい」

何莫潘の低音の美声が響いた。

兜はゆっくりと鑌鉄を下げ、鞘のなかに納めた。

納めなさい、と何莫潘が再度命じると、兜の背に刀を突きつけていた胡人の男も、しぶしぶその刀を納めた。

何はその様子を見届けると、さて――と兜に向きなおって、

「それでは雲《メーグ》、――きみはすべて解《わか》った上で、ここに来たというわけだね」

といった。

「ええ」兜は即答した。「出直してきた甲斐《かい》がありました」

「きみは前に来たときにもすでに、わたしの関与に勘《かん》づいていたはずだ。無理やりわたしや娑得葉たちを引っ立てることだってできただろうに」

「できませんよ、そんなこと」兜は軽く首をふった。「あの時点ではまだ、あなたがどういう立場で関わっていたのか判《わか》らなかった。なにより、全体像がまるで見えていなかった」

「それが解ったと――」

「ええ。自分ひとりの手には余ったので、小黠《こざか》しい青童《せいどう》の知恵を借りましたがね」

「ほう」

何莫潘は興味深そうに感心した。

青童とは、神々や神仙に侍《はべ》る青衣《せいい》を纏《まと》った童子のことである。志怪伝奇《しかいでんき》のなかでは無邪気《むじゃき》に玉女《ぎょくじょ》と遊び、老仙と碁《ご》を打つ道化であり、ときに青い鳥と化して天地を往還《おうかん》する。

磨勒《まろく》のことを青童になぞらえるのは、いかにも的を射《い》ていると裴景は思った。

「貪伐《たんばつ》のからくりに気づいたのは、いつからです?」

兜がそう訊くと、

「二回目の賧伐の取引後だ」

と何莫潘は答えた。

「そのときの中書侍郎《ちゅうしょじろう》側の支払条件は、帛練《きぬ》と金貨が半々というものだった。ところが取引を終えて西へ帰った胡商から、みょうな相談を受けた。受け取った金貨がどうやら贋物《にせもの》か、あるいは著《いちじる》しく金の比率がすくないものであるらしい——とね。比重でいえば、青銅《せいどう》にきわめて近いという話だった。それでわたしはぴんと来た。この唐土《タブガチ》には、べつの金属から見せかけの黄金を生成するという奇妙な技術があるという話は耳にしていたからね」

黄白術《こうはくじゅつ》だ——と裴景は思った。

「とりあえずその胡商の損失《そんしつ》は、わたしのほうで補塡《ほてん》することにした。この京畿《けいき》での胡商の取引に関するすべての責任は、わたしにあるからね。だけど、釈然《しゃくぜん》としなかったよ。損失を被《こうむ》ったこともあるが、なにより天下の中書侍郎がそんな贋物の黄金……なんといったかな……」

「薬金《やくきん》ですね」兜がいい添《そ》えた。

「ああそうだ」何はうなずいて、「そんな薬金なんてものをつかってまで、われわれ胡商を騙《だま》したりするだろうか、とね。われわれも中書侍郎のことはよく知っている。たしかに吝嗇《けち》なところはあるが、商売というものをよくご存じのかただ。なにかのまちがいではないかと思って、わたしはこの一件を、自分の胸の裡《うち》にしまっておくことにした。いざというとき交渉《こうしょう》材料にもつかえるという思惑《おもわく》もあったんだが、結果としてわたしのこの浅はかな判断が、不要な犠牲《ぎせい》を生むことになってしまった」

何莫潘はすこしうつむいた。表情は変わらないが、口許にわずかだがくやしさがにじんでいた。

「それで、つぎの賧伐の話が出たんですね」

と兜は先をうながした。

「そうだ。しかも今度は、全額金貨で支払うという。いよいよあやしいと思ったが、なにしろ相手は中書侍郎だ。軽々に疑いをかけるような失礼もできない。かといってまた贋物を摑《つか》まされたのでは、たまったものじゃない。そこでわたしは、取引する胡商にひとつ入れ知恵をすることにした」

「入れ知恵？」

「薬金の鑑定法《かんていほう》だよ。確実なのは比重を測《はか》ることだが、闇取引の現場に水桶《みずおけ》まで持ちこませるのはあからさますぎる。そこで、もっとかんたんな鑑定法を教えたのだよ」

「焼かせたんですね」

「そうだ。本物の黄金ならもちろん燃えない。だが贋物なら、五色《ごしき》の気《き》とよばれる碧色の炎《ほのお》が出るはずだ——とね」

黄白術とは、古代中国より伝わる錬金術《れんきんじゅつ》である。黄は金を、白は銀を意味した。その歴史は判っているかぎりで漢代《かんだい》にはすでに存在し、方士たちによる不老不死の薬——金丹《きんたん》の材料づくりとしてはじまった。その本質は金や銀の模造《もぞう》合金を製造することにあり、その多くは銅合金であった。産み出された模造金や模造銀はその主な用途が薬剤《やくざい》であったため、それぞれ薬金、薬銀とよばれることになった。

そして代表的な薬金である雄黄金《ゆうおうきん》（銅砒素《ひそ》合金）は、高温の炎で焼かれると青緑色の炎色反応を示すのである。

「よくご存じですね」兜は感心して、いった。「そんなこと、ふつう識りませんよ」

「きみは、その賢《かしこ》き青童から聞いたのかな」

兜がええ、と答えると、何莫潘はすこしさびしげに微笑んで、

「では、やはり行き過ぎた知恵だったのかもしれない。だから裏目に出てしまった」

といった。

「じゃあ……」

「碧い炎が出たんだろうね。結果として贋金を指摘《してき》された御用商人と佽飛《しひ》たちを追い詰めることになってしまったのだろう。かれらは、胡商と人夫あわせて六人全員を虐殺《ぎゃくさつ》したんだ」

何莫潘はそういって、固く握《にぎ》りしめた右の拳《こぶし》を壚の上に置いた。

「それは、たしかなんですか？」と兜は訊いた。

「もちろんだよ。そのとき賧伐に参加していた佽飛のひとりを拷問《ごうもん》して吐《は》かせたからね」

何莫潘は平然とそう答えた。

「遺体を埋めた場所も聞き出して、わたしたちの手であらためて丁重に葬《ほうむ》った。遺族への補償《ほしょう》はまだだが、かれらの債務《さいむ》は全額わたしで引き受けることにした。せめてもの償いだよ。いまもまだ、かれらにたいして申し訳ない気持ちでいっぱいだ」

その拷問された佽飛がどうなったか、裴景は気になったが訊けなかった。おそらく行方不明になって、その代わりに選ばれたのが田五だったのだろう。

「同時にわたしは、どうしても怒《いか》りが抑えられなかった」

何莫潘はつづけた。壚の上に置かれた拳が、さらに強く握られていた。

「われわれの正義《アシャ》を冒瀆《ぼうとく》するような、こんな所業がゆるされていいのだろうか。傲慢《ごうまん》かもしれないが、こ

んなことは天神《アドゥヴァグゥ》もけっして赦《ゆる》されないはずだと思った」

だが、とかれはさらに言葉を継《つ》いで、

「いっぽうでまだ信じられない気持ちもあった。あの中書侍郎が、われわれ商胡にこんな非道な仕打ちをするだろうか、とね。かれらしくない、と思った。……そして、京畿の商胡の商売全般をあずかる身として慎重にならなければいけないとも思った。商売とは外交だからね。まして相手は当世随一《ずいいち》の権勢家だ。下手に動いて、われわれ商胡の利益を損《そこ》ねるようなことがあってはならない」

「それで、あなたのほうから四回目の賧伐を持ちかけたんですね」

と兜はいった。

何莫潘は大きく目を瞠《みは》って、

「よく分かったね。そのとおり。一度、試してみようと思ったんだ」

といった。

「わたしが懇意《こんい》にしている沙州《さしゅう》の人間を通じて、賧伐を熱望する胡商がいると伝えさせた。金貨での支払条件であれば稀覯品《きこうひん》の数々を用意できるといって、好事家《こうずか》なら目を剝《む》くような内容の目録を作って送らせたよ。案の定かれらはすぐに食いついてきた。代価として黄金三百斤《きん》分なんて非常識な額を提示させても、これも呑むという。かれらが、前回の失敗にまったく懲《こ》りていないことはあきらかだった。……あるいは、ばれたらまた殺してしまえばいいとでも考えていたのだろうね」

「そしてあなたは、娑得葉たち三人の赭羯《チャカル》を胡商に化けさせた──」

「そうだ。彼女たちには中書侍郎側から送られてきた奉幣使《ほうへいし》の京牒《けいちょう》とその鑌鉄《ひんてつ》を持たせて、安物の玻瓈《はり》や琉璃《るり》といったがらくたを山と積んだ車といっしょに前の日から取引場所に入ってもらった。さも沙州の果てからやってきましたという顔で待たせたわけさ」

そういって何莫潘は愉快《ゆかい》そうに笑った。

田五が焼け跡《あと》のなかを這《は》いずりまわって見つけ出し、後生大事にしていた緑琉璃をがらくたよばわりされるのを聞いて、裴景はなんだかむなしい気持ちにさせられた。

「知っているとは思うが、かれらが取引場所に指定してきたのは、京城西郊にある中書侍郎の荘園《しょうえん》だ。人目につかないので闇取引にうってつけだというが、わたしには殺戮《さつりく》と証拠《しょうこ》湮滅《いんめつ》にうってつけのまちがいではないのかと思ったよ」

「たしかに」兜も同意した。

「さて、――ここからさきは娑得葉たちの報告に基《もと》づくものだ。わたしは彼女にきわめて細かい任務と、詳細な報告を課した。彼女はその要求によく応《こた》えてくれたと、わたしは思っているが、彼女の報告をどこまで信じるかはきみたちの勝手にするといい」

何莫潘はそう断ってから、事件当日についてくわしく語りはじめた。


胡商の役を演じたのは、胡姫とともに何莫潘の横に侍っていた胡人の男であった。娑得葉と胡姫は作人《さくじん》(人夫)役だった。

胡商役を演じる男は取引の冒頭《ぼうとう》でいきなり、黄金三百斤の真贋問題を持ち出した。

万が一ということもあります。これが薬金でないことを確認するため、この金餅《きんぺい》を火に投じさせてもらうが如何《いかが》。――

かれがそういって、手にした馬蹄金《ばていきん》を手焙《てあぶ》りの火のなかに投じるそぶりを見せた瞬間だった。

一番前にいた佽飛《しひ》が、なにもいわずに刀を抜いたのだ。

その動作を見て取った娑得葉はすばやく前に出て、有無をいわさずその佽飛を一刀のもとに斬り捨てた。

まったく想像もしていなかった急展開と光景に、御用商人孔迪と残りの佽飛二人は、顔に血しぶきを浴びながらもしばらく凍《こお》りついて動けなかった。しかしすぐに静寂《せいじゃく》は破られる。孔迪の三人の人夫たちが恐怖のあまり悲鳴をあげたのだ。とくにそのなかのひとりは野太い声をあげて、舎《しゃ》から逃げ出そうとした。

すると佽飛のひとりが我にかえって、この臆病《おくびょうもの》者めと罵《ののし》りながら逃げる人夫を背中から斬りつけた。男がうめき声とともに斃《たお》れると、もうひとりの人夫の男もわあ、と声をあげて逃げようとしたが、これもおなじ佽飛によって背中から斬り殺された。

娑得葉は、目の前で斬り殺された二人をふくむ三人の人夫が前回の賧伐にも参加しており、胡商たちを見殺しにした連中であることを冷静に見極めていたという。――彼女たちの任務においても、死んでよい人間だった。

人夫二人を斬った佽飛が、返す刀を娑得葉に突きつけて構《かま》えたが、それを横から胡商役の男が斬った。頸動脈《けいどうみゃく》を一閃《いっせん》する容赦《ようしゃ》ない一撃で、予想外の方向から斬られた佽飛は驚愕《きょうがく》の表情のまま崩落《くずお》れた。

二人の佽飛が瞬《またた》く間に斬り殺され、もうひとりの作人役であった胡姫までもが鑌鉄《ひんてつ》を抜くにおよんで、孔迪と残りの佽飛はようやく情況を察した。

これは、前回の虐殺の報復だ――と。

残された佽飛が、わあ、と雄叫《おたけ》びをあげて手焙りの炬火を蹴り倒したため、火のついた薪木《まきぎ》が散らばった。その隙に外に逃げ出したので、胡商役の男が外まで追いかけて、舎の戸の前で斬って捨てた。

孔迪は腰を抜かして、悪かった、なんでもやるから命だけは助けてくれ、と喚《わめ》いたが、彼女たちには〈交《こう》

〈渉《しょう》〉は許されていなかったので、胡姫の女が無言でその頸《くび》を掻《か》き斬った。

「孔迪を脅《おど》して情報を引き出そうとは思わなかったんですか」

兜がそう疑問をはさむと、何莫潘は肩をすくめた。

「われわれの取引相手はあくまでも中書侍郎だ。その手下の言い分を聴く必要があるかい？」


そのあいだに娑得葉は、火のついた薪木を刀の先に突き刺《さ》して、荷車に整然と積まれた三百斤の黄金のなかに突っこんだ。金餅はひとつひとつ薄葉紙《うすようし》に包まれていたため、すぐにその紙に引火し、荷全体が大きな炎に包まれた。最初は真っ赤に燃える炎のなかで、すこしずつ青や碧色の火が吹きはじめた。炎全体が碧色に変わるころには煙《けむり》もひどくなってきたので、三人の赭羯《チャカル》は舎の外に出た。すでに火は、建物にも延焼をはじめていた。

田五を除く佽飛《しひ》全員の殺害が彼女たちの任務だったから、外に出てすぐに残る佽飛の人数を数えた。万が一その場から逃げ出す標的がいれば、矢で射殺すか、馬で追う必要があったが、幸運にも田五を除く全員がひとりも欠けず彼女たちに殺到してきたので、あとは迎え撃つだけだった。彼女たちが三人という少数だったことが油断を誘《さそ》ったのだろう。

また、唯一《ゆいいつ》殺してはいけない人間であった田五が臆病者で遠くに隠《かく》れてくれていたのも、彼女たちにはありがたかった。――襲ってくる佽飛たちを迷いなく殺すことができたからである。

彼女たち赭羯は碧く燃えさかる舎を背に、これみよがしに鑌鉄《ひんてつ》を振りかざし、わざとらしいほど派手に立ちまわった。田五が草叢《くさむら》からのぞいているのを意識しながら、その前で十四人の佽飛を斬殺《ざんさつ》した。

「――とまあ、こんなところだ」

何莫潘は説明を終えた。

「孔迪の残りの人夫はどうなったんです？」

「報告によれば、建物から逃げられずに焼け死んだようだね」

何莫潘はまったく余所事《よそごと》のように答えた。

なるほど、と兜は納得して、

「人夫たちは積極的に胡商虐殺に関与したわけではないから殺す必要はないが、生かす必要もなかったというわけですね」

「ああ。わが同胞《どうほう》を見殺しにした罪は罪だからね」

「そして虐殺の主犯である孔迪と佽飛十七人の殺害は必須《ひっす》だった――」

「当然だね」

「逆に、虐殺になんの関わりもない田五は必ず生かしておくよう命じたわけですね。重要な目撃者としても、証言者としても」

「そうだね。その男に罪はないし、なにより生かして帰すこと自体に意味があった」

「明快ですね」

兜の言葉に皮肉の響きはなかった。

田五がわざと生かされたというのも、かれの推理どおりである。

「ただ、誤算もあった」何莫潘はつづけて、「娑得葉たちが去ったら、その男も現場からすぐにいなくなると思ったんだよ。まさか焼け跡にもどって、宝探しをはじめるとは思わなかった」

「おかげで、黄金が消えたなんて話になったわけですね」

兜がそういってにやりとすると、何莫潘も照れたように笑った。

「まったく。あっぱれな欲深さだよ。……もっともかれは薬金のことなんて知るよしもなかったろうから、まさか黄金が燃えて真っ黒になるなんて思いもしなかったんだろうね」

「さすが、そこまでご存じなんですね……」

兜がそう感心すると、

「それも薬金を鑑定する方法のひとつだからね」

と何莫潘はすずしい顔で答えた。

裴景もすっかり驚いていた。薬金の存在ばかりか、それが燃えると炭のように真っ黒になる性質（正確には燃焼による酸化で銅合金の表面に黒い酸化銅の膜《まく》ができる）まで、胡人でありながら通じていようとは。

馬蹄金はひとつひとつ紙に包まれていたというから、表面全体をまんべんなく焼かれたはずである。

――黄金三百斤は真っ黒い炭の塊《かたまり》のような見た目に変わっていたかと存じます。

とは磨勒の見立てである。

まばゆい黄金の輝きを追って這いずりまわる田五には、そんな黒い炭の塊は目に入らなかったにちがいない。

そう、かれには目の前の黄金が見えていなかったのだ。

――はじめからなかったか、あるのに見つけられなかったかのどっちかに決まってます。

今朝の九娘《きゅうじょう》の言葉は、まさしく真実を言い当てていたのだ。

はじめから黄金はなく、あるのは偽《いつわ》りの黄金——薬金だった。

そしてその薬金は黒い炭の塊に変わり果ててしまったため、田五の目の前にあったにもかかわらず、かれはそうと認識できなかったのだ。

田五が間抜けだったわけではない。黄金が黒く朽《く》ちてしまうなんて、だれが想像できよう。

「報告によれば取引場所の建物は天井《てんじょう》も高く、空間も広かったこともあって想定以上に激《はげ》しく燃え広がったとはいっていた。その強い炎が薬金をいっそう黒く焼いてしまったんだろうね」

何莫潘はそう補足した。

「薬金に火を点けさせたのも、あなたの指示ですね？」

兜がそう尋ねると、何莫潘はもちろん、と答えた。

「燃えた薬金を現場に残しておくことも必要な処置だったからね」

「なるほど」兜は納得したようにうなずいて、「……三回目の賧伐で胡商の虐殺に関わった佽飛《しひ》と孔迪についてはひとり残らず殺害し、関わりのなかった田五ひとりだけを生き残らせた。しかもその田五が見ているなかで薬金を碧色の炎で燃やし、鑌鉄《ひんてつ》という西域渡来の武器で仲間の佽飛たちを鏖殺《みなごろ》しにした。そして現場には孔迪とその人夫、そして佽飛を合わせた二十一人の屍体と、真っ黒に変色した薬金を残して立ち去らせたわけですね」

「そうだ」

「じつに明快です。事情を知る人間が話を聞けばすぐに、この犯行が金目当ての劫盗《ごうとう》や匪賊《ひぞく》のしわざではなく、胡人によるものだと気づくようにしたわけですね。おまけに薬金を焼くことで、贋金であることはすっかり見破っていると伝えたかったわけだ」

「鑌鉄《ひんてつ》は乳香や象牙《ぞうげ》とならぶ最重要の朝貢品のひとつだからね。市場にいる末端《まったん》の商賈ならいざ知らず、中書侍郎が知らないはずがないんだ」

何莫潘がそうつけくわえた。ウーツ鋼材は波斯《ペルシア》や大食《タージーク》（アラビア）に輸出され、鋭利な刀剣に加工された。これが北魏《ほくぎ》のころから中国にも輸入されるようになっていたのである。

「つまりあなたが子飼いの赭羯《チャカル》に賧伐を襲わせたのは、虐殺された同胞の報復であると同時に、中書侍郎へ告発するためだったんですね。田五をひとり生かしたのは、その伝令とするためだった」

「ああ。そのときにはまだ、中書侍郎がどこまで把握しているのかが分からなかったからね。納得ずくなのか、それとも末端の御用商人が暴走しているのか。——それを確かめる必要があった」

「だとしても、挑発的な告発ですよね」

報復とはいえ、二十一人を殺害しているのである。

しかし何莫潘はそうかな、と微笑んで、

「べつにやりすぎとは思わなかった。泣き寝入りするつもりもなかったからね。ただ、強めの発信を意識したのはまちがいない。ある程度禍根《かこん》を残すくらいのやりかたでなければ、こちらの意思も正しく伝わらないと思ったんだよ」

「なるほど」

ところがだよ、と何《か》は苦笑して、

「これだけ大袈裟なことをしたんだ。すぐに反応がかえってくるものと期待していたのに、まるでなしのつぶてだったんだ。気になって探らせてみると、中書侍郎の闇取引が賊に襲われたといううわさは流れていた。しかし肝心のわたしのところへはだれも来やしない。……これは、握りつぶされたにちがいないと思ったね」

「そうですね。実際田五の持ち帰った話は、何者かによって都合よく解釈を変えられ、不思議な現象はすべて徐真君という妖術師のせいにされてしまった。そして真実を目撃した田五は、右金吾衛《うきんごえい》から早々に追放されてしまいました」

「おかげでこちらは長いあいだ、ほったらかしだよ。さてさて、どうしたものかと考えていた矢先だった」

何莫潘はあらためて兜と裴景の二人を見据えて、

「雲《メーグ》――きみたちが現れたんだ。わたしはそこで、ようやく気づいたよ。そうか、中書侍郎も事態を把握できていないのだとね……」

「ええ。あなたが発信した伝言は残念ながら、中書侍郎にはほとんど届いていなかった。鑌鉄も薬金も碧い炎も、すべて捻《ね》じ曲げられるか、握りつぶされてしまった。ましてやそれ以前に胡商が虐殺されていたなんて事実、中書侍郎は知るよしもありません」

「だから、きみを寄越《よこ》した」何莫潘の声はすずやかだった。――「きみの正体は、中書侍郎に遣《つか》わされた探《たん》偵《てい》なのだろう?」

その問いかけに兜は当然のような顔で、ええ、とうなずいた。

三

そうなのか、とひとり戸《と》惑《まど》う裴景を置き去りにして、何莫潘は言葉を継いだ。

「そもそもきみがあの時期に来たこと自体に違和感《いわかん》があったんだ。事件からひと月以上もたっていた。しかも正面から賧伐について切りこんできたから、最初はなにかの皮肉か嫌味《いやみ》かと思ったくらいだ。だけど話を聴いているとそうじゃないと判ったから、つぎにきみを寄越したのはだれだろうと考えた。事件に関わりがあり、且《か》つきみほど有能な賊曹《ぞくそう》を動かせる人間はそうはいない。……おそらく、そうなのだろうとね」

「ご明察です」

「ただ、きみの雇《やと》い主が中書侍郎だとすれば、やはりわたしの意図はほとんど伝わっていなかったということになる。——きみがひと月半もぐずぐずしていたとは考えにくいからね。やはりわれわれの発信は途中で何者かに握りつぶされて、中書侍郎の耳に入らないようにされていたのだろう。……つまり中書侍郎は最初から取引自体にはほとんど関与していなかったということだ。かれは賧伐という事業の出資者でしかなかった。……ちがうかい？」

「まさにご推察どおりですよ」兜はしっかりとうなずいた。「賧伐を発案し、実際の取引の段取りをおこなったのは孔達《こうたつ》と孔迪の兄弟です。中書侍郎は巨額の資金を提供し、取引場所などの面倒もみましたが、あくまでもそれだけにすぎない」

「賧伐という事業も、出資者と運用者の二重構造で成り立っていたんだね。わたしはこれを見誤っていた。中書侍郎の顔色ばかり見ながら胡商たちに助言をおこなってしまったばっかりに、悲劇を招いてしまった。最終的には非常に乱暴な手段を用いたにもかかわらず、結局中書侍郎にはいっさい響いていなかったんだね」

「ええ。あなたの〈告発〉は、運用者である孔兄弟たちの不始末を訴《うった》えるものでしたからね。当然かれらは大事な出資者の耳に入らぬよう、握りつぶそうとしました」

「じつの弟を殺されても、なんだね」

何莫潘は信じられないという顔で首をふった。「——弟をふくめた二十一人の骸《むくろ》を回収し、せっかくの薬金を黒炭にされてもなお、そうなのか……」

裴景はどの口が、と思った。どれも、この何莫潘の指示によるものなのだ。

兕はええ、と冷静に首肯して、

「襲撃事件はまともな捜査《そうさ》が入ることなく、事実上隠蔽《いんぺい》されてしまいます。被害者でもあった右金吾衛の佽飛《しひ》たちには、犯行は金目当ての盗賊《とうぞく》によるものと説明され、あなたが事件のなかに散りばめた暗号の数々もすべてべつの解釈がほどこされ、徐真君の関与を示唆《しさ》するものに変換《へんかん》されてしまった。極めつけは連続猟奇《りょうき》殺人事件が発生し、その容疑者に徐真君が当てはめられたことで、佽飛たちの興味は完全にそちらのほうに移ってしまい、賧伐襲撃事件のことはいよいよ顧《かえり》みられなくなりました」

感心するよ、と何莫潘は肩をすくめた。

「わたしがあそこまで派手に仕立てあげた事件を、よくもまあべつの画《え》に塗《ぬ》り替えられたものだ」

「もちろん捜査に関して中書侍郎が各方面に圧力をかけたのは事実です。しかしそれもすべて、御用商人孔達の請願《せいがん》を受けてのことのようです。自身の商売で、弟を殺されてしまったことへの同情もあったんでしょう——」

と兕は語った。その口ぶりはまさに中書侍郎の代理人か弁護人のそれであった。

「いっぽうで中書侍郎自身は不信感を募《つの》らせていました」

弁護人はさらに説明をつづけた。

「出資した事業が失敗したとの報告を受けたのですから、当然といえば当然です。聞けば、双方の財貨がすべて賊に奪われ、事業の運営を任せていた孔迪も殺されたという。兄の孔達からは返済猶予《ゆうよ》の懇願とともに事件の経緯に関する説明もありましたが、釈然としないものでした。なにより巷間には、中書侍郎の黄金が奪われたなどという話が出回っていました。もちろん中書侍郎は牒《ちょう》（小切手）を切っただけで、金餅など一銭もあずけた覚えはありませんでした。孔兄弟から聞いていた事業内容と巷間に出回る話とに、大きな乖離《かいり》があったんです。……そのうち、大寧坊《だいねいぼう》の邸《やしき》に出入りしていた官人劉参《りゅうさん》と御用聞きの葛明《かつめい》が立てつづけに変死体で発見されるにおよんで――」

「京兆一の賊曹と折り紙つきのきみに声がかかったというわけだね」

何莫潘は兇の言葉を途中で引き取って、いった。

兇は肯定も否定もせず、つづけた。

「わたしに課せられた任務のひとつは、賧伐の全貌《ぜんぼう》をあきらかにすることでした。ところが任務を受けて早々、片方の当事者である孔達が変死体で発見されてしまった。劉参や葛明とおなじ、腹を裂かれた屍体です」

裴景は一瞥する兇と目が合った。そう、その屍体を発見したのがほかならぬ裴景なのである。

「いきなり当事者であり重要参考人のひとりを失ったわけですが、おかげで佽飛《しひ》が牛耳る事件に食いこむことができる、と思いなおすことにしました。そして、もう片方の当事者である胡商にいたっては、すでに殺されたという話だった。そこで――」

「わたしのところに来たというわけだね」

「かならずなにか事情を知っていると思いましたからね。そして実際あなたは、想像をはるかに超えて通じていた——」

「われわれは待ちくたびれていたんだよ、中書侍郎の使者が来るのをね」

「逆にわたしのほうは、すっかり準備不足を露呈《ろてい》してしまいました。まさかあなた自身が黒幕だとは知らず、手ぶらでのこのこと踏みこんでしまった。あげくに、出直すよう言いつけられる始末だ」

兜がそういって苦笑をうかべると、何莫潘もつられたように微笑んで、

「黒幕とはひどいが、まあ、そうだね。……でも今日のきみは、しっかりと答えを携《たずさ》えてきた。だからわたしも知っていることはすべて話した。わたしの犯《おか》した罪もね」

「ええ」

「で、どうするのかね？」何莫潘は大げさに両腕を拡げてみせた。「わたしを逮捕《たいほ》でもするのかな」

すると兜は、しませんよ、と首をふって、

「判断するのはあくまで中書侍郎で、わたしの任務はいまのあなたの話を含めて集めた情報を報告するだけです。あなたの件は高度に政治的ですからね。判断は中書侍郎に委《ゆだ》ねますよ」

「それがいいだろうね」

「ただひとつ引っかかるのが——」兜は間を置かずつづけた。「あなたの主張する三回目の賧伐での胡商虐殺について証拠がまるでないってことですね」

何莫潘は笑顔のまま、黙《だま》ってうなずいた。

「先ほどあなたは佽飛のひとりを拷問して聴き出したとおっしゃいましたが、その証拠となるものは残していないんですか」

「まいったね。忘れていたよ」

おどけたように首をすくめる何莫潘に、兜はふっと失笑して、

「とぼけますね。あえて残さなかったんじゃないですか」

と指摘した。

「あなたは最初っから賧伐が御用商人の独断であることを見抜いていたんでしょう。だからこそかれらの軽はずみな不始末のせいで、その背後にいる中書侍郎との関係がこじれることをもっとも危惧《きぐ》していた。一貫してあなたは商売の存続を第一に考え、中書侍郎にたいして慎重に発信をつづけていました」

何莫潘は余裕のある笑みをたたえたまま黙《もく》していた。

「あなたは中書侍郎との関係さえ修復できれば、中書侍郎には胡商虐殺の罪は問わないつもりだった。そのために、後々の禍根となるかもしれない証拠も残さなかった。あるいは残さなかったことにした」

「残っていないよ。まちがいなくね」

「信じましょう。あなたは実行犯二十一人を屠《ほふ》るような強硬手段に訴えてなお、それが中書侍郎にたいしては脅しと取られないよう気を配った。外見上は匪賊の兇行《きょうこう》に見せかけ、そのじつ解る人間には解る暗号を埋めこんだわけですが、結果的にそれが裏目に出て、肝腎の伝えたかったことまで伝わらなかった」

「そうだね……」

「あなたはあなたで、ご自身の罪は引き受ける覚悟《かくご》だったんでしょう?」

兜の問いかけに、何莫潘はおだやかに微笑むだけだった。

「だから実行犯である三人の赭羯《チャカル》は早々に祖国に帰しておきながら、あなたはまだここにいる」

その言葉に、兜の背後にいた胡人の男の表情が固くなった。

何莫潘はちいさく笑って、

「そんなに恰好のよいものではないよ。……ただ、やはりきみは優秀な探偵だ」

といった。

「褒《ほ》めてもなにも出ませんよ」兜は無表情でいった。「それに残念ながら、賊曹としてのわたしの仕事はこれからですからね」

「薬金か」

何莫潘がそうつぶやくと、兜はええ、とうなずいて、

「それこそ孔兄弟をはじめ、ありとあらゆる人間を巻きこみ、狂《くる》わせた元凶《げんきょう》です。薬金がなければそもそも孔兄弟は詐欺《さぎ》など働こうとしなかった。胡商が殺されることもなければ、佽飛《しひ》たちも死ぬことはなかった」

「徐真君とやらのしわざかい？」

何莫潘がそう尋ねると、兜は首を横にふって、

「ちがいます。やつはただの傀儡《くぐつ》にすぎません。三百斤もの薬金を製造する設備も資力も持ち合わせていない」

「なるほど、ね」

と何莫潘は含みのある相槌《あいづち》を打った。

この賢者《けんじゃ》はきっと、いまの言葉ですっかり察してしまったにちがいない。

そのとき背後の戸から突然、またべつの胡人の男が入ってきた。かれは兜や裴景には目もくれず、まっすぐ壚のなかにいる何莫潘のもとへ向かうと、横に立って耳打ちした。

何莫潘はうなずいて、雲《メーグ》——と呼びかけた。

「なにか問題が発生したらしい。きみの部下が天祠《ヴァグン》できみたちを捜しているようだ」

「え？」

「おそらくわたしが天祠にいるものと考えて、連絡場所を天祠にしていたんじゃないかな。きみの身体の大きな部下があわてているようだ」

瓜田筒《かでんとう》だ、と裴景は思った。

「もうわたしへの用はすんだだろう。早く行ってあげなさい」

何莫潘がそういうと、後ろにひかえていた用心棒の男もさっと下がって通路を開けた。

兜は、手にしていた鑌鉄《ひんてつ》をあらためて掲《かか》げて、

「これは、ほんとうに頂いてもいいんですか」

と尋ねた。

すると何莫潘はおだやかに微笑んで、

「もちろんだ。ぜひきみにもらってほしい。その刀はきわめて美しいが、けっして美術品などではない。娑得葉が長い年月をかけて丹念に磨きあげた無双の名刀で、赭羯《チャカル》の誇《ほこ》りだ。きみのような勇者にこそふさわしい」

といった。

兜はしっかりとうなずくと、黙って鑌鉄を腰に差した。

出て行こうとする二人に向かって、何莫潘は再度、雲《メーグ》、と呼びかけた。

「――中書侍郎に伝えてほしい。わたしはずっとここにいる。わたしが死んでも、わたしの代わりとなる者がずっとここにいる。だから安心してほしいとね」

「わかりました」

兜はそっけなく答えると、足早に外へ出て行った。

裴景はその背を追いかけようとして、ふと足を止め、ふりかえった。

薄暗い壚のなかで何莫潘は変わらずやわらかい微笑を、その豊かな鬚髯《ひげ》のなかにたたえていた。

まるでなにかの守り神のようだ、と裴景は思った。

きっとこの人は、なにかをずっと絶やさず守りつづけてきた人なのだろう。やわらかな微笑みの下には燃えるような誇りと、覚悟があった。

裴景はどこか敬虔《けいけん》な気持ちで会釈してから、兜のあとを追って外へ出た。


何莫潘の酒家胡から胡天祠（ゾロアスター教寺院）まではそれほど距離がなかったので、幄号《あくごう》は曳《ひ》いて、徒歩で急ぐことにした。

酒家胡が視界から外れたのを見計らって、裴景がたまりかねて話しかけようとすると、

「中書侍郎のこと、黙っていて悪かったですね」

兜のほうから、そういってきた。

機先を制されて裴景は一瞬ひるんだが、すぐに、

「おまえひょっとして、おれが孔達の屍体を発見するのを分かってたのか？」

と訊いた。

廨《かい》（庁舎）が近かったからとはいえ、分かっていたから佽飛《しひ》に先んじて現場に到着できたのではないのか、と疑ったのだ。

「まさか」兜は早歩きのまま答えた。「正直あのとき孔達については、喪中《もちゅう》だったんで訊問《じんもん》を見合わせていたんです。それがまさか、自宅であんなざまで死んでいるなんて夢にも思いませんでしたよ。おまけに裘先生が弟の孔迪と面識があったなんていい出すから、こっちは話を聴きながら頭が真っ白になりましたよ」

「それは悪かったな」

「なに、わたしが愚鈍《ぐどん》だっただけです」

「でも、じゃあほんとうに間の悪い偶然だったってことか」

「さあて、どうでしょう。まるっきり偶然ってわけでもないんでしょうね」

「どういう意味だ？」

裘景のその問いに、兜はすぐには答えなかった。

視線の先に、白い胡天祠の建物が見えてきた。二人の足取りが申し合わせたように速まると同時に、兜が唐突にいい放った。

「おそらく、あの崑崙奴《こんろんど》にしてやられたんですよ」

「え？」

「われわれ二人とも——です」

「磨勒が？　いや、でも、」裘景はいきなりの話に戸惑って、「……おれはたしかに、あいつにそそのかされたところはあるかもしれないけど、おまえはちがうだろ？」

「ちがいませんよ。孔達のことはたしかに偶然だったかもしれませんが、裘先生をそそのかした時点で、あの崑崙奴はわたしを巻きこむ算段だったんでしょう。どういうからくりかは知りませんが、豎児《こぞう》は最初っから崔郎君の件と連続殺人事件、そして賧伐襲撃事件までがおなじ根を持つことをすっかり見抜いていたんです。餌《えさ》を撒《ま》いておけば、わたしがほいほい食いつくと見透《みす》かしていたにちがいない」

「そんな馬鹿《ばか》な。……じゃあ、おまえが中書侍郎の命で賧伐の調査をしていることまで知っていたということか」

「その件はおそらく、早い段階で漏れていたんでしょうね」

兜は前を向いたまま答えた。

「中書侍郎が意図的に漏らしたか、それともわたしが中書侍郎邸に招かれたのを沈烱《しんけい》に見られていたか。──いずれにしても沈烱と崔家には勘づかれていたとみてまちがいありません。沈烱が初対面のはずのわたしや裴先生を一目見ただけで認識したのも、事前に調べて知っていたからです。そして崔家は中書侍郎の探偵という存在がいることを知っていたからこそ、郎君《ろうくん》を邸から追い出したときの方便として利用したんでしょう」

「あったな、そんな話……」

崔静が邸に帰らなくなった直後、かれが中書侍郎の探偵として賧伐襲撃事件の調査をしているらしいという話がいきなり持ち上がったが、なるほどそういう筋道だったのかと裴景は納得した。

「あの小黠《こざか》しい崑崙奴がどこで聞き知ったかはわかりませんが、わたしの任務を見破っていたのはまちがいありません」

「だから、おまえを巻きこんだっていうのか?」裴景は思わず早口になって尋ねた。「──いったい、なんのために?」

「あの豎児は一貫して崔郎君のためですよ」兜は即答した。「だから一番に裴先生──あなたを頼ったんです。郎君のもっとも親しい友人であり、もっとも信頼できる人物として」

「…………」

「裴先生を動かすことで、北里《ほくり》の大女《おおおんな》を巻きこみ、そして中書侍郎の探偵である本官をひっぱりこんだ。あの崑崙奴はまるで最初からすべての構図を承知していたかのように画を描いて、われわれを巧《たく》みに動かしてみせたんです」

兜はなおも前方を睨《にら》みながら、いった。

「ただしそれは、崔家の意向に逆らう行為でもありました。あの豎児《こぞう》は崔家で孤立することも覚悟で、郎君に与《くみ》する道を択《えら》んだんです」

「ちょっと待て。静《せい》に与するって、じゃあ静は——あいつは独りで、なにをしてるっていうんだ？」

父親の崔尚書《しょうしょ》によって邸から遠ざけられた崔静は、ずっとお目付け役の林孟《りんもう》の監視下に置かれていたが、昨夕ようやくそこから脱《だっ》することができたという。蘇家楼で一夜を過ごしたあと、ひとりふたたび姿を消した。——

「崔郎君はずっと闘っていたんでしょう、崔家を脅《おびや》かそうとする沈焖と。あの道士が崔家に不幸をもたらすことを、賢明な郎君は見抜いていたんです。——尚書とのあいだで板挟《いたばさ》みになって苦しみながら、それでも納得できず抗《あらが》ってきたんでしょう」

「じゃあ……」

「ええ。郎君が向かった先は、まちがいなく大寧坊の紫《し》霄観《しょうかん》——沈焖のところです。直接決着をつけにいったのでしょう。中書侍郎邸には先ほどから人を張りこませていますが、郎君は朝一で北里を出たというから間に合わなかったかもしれない」

「静は、無事なのか？」

「無事は無事でしょう。ですが早く保護するに越したことはない。なにしろ、ずっと郎君を人質《ひとじち》にとられた状態がつづいているわけですからね」

「あ……」

「あの豎児が身動きできないのもそのせいです。あいつは尚書と郎君の二君を人質にとられながら、沈烱と対峙《たいじ》しなければなりませんでした――」

そうか。――裴景は唇《くちびる》を嚙《か》んだ。

崔尚書はすっかり沈烱のいいなりとなり、その指示で嫡子《ちゃくし》である崔静を家から追い出す始末である。しかもその崔静には林孟なる監視まで付けられていた。兜のいうとおり、磨勒にとっては主筋二人を人質にとられた状態であったといえるだろう。

(だから、おれを頼ったのか)

裴景は忸怩《じくじ》たる思いに駆られた。いまさら、気づくなんて。――

くそっ、とかれは宙《ちゅう》に向かって毒づくと、兜を追い抜く勢いで歩を速めた。

胡天祠の青く美しい天門を目の前にして、裴景と兜は立ち止まった。

そこに背後から声がかかった。

「お二人とも、どちらへいらっしゃってたんですか？　ずいぶん捜したんですよ」

物影からのっそりと現れた瓜田筒が情けない声をあげた。

そんなかれを、兜は蔑《なみ》するような冷たい目で見つめた。

「おまえ、見張られているのに気づかなかったのか」

「へ？　だれにですか？」

きょろきょろと見まわす瓜田筒に、兜はため息をついて、

「まあいい。……それよりどうした。なにかあったんだろう？」

と質《ただ》した。

すると瓜田筒は急にぴんと背筋を正して、

「そうなんです。じつは、宣陽坊《せんようぼう》の崔尚書のお邸の前にあやしげな輜車《じしゃ》が現れまして」

と切り出した。

あやしげな輜車（霊柩車《れいきゅうしゃ》）――という響きになぜか聞きおぼえがあった裴景は、すぐにそれが今朝九娘から聞かされたものだと気づいた。たしか例の女冠《じょかん》が中書侍郎邸から姿を消したとき、邸の門前に不審《ふしん》な輜車が停まっていたという話だった。

「徐真君か」

兜がずばりその名を口にすると、瓜田筒は驚いた様子で、

「よくお分かりで。そうです、輜車のなかから徐真君が現れたんですが――」

「指示どおり、泳がせているんだろうな？」

「それが、厄介なことに現場には佽飛《しひ》のやつらも待ち伏《ぶ》せていたようで。連中が徐真君に襲いかかったんです」

「馬鹿か」兜は吐き捨てるようにいった。「まさか連中に捕《つか》まったのか」

「いえ、徐真君は輜車のなかに犬を何頭も潜《ひそ》ませていたみたいで、そいつを一斉に放って、佽飛の連中にけしかけたんです」

崔静のときとおなじだ、と裴景は思った。

「現場は大混乱となりまして、その隙に徐真君は轜車ごと逃走してしまいました」

「おまえたち、だれも咬《か》まれていないだろうな」兜は真剣な顔つきで案じた。「その犬は人の味を知っているぞ、」

「え？　あ、はい。佽飛のやつらは分かりませんが、われわれはだれも咬まれていません。ただ、徐真君は取り逃がしてしまいましたんですが、――」

「大寧坊の見張りに引っかかったか」

兜はつぎつぎに話を先回りしてゆく。

「はい、徐真君の轜車は大寧坊の中書侍郎邸の前に現れたそうです」

「結局泣きつくことにしたんだな。……いや、そう仕向けたのか」

兜は顎鬚《あごひげ》をしごきながら、そうひとりごちた。

「それでおまえは、あわてて連絡に来たってわけだな」

「はい。あまりにも事態が動いたのでご報告をと思いまして。吏員はまだ何人かが中書侍郎邸を張っています」

わかった、と答えて、兜は裴景をふりかえった。

「裴先生。――どうやらわれわれも招《よ》ばれているようです」

四

長い一日が終わる。——

陽が傾きはじめた京師の街並みを横目に、馬上の裴景はそう実感した。

後ろから瓜田筒が追いかけてきているはずだが、醴泉坊の坊門を越えたところで早くも見えなくなった。裴景を余分に乗せているにもかかわらず、幄号《あくごう》はその剛脚《ごうきゃく》で瓜田筒の駆る馬をはるか後方に引き離してしまったのだ。

京師長安の景色が高速で流れてゆくのを見て、裴景は自分の記憶も巻き戻されてゆくような感覚をおぼえた。

兜はいった。すべての事件の根はおなじなのだと。そのことを磨勒は最初から見抜いていたのだ、と。

——

賧伐で御用商人孔兄弟を詐欺行為に走らせ、襲撃事件の引き金となった薬金。

猟奇殺人の被害者たちの今際《いまわ》の際に現れ、かれらを静室に導《みちび》いた医者。

崔尚書を静室に置くために、崔静を崔家から引き離した医者。

そして事件現場で屍体を損壊していた徐真君。

その徐真君がいま、中書侍郎邸に現れた。

そしていま兜と裴景も、導かれるようにそこへ向かっている。

まるではじめから、そこへ行き着くことが決まっていたかのように。

兜はさらにいった。中書侍郎から賧伐の調査を任された身として、原因をつくった沈烱の罪を糾弾《きゅうだん》しなければいけない。そして小官をまんまと巻きこんだ裴先生にはその結末を見届ける必要があるのだと。——

醴泉坊から休みなく駆けてきた幄号は中書侍郎邸の前に駆けこむと、まだまだ力が余っているぞと誇示《こじ》するように力強く前脚《まえあし》を跳《は》ねあげた。裴景はあやうく振り落とされるところだった。

大寧坊の中書侍郎邸の前に、二人は降り立った。

裴景はあたりを見回したが、往来には輀車《じしゃ》やそれに類するものは見当たらなかった。

兜のもとには、すぐに見張り役の京兆府胥吏《しょり》が駆け寄ってきて耳打ちをした。報告を聞いた兜はすぐに渋《しぶ》い顔をした。

それによると、例の輀車がこの門前に現れたのが半時ほど前。なかから徐真君がひとり降りてくると、それを招き入れるかのように通用門が開いたという。

徐真君は邸のなかに入っていったが、ものの一刻ほどで出てきたという。すこし興奮した様子で、急ぎ足で輀車に乗りこむと、自ら驢《ろば》に鞭打《むちう》って東の方向へ去っていったという。

「東？」

「ええ。通化門《つうかもん》から京城を出るつもりでしょう」兜は答えた。「さらに徐朧《じょろう》の輀車が到着する直前には、このあたりに屯《たむ》ろしていた佽飛《しひ》たちが急に隊を成して、どこかへ移動していったようなんです」

「それってまさか、徐朧が捕まらないようにか？」

「わざと動かしたんでしょうね。今度の件では、右金吾の佽飛は終始沈烱の言いなりですからね。そして沈烱は、そこまでして徐朧の逃げ道をつくったことになる」

背後に扉《とびら》の軋む音が響いて、兜と裴景は同時にふりかえった。

通用門が開き、なかから少《おさな》い家婢《かひ》が現れ、あどけない笑みをうかべた。

「斛律判官《こくりつはんがん》と裴進士《しんし》でいらっしゃいますね。——どうぞ、なかへ。沈道士がお待ちです」

壮宏《そうこう》な中書侍郎邸の南の廂廊《しょうろう》沿いの小径《こみち》を西へ抜けると、巨大な槐の木蔭《えんじゅこかげ》に埋もれるように朱門《しゅもん》があった。案内の家婢が扉を開け、どうぞ、となかへ促す。

目の前に美しい園林が広がり、瑞葉《ずいよう》の彫刻《ちょうこく》が施された甃砌《いしだたみ》をたどった先に、堂屋《どうおく》があった。

その前では、黄裳絳褐《こうしょうこうかつ》の玄衣《げんい》を纏った男が拱手《きょうしゅ》してたたずんでいる。

沈烱である。

かれは二人の姿を認めると、深く一揖した。

「お待ちしておりました、お二方」

それだけいうとかれは玄衣を翻《ひるがえ》し、どうぞ——と誘うように堂屋のなかに入っていった。

兜はためらうことなく、速足でその背を追った。裴景もあわてて駆け出そうとして、ふと足を止め堂屋の扁額《へんがく》を見上げた。

扁額には〈紫霄〉とあった。——そう、ここはまがうことなき紫霄観の正殿であった。

裴景は勇躍《ゆうやく》、その薄暗い殿舎のなかに踏みこんだ。

なかは想像以上に華美な設《しつら》えであった。中央には金繍《きんしゅう》の絳錦《こうきん》で覆われた道壇《どうだん》が鎮座《ちんざ》し、東に盤竜《ばんりゅう》の香炉、西に舞鳳《ぶほう》の香炉が配され、それぞれ燈籠《とうろう》によって照らし出されていた。

道壇に置かれた金の香盒《こうごう》からは香煙《こうえん》がたなびき、風雅《ふうが》な香りが堂内の隅々《すみずみ》にまで充《み》ち充ちていた。

裴景には判別できないが、これこそ瑞龍脳《ずいりゅうのう》の香りではないのか。もしそうなら、崔静はここで瑞龍脳の香を纏ったことになる。

そしてそれを案じた磨勒が裴景に相談したことから、すべてははじまったのである。

皮肉にも始まりの地であるこの道観《どうかん》で、事件はいま決着を迎えようとしている。

道壇の向かいの壁には太上玄元《たいじょうげんげん》皇帝の神画が掲げられ、そしてその前に立ちはだかるように沈烱がいた。道壇をはさんで、兕は対峙した。

沈烱よ、とかれは第一声で呼びかけた。

「貴様の符命《ふめい》は尽きた。この精舎《しょうじゃ》を速やかに去るがいい」

容赦ない、強い宣告であった。

対する沈烱は嗤《わら》って、

「僭越《せんえつ》にも呉猛《ごもう》を気取られるか。よくぞ、そんな古き荊楚《けいそ》の道士をご存じのことと感心申し上げたいところですが、――はてさて、この観主《かんしゅ》にむかって去れとはさすがに聞き捨てならない。いったいどういう了見でございましょう？」

といった。

兕は無表情で応じる。

「いうまでもない、貴様の罪を数えたまでだ」

「ほう。それは中書侍郎さまのご指示でしょうか」沈烱は薄笑いをうかべながら、いった。「貴官が中書侍郎さまのご使者であることは、小道《しょうどう》も承知しております。このお邸の主家《あるじ》であられる中書侍郎さまのご下命ということであれば、是非《ぜひ》もなく拝するしかございません。……しかし小道の罪と仰《おお》せなのは承服しかねます。いったい小道がいかなる罪を犯したというのか」

「崔郎君も来たはずだ」すかさず兕がいった。――「今朝、貴様の罪を咎《とが》めに」

沈炯は両目を大きく見瞠《みは》ったが、なにも答えなかった。

その口許には、なおも冷笑がうかんでいた。

「郎君をどこへやった？」兕はさらに訊いた。「いまここに郎君がいないことこそ、貴様が新たに重ねた罪といえる」

裴景はゆっくりと薄暗い堂内を見まわした。ほかに人影はない。だが兕の推理によれば、今朝、北里を出た崔静がここへ来たはずだという。

それも、この沈炯の罪を問いに。

沈炯の罪。それは偽りの黄金を産み出し、多くの者を惑わせ、狂わせ、死なせた。

――きっとそれだけではないのだ。

沈炯はくすっと失笑して、これは失礼と詫《わ》びた。

「さすがの烱眼《けいがん》でございます。京兆一の名は飾りではありませんね。いかにも、崔家の郎子《ろうし》はいらっしゃいました。――そしていま、そのお身柄は我が掌中《しょうちゅう》にあります」

堂内に、緊張《きんちょう》が走った。

兕は腰の鞘に左手を置き、音もなく一歩前に進んだ。

すると沈炯はまあまあ、と制して、

「お二人ともご案じめさるな。この小道が崔家の人間に害をなすはずがありません。郎子にはすこしばかり、そうですね、この晩春の京洛《きょうらく》をご遊覧いただいているにすぎません……」

「そうか貴様、佽飛《しひ》で囲って郎君を外に連れ出したのか」

兜は歯がみした。裴景もすぐに気づいた。佽飛を動かしたのは徐朧から遠ざけるためもあっただろうが、崔静を連行するためでもあったのだ。

すると沈烱はふふん、と不敵に笑うと、それはさておき判官——と急に話題を変えて、

「徐朧のことは如何《いかが》なさるおつもりでしょうか」

と尋ねた。

「徐朧？　如何とはどういう意味だ」

「またまた、おとぼけになって。抜け目ない貴官のことでございます。きっと、いつでも捕縛《ほばく》できるよう麾下《きか》の者に尾行《びこう》させたままにしているのでしょう。驢《ろば》の遅々《ちち》とした歩みだ、いまだ長楽橋《ちょうらくきょう》にも達していないころでしょうか」

「……なにがいいたい？」

「崔郎子を解放するかわりに、徐朧の追尾を取りやめていただきたい」

その言葉に兜はすこし驚いた。

「見逃せ、というのか」

「はい。——あの男はもはや糸の切れた霊保《かたしろ》にすぎず、人に仇《あだ》なすことはありますまい」

「これは意外だな。おまえは前に、わたしに徐朧の討伐を勧《すす》めてきたんじゃなかったかな。どういう心境の変化だ？」

「心境もなにも、たかが妖巫《ようふ》ひとりに御公儀《ごこうぎ》をわずらわせるのは無駄だと申し上げているのです」

「貴様と徐朧はいったい、どういう関係だ？」兜は無視して追及する。「貴様が受籙《じゅろく》した龍興観《りゅうこうかん》の道士に

話を聴いたが、当時貴様には弟がいて、太医署《たいいしょ》に上る際にいっしょに出ていったという話だった。……徐朧は、貴様の弟なのか？」

まさか、弟などと——と沈烱は小馬鹿にするように一笑した。

「あの者は荊蛮《けいばん》の俗鬼《ぞくき》を奉じる、六天《ろくてん》の故気《こき》を纏った妖巫でございます」

「それは、貴様自身の姿ではないのか」

兜がそう返すと、沈烱は急に表情を固くして睨みかえしてきた。

「ご冗談を」

「いずれにしても徐朧を見逃すつもりはない。やつも貴様とおなじく罪を犯している」

「あの小者は屍体を啖《く》らい、弄《もてあそ》んだにすぎません」

「そうだ」兜はすぐに応じた。「貴様が殺した人間たちのな」

「これはこれは……」

沈烱は警戒するように後じさった。

背後の太上玄元皇帝の神画に寄りかかるように。

「殺したなどと、また物騒《ぶっそう》な」かれは慎重に言葉を口にした。「貴官はいったい、なにをおっしゃりたいのやら」

「なにをもなにもない。事実をいって、糾弾しているまでだ」

「小道がだれかを殺《あや》めたとでもおっしゃるのですか？」

劉参、葛明、費《ひ》誠之《せいし》、孔達、——兜は間髪《かんはつ》を容《い》れず、つぎつぎに名前を挙げていった。

「そして昨日新たに見つかった王苞を含めて、判っているだけで五人の命を奪った」

「これはまた異《い》なことを――」

「証拠はある。幸い王苞の屍体は無事だ。その胃も腸《ちょう》もな。――徐朧が奪いそこねたおかげで、中身はきれいに残されたままだ」

「愚《おろ》かな――」

「なんなら、貴様のかつての患者たちの墓を片っぱしから掘《ほ》りかえしてやろうか？　すべての内臓をさらって、見つけてやる。貴様が煉成《れんせい》した丹薬をな。みな貴様の丹薬によって毒死したという証拠を」

「愚かな。貴官はそこまで解っていながら、そんな見方しかできないとは――」

見損ないましたよ、と沈炯はうっすらと目を細めて睥睨《へいげい》した。

そしてゆっくりと、――じつに緩慢《かんまん》に、その身体が揺《ゆ》らぎはじめた。

燈籠の火のゆらぎと重なって、神画の玄元皇帝の前でその絳衣と影が交錯《こうさく》する。

ほどなく、この男は揺れているのではなく、前後に細かく歩を刻んでいるのだと知れた。

――禹歩《うほ》だ。

裴景にも分かった。この道士は、辟邪《へきじゃ》の方《ほう》を踏んでいる。

「貴官のような切れ者が、いったいどこからそんな愚かな考えに行き着いたのか――」

沈炯は音もなく禹歩を刻みながら、嘆《なげ》くようにいった。

「もちろん徐朧だ」

兜は寸分も怯《ひる》むことなく即答した。

「あの方士が貴様の患者の腹を裂いた理由を考えれば、すぐに思い至る。徐朧はきっと、なんらかの理由で貴様の丹薬が必要となった。だが、なんらかの理由で直接交渉できない立場にあったのだろう。――そこで、非常手段に出ることにした」

「まさか」裴景は思わず声に出してしまった。

「徐朧は、貴様の患者たちの胃から丹薬を取り出すことにした」

兜ははっきりそう断言した。

「徐朧は貴様の患者――信者について知り尽くしていたんだろうな。だれが服用をはじめ、どんな段階にあるかまでも、すべて把握していた。……そして、貴様の丹薬を服した人間がある段階で一度かならず死ぬことも知っていた」

一度死ぬ、という耳慣れない言葉に裴景は引っかかったが、すぐに沈烔の哄笑にかき消された。

「なるほど。あの左道方士《さどうほうし》の浅はかな考えまでもすっかりご承知の上、ということでございますか」

ですが、――

かれは禹歩《うほ》を止めた。

絳《あか》い残像は、血が滲《にじ》むようにゆっくりと闇に溶《と》けてゆく。

まるで時の歩みが緩《ゆる》んだように、道士の身体はゆっくりと静止した。

「斛律判官よ、貴官は大きく誤解しておられる」

沈烔は音もなく身体を翻すと、背後に掛かった神画を壁から乱暴にむしり取った。

現れたのは、洞窟《どうくつ》のように黒い闇につながる通路だった。

さあ、――

「この神廟《しんびょう》の深淵《しんえん》にご案内しましょう」

五

まるで闇をのぞいているかのようだ、と裴景は思った。

人ひとりがかろうじて通れるほどの狭い入口の奥には、まるで底の見えない穴《あな》のように、真っ黒い虚無の空間がどこまでも深くつづいていた。

兜は沈烱のあとを追って、ためらいなく闇のなかに吸いこまれていった。

裴景も意を決して身をかがめ、足を踏み入れたが、その一歩目からすでに息苦しかった。湿《しめ》りを帯《お》びた生温かい風と、沈香と金属臭《きんぞくしゅう》が入り混じった不快な臭気が、かれを拒むのだ。それでも奮《ふる》って、暗黒の道を進んだ。

後漢《ごかん》の費長《ひちょう》房《ぼう》が老仙にいざなわれて壺《つぼ》のなかに跳《と》び入ると、なかには廠《しょう》麗《れい》なる豪邸があって旨酒《し》甘肴《しゅかんこう》の饗《きょう》応《おう》を受けたという。あるいは袁相《えんそう》と根碩《こんせき》が山中に迷い、羊の通り径《みち》をたどった先に見つけた山穴をくぐると、奥には仙女の棲《す》まう仙境が広がっていたという。

この暗黒の先にもあるいは、無限の時空が拡がっているのかもしれない。

そう思うとたかが数歩の歩みが、ひどく重大な行為のように思えてくるのだった。

まるで一歩進むごとに理に悖《もと》るような、時を遡《さかのぼ》るような。——

そのとき豁然《かつぜん》と視界が拡がった。

しかし目の前にあったのは悠久の楽園ではなく、黒く鈍色《にびいろ》に輝く暗黒宮であった。

中心にそびえる巨大な神竈《しんそう》と、それを取り囲むようにならぶ丹鼎《たんてい》、水海《すいかい》、石榴《せきりゅう》罐《かん》。そして複雑に管《くだ》がはりめぐらされた飛汞爐《ひこうろ》と抽汞器《ちゅうこうき》、坩堝子《かんかし》が鈍く艶《つや》めいていた。

混沌《こんとん》とよばれる丹爐《たんろ》が鎮座する三層の壇の横には錆びた古剣が突き立てられており、その北面の壁には古鏡が掛けられていた。臥竜《がりょう》と伏虎《ふっこ》の香炉からはそれぞれ、紫煙がたなびいている。

この禍々《まがまが》しい小宇宙こそ紫霄観の神髄《しんずい》――丹房であった。

ちいさな二つの燈籠《とうろう》のぼんやりとした光はかえって闇を深め、至るところに飛び散っていた汞《こう》や錫《すず》、鉛《なまり》などの水銀《みずがね》に不気味な輝きをあたえていた。

まるで銀色の粒《つぶ》ひとつひとつが一個の生命体のように蠢《うごめ》いて、いまにも動き出してしまいそうであった。

「ご覧なさい、この美しき神房を」

沈烱は誇らしげに金繍《きんしゅう》の絳褐《こうかつ》を翻し、両手を大きく拡げてみせた。

「ここまでの設備をそろえた丹房は禁中にも、太清宮にも存在しない。――子《し》曰《いわ》く、変化の道を知る者、其《そ》れ神の為す所を知るか」

易経《えききょう》　繋辞《けいじ》伝《でん》である。

「始を原《たず》ね、終に反《かえ》る。――ここには万象の始《はじまり》と終《おわり》があるといえましょう」

沈烱は厳《おごそ》かにそう宣《のたま》った。

しかし兜はぐるりと見まわしたあと、裴景のほうを見て、

「なにがなにやらさっぱりですね」とつまらなそうに肩をすくめた。「――ここにあの小黠《こざか》しい崑崙奴がいれば、べらべらと訊いていないことまでしゃべりたおすんでしょうが」

気のせいか、崑崙奴と聞いた沈烱の顔がこわばったように見えた。

兜は正面の神竈《しんそう》をじっと睨んで、

「薬金もここで造ったんだな」と質した。「――孔兄弟は、貴様のほうからそそのかしたのか？」

「孔兄弟？　ああ、あの雄黄金のことでしょうか」

沈焖はとぼけたようにいった。

「あの悪戯《いたずら》は、かれらの愚かな発案です。もっと良質の薬金も勧めたのですが、無知な商胡を欺《あざむ》くにはあれでじゅうぶんと断られましたよ。この丹房の設備なら雄黄金ばかりか雌黄金《しおうきん》、黒鉛金《こくえんきん》、曾青金《そうせいきん》、さらには鍮石金《ちゅうせききん》まで、さまざまな薬金を創《つく》り出すことができる。かれらが侮《あなど》りさえしなければ、商胡の浅知恵ごときに足を掬《すく》われることもなかったでしょう」

「大層な自信だな」兕は眉をひそめた。「小官には貴様の言葉の半分も理解できないが、さぞかし稀少な秘石を創ってきたということかな」

沈焖はまんざらでもなさそうに、ふふ、と笑った。

「それを餌《えさ》に、将来有望な多くの官人たちを釣ったのか」

兕は語気鋭く詰問した。

「中書侍郎邸に出入りしていた劉参や費誠之たちに不老長生を騙《かた》り、この禍々しい淫祠《いんし》に取りこんだのだろう。新進の官人ばかりか貴臣顕官《きしんけんかん》までも取りこめたのは、貴様の太医署出身という経歴と、中書侍郎の子飼いの道士という信頼もあってだろうが、なによりその魅惑的な丹薬のおかげだったということか。おかげで多くの有望な官人が貴様の丹毒に斃《たお》れることになったがな」

沈焖は不気味な笑みをうかべるだけだった。

「御用商人たちには丹薬で不老長生を説くとともに、薬金という現世利益もちらつかせたのだろう」

兕は休みなく責め立てる。

「薬金を用いた詐欺もきっと賕伐が初めてではなかったんだろう。貴様から連中をそそのかしたにちがいない。共犯関係を築き商賈たちをまんまと取りこんだ上で、貴様自身も悪どく煉丹《れんたん》の資金を得られたというわけだ。右金吾の佽飛《しひ》どもは、その金の力で引きこんだんだろうな。商賈と結託して得た悪銭で、佽飛どもの頰《ほお》を打って従えたか」

すると沈烱はぷっと吹き出して、これは失敬——と悪びれもせずいった。

兜はわずかに眉根をこわばらせると、

「貴様に人たらしの才覚があるのはまちがいあるまい」とつづけた。「貴様は尸虫《しちゅう》のごとくこの邸に寄生し、出入りする官人、商賈たちをさまざまな手管を用い、この禍々しい房廟《ぼうびょう》の前に跪拝《ぬかず》かせることに成功したのだ。そしてかれらを自在に操縦《そうじゅう》し、ときに中書侍郎の名望や権力さえ利用して、さらなる利得や信奉者を獲得《かくとく》した」

「なるほど。それが中書侍郎さまの機嫌を損ねてしまったということですね」

沈烱はあくまでおどけた調子でいった。

「つまり虎の尾を踏んでしまったと。そこで貴官の出番というわけだ」

「そうだ」対する兜はいたって真剣だった。「だが、そんなことは貴様も織《お》りこみずみだったにちがいない。貴様にとっての想定外は、二人の人間の裏切りにあった——」

沈烱の表情が変わった。

「ひとりは崔郎君。そしてもうひとりが、徐真君——」

その目に、さっと瞋恚《いかり》の色がうかんだ。

「この二人を手なずけられなかったばっかりに、沈烱——貴様は破滅を迎えるといっていい」

この閉鎖された薄暗い空間では、空気がじっと動かなかった。低く籠《こも》った風の音が、地鳴りのように遠く深く響くだけである。

「どういう経緯《いきさつ》や関係性があったかは知らないが、貴様が徐朧を支配下に置いていたことはまちがいない」

兜は一方的に語っていた。

沈烱はなぜか急に黙りこんで、兜に言わせるがままにしていた。

「徐朧についても調べさせてもらった。右街の陋巷《ろうこう》で衆庶相手に教えを説き、病いを診《み》て、貧しい者たちに符水を施す眉目秀麗《びもくしゅうれい》の方士ということで大変な人気だったそうだが、そのおこない自体でいえばありふれた巫医《ふい》だったともいえる。ほかと際立って異なっていたのは盧山君《ろざんくん》などという聞きなれない神を奉じていたこと、そして巷中の巫医には分不相応ともいえる稀少な薬金や薬銀の丹薬を処方していたことだが、……どれも出処《でどころ》はこの丹房だな」

沈烱は肯定《こうてい》も否定もせず、表情すら変えなかった。

「盧山君は、徐朧の師である翟玄《てきげん》から持ってきたのだろう。貴様の発案か、それとも徐朧自身の矜持《きょうじ》か——」

そこで沈烱はふん、と鼻で嗤《わら》って、

「矜恃など、そんなものあいつが持ち合わせているはずもない」

と漏らした。

兜はそんな沈烱を冷静に見つめて、なるほどなとつぶやいた。

「貴様は徐朧——徐真君を利用した。役割を分けたといってもいいかもしれない。盧山君に竜と蟒《うわばみ》という二つの貌《かお》があったように、道教には道《どう》と俗《ぞく》の両面が必要であることを貴様はよく理解していたのだろう。神統譜《しんとうふ》も六天《ろくてん》の邪神がいてこそ、三天《さんてん》の善神はその正統性を担保できる。あるいは打倒すべき俗鬼《ぞくき》がいなければ、道士の法の正しさも証明できない。貴様の先師呉猛は、竜の骸《むくろ》の山を踏みしだいてその道統をあきらかにしたのだろう？」

「ほう……」

沈烱は半ばあきれ気味にそう感心した。裴景もおなじ思いだった。まるで磨勒が憑依《のりうつ》ったような物言いをする。

「道教と俗事《ぞくじ》は、切っても切れない兄弟のようなものだった。だからこそ貴様は俗の部分を担う存在として、徐真君を創造した。徐真君は、貴様が用意した金丹や方伎《ほうぎ》を利用して幅広く人をあつめるための道化であり、傀儡《くぐつ》だった。そして徐真君には巷間に立たせて衆庶を相手にさせると、貴様は官人や権臣、富裕な商賈《しょうこ》を相手にするために、この中書侍郎邸に拠点を構える両面作戦を採った。さらに徐真君はその美貌と小手先の符方、ときに丹薬をちらつかせるだけで事足りたが、顕官富商を相手にする貴様にはそれ以上の武器――方術が必要だった」

それがこの丹房なのだろう、と兜はまわりを囲む器具の数々を見わたした。

その黒く歪《いびつ》な器具たちは燈籠の火が明滅するたび、鈍くも艶めかしく輝きを放って、まるで闇のなかに生きて脈動しているようだった。

「貴様はここで数々の新奇で希少な丹薬を造り出し、信奉者たちを魅了した。そしてかれらをつぎつぎに中毒死に追いやった」

方術の究極目標は不老長生――神仙に僊化《せんか》することである。

その手段として一に身体の養生を促す服餌《ふくじ》、導引《どういん》、房中《ぼうちゅう》などの方術が発達した。

いっぽう不死という不可能へ到達するためには、常識的な服薬や健康法では不十分だと考える人びとが現れた。かれらが着目したのは、時を経ても朽ちることのない黄金や白銀、鮮血《せんけつ》の色に染まった丹砂《たんしゃ》、高い耐蝕性《たいしょくせい》を持ちながら光彩《こうさい》を放つ雲母《うんも》、黒黄白と自在に色を変じる鉛、そして丹砂を蒸留することで得られる銀色の光沢を持つ神秘の液体――水銀であった。

かれらはこうした金属をさまざまに加工することで、究極の秘薬を生み出そうとした。

これが煉丹術《れんたんじゅつ》で、漢初にはすでにその試みははじまっていた。

そのうち薬材としての黄金は、黄白術の発達により薬金とよばれる銅合金に置き換えられるようになる。代表的な薬金である雄黄金とは、二硫化砒素《にりゅうかひそ》である雄黄と銅が結合した銅砒素合金であった。

つまり秘薬とよばれるものの正体は砒素合金、硫化水銀、水銀化合物、鉛合金などの重金属の塊《かたまり》であり、それを服用した者に水銀中毒や砒素中毒、鉛中毒などの深刻な重金属中毒を引き起こす劇物であった。

「金丹中毒の話自体はめずらしいものではない」

と兜は話をつづける。

沈炯は黙っている。

たしかに青史にも多く金丹中毒死した皇帝や文人の話が伝えられている。かつては晋《しん》の哀帝《あいてい》、北魏《ほくぎ》の道《どう》武《ぶ》帝《てい》や明元帝《めいげんてい》が金丹の過剰摂取《かじょうせっしゅ》で中毒死しているが、裴景にとってなじみ深いのはやはり唐朝創業における最大の英雄であり、貞観《じょうがん》の治で名高い太宗《たいそう》の金丹中毒死である。

唐代は金丹中毒がかつてないほどの規模と勢いで蔓延《まんえん》していた時代だった。太宗に限らず高宗《こうそう》、則天武《そくてんぶ》后《こう》、玄宗《げんそう》はみな金丹を服用していたことで知られている。唐代後期にはいよいよその害毒は猖獗《しょうけつ》を極め、のちに憲宗《けんそう》、穆宗《ぼくそう》、武宗《ぶそう》、宣宗《せんそう》という四人の皇帝が立てつづけに金丹中毒で命を落とすことになるのである。

むろん文人《ぶんじん》にも金丹愛用者が多く、その悲惨な中毒死の様子も数多く伝えられている。史書が伝えない庶民の被害者まで含めれば、その被害の実態は記録以上に悲惨なものだっただろう。

「だが金丹中毒において、被害者は長い期間服用をつづけるなかで次第に体調を崩し、結果として中毒死することが多い。九転丹《きゅうてんたん》のなかには百日間にわたる服用を勧めるものもあるらしいからな。いわば酔生夢死《すいせいむし》のごとく徐々に毒が身体を廻《めぐ》り、緩慢に死へと至らしめる。――それが多くの金丹中毒の実態だ」

のちに中唐《ちゅうとう》の文豪として知られる韓愈《かんゆ》は、かれ自身が見聞きした八人の金丹中毒死の例を書き残している。たとえば李于《りう》という人物は病むこと四年で、帰登《きとう》という人物は吐血すること十数年で死に至ったという。

「しかし貴様の場合はちがう。貴様の患者たちは服薬によって身体を蝕《むしば》まれていったのだろうが、何年も病んでいたという話は聞かない。そしてかれらは、貴様が直接乗りこむことで急に死ぬのだ。貴様のあたえる死はなりゆきで至る不慮の中毒死ではなく、はっきりした意図と計画をもった毒殺に見える。そしてなにより不思議なのは、被害者たちが死をもたらす貴様の到来を心待ちにしていたことだ。かれらは余人を遠ざけ静室を構え、貴様という死を歓迎していた」

「死ではないからでしょう」

沈烱は急に口をひらいた。

「死ではないから、かれらは斎戒《さいかい》し辟穀《へきこく》し、小道を迎えるのです」

「それは方便かなにかか?」兜が鋭く切りかえす。「ただの言葉遊びならやめたほうがいい。いまはもう、そういう段階じゃない」

「尸解《しかい》ってやつじゃないのか」

裴景はおもわずそう口をはさんでしまった。

尸解とは文字どおり尸《しかばね》を解消するという意味で、蟬《せみ》や蛇が脱皮するように抜け殻としての屍体を脱ぎ捨てて、神仙に僊化する方法をいう。神仙譚にこの種の話は多く、愛用の古剣や竹杖を屍体に見せかけて死んだと思わせ、じつは登仙して仙人になっていたなどという筋立てである。

不死なる仙人にとって、絶対に相容れない屍体という物体を説明する方便のひとつが尸解という考えかたなのだろうと、裴景は理解していた。だから沈烱も、自身の犯罪を認めたくないばかりに尸解だといい出すのではないかと勘ぐったのだ。

ところが沈烱は軽く笑って、

「尸解こそ、死の方便にすぎませんよ」

といった。

まさかの回答に、裴景は大きく肩すかしを食らった気分だった。

「いったいだれが、すすんで死を望みましょうか」沈烱はいった。「わが秘薬を望まれるかたは、例外なく生を追求されてのことでございます。かれらはそのために静室を設え、小道を歓迎するのです」

「……その、生の追求ってのには不老不死のような方外な願いだけじゃなくって、日々の健康だったり、病の快方を望んだりするようなのも含まれるんだろう?」

と裴景は尋ねた。その念頭には崔静の父――崔尚書のことがあった。残念ながら崔尚書はこの道士の患者であり、信者なのだという。それはまちがいないにしても、崔尚書が不老不死のような虚妄《きょもう》を信じてこの不気味な道士の薬金を乞《こ》う姿は想像したくなかった。あくまで、医者と患者の一線を越えてほしくなかった。

しかし沈炯は悠然と構えて、

「おなじですよ。養生《ようせい》も長生《ちょうせい》も不老も不死もみな、おなじことです」

と答えた。

それは裴景が期待していた答えではなかった。

「貴殿たちは誤解なさっているのです。きっとわれわれ道士が説く不死や登仙を幻妄だとお考えなのでしょうが、それは神髄を見誤られているからなのです。不老不死とは不朽不変ではなく絶えざる変化。――月が盈虧《みちかけ》するように、汞《こう》が丹《たん》に還るように、絶えず陰陽が消長をくりかえすことではじめて、時は千年の永《なが》きを数えるのです。不死とは個々の内鼎《ないてい》で絶えまなく時が更新されてゆくことであり、長生とは絶えまなく精気が循環し黄庭宮《こうていきゅう》に転をくりかえすことを謂《い》うのです」

要は、生の深奥をくりかえし尋ねることなのです――と沈炯はいった。

「ひとつの生をどれだけ長く引き延ばしたところで、いつか末《おわり》はくる。彭祖《ほうそ》や李阿《りあ》が八百年を生きたといっても、八百一歳に死を迎えるのでは意味がありません。むしろ明日には死ぬかもしれないという怯えを八百年くりかえすのは、いかにも哀《あわ》れといえましょう。それならばいっそ、生ある有限の時を無限に細分化した極小の一瞬にこそ無窮《むきゅう》を求めるべきではないでしょうか。壺中《こちゅう》に玉堂を見出すごとく、極小の一瞬にこそ極大の万歳を得られるのです。あるいは胎中に還って、悠久の天門を存思《そんし》すれば不死と申せましょう。営魄《えいはく》を載《やす》んじ一を抱きて能く離《よ》るること無からんか。気を専《もは》らにし柔を致して能く嬰児《えいじ》ならんか。――

まさに太上玄元皇帝の至言のとおりにございます」

裴景には沈炯がなにを言っているのかさっぱり解らなかった。

しばらく大人しく黙っていた兕も、あからさまに首をかしげて、解らないな、といった。

「解りませんか」

「ああ。なにより貴様自身が、その屁理屈《へりくつ》を一番信じていないように見えるのは気のせいかな」

「気のせいでしょう。貴官のような胡人にはむずかしかったかもしれませんね」

「かもな。それで貴様、実際になにをした？」

「なにをとおっしゃいますと？」

「患者のところに乗りこんで、どうやって殺したかと訊いている」

「いちいち、お言葉が過ぎましょう。小道はただ、かれらに太倉（胃）を浄《きよ》めるための焼酒と秘薬をあたえ、かんたんな秘儀を授けただけです。太古、盤古の亡骸《なきがら》から天地が生じたように、無極《むきょく》太上元君《たいじょうげんくん》を存思し、身体の内奥に日月の真気を生み、絳宮《こうきゅう》、黄庭《こうてい》、紫房《しぼう》、太淵《たいえん》、丹田《たんでん》をめぐらすこと十七周、丹田臍中《せいちゅう》に内なる秘丹が満ちてまいります。ここにわが手になる秘薬を太倉に蔵することで、内外陰陽乾坤坎離《ないがいいんようけんこんかんり》龍《りゅう》虎《こ》ことごとく合一し、魂魄《こんぱく》は飛歩《ひほ》九霄《きゅうしょう》いたします。かれらはただ、それを実践したまでにすぎません」

「その秘薬というのは、特別なものなのか？」

「そのとおり。内丹との合一を図《はか》るため、陽の気をより高める必要があります。そのため水銀霜も甘汞《かんこう》を、より神妙なる昇汞《しょうこう》に替え焼成しました」

沈炯は誇らしげに胸を張った。

昇汞については王燾《おうとう》が天宝年間に編纂した医書『外台秘要《げだいひよう》』のなかに、その製法がくわしく記されている。

その正体は塩化第二水銀。致死量はおよそ〇・二グラムである。

そうか、と兜は気のない声でつぶやいた。

「その自慢の秘薬で飛歩九霄した結果が、あの無様な屍体か」

沈烱はただ薄笑いをうかべるだけで、答えない。

すると兜は沈烱からわざとらしく顔を背けると、裴景に向かって、

「中書侍郎からの命令は第一に、賧伐について洗いなおすことでした」

あらたまった口調で、そう語りはじめた。

「だから正直、すでに発生していた劉参と葛明の件――その二つの猟奇殺人についてはあまり関心を持っていませんでした。そもそもその二つの事件は、中書侍郎が指名した右金吾衛が調査にあたっていましたからね。ところがすぐに、賧伐の当事者であった孔達までもがおなじ姿の屍体で見つかってしまった。裴先生が見つけてくれたおかげで佽飛《しひ》たちに先んじて遺体に接することができて、京兆府の事件としてあつかうことができたんですが――」

孔達の屍体を発見したことなど、裴景にははるか昔のことのように思えた。

「ただそのせいで、一連の腹を裂かれた屍体にも真正面から向き合わないといけなくなりました。佽飛の連中が非協力的で、ろくに検屍結果を突き合わせることもできなかったから、えらく大変でしたよ。おかげで最初は、模倣犯《もほうはん》や隠蔽工作の線まで考えたりした。とくに費誠之の遺体から毒が検出されたときには、ひょっとして毒殺の痕跡を隠蔽するために臓器を取り出したのではないか、とね」

毒という言葉が出たとき、裴景はちらと横の沈烱の表情をうかがったが、まったく動じる様子はなか

った。

「だが隠蔽が目的なら屍体そのものを運び出して、埋めるか焼くかすればいい。時間をかけて屍体から臓器を摘出するより、よほど手間もかからず確実です。事件の発覚だって大幅に遅らせられたでしょう。しかし今度の犯人はそうしなかった。おそらく事件を隠蔽するつもりなんて最初っからなくて、それより犯人には、どうしても屍体を連れて帰りたくない理由があるのだと思った」

裴景は首をかしげた。人目をはばかるとか、そんな安易なものではなさそうである。

「そこで問題となるのはやはり、犯人はどうして屍体を刻んだのか、です」

兜はひとり演説するように、淡々とつづけた。

「屍体はどれも、腹を十文字に切り裂かれていた。そして体内からは胃と腸と、心臓と肝臓が摘出され、ほかの臓器は体内に残されていた。劉参から孔達まで、例外はない。そして摘出された臓器はどれも、現場では見つからなかった。これも例外はありません。では摘出された臓器はいったいどこへ消えたのか。——だれしも最初に考えるのは、犯人が啖《く》ってしまった可能性です。やはり五臓のうち、心肝だけが取り出されているのは象徴的ですからね」

心肝は〈神《じん》〉——たましいの器なのである。

「つまり死者からの報復を懼《おそ》れた殺害犯が心肝を啖らうことで体魄を蹂躙《じゅうりん》し、生命の根を完全に絶ってしまおうとしたわけです。しかしこの場合、いくつか納得できないことがあります。ひとつは現場に調理した形跡がないこと。犯人は心肝はともかく、胃や大量の腸までも生で啖らったということになる。それにそもそも、胃や腸まで啖らう理由もよく解らない。死者への攻撃が目的であれば心肝でじゅうぶんなはずで、ほかの五臓が残されていたことを考えると、ついでに啖ったなんて話でもない」

裴景はうなずいた。人肉嗜好者《しこうしゃ》の考えることなど解るはずもないが、さすがについでを四人もつづけることはないだろう。

「もうひとつひっかかったのが、費誠之が毒死していたことです。毒死した人間の屍体を、はたして啖《く》おうとするでしょうか。新たに見つかった王苞の遺体からも毒が検出された。残り三人は残念ながら毒を確認できなかったが、検出できなかっただけの可能性もある。――それでは、啖った人間が毒死したことを知らずに啖ってしまった場合はどうか。つまり殺害した人間と啖人《ひとぐい》した人間がべつということだ。じゅうぶんありうる話だが、この場合なぜ胃と腸と心肝なのか、という疑問は残ったままだ。……そこでいったん心肝と胃腸を分けて考えて、仮に心肝を啖ったのが屍体を凌辱したことにたいする呪術的防禦《ぼうぎょ》だったとしましょう。すると犯人の目的は、胃と腸にこそあったということになる。人を啖う人間の嗜好にもいろいろあるんでしょうが、胃と腸だけを啖うために危険を冒《おか》して屍体を切り刻むなんて馬鹿がいるでしょうか」

つまり、――兜は澱《よど》みなく語りつづける。

「心肝はともかく、すくなくとも胃と腸は、その場で啖われたとは考えにくい。ではどこへ消えたのか。現場には埋められたり燃やされたりした跡はなかったから、持ち去られたと考えるべきです。ではなぜ犯人はそんなものを持ち去ったのか。理由は二つ考えられます。ひとつは、その胃や腸が犯人にとって必要なものであった場合です。この場合、胃や腸そのものというより、その内容物も含めていいでしょう。つまり持ち帰った胃や腸のなかに犯人にとって有益な、または不都合な品があって、それを取り出すために持ち帰ったというわけです。腸に水を通して中身をさらうとなると、さすがに現場ではできなかったでしょうからね」

「そんなもの——」

裴景はおもわず声に出してしまった。

被害者が全員毒で死んでいるのなら、その胃のなかにあるのは毒ではないか。そんなものを取り出してどうするというのだ。

しかし兕はかまわず、つづけた。

「もうひとつ考えられるのが、その胃や腸を必要としたのが犯人自身ではない場合です。べつにそれを必要とする人間がいて、その人に渡すために持ち帰ったというわけです。ただしどちらの場合でも、ひとつ大きな疑問が残ります。くりかえしになりますが、どうして屍体ごと持ち去らなかったのか、という疑問です。胃や腸の中身をさらうにしても、屍体ごと安全な場所に運び出して、そこでゆっくり解体すればよかったはずです」

だが、そうしなかった——と兕はいった。

「というより、できなかったんです。犯人には屍体を持ち去ることができなかった。なぜか？　——懼《おそ》れていたからです」

「懼れって、……なにを？」

「死者の復生《よみがえり》をです。今回の一連の事件の被害者たちはみんな生き返るんです」

「は？」

「すくなくとも犯人はそう確信していた。だから現場で心肝を抜き取らなければならなかった。仮に屍体をそのまま運び出せば、途中で生き返ってしまう。犯人は本気でそう信じていたんです。——そう信じていなければ、そもそもこんな事件を起こしていない」

そこで兜はゆっくりと、正面に向きなおった。

その視線の先には、闇に滲む絳《あか》い衣の道士がいた。

「では、なぜ死者は生き返るのか。それはどの被害者も、この道士の手になる不老不死の秘丹を服《の》んでいたからです。犯人はその秘丹の力をだれよりも信じ、そして懼《おそ》れていた。いや、むしろ——」

兜ははっきりとその射るような目線を、絳い道士に向けた。

「徐朧は、沈烱——貴様を懼れていたのだ。貴様に心酔し盲従《もうじゅう》する徐朧は、いっぽうで貴様のことを激しく懼れていた。貴様を裏切ったあとでさえ、その力を疑わなかった。だから愚かにも貴様の秘丹の毒で斃れた被害者たちの腹を裂いて、まだ薬効が残っていることを信じて、胃や腸に残る秘丹を取り出そうとしたのだ」

ふ、——と絳い道士は闇に軽く嗤った。

「あの愚か者らしい、愚かな考えです。ただ一時の感情に流され、力もなく望みを叶えようとするから、あのざまだ。愚かというよりほかありません」

道士が悪しざまにそういい捨てるのに、兜は首をふって、

「徐朧は最後の最後まで貴様を信じ、すがりついたんだ」

といった。

「つまり——」裴景は強引に割って入った。「徐朧は不老不死になりたくて、屍体の腹のなかの秘丹を集めてまわってたってことか？」

しかし先ほどの話では、徐朧は沈烱から丹薬を提供されていたという。もし自身で用いたければ、着服すればよかったのではないのか。なぜ、わざわざ屍体を切り刻むような無茶をしたのだろう。

「ちがいますよ、裴先生」

兜が答えた。

「徐朧は自分のために死者たちを辱《はずかし》めたわけじゃありません。やつには、自分なんかよりずっと生き永らえさせたい相手がいたんです。——そのために兄のように慕っていた沈炯さえ裏切ることになった」

「え？」

「あの女冠ですよ。元宮女で、この沈炯が引き受けた絶世の佳人——」

それは九娘がその美しさに言葉をうしなった、玄衣の女である。

その正体は宸殿《しんでん》にも招《よ》ばれたという元宮女で、死産の果てに後宮で疎まれ、病の末に宮城を逐い出されてしまった悲劇の女であるという。

「徐朧はあの玄衣の女を、この沈炯から奪い去ったんです」

六

沈炯の視界は茫洋《ぼうよう》としていて、すでにほとんど視えていなかった。

頭の鈍痛はいまにはじまったことではないが、耳鳴りがひどくなっていた。丹房の空気穴から漏れる低い風音と、耳鳴りの高音とがひどく不快にまじりあって、かれを苛んでいた。

目の前に京兆府賊曹の斛律雲《こくりつうん》の姿がぼんやりと見える。

斛律雲の言葉は一言一言刺すような鋭さで、この苦しい身体を突き崩してゆく。

だが安堵もあった。この賊曹はどうやら真相にたどり着いている。

賊曹の横には、進士裴景の姿もあった。ここに賊曹ひとりではなく、この男もいるということはやはり、そういうことなのだろう。

わたしは見たこともない崑崙奴に敗れたのだ。

（――いや）

まだ敗れてはいない。

せめて一矢、わが最後の一矢が、そのちいさき青い鳥に届けば。――

沈炯はもう一度強く拳を握りしめて、目の前で止めどなく言葉を吐く斛律雲に目を向けた。

「おそらくこの道士は徐朧に、自分の仕事の後始末を手伝わせていたんでしょう」

斛律雲は裴景に向かって説明をつづけていた。

「この道士はきっと、数えきれない数の人間を死に追いやってきたはずです。だが露見していない。おそらく徐朧が、遺体から毒死の痕跡を消してまわっていたんでしょう。数ヶ月でも病の床に臥《ふ》せったあげくに亡くなったのであれば、病死と思う。なにしろ主治医であるこの男がそう断定するわけです。ふつうは疑われない。――ただしそのためには、遺体を発見した遺族が怪しまないように、変死に見えないよう小細工する必要があった。ほら、范《はん》のじいさんがいってたでしょう、葛明の口許には血を拭《ぬぐ》った跡があったって」

「ああ」裴景がうなずく。

「あれはきっと、徐朧がいつもの癖《くせ》で拭ってしまった跡ですよ」

それを聞いて沈炯は内心くすっとした。――じつにあいつらしい。

「そうした出血や着衣の乱れなどを整えて病で死んだように擬装《ぎそう》させる必要があった。そのために故人には静室を築かせて、家人を遠ざけさせました。徐朧が侵入するための環境と時間的余裕をつくるためです。おそらくこの道士は信者たちに、最後の儀式と秘丹を服用する日時をきつく守らせていたのでしょう。そして確実に死んだ機を見計らって、徐朧を侵入させた」

「ちょっと待て。じゃあ崔尚書の場合は？　尚書の場合遠ざけられたのは静だけだろう。侵入なんてできないはずだ」

「おそらくですが崔尚書の場合は、董家宰をうまく巻きこんでいたのでしょう。もともとは郎君にその役を担わせるつもりが、失敗したんです」

そう、失敗した。

いま思えば、そこから躓《つまず》いたのだ。――

「もっとも徐朧には、自分が毒死の後始末をさせられているなんて認識はなかったはずです」

斛律雲はつづけた。

「この道士は徐朧に、死者たちが復生《よみがえり》することを固く信じさせていた。遺体を整えることも、死者が生き返るために必要な作業だとでも説明していたのでしょう」

さて、とかれは沈烱を軽く一瞥《いちべつ》すると、

「この道士沈烱はこの邸に拠点を構えて以来、自身や徐朧の信者を何人もその丹薬で葬り去ってきた。そして、その最初の被害者――いや被験者こそ例の女冠だったと思うんです」

といった。

沈烱はもちろん答えなかった。

「この道士は宮中にいたころ、太医署の主薬《しゅやく》でした」斛律雲はかまわずつづける。「文武百官に胥吏《しょり》や内官はもちろん、千を超える末端の宮女たちに医薬を処方するのがこの男の仕事でした。そしてここからは想像なのですが、この道士はなにかのきっかけで、その女に秘丹を処方したのではないでしょうか。そのせいで女は死胎《したい》したのではないか。……流産や死産は、水銀中毒の典型的症状のひとつです……」

斛律雲はゆっくりと向きなおって、沈烱を睨んだ。

「貴様も——そのことが解っていたのだろう。だから女が永巷で孤立して病に臥せっていると知って、わざわざ引き受けたのだ。宮女を、中書侍郎の私《わたくし》の道観で迎え入れるような無茶までしたのは、貴様に後ろめたさがあったからではないのか。貴様にも人の心があって、女の零落《れいらく》に多少なりとも責任を感じていたからではないのか」

沈烱は一言も返さなかった。

賊曹風情に、なにが分かるというのだ。——

いまもかれは折にふれて考える。なにが最善だったのか。

離末央翱翔——永巷を脱したいと書いて寄越した女に、なんと返せば正解だったのだ。

永巷とは文字どおり、永遠の監獄《かんごく》である。

永遠を脱することなど、人には不可能なのだ。

ただこのわたしにはたまたま、不可能を可能にする力があった。

ほんの気まぐれといわれれば、そうだったのかもしれない。ただあのとき、不可能を冀《ねが》う女の想いに応えるには、秘丹を煉成することしかないように思えたのだ。

なにより〈龍〉——煉丹術における水銀の隠語——は軽身飛行の薬効があり、欠かすことができない薬材であった。その意味でも煉丹は、必然だったといえる。

反論のないことを見て取った斛律雲はつづけて、

「女の容態はすでに危険な状況にあったから、貴様は受け容れを急いだ。そのために上元の観燈《かんとう》の前後に宮女を引き受けるという間の悪いことをしてしまった。おかげで中書侍郎は、上元のどさくさで邸に宮女をひっぱりこんだなんて醜聞《しゅうぶん》を立てられる始末だ」

あれはたしかに配慮が足りなかったと沈炯も思った。

女を引き受けたのは正確には正月一〇日――上元節の五日前である。後宮の内官は一刻も早く女を引き渡したいとの意向で、それほど具合が悪いのだなと知れた。――内宮で死なれたら面倒だとでも思われていたのだろう。

街が観燈の準備で慌《あわ》ただしいときだったから、喧噪《けんそう》にまぎれてかえって都合がよいのではと考えたのだ。そもそも元は宮女といえ、死にかけの女ひとり引き受けたところで大した騒ぎにはなるまいと軽く考えていた。

ところがあの女は、そんな思惑をはるかに超えて美しかった。――

それで、すべてが狂ってしまった。

「女はこの道観で女冠としてすごすうちに、家人ばかりか出入りの者にまで目撃されて、すぐにうわさが立ってしまった。しかしその期間は案外短かったのではないか。女の病はふたたび悪化した。そして貴様は瀕死《ひんし》の女を持て余したのだろう。徐朧に女を引き取らせて、後始末をさせようとした――」

沈炯はふっと笑った。

「ところが玄衣の女は、徐朧をも魅了してしまった。徐朧は女をさらって、貴様のもとから去ってしまう。

貴様の傀儡《くぐつ》を務める人生を棄《す》てて、女との逃避行を選んだのだ。ところが女の病状がさらに悪化するなかで、徐朧はあらためて気づかされた。自分には女の病を癒《い》やし、生き永らえさせる力がないことを。それができるのは、崇敬する道士沈烱の秘方しかないことを。かといって女を奪った手前、ふたたび貴様のもとに戻って薬を乞うこともできなかった。窮した徐朧は、非常手段に出るしかなかった。つまり沈烱――貴様の患者から奪うことにしたのだ」

横で話を聴く裴景があきれたように首をふった。

かれの常識的な感覚では、徐朧の発想が理解できないでいるのだろう。

「しかし貴様の秘丹の処方のやりかたはきわめて特殊だった。患者には数ヶ月かけて毒性の弱い金丹を処方して衰《おとろ》えさせるが、決定的な秘丹は最終段階で直接届けられるのだ。徐朧はきっと、その決定的な秘丹でなければならないと考えたのだろう。そのくらい女の病は重篤《じゅうとく》だった。――徐朧は劉参の邸に貴様が秘丹を届けに来て、帰るまでを見守っていたにちがいない。ひょっとすると最初は直後に押し入って、劉参から秘丹を強奪することも考えていたのかもしれない。しかし臆したのだろう。そして徐朧は知っていた。劉参が服薬ののち一度死ぬことを」

だから徐朧は、動かなくなった劉参の屍体から秘丹を取り出すことを択んだのだ。――

斛律雲は冷静な口調で、そういった。

「劉参の腹を十文字に切り裂き、胃と腸を取り出す。できた空洞に手を入れ、心肝を取り出す。胃と腸は持ち帰って、中身をさらって、残った秘丹を集めたんだろう」

「心肝や、持って帰った胃腸はどうしたんだ？」裴景が尋ねた。「やっぱり、喰《く》ったのか」

「心肝を除いた目的は劉参を生き返らせないこと。死者を、蹂躙するためです。その場で徐朧自身が喰ったか、あるいは犬にでも食わせたか――」

「犬？」

「あの方士は犬を何頭も連れているようですからね。実際郎君も佽飛《しひ》も被害に遭ったようですし。胃や腸なんて、それこそ金丹をさらったあとは犬に食わせていたんでしょう」

「その犬も災難だな。そんな毒まみれの物を食わされて――」

そこまでいって裴景はなにかを想い出したらしく、絶句してしまった。

沈炯は顔を伏せ、まぶたを閉じた。

惜《お》しいな、とかれは思った。

斛律雲の推理は見事である。さすが京兆一の名は伊達《だて》ではない。

だが真実はすこし異なる。わたしがあの女を持て余したなど、ありえない。わたしは覚悟をもってあの女を迎えたのだ。最後まで引き受ける覚悟だった。

そしてあの女は死んだ。静かに。眠るように。

花のように美しい死顔だった。いまにも生きて目を開きそうなほどで、理容《りよう》（死化粧）もまったく必要なかった。

その死を目の前にして、かれは自分がすこし安堵していることに気づいた。――そう、かれはいままでずっと、ひそかにこの女を畏《おそ》れていたのだ。

そして、死してなお美しい女の肢体《したい》に、あるいは自分の秘丹は効いていたのではないか、と疑った。女の屍体はまるで蟬蛻《せんぜい》――抜け殻《がら》のようで、その魂魄は青い鳥となって天空へ飛び去ったのではと思えるほどだった。

かれは遺体に殮衣《れんい》を着せると、用意していた粗末な一重棺《いちじゅうかん》に斂《おさ》めた。しかし紫霄観でできることはここまでだった。かれは徐朧に連絡し、凶肆《きょうし》で轜車《じしゃ》を借りて邸まで迎えに来るよう指示した。むろん棺《ひつぎ》を外に運び出すための轜車である。最終的な葬礼と埋葬を徐朧に任せようと思ってのことだった。

棺に斂められた女を見る徐朧の顔つきは尋常なものではなかった。

そのまま徐朧は棺を積みこむと、その轜車ごと消息を絶った。

あいつは女の屍体を持ち去ったのだ。——

沈炯は怒るよりもむしろ自分の軽挙を反省した。逢《あ》わせるべきでは——いや、見せるべきではなかった。

あの女は尸解してなお、徐朧を狂わせたのだ。

ただかれは楽観もしていた。

すぐにも女の屍体は朽ちて、あいつも目が醒《さ》めるだろうと。

ところがその数日後、劉参につづいて葛明の屍体まで切り裂かれ、腹の中身を持ち去られたと知って、それが徐朧のしわざであり、その逃避行がまだ終わっていないことにはっきりと気づかされたのである。

徐朧が劉参らから無理に秘丹を強奪しなかった理由を、この賊曹はあいつが臆したからだといっていたが、そうではない。徐朧——あいつは、わたしの教理をしっかりと理解していた。あいつは、わたしの秘丹が真の意味で完成したものではないことを知っていたのだ。

わたしの秘丹はあくまでも外であり陽であり、信者には無極太上元君を存思し丹田に生じる内なる陰なる秘丹と合一させることで、太倉（胃）中に陰陽一体となった真丹を完成させるものなのだ。

その真丹を得て人の魂魄《たましい》ははじめて九層の霄《そら》を超えて、無窮の時を生きることができる。

徐朧——あいつはそれが欲しくて、屍体を切り刻むまでしたにちがいない。

「貴様は——」斛律雲の退屈な話はつづいていた。「劉参と葛明の遺体がつづけざまに腹を裂かれた状態で見つかったと聞いて、すぐにその犯人が徐朧だと気づいたはずだ。そこで貴様は一計を案じた。賧伐で仲間を殺され不満がたまっていた右金吾の佽飛《しひ》どもにむかって、賧伐は徐朧の妖術による犯行であり、邪神である廬山君に捧げるために財宝や黄金を奪ったこと。そしていままた廬山君への血食《けっしょく》のために市中の人びとの心肝を刳《えぐ》ってまわっていると、——徐真君は仇敵《きゅうてき》であり、世に害なす妖巫なのだと吹きこんで、連中を徐朧の捜索に駆り立てたのだ。さらに周到なことに孔達をつかって中書侍郎に働きかけ、連中に独占的な捜査権まであたえた。これで貴様は、事件を都合よく囲いこもうとしたのだろう……」

「佽飛たちに、徐朧を殺させるつもりだったのか？」

と裴景が尋ねた。

「いえ、逆ですね。わざわざ勝手知ったる右金吾の佽飛に捜査を委ねたのは、むしろそうした事態を防ぎたかったからです。この道士はおそらく、連中が自分の許可《きょか》なく徐朧を殺すようなことがないよう釘を刺していたか、あるいは脅していたのでしょう。——みだりに妖巫を害せば、かえって災いがある、とでもね。いずれにしてもこの道士は、自分の目の届かないところで徐朧が殺される事態は避けたかったんです。……命は、助けたかったんでしょうね」

斛律雲はふたたび沈烱のほうを見た。

「——それにしても、遠からず破綻《はたん》する徐朧と玄衣の女との逃避行を、なぜ貴様は終わりまで待てなかったのか。なぜ佽飛どもをつかって邪魔するような野暮までしたのか。もちろん裏切られたことにたいする恨みや、信者たちの遺体を損壊されたことにたいする怒りもあっただろう。しかしそれにしたって性急だ。おそらく、貴様は焦《あせ》っていたんだろう。……どうやら貴様には、あまり時間が残されていないようだからな……」

自分を見つめる斛律雲の目に、同情の色がうかんだのを沈烱は見逃さなかった。暗がりにもかかわらず、この賊曹はすっかり見抜いてしまっているようだ。

「貴様にはひとつ、大きな懸念《けねん》があった。それは、貴様の信者のなかでも最大の有力者である崔尚書の儀式が進まないことだった。もっとはっきりいえば、崔尚書の病状が悪化しなくなったのだ。貴様の薬が効かなくなった――」

崔尚書と聞いて横の裴景がびくんと反応した。

「われわれも崔尚書の病状は半年ごろ前からよくないと聞いていた。つまり貴様は半年ほど前から丹薬を処方して、崔尚書を緩慢に死へと至らしめようとしていたのだろう。ところがある時期を境に、崔尚書の症状はむしろ快方にむかったのではないか。秘丹の毒が、崔尚書に届かないようになった。――貴様はこれを、崔郎君の妨害《ぼうがい》によるものだと考えた」

沈烱は感情を押し殺すように奥歯を噛んだ。

「郎君のことも当初はもちろん尚書ともども入信させ、取りこむつもりだったのだろう。だが郎君は断固として、貴様の教えを拒んだ。それどころか郎君のことだ、父の尚書にむかって貴様の教えを棄てて、服薬もやめるよう説得したかもしれない。これ以上妨害されてはかなわないと思った貴様は、郎君本人をこの紫霄観に招いて直接説得を試みた――」

香炉からは、瑞龍脳の香煙がたなびいていた。

「しかし郎君はそれでも、頑《がん》として貴様を受け容れなかった。義に厚い郎君のことだ、むしろ貴様を激しく罵《ののし》りでもしたのだろう」

まさしくそのとおりだった。

「貴様は郎君の裏切りを許さなかった。崔尚書、董家宰と相談して、強引な手段に打って出た。朝から郎君を監視付きで連れ出して、日中崔邸から引き剝がすことにしたのだ。おそらく邸内でも、崔尚書のいる本院《ほんいん》に立ち入らないよう指示していたのだろう」

「それが、旰食宵衣か」

裴景がそうつぶやいた。

斛律雲はうなずいて、

「しかしそこまでしても、崔尚書の病状は悪くならなかった。薬も切れて、貴様は崔邸に呼び出される始末だ。奇しくもわれわれはその場面に出くわすことができたがな。……さて、崔尚書に毒が効かない原因がさっぱり分からなかった貴様は、郎君を邸から完全に引き離すことにした。邸に帰れなくしたのだ。——もっとも、このときには小官が事件に関わりはじめていたから、われわれから郎君を引き離す目的もあったのだろうな。ただでさえうまくいっていない状況で、郎君とわれわれが手を取り合うような展開は避けたかったにちがいない」

沈烱はさらに奥歯を強く嚙んだ。

このころはすべてが後手後手にまわっていた。崔尚書には薬が効かず、崔郎君からは歯向かわれ、徐朧は裏切った上にわたしの患者たちの屍体をむさぼり食って、不審がる中書侍郎がこの賊曹を差し向けてきた。

いつのまにか、すっかり追い詰められてしまっていたのだ。

どこで、手を誤ったのか。——

「貴様は、虎の尾を踏んだのだ」

斛律雲がわが心に射かけるように、そう宣った。

「中書侍郎ではない。崔尚書――いや、崔郎君に手を出したことで、貴様は人智を超えた青童を敵にまわすことになった。その青童は、仕える崔家を守るために主家《あるじ》である尚書ではなく、郎君を扶《たす》けることを選んだ。早々に貴様の欺瞞《ぎまん》を見抜いていたんだろうな。――そして腹立たしいことに、わたしもここにいる裴先生もその豎児《こぞう》が差し向けた馬《こま》にすぎない。われわれがいまここに至ったのも、結局はその豎児の差し金だ」

「どうやら、そのようですね」

沈烱はひさしぶりに口をきいた。

斛律雲はにやりとして、さすがに気づいていたか、といった。

「あの崑崙奴がどうやって貴様の毒牙《どくが》から崔尚書を守ったのか、はっきりとは聞いていない。だが、ふつうに考えればすり替えたんだろうな。貴様を迎えにいった崔家の車駕《しゃが》には、一度の例外なくあの崑崙奴が前趨《さきばらい》として付き添っていたはずだ。あの人外の豎児なら、貴様にその存在すら気づかせずに秘丹をすり替えることもたやすかっただろう」

この賊曹までも疑いなく確信しているのか――と沈烱は感心した。

かれも早い段階ですり替えのことは疑った。最初は崔郎君を疑い、それゆえ邸から追い出した。つぎに董家宰を疑い実際に問い詰めたが、かれはきっぱり否定した。嘘をついているようには思えなかった。思うにあの老番頭には、すべてを見越した上で、なお主人である尚書に尽くすことを選んだというような達観があった。この期におよんで、主人の意にそわぬ真似をするとも思えない。

すり替えを疑う上で、疑問もあった。秘丹が紛失したのではなくすり替えられたとしたら、贋物とはいえ替わりの品を用意したということである。いったい、なにとすり替えたのか。そんなもの、どうやって用意できたのか。

答えが出ないまま時は過ぎ、崔尚書に秘薬の効果が表れることはなく、時間切れとなった。

例の崑崙奴の存在を聞いたのは今朝、崔郎君からである。郎君にすり替えの可能性を示唆すると、かれは即座に磨勒という崑崙奴の名を挙げた。確信しているようだった。——そんな芸当ができるのは磨勒しかいない、と。

磨勒のことは何度も目にしたことはあるはずだといわれたが、沈焖にはまったく想い出せなかった。車駕の先払い役など、だれも目に留めない。先払い役がいたことさえ憶えていない。しかしきっとその崑崙奴は、そこまで織りこみずみだったのだ。

家奴ごときに弄ばれたことに愕《おどろ》きはあれど、悔しさや怒りはなかった。その崑崙奴がこの世ならぬ神童であることは疑いなかった。自分が、神の使いと頭をめぐらして競えたことはむしろ誇らしくさえ思えた。まるで仙境に遊んで、幽谷の石室で神童と碁に興じているような愉悦があった。

じきに中書侍郎の差し向けた賊曹がやってくる。残念ながら現実は永遠ではなく、神との遊びも終わりを迎える。そして沈焖はまちがいなく、敗北する。しかしまだ名残惜《なごりお》しかった。せめて最後に、あっといわせるような一手をはなって、天を驚かせたかった。——

「貴様はもう終わりだ」

斛律雲は冷酷《れいこく》にそう告げた。

「この最新鋭の丹房が産み出したのは結局、数え切れない数の骸だけだった。貴様が壊し、救った女は、弟分の徐朧を狂わせた。狂った徐朧は女とともに貴様のもとを去って、屍体をあさってまわる始末だ。貴様を信じた劉参、葛明、費誠之、孔達、王苞は腹を裂かれた無惨な屍体をさらすことになった。貴様が手すさびに贋造した薬金に狂わされた孔迪や右金吾の佽飛《しひ》どもは、無辜の商胡たちを虐殺し、かえって自分たちも殺されることになった。――どこを向いても貴様のまわりは屍体ばかりだ。呉猛は竜の骸の上に道統を打ち立てたが、貴様はどうだ？　――なにも生み出せてはいない。貴様の騙った不老長生を信じた崔尚書は生き永らえて、貴様のあやまちを語り継ぐだろう」

符命は尽きたのだ。――斛律雲はもう一度そういった。

それでも微動だにしない沈烱に斛律雲が眉をひそめ、近づこうとすると、

「触れるな――」

沈烱は一喝した。

そしてかれは最後の力をふりしぼって、いった。

「……ご賢察、お見事です。もちろん仔細《しさい》はいろいろと異なるところもありますが、いまさら反論する気もございません。ただ、……ひとつ。……ひとつだけ、訂正させていただきたい。この小道、だれひとりとして人を殺めてなどおりません」

斛律雲ばかりか裴景までも、またか、という顔をした。

沈烱は頭が朦朧《もうろう》とするなかで、つづけた。

「わが患者たちは、みな苦しんでおりました。業病の身体に悩む者はもちろん、家中のしがらみに苦しむ者、宮仕えに苦しむ者、そして後宮の奥に閉じこめられた者。……みながそれぞれの檻に閉じこめられて、

そこからなんとか脱け出したいともがき苦しんでいたのでございます。この檻のごとき京城を飛び出して、天高く飛び去りたいと冀《ねが》っていたのでございます。その者たちが翅翮《つばさ》を——飛歩九霄するための力を欲するのは当然ではありませんか。あなたがたの目には無惨な死と見える骸も、かれらにとっては脱け出したい蟬蛻《せんぜい》だったのです。かれらの魂魄はいま天を羽ばたき、無窮の仙境を逍遥《しょうよう》しているのです。それは死などとは、もっともかけ離れた境地だとお想いにはなりませんか」

すると斛律雲は鋭く睨みかえして、

「貴様と議論する気はないが——はたしてそうか？」

といった。

「たしかに貴様の騙る不老不死を信じて、夢のなかに充足を得られた者もいるだろう。死ぬことで救われると考える者がいたことも、まあ否定しない。だが全員が全員、貴様のいうように救われたとは思えない。……たとえば費誠之。あの男は、最後の最後で貴様を拒絶したのではないか？」

沈烔はおもわず息を呑んだ。斛律雲はそれを見逃さなかった。

「図星のようだな。費誠之はきっと、最後の最後で秘丹の服用をためらったのだろう。貴様はそれを許さなかった。拒む費誠之の口に無理やり秘丹を押しこみ、嚥下《えんげ》させた」

沈烔は強く歯がみした。いまから考えると、性急すぎたのかもしれない。この賊曹のいうとおり、焦っていたのだろう。教理の理解が進んでいなかったのに、無理強いしてしまった。費誠之はたしかに服薬で肉体が衰えていくことにとまどい、恐れをいだいていたのだ。

いまも、あのときの感触《かんしょく》が生々しくよみがえる。秘丹を吐き出そうとする費誠之の口を押さえ、強引に呑みこませた。暴れ、もがき苦しむかれを、力づくで押さえこんだ。静かになるまで。

「しかし費誠之は死ななかった」斛律雲はいった。「おそらく全部は呑みこまず、口のなかに溜《た》めこんでいたのだろう。だから死後しばらくたってからも銀玲《ぎんかん》が毒を感知し得た。瀕死の費誠之は家から這い出た。その場から逃げようとしたんだろうな。ところがそこで運悪く、胃と腸を回収に来た徐朧と鉢合わせしてしまった。徐朧は驚き、こう思っただろう。――費誠之が生き返ってしまった、とな。――恐慌した徐朧は官服ごしに費誠之の心臓を刺した。心肝を攻撃する以外、不死の者に対抗するすべを知らなかったからだ。……とどめの一撃を受けて、費誠之はついに絶命した。しかし徐朧は当然、ほうっておけばまた生き返ると考えて腹を裂き、必要とする胃と腸を抜き取ると、心臓と肝臓を摘出して、完全に息の根を止めようとした」

「心肝を、啖《く》らってか」裴景が忌々しげにいった。

「自分で啖らったか、犬に食わせたか――です」

斛律雲は苦々しげに答えた。

「いずれにしても、徐朧は戦慄《せんりつ》したはずです。目の前で、実際に生き返った人間を見たわけですから。――心肝を啖らってなお、安心できなかったのかもしれません。だから恐怖のあまり、屍体を排水溝《はいすいこう》に沈めた」

「そうか、それで……」

「同時に徐朧はそのことで確信したでしょう。沈烱の秘丹はやはり本物だと。その時点で女が生きていたか死んでいたか分かりませんが――」

だから、ずっと昔に死んでいるのだ。

「女を生き永らえさせるにも、生き返らせるにも、この道士の秘丹が必要だとあらためて確信したはずです。かれが知る、残る服薬中の信者は崔尚書と王苞でした。昨日、王苞の身体から秘丹を奪うことを崔郎君に阻止された徐朧は、崔邸を訪れるしかなかったが、ここでも佽飛《しひ》たちの待ち伏せに遭った。いよいよ追い詰められた徐朧はやむなく、この道士に泣きついたのです。――秘丹を、分けてくれないかと」

沈烱はすこし寂しげな表情をうかべた。

徐朧――あいつはこの紫霄観の門をくぐるなり、跪《ひざまず》き、額を甃砌《いしだたみ》に打ちつけた。そしてこれまで多大な恩をこうむりながら、裏切って女を連れ去った罪を詫びた。その上で、秘薬を分けてほしいと懇願した。子供のようにわんわん泣いた。そこまではよかった。予想どおりだった。

だがあいつは額に血を滲ませながら、こう言ったのだ。

このままでは彼女を死なせてしまいます。――

わたしは自分のなかで急速になにかが萎《しぼ》んでゆくのがわかった。

女が連れ去られて――女が死んでから、優にひと月半はたっていた。

徐朧は、すでに自分とはちがう世界に生きているのだと悟った。目の前の徐朧はかつての徐朧ではなく、わたしの知るあいつは、すでに遠くへ飛び去ってしまったのだと知った。

同時に、いままでの自分の研究がすべて色あせて、意味のないものであったように思えてきた。

わたしは跪く徐朧に背をむけ、丹房に入ると、ありたけの秘薬を嚢《ふくろ》につめた。そして本殿にもどって、なおも跪いたままでいる方士の前にぞんざいに投げつけてやった。徐朧――あいつは子供のように喜びを満面にたたえて、何度も叩頭し礼をいって、大事そうに嚢を抱えて去っていった。洛陽方面へ逃げるよう指示した気もするが、はっきりとは憶えていない。

あいつの背を見送ってわたしは、この紫霄観にひとり立ち尽くした。――

「証拠はないが、孔達も貴様の都合で死を早めたのだろう。もちろん目的は口封じだ」

斛律雲はなおもつづけた。

「貴様は死を幇助《ほうじょ》するばかりか、死を望まない人びとまで死に至らしめた。その罪の数々には、どんな言い訳も通用しない。徐朧もだ。やつは屍体を切り刻み、心肝を啖《く》らって死者を辱めた。さらに費誠之にいたっては、おそらくその手で殺害している。貴様ら二人とも犯した罪はきわめて重大だ。赦される余地などない。取引なんて、もってのほかだ」

そうか。――沈烱は最後の力をふりしぼって顔をあげた。

すると、斛律雲が憐れむような目で、かれを見ていた。

「もっとも、貴様には刑に服す時間など残っていないようだがな」

目の前が突然、真っ赤に染まった。

頭が突然軽くなった。冷静な顔の斛律雲と驚きあわてる裴景の顔をながめながら、沈烱の身体は沈みこむように膝《ひざ》から崩れ落ちた。

七孔噴血――両方の目鼻耳と口から、かれは大量出血していた。

「第一の被験者は玄衣の女でなく、貴様自身だったようだな」

斛律雲は冷たくそういい放つと、沈烱の吐いた血だまりを踏みにじって、

「意識があるうちに言え。崔郎君をどこへやった」

と詰問した。

ふふ――沈烱の口からは自分でも驚くほど自然に、笑いがこぼれた。

かれは膝を立てて、ゆっくりと立ち上がった。身体が軽くなっているのがわかった。

「斛律判官も、裴進士も、心配ご無用でございます。最初から申し上げておりますとおり、崔郎君に危害を加える気など毛頭ございません」

血の味を噛みしめながら、しかしかれは朗々と語った。

「郎君を侍衛する佽飛《しひ》の部隊は、郎君ご本人の意向に従いまして、いまごろ崔邸に向かっている最中でございましょう」

「どういうことだ？」

裴景がいらだたしげに訊きかえした。

しかし沈炯はむしろ焦《じ》らすように、目をつむった。頰に血がつたうのがわかった。

「この丹房は、時の流れを歪めてしまうのでございます」かれは目を閉じたまま、いった。「このなかではすべての音が遮断され、お気づきではなかったかと思いますが、晩鼓《ばんこ》はいままさに尽きようとしております」

さすがの賊曹も、はっとした表情をうかべた。

そう、この暗黒のなかでは時間の感覚が狂ってしまうのである。

「斛律判官。あらためて貴官のご推理には感服いたしました。さすがわが主家《あるじ》たる中書侍郎さまが重用されるだけはある。もちろん小道には承服しかねるところも多々ございましたが、それは律令《りつりょう》に遵《したが》う貴官と微妙玄通の小道との、けっして相容れぬ矜恃ゆえでございましょう。その上で貴官が小道を連行されると仰せなら、この身は進んで公儀に委ねましょうぞ。徐朧のこともはや、口出しししますまい」

ただし——と沈炯は間髪を容れずそう断って、

「それが通じるのはあくまでも、人の理《ことわり》にかぎってでございます。律令をはじめとする公理公法は、人の世俗を取り締まるものでございましょう。——斛律判官。貴官も人外の者相手では、手に余るのではございませんか?」

「なにが、いいたい?」

斛律雲は怒気《どき》を含んだ声でそう訊きかえした。

その姿は血に滲んで、朧々としている。

「判官も進士もすでにお気づきでしょう。この平安なる京師に、人ならぬ異界の童子がまぎれこんでいることを」

沈烱はそういって笑った。口から血があふれ出した。

「貴人の邸に崑崙奴に扮《ふん》して隠れ住み、邸を抜け出してはいたずらに神術で幻惑《げんわく》し、人に神刀をあたえて殺し合いをさせたり、黄金を煙のように消し去って遊ぶのです。あるいは夜な夜な京城を跳梁《ちょうりょう》し、人の心肝を抜いて蟬蛻《せんぜい》にしてしまう妖異の者です」

「……貴様、そんな嘘八百を佽飛《しひ》の馬鹿どもに吹きこんだのか」

「しかもこの童子は、崑崙奴の分際でありながら主筋である崔家に反抗的で、あまつさえ大恩ある崔尚書のご意向にはっきりと反逆したのです。家礼に背き、人の世の秩序《ちつじょ》を乱した者が赦されるはずありません」

そこで沈烱は可笑《おか》しくなって、ぷっと吹き出してしまった。

血が舞った。

「閉門と同時に五十を数える佽飛がいっせいに崔邸に攻め入る手はずでございます。崔尚書にはご諒解とご協力をいただき、家人のみなさまとともにすでにご避難いただいております。崔郎君にはその様子を——崑崙奴に扮した妖異が討伐されるさまを、近くからゆるりとご遊覧いただく手筈《てはず》になっております」

そこまでいった瞬間、沈炯はふたたび口から大量の血を吐いて、両膝をついた。だが顔には笑いが貼りついたままだった。

それまでむしろ吐血する沈炯に同情の目を向けていた裴景だったが、道士の最後の言葉に血相を変え、この野郎と罵ると、すぐさま丹房を出てゆこうとした。

しかし斛律雲は、なおも憐憫《れんびん》とわかる一瞥を沈炯にくれてから、裴景のあとを追って出ていった。

暗黒の丹房にひとり残された沈炯は、わははは、と高らかに哄笑して、すぐにまた血を吐いた。血だまりに膝を滑らせると、そのまま床に倒れこんだ。なおも咳きこんで、床に血を撒き散らした。

そのとき、かれの絳衣の懐から銀色に輝く秘薬がこぼれて、血だまりにうかんだ。

かれはそれを見て、声なく笑った。

それは崔邸から持ち帰ったものである。尚書に呼ばれ、最後に崔邸をおとずれたときだった。偶然にも斛律雲と裴景とも出くわすことになった、あのときである。ちょうど、崔尚書に薬が効かないことですっかり頭を悩ませていたころでもあった。

すり替えの可能性はずっと考えていた。斛律雲と裴景と出くわした偶然も気になって、崔邸から帰ったあと処方した薬の残りを調べてみることにした。

見た目はまったく、おなじだった。鍍銀《ときん》されたように美しい光沢のある白銀に輝く丸薬である。

しかし割ってみると、なかから真っ白い塩のような結晶のかたまりが出てきた。あきらかに、かれが煉成した丹薬と中身がちがう。その結晶を燃やしてみたが、炎の色は変わらなかった。試しに舐《な》めてみると独特の苦味と塩味があって、そこでようやくぴんと来た。

これは苦消《くしょう》――瀉利塩《しゃりえん》(硫酸マグネシウム)だと。

苦消は唐代になってはじめて発見された最先端の薬材であり、かれもその存在と性質こそ聞き知ってはいたが、現物は尚薬局の薬府で厳重に管理されるような代物である。一介の薬工には手の届かない稀少薬材であり、すり替えの代替品とするには破格の材料といえた。

その薬効は瀉利塩の名のとおり、排泄《はいせつ》を強くうながすものである。尚書に投じた秘丹の効果は、すべて排出されてしまっていたのだ。いったいいつから、すり替えられていたのか。今回だけということはまずないだろう。かれは不老不死の秘丹を処方しているつもりで、そのじつせっせと下剤を投薬していた、ということになる。

なんたる皮肉、なんたる滑稽《こっけい》——沈炯は可笑《おか》しさがこみあげると同時に、内心では立ちはだかる敵の大きさに戦慄した。苦消など、太医署や尚薬局でも知る者はごく限られている。

このわたしだから分かったのだ。——

その秘薬をたかが代替品に用いるなど、沈炯の目には秘方を浪費しているようにしか思えなかった。人の業《わざ》ではない。神の戯《たわむ》れだと、かれは直感した。

盤面の向こうにいるのは、人智を超えた神人にちがいない。——

そのときかれはむしろ喜びに震えたのを、いまさらながらに想い出すのだった。

血とともに熱も身体から抜け落ちてしまったのだろうか、寒くなってきたので、かれは丹房の真ん中で床に倒れたまま膝を抱えこんで、身体を丸めた。両目も痛んできたので、ゆっくり瞼《まぶた》を閉じる。

その姿はまるで、胎中に眠る胎児のようだった。

身体中の血を吐いたからだろう、不思議なほど身体が軽く感じられた。

このまま、浮遊してゆくようだった。——

この先は天へとつづいているのだろうか。

あいつは——あいつは、無事逃げおおせただろうか。

いや、あいつの魂魄《たましい》はとっくに蟬蛻《うつせみ》を脱ぎ捨てて、あの女といっしょに天へと羽ばたいているにちがいない。

わたしも、そのあとを追うことにしよう。

そして沈烱は丹房の中心で眠りについた。

終章

甲士《かふし》五十人《ごじふにん》に命《めい》じ、
嚴《げん》に兵仗《へいちやう》を持《ち》して崔生《さいせい》の院《ゐん》を圍《かこ》み、
磨勒《まろく》を擒《とりこ》にせしむ。

――『崑崙奴《こんろんど》』

一

紫霄観《しょうかん》の本殿《ほんでん》を飛び出した裴景《はいけい》は、すっかり陽が落ちているのを見て思わず、くそっ、と怒鳴《どな》った。あの道士のいうとおり、暗黒の丹房《たんぼう》のなかで時間の感覚が失われていたようだ。

横を兜《とう》が速足で追い越《こ》していったので、かれもあわてて追いかける。そのまま二人は紫霄観の門をくぐり、南廂《なんしょうぞ》沿いの小径《こみち》を抜《ぬ》けていった。するとそのさきの厩舎《きゅうしゃ》では、すでに家婢《かひ》が幄号《あくごう》の手綱《たづな》を引いて待っていた。彼女は来訪時にも二人を出迎《でむか》えてくれた童女である。忌々《いまいま》しいことに、ここまで沈烱《しんけい》の筋書《すじが》きということになる。

中書侍郎邸《ちゅうしょじろうてい》を出ると、兜の部下たちが何人も群《むら》がってきて、二人が紫霄観にいるあいだに起こった出来事を口々に報告した。——徐朧《じょろう》のものとおぼしき輜車《じしゃ》が通化門から城外に出て東へ向かったこと、右金吾衛《うきんご》饮飛《えいしひ》の新たな部隊が宣陽坊《せんようぼう》に到着し、四方の坊門を封鎖《ふうさ》したこと。

そして、朝に大寧坊《だいねいぼう》の中書侍郎邸前から姿《すがた》を消した饮飛の一隊もまた宣陽坊に現れ、先ほど北門から坊内に入っていったという。

（静《せい》だ——）

きっとその饮飛の部隊のなかに、連行された崔静《さいせい》もいるにちがいない。

あの奸猾《かんかつ》なる道士《どうし》は、主人である崔静の目の前で磨勒《まろく》を討《う》ち果たそうという魂胆《こんたん》なのだ。

裴景は心のなかで再度くそっ、と罵《ののし》ると、

「兜」

とその名を呼んだ。

兜は冷ややかなまなざしで、かれのほうを見た。

「頼む」裴景は叫《さけ》んだ。「おまえの力でなんとかして静と――」

――磨勒を。

すると兜は黙《だま》って幄号《あくごう》にまたがると、馬上からかれにも後ろに乗るよう顎《あご》をしゃくった。

裴景は首をふって、

「二人乗りだと遅《おそ》い！　一刻を争うだろ」

「こいつの力を見くびってもらっては困《こま》ります。ひとりやふたり、どうってことはない」

兜は冷静にそう反論して、幄号の鬣《たてがみ》をなでた。幄号は同意とばかりに首を顫《ふる》わせた。

「それに最初に巻きこんだのは裴先生――あんただ。あんたが行かないでどうする」

早く、と迫《せま》る兜の声に、裴景は勇躍《ゆうやく》、幄号の後ろに飛び乗った。

その瞬間、幄号は跳《は》ねるように駆《か》け出した。

陽が落ちて人がすくなくなっているせいもあるが、二人を乗せた幄号は往来のど真ん中を、いつにも優《まさ》る速さで爆走《ばくそう》した。坊門はとっくに閉じられて通行が遮断《しゃだん》されていたが、兜は賊曹《ぞくそう》権限で――というより、ほぼ一喝《いっかつ》して――坊門を強引にこじ開け、突破《とっぱ》した。

夜の長安《ちょうあん》を、美しき灰毛の優駿《ゆうしゅん》が飛ぶように駆けて行く。

裴景は疾駆《しっく》する幄号の背に激《はげ》しく揺《ゆ》られながら、夜空を仰《あお》いだ。

盈月《えいげつ》――美しい真円をした大きな月が、暗黒にうかんでいた。

その姿は否応《いやおう》なしに、なんらかの終焉《しゅうえん》を予感させるものだった。

旰食宵衣《かんしょくしょうい》などという崔静の流浪《るろう》をきっかけに、磨勒にそのかされるまま崔邸を発《た》った裴景は、途中四つの無惨《むざん》な死に遭遇《そうぐう》し、城内外をさまよったあげく、いままた崔邸に向かっている。

すべての元凶《げんきょう》といえる沈烱は闇《やみ》の底に斃《たお》れ、徐朧は東へ去った。――

なのに崔家は分断したままで、その亀裂《きれつ》はいまもっとも深く刻《きざ》まれようとしている。

裴景は無性に、崔静と話がしたかった。

沈烱に誑《たぶら》かされた尚書《しょうしょ》と対立し、監視《かんし》されるなかでだれにも相談できず、ひとり悩み、ひとり抵抗をつづけたかれの話を聴《き》いてやりたかった。碁《ご》でも打ちながら、愚痴《ぐち》を聴いてやりたかった。――

だからこそ、かれの目の前で磨勒がむざむざと討たれるような結末は、絶対に迎えさせてはいけない。

思えば崔静は、裴景が兜の力を借りていろいろ調べまわっていたのを知っていたのかもしれない。だからかれは監視役の林孟《りんもう》をまいて蘇家楼《そかろう》に逃げこんだとき、九娘《きゅうじょう》にたいして宿代は裴景に払《はら》わせてくれなどと冗談《じょうだん》をいったのだろう。自分を案じて追いかけてくる足音に気づき、かれは心配するなという代わりに、そんな軽口を叩《たた》いたのだ。


宣陽坊の東門は遠目から見てもあきらかに異様だった。両脇《りょうわき》に篝火《かがりび》が焚《た》かれ、五人の武装した兵士たちが門を封鎖していた。おそらく他の門も同様だろう。

どうする、と裴景が訊《き》いても前から返事はなかった。

手綱をゆるめる気配もなく、むしろ速度は増している気がした。なんとなく察した裴景は、あきらめて兜の腰帯《こしおび》を強く握《にぎ》りしめた。

闇のなかから突如《とつじょ》現れ、異常な速度で接近してくる不審《ふしん》な騎馬《きば》に、佽飛《しひ》たちはあわてて門前に立ちはだかろうとするも、すぐに無駄《むだ》と悟《さと》って逃げ出そうとした。しかしそれさえ遅かった。幄号《あくごう》はいっさい速度をゆるめることなく、佽飛《しひ》たちに向かって突撃《とつげき》した。二人が幄号の体当たりに弾《はじ》き飛ばされ、一人が兜に馬上から蹴《け》り飛ばされていた。そしてもう一人を前脚《まえあし》で踏《ふ》みつけにして、幄号は強引に急停止した。

すると兜はすばやく馬を下り、いまの蹂躙《じゅうりん》をなんとかかわしながらも腰を抜かしていた残りの一人の胸ぐらを摑《つか》んで強引に立たせた上で、いきなりその顔を殴《なぐ》りつけた。そして一言、開けろと命じた。殴られた男が急いで閂《かんぬき》を外し坊門を開けると同時に、兜と裴景を乗せた幄号は滑《すべ》りこむように宣陽坊内へ進入した。

坊内に入ってすぐ、かれらは異変に気づいた。

街の一隅《ひとすみ》が、煌々《こうこう》と赫《あか》く照らし出されているのである。大きな喚声《かんせい》もあがっていた。

崔邸の方向だった。

佽飛とおぼしき重武装の兵士たちが、その騎馬止まれ、と行く手に立ちはだかった。

「邪魔《じゃま》だ」

兜はそう一喝して手綱を引いた。その瞬間、幄号は宙《ちゅう》を軽やかに跳ねて、野次馬《やじうま》ごと佽飛たちを蹴散らしてしまった。

近づくにつれ、情況が判《わか》ってきた。崔邸正門前の通りに篝火がずらりと列べてあるらしく、おそらくそこに武装した佽飛たちが隊列を組んでいると思われた。鬨《とき》の声ばかりで、まだ邸内には突入していないようだ。

周辺の街路はこの騒動《そうどう》を聞きつけた坊内の野次馬で混み合って、思うように前に進めなかった。

裴景は馬上から崔静を捜した。どこかの佽飛の部隊に擒《とら》われているはずだが、野次馬が大勢混じって、まるで見分けがつかなかった。

そのときだった。

佽飛たちから、うなるような、さざめくような歓声《かんせい》が上がった。

「あ――」

裴景もおもわず声をあげた。

崔邸にそびえる高層《こうそう》の正庁《せいちょう》の屋根の上に、ちいさな影《かげ》が見えた。

雲が月から離《はな》れ、その青く皓々《こうこう》たる光が屋根の上に降《ふ》りそそぎ、その姿を照らし出した。

青い衣を身に纏《まと》った童子――崑崙奴《こんろんど》磨勒がそこに立っていた。

鬨の声が一気に最高潮に達した。敵の堂々たる登場に興奮《こうふん》した佽飛たちは指揮官の命令を待たず弓を取り、矢をつがえた。無数の矢がいっせいに、磨勒に向かって放たれた。

「くそっ」

その様子を見た兜は手綱を手首に引っかけると、鞍《くら》に提《さ》げていた弓を取り出した。まだ邸《やしき》までだいぶ距離がある。しかも前方では、べつの佽飛の部隊が行く手をふさいでいた。

「戦いに介入する気か？」

裴景が訊くと、兜は大声で叫びかえした。

「このままあの崑崙奴を死なせるのは、後生《ごしょう》が悪いですからね」

そこへ横に伏《ふ》せていた佽飛が幄号に向かって白刃《はくじん》を振るってきた。

「失せろ」

兜はすばやく腰の鑌鉄《ひんてつ》を抜いて、佽飛《しひ》の刀をはじき返した。佽飛は刀ごとふっ飛ばされた。

鑌鉄の刀身が月光に照らされ、闇に稠密《ちゅうみつ》な紋様《もんよう》が青白くうかんだ。

それは闇に咲《さ》く雪の花のようで、まさに妖刀《ようとう》であった。

崔邸ではなおも磨勒に向かって矢の雨が浴びせかけられていた。

ところが不思議とどの矢も磨勒の手前で勢いをうしなって、ぽとぽとと落ちてしまうのだった。強弩《きょうど》を持て、と叫ぶ声が聞こえた。

屋根の上では月の光に照らし出された磨勒が、超然《ちょうぜん》とたたずんでいた。

その磨勒が、兜と裴景のほうを見て、にっこり微笑《ほほえ》みかけたような気がした。たしかに目が合ったと思った——そのときだった。

磨勒のちいさな身体が浮遊《ふゆう》しはじめたのだ。

まるで背に翅翎《つばさ》を生やしたかのように。鷹隼《ようしゅん》のように。——

包囲する佽飛の口々から、驚愕《きょうがく》と畏怖《いふ》と絶望の声があふれた。かれらの矢は、まるで届かない。

月の光に導《みちび》かれるように、磨勒は飛翔《ひしょう》する。

その姿はまさに、天に還《かえ》ろうとする青い鳥のようだった。

崑崙奴は、神の使者たる青童《せいどう》の姿にもどったのだ。

金丹《きんたん》の毒を飲み、屍体《したい》の腹を裂き、心肝《しんかん》を啖《く》らって、みじめに血反吐《ちへど》を吐いても、なお得られなかった翼《つばさ》が——永遠への飛翔の秘方が、いま人びとの頭上であざやかに披歴《ひれき》された。

佽飛も野次馬も、その場にいた全員がまるで童子にもどったように、その青い軌跡《きせき》に釘付《くぎづ》けとなった。

そのとき裴景ははっと視線を落とし、茫然《ぼうぜん》と天を凝視《ぎょうし》する群衆のなかに、なつかしい顔を見つけた。その穏《おだ》やかな表情に、かれはなんだか安堵《あんど》した。

青い鳥は天へと飛び去り、見えなくなった。

磨勒《まろく》遂《つひ》に匕首《ひしゅ》を持《も》ち、高垣《かうゑん》を飛《と》び出《い》で、
瞥《べつ》たること翅翎《しれい》の若《ごと》く、疾《はや》きこと鷹隼《ようじゅん》に同《おな》じ。
矢《や》を攢《あつ》むること雨《あめ》の如《ごと》きも、能《よ》く之《これ》に中《あ》つる莫《な》し。
頃刻《けいこく》の間《あひだ》、向《むか》ふ所《ところ》を知《し》らず。

二

あとは後日譚《ごじつたん》にすぎない。

顚末《てんまつ》を聞かされた崔尚書は、沈烱にそそのかされて神の使者に弓を引いてしまったことを激しく後悔《こうかい》した。崔静に家督《かとく》を譲《ゆず》ると、終《しゅう》南山麓《なんさんろく》の別野《べっしょ》に隠居《いんきょ》して、粛《しゅく》然《ぜん》と余生をすごした。

家宰《かさい》の董戌《とうじゅつ》は沈烱の欺瞞《ぎまん》を薄々《うすうす》感じ取っていたらしい。それでも主人である尚書の意向を尊重《そんちょう》して、崔静を家から遠ざけた罪を詫《わ》びて暇《いとま》を申し出た。しかし崔静はこれを慰留《いりゅう》して、隠居した父親にひきつづき仕えてくれるよう頼んだ。老番頭《ろうばんとう》は涙滂沱《ぼうだ》として何度も礼を述《の》べると、尚書のあとを追って別墅に移っていった。

尚書はその後、八百とはいかなかったが、八十の天寿《てんじゅ》をまっとうした。

そしてその最期の枕《まくら》元《もと》には、崔家の人びととならんで董戌の姿もあったという。

生前の沈烱の求めに応じたわけではないだろうが、どうやら兜は徐朧の追跡を早々にとりやめていたようだ。

それでも徐朧の轜車《じしゃ》は、長安東郊の覇陵《はりょう》のあたりで警邏《けいら》中《ちゅう》の兵士に咎《とが》められた。当時、轜車に擬装《ぎそう》して盗品《とうひん》を運ぶ盗掘《とうくつ》事件が相次《あいつ》いでいたからである。

検問で轜車のなかを調べられたが、車内には腐乱《ふらん》した屍体《したい》が斂《おさ》められた棺があるだけだったので、すぐに通行を許《ゆる》された。

輀車《じしゃ》は東の方角へ走り去り、その後の消息はしれない。

それから十数年後のことである。

裴景は任地に向かう途中で洛陽《らくよう》の市に立ち寄った。

そこでかれは、磨勒そっくりの崑崙奴が薬を売っているのを見かけた。容貌《ようぼう》は昔のとおり童子のように若々《わかわか》しい姿のままだった。かれはついなつかしくなって妻を呼んでいるうちに、雑踏《ざっとう》のなかにその姿を見失ってしまった。

参考文献

『ユーラシアの交通・交易と唐帝国』（荒川正晴著／名古屋大学出版会）
『長安の春』（石田幹之助著／講談社学術文庫）
『唐代伝奇　新釈漢文大系44』（内田泉之助・乾一夫著／明治書院）
『新唐書』（歐陽修・宋祁撰／中華書局）
『囲碁の民話学』（大室幹雄著／せりか書房）
『檻獄都市　中世中国の世界芝居と革命』（大室幹雄著／三省堂）
『遊蕩都市　中世中国の神話・笑劇・風景』（大室幹雄著／三省堂）
『道教と中国文化』（葛兆光著／坂出祥伸監訳／大形徹・戸崎哲彦・山本敏雄訳／東方書店）
「唐代小説に於ける娯楽性に就いての一考察――「崑崙奴」を中心として――」
（川口秀樹著／『1996年度中唐文学会報』所収）
『捜神記』（干宝著／竹田晃訳／平凡社ライブラリー）
「支那人間に於ける食人肉の風習」（桑原隲蔵著／『桑原隲蔵全集　第二巻』所収／岩波書店）
『妓女と中国文人』（斎藤茂著／東方選書）

『教坊記・北里志』（崔令欽・孫棨著／斎藤茂訳注／平凡社）
『道教の総合的研究』（酒井忠夫編／国書刊行会）
『長安』（佐藤武敏著／近藤出版社）
『中国化学史』（島尾永康著／朝倉書店）
「韋応物と道教――真性・真誥・劉黄二尊師について―」
（砂山稔著／『思想と文化』所収／岩手大学人文社会科学部欧米研究）
『長安の都市計画』（妹尾達彦著／講談社選書メチエ）
「唐代後半期の長安と伝奇小説――『李娃伝』の分析を中心にして――」
（妹尾達彦著／『論集 中国社会・制度・文化史の諸問題』所収／中国書店）
「生前の空間、死後の世界――隋唐長安の官人居住地と埋葬地――」
（妹尾達彦著／『中央大学文学部紀要』所収／中央大学文学部）
『ソグド人の美術と言語』（曽布川寛・吉田豊編／臨川書店）
『西域余聞』（陳舜臣著／朝日文庫）
『唐の行政機構と官僚』（礪波護著／中公文庫）
『道教事典』（野口鐵郎・坂出祥伸・福井文雅・山田利明編／平河出版社）
『日野開三郎 東洋史学論集 第五巻　唐・五代の貨幣と金融』（日野開三郎著／三一書房）
『日野開三郎 東洋史学論集 第十七巻　唐代邸店の研究』（日野開三郎著／三一書房）
『中国医学の歴史』（傅維康・呉鴻洲編／川井正久編訳／川井正久・川合重孝・山本恒久訳／東洋学術出版社）
『道教 1』（福井康順・山崎宏・木村英一・酒井忠夫監修／平河出版社）

『道教思想史研究』（福永光司著／岩波書店）
『中国宗教史研究 第一』（宮川尚志著／同朋舎）
『六朝史研究 宗教篇』（宮川尚志著／平楽寺書店）
『科挙の話 試験制度と文人官僚』（村上哲見著／講談社学術文庫）
『ソグド人と東ユーラシアの文化交渉』（森部豊編／勉誠出版）
『興亡の世界史 05 シルクロードと唐帝国』（森安孝夫著／講談社）
「「静室」考」（吉川忠夫著／『東方學報 第59冊』所収／京都大學人文科學研究所）
『ガラス工芸 歴史と技法』（由水常雄著／桜楓社）
『列仙伝・神仙伝』（劉向・葛洪著／沢田瑞穂訳／平凡社ライブラリー）

本書は、書き下ろしです。

使用書体
本文――――A P-OTF 秀英明朝 Pr6N L＋游ゴシック体 Pr6N R〈ルビ〉
柱―――――A P-OTF 凸版文久ゴ Pr6N DB
ノンブル――ITC New Baskerville Std Roman

星海社
FICTIONS
コ6-01

崑崙奴《こんろんど》

2024年11月25日　第1刷発行　定価はカバーに表示してあります

著　者 ―――― 古泉迦十《こいずみかじゅう》

発行者 ―――― 太田克史《おおたかつし》
編集担当 ―――― 丸茂智晴《まるもともはる》
編集副担当 ―――― 唐木厚《からきあつし》

発行所 ―――― 株式会社星海社
〒112-0013　東京都文京区音羽 1-17-14　音羽 YK ビル 4F
TEL 03(6902)1730　FAX 03(6902)1731
https://www.seikaisha.co.jp

発売元 ―――― 株式会社講談社
〒112-8001　東京都文京区音羽2-12-21
販売 03(5395)5817　業務 03(5395)3615

印刷所 ―――― TOPPAN株式会社
製本所 ―――― 加藤製本株式会社

ISBN978-4-06-533855-1　N.D.C.913　536p　19cm　Printed in Japan

ラインナップ

『コズミック 世紀末探偵神話 新装版』

清涼院流水

今年、一二〇〇個の密室で、一二〇〇人が殺される――

前代未聞の犯罪予告状が、「密室卿《みっしつきょう》」を名のる正体不明の人物によって送りつけられた。『今年、一二〇〇個の密室で、一二〇〇人が殺される。誰にも止めることはできない』。

全国で不可解な密室殺人が続発。その被害者は首を斬られて殺され、その背中には、被害者自身の血で『密室』の文字が記されていた。同じ頃、イギリスではかの切り裂きジャック《ジャック・ザ・リッパー》の後継者を自称する者によって連続切り裂き殺人が実行されていた……。

JDC[日本探偵倶楽部]シリーズの開幕となった伝説の密室ミステリが、不滅の光芒を放ち、新装復刊!!　（新装版解説＝蔓葉信博）

『神探偵イエス・キリストの冒険』
The Adventures of God Detective Jesus Christ

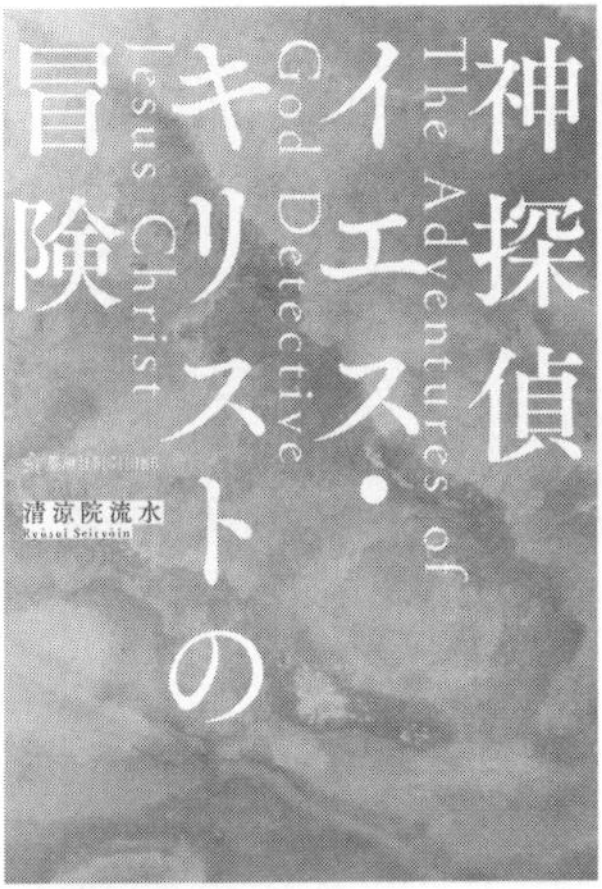

清涼院流水

**名探偵は、
イエス・キリスト！**

神の死の謎を筆頭に、2000年間秘められていた聖書の謎を大胆に解き明かす空前絶後の本格聖書ミステリ！——「すべてを見抜くのは、だれか？　神探偵のわたしである。はっきり言っておく。どれだけふしぎに見える事件も、神探偵にとっては謎ではない。神探偵の目に映るのは真実のみ」

ラインナップ

『月灯館殺人事件』

北山猛邦

ミステリの進化の系統樹の最前線にしてネオ・クラシック！

「本格ミステリの神」と謳われる作家・天神人《てんじんひとし》が統べる館、「月灯館」。その館に集いし本格ミステリ作家たちの間で繰り広げられる連続殺人！　悩める作家たちはなぜ／誰に／何のために殺されるのか？　絢爛たる物理トリックの乱舞《パレード》とともに読者を待ち受ける驚愕のラスト《フィナーレ》の一文に刮目せよ!!

『少年探偵には向かない事件』

佐藤友哉

孤島×館×密室×ひと夏のボーイミーツガール！

大財閥・入来院《いりきいん》家の支配する薄荷島に招待された小学生・すばるは、ふつうを嫌う入来院家の令嬢・鈴音に出会う。彼女のもとには誘拐の予告状が届いていた。やがて、予告されたとおりに鈴音はさらわれてしまう。衆人環視のなか、塔の頂上から、忽然と。一体なぜ？　そして、どうやって？　鈴音を救うため、すばるは200年前、13年前、そしていま、入来院家で繰り返される密室人間消失の謎に挑む！

『真贋』

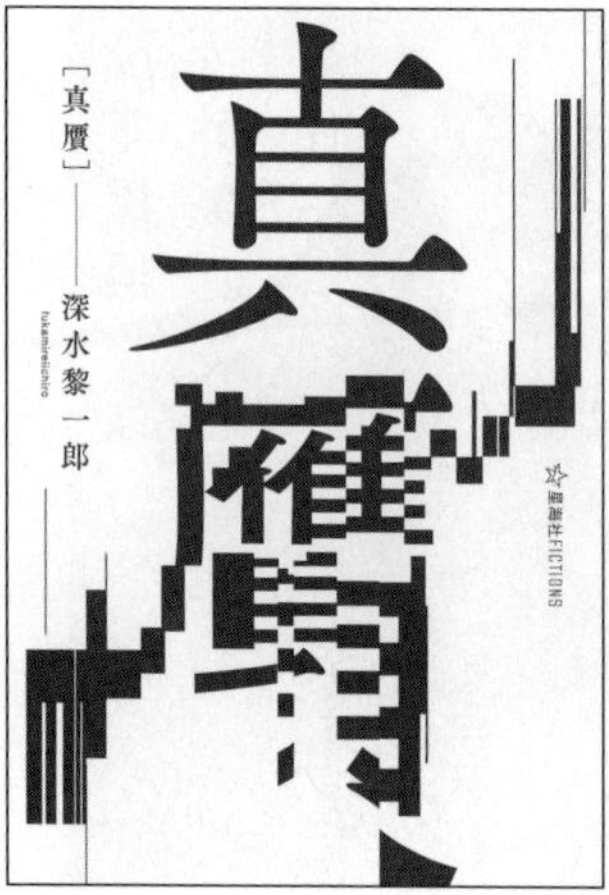

深水黎一郎

時価数百億、すべて贋作!?

美術にまつわる犯罪を解決するために警視庁に新設された「美術犯罪課」。

その課長代理を命じられた森越歩未と唯一の部下・馬原茜に初めて課された任務は、日本きっての名家・鷲ノ宮家による名画コレクションの巨額脱税疑惑。時価数百億円とも謳われるそのコレクションに出された鑑定結果は、なんと“すべてが贋作”だった――!?

捜査を進める中、新たに浮かび上がった「絵の中で歳を重ねる美女」の謎に、美術犯罪課は芸術探偵こと神泉寺瞬一郎の力を借りて立ち向かうが――？

今と昔、真と贋とが絡み合う傑作美術ミステリ！

『紫式部と清少納言の事件簿』

汀こるもの

Illustration／紗久楽さわ

日本文学史上、
最大のコンビが織り成す
平安ミステリ！

後宮の梨壺に引き籠もり、『源氏物語』と『紫式部日記』の執筆に悩む紫式部のもとに、『枕草子』執筆以後、行方が定かでなかった清少納言が現れる。皇后定子は崩御し、時の権勢は藤原道長が握っていたが、帝の寵愛を巡る政争は未だ絶えてはいなかった。火定入滅の焼身体入れ替え、罠の張られた明法勘文、御匣殿の怪死事件……。後世に遺されなかったふたりの密会と謎解きは、男たちの政《まつりごと》の影に隠された真実を解き明かしてゆく——！

SEIKAISHA

星々の輝きのように、才能の輝きは人の心を明るく満たす。

その才能の輝きを、より鮮烈にあなたに届けていくために全力を尽くすことをお互いに誓い合い、杉原幹之助、太田克史の両名は今ここに星海社を設立します。

出版業の原点である営業一人、編集一人のタッグからスタートする僕たちの出版人としてのDNAの源流は、星海社の母体であり、創業百一年目を迎える日本最大の出版社、講談社にあります。僕たちはその講談社百一年の歴史を承け継ぎつつ、しかし全くの真っさらな第一歩から、まだ誰も見たことのない景色を見るために走り始めたいと思います。講談社の社是である「おもしろくて、ためになる」出版を踏まえた上で、「人生のカーブを切らせる」出版。それが僕たち星海社の理想とする出版です。

二十一世紀を迎えて十年が経過した今もなお、講談社の中興の祖・野間省一がかつて「二十一世紀の到来を目睫に望みながら」指摘した「人類史上かつて例を見ない巨大な転換期」は、さらに激しさを増しつつあります。

僕たちは、だからこそ、その「人類史上かつて例を見ない巨大な転換期」を畏れるだけではなく、楽しんでいきたいと願っています。未来の明るさを信じる側の人間にとって、「巨大な転換期」でない時代の存在などありえません。新しいテクノロジーの到来がもたらす時代の変革は、結果的には、僕たちに常に新しい文化を与え続けてきたことを、僕たちは決して忘れてはいけない。星海社から放たれる才能は、紙のみならず、それら新しいテクノロジーの力を得ることによって、かつてあった古い「出版」の垣根を越えて、あなたの「人生のカーブを切らせる」ために新しく飛翔する。僕たちは古い文化の重力と闘い、新しい星とともに未来の文化を立ち上げ続ける。僕たちは新しい才能が放つ新しい輝きを信じ、それら才能という名の星々が無限に広がり輝く星の海で遊び、楽しみ、闘う最前線に、あなたとともに立ち続けたい。

星海社が星の海に掲げる旗を、力の限りあなたとともに振る未来を心から願い、僕たちはたった今、「第一歩」を踏み出します。

二〇一〇年七月七日

星海社　代表取締役社長　杉原幹之助
代表取締役副社長　太田克史